PATRICIA CORNWELL

Der Keim des Verderbens

Buch

Auf einer Mülldeponie in Virginia wird eine Leiche ohne Kopf und Gliedmaßen entdeckt. Es ist nicht die erste, die man so auffindet, und die Gerichtsmedizinerin Dr. Kay Scarpetta, gerade erst aus Irland zurückgekehrt, vermutet sogar einen Zusammenhang zu einer Mordserie, die sie auf der Grünen Insel untersucht hat. Die Medien, durch eine undichte Stelle bei der Polizei informiert, stürzen sich auf den Fall und bedrängen Scarpetta mit Spekulationen. Ein profilierungssüchtiger Polizeibeamter macht ihr zusätzlich das Leben schwer. Und dann nimmt der Täter, der sich »deadoc« nennt, per E-Mail Kontakt zu ihr auf und schickt ihr über das Internet Fotos von der zerstückelten Leiche. Bei der Obduktion werden jedoch eindeutige Unterschiede zu den vorangegangenen Fällen offenbar. Vor allem ein mysteriöser Hautausschlag an der Leiche bereitet Scarpetta Kopfzerbrechen. Als auf einer kleinen Insel vor der Küste Virginias ein weiteres weibliches Opfer gefunden wird, bestätigt sich ihr Verdacht, daß sie es mit einem anderen Täter als dem von ihr anfangs vermuteten Serienmörder aus Irland zu tun hat. Es stellt sich heraus, daß beide Opfer mit einem tödlichen Virus infiziert waren. Ein Wettlauf mit dem Tod beginnt: Fieberhaft versucht Scarpetta, den Erreger zu identifizieren und eine Verbreitung der Seuche zu verhindern …

Autorin

Patricia Cornwell arbeitete als Gerichtsreporterin und Computerspezialistin in der forensischen Medizin, bevor sie für ihre Thriller um Kay Scarpetta in den USA, in Großbritannien und Frankreich mit hohen literarischen Auszeichnungen bedacht wurde. Die Autorin lebt in Richmond, Virginia, und Malibu. Weitere Informationen zu Patricia Cornwell finden Sie im Internet: www.patriciacornwell.com

Von Patricia Cornwell außerdem im Goldmann Verlag erschienen:

Die Tote ohne Namen (43536) · Ein Fall für Kay Scarpetta (Mord am Samstagmorgen) (44138) · Ein Mord für Kay Scarpetta (44230) · Trübe Wasser sind kalt (43537) · Kay Scarpetta bittet zu Tisch (44541) · Die Hornisse (43901) · Brandherd (43903) · Ein Fall für Kay Scarpetta/Ein Mord für Kay Scarpetta. Zwei Romane in einem Band (13134) · zus. mit Marlene Brown: Zum Sterben gut. Kay Scarpettas Lieblingsgerichte (45301)

Patricia Cornwell

Der Keim des Verderbens

Roman

Aus dem Amerikanischen
von Tina Hohl

GOLDMANN

Die Originalausgabe erschien 1997 unter dem Titel
»Unnatural Exposure«
bei G. P. Putnam's Sons, New York

Umwelthinweis:
Alle bedruckten Materialien dieses Taschenbuches
sind chlorfrei und umweltschonend.

Der Goldmann Verlag ist ein Unternehmen
der Verlagsgruppe Random House GmbH

Einmalige Sonderausgabe Mai 2003

Umschlaggestaltung: Design Team München
Umschlagfoto: Photonica/Seth Greenwald
Druck: Elsnerdruck, Berlin
Made in Germany · Titelnummer: 45648

ISBN 3-442-45648-7
www.goldmann-verlag.de

Für Esther Newberg
Vision, No Fear

Und es erschien mir einer der sieben Engel,
die die sieben Schalen mit den letzten
sieben Plagen hatten …

Offenbarung 21,9

1

Die Nacht brach klar und kalt herein in Dublin, und der Sturm heulte draußen vor meinem Zimmer wie tausend Orgelpfeifen. Windstöße ließen alte Fensterscheiben mit einem Klang erzittern, als huschten Geister vorbei, während ich zum wiederholten Male die Kissen zurechtrückte und mich schließlich in einem Gewirr irischen Leinens auf den Rücken legte. Doch ich fand keinen Schlaf, und die Bilder des Tages kehrten zurück. Ich sah kopflose Körper ohne Gliedmaßen vor mir und setzte mich schwitzend auf.

Ich machte Licht, und plötzlich umgab mich das Shelbourne Hotel mit der warmen Ausstrahlung kostbarer alter Hölzer und dunkelroter Plaids. Während ich einen Morgenmantel anzog, verweilte mein Blick auf dem Telefon neben dem Bett, in dem ich mich so unruhig hin und her gewälzt hatte. Es war fast zwei Uhr morgens. In Richmond, Virginia, war es erst neun Uhr abends, und Pete Marino, Chef der Mordkommission des städtischen Police Departments, war bestimmt noch wach. Vermutlich sah er gerade fern, rauchte und aß irgendwas Ungesundes, falls er nicht auf den Straßen unterwegs war.

Ich wählte seine Nummer, und er nahm ab, als habe er direkt neben dem Telefon gesessen.

»Spendieren oder schikanieren?« Er sprach laut und war ziemlich angetrunken.

»Du bist ein bißchen früh dran«, sagte ich und bereute meinen Anruf bereits. »Halloween ist erst in ein paar Wochen.«

»Doc?« Er hielt verwirrt inne. »Bist du das? Wieder in Richmond?«

»Immer noch in Dublin. Was ist das für ein Lärm?«

»Bloß ein paar von den Jungs. Unsere Antlitze sind derart verunstaltet, wir brauchen keine Masken. Bei uns ist jeden Tag Halloween. He! Bubba blufft!« brüllte er.

»Immer glaubst du, daß alle bluffen«, gab eine Stimme zurück. »Das kommt, weil du schon zu lange Kriminalbeamter bist.«

»Quatsch! Marinos kriminalistischer Spürsinn reicht doch noch nicht mal aus, um seinen eigenen Schweißgeruch zu bemerken.«

Im Hintergrund ertönte lautes Gelächter, und das betrunkene Sprücheklopfen ging weiter.

»Wir spielen Poker«, sagte Marino zu mir. »Verdammt, wie spät ist es eigentlich bei dir?«

»Das sag' ich lieber nicht«, antwortete ich. »Ich habe dir etwas Unerfreuliches mitzuteilen, aber ich glaube kaum, daß jetzt der richtige Zeitpunkt dafür ist.«

»Nein. Nein, warte. Ich nehm' nur eben das Telefon mit raus. Mist. Immer muß diese Scheißschnur sich verheddern, kennst du das? Verdammte Kacke.« Ich hörte seine schweren Schritte und das Rücken eines Stuhls. »Okay, Doc. Was zum Teufel ist denn los?«

»Ich habe den Großteil des Tages damit zugebracht, mit meiner hiesigen Kollegin die Deponiemorde zu erörtern. Ich habe immer mehr den Verdacht, daß die Serie von Zerstückelungen in Irland und die Morde in Virginia das Werk ein und derselben Person sind.«

Er brüllte: »Ruhe da drinnen, Leute!«

Während ich die Bettdecke um mich herum zurechtzog, hörte ich, wie er den Raum verließ. Ich griff nach dem letzten Schluck Black-Bush-Whiskey, den ich mit ans Bett genommen hatte.

»Dr. Foley hat die fünf Fälle in Dublin bearbeitet«, fuhr ich fort. »Ich habe mir alle Akten angesehen. Rümpfe ohne Gliedmaßen. Die Wirbelsäule am unteren Ende des fünften Nackenwirbelkörpers horizontal durchtrennt. Arme und Beine an den Gelenken abgetrennt, was, wie gesagt, ungewöhnlich ist. Die Opfer sind unterschiedlicher Hautfarbe, Alter schätzungsweise zwischen achtzehn und fünfunddreißig. Keines der Opfer konnte identifiziert werden, und der Totenschein lautet bei allen auf Mord, Todesursache unbekannt. In keinem der Fälle hat man je Kopf oder Gliedmaßen gefunden. Die Rümpfe wurden allesamt auf privaten Mülldeponien entdeckt.«

»Das kommt mir verdammt bekannt vor«, sagte er.

»Da sind noch andere Einzelheiten. Aber die Parallelen sind in der Tat unübersehbar.«

»Also ist dieser Wahnsinnige jetzt vielleicht in den Staaten«, sagte er. »Dann war es wohl doch genau richtig, daß du rübergeflogen bist.«

Anfangs war er keineswegs dieser Ansicht gewesen. Ebenso wie alle anderen. Ich war Chief Medical Examiner von Virginia, und als das Royal College of Surgeons mich eingeladen hatte, an der medizinischen Hochschule von Trinity eine Reihe von Vorlesungen zu halten, konnte ich mir die Gelegenheit, nebenher die Dubliner Mordfälle zu untersuchen, einfach nicht entgehen lassen. Marino hielt das für Zeitverschwendung, und das FBI war der Meinung, die Recherchen hätten lediglich statistischen Wert.

Ihre Zweifel waren verständlich. Die Mordfälle in Irland lagen über zehn Jahre zurück, und ebenso wie bei den Fällen in Virginia gab es nur sehr wenige Anhaltspunkte. Wir hatten keine Fingerabdrücke, keine Gebisse, keine Schädel und keine Zeugen, die die Leichen identifizieren konnten. Wir hatten keine körpereigenen Proben von vermißten Personen, deren genetischen Fingerabdruck wir mit dem der Opfer vergleichen konnten. Wir wußten nicht, womit diese Menschen umgebracht worden waren. Es war daher sehr schwer, Genaueres über den Täter zu sagen. Ich vermutete, daß er Erfahrung im Umgang mit der Knochensäge hatte und sie möglicherweise beruflich benutzte oder benutzt hatte. »Der letzte uns bekannte Fall in Irland ist zehn Jahre her«, sagte ich ins Telefon. »In Virginia hatten wir in den letzten beiden Jahren vier.«

»Du glaubst also, daß er acht Jahre lang nicht in Aktion getreten ist?« sagte er. »Warum? Vielleicht weil er wegen einer anderen Straftat im Gefängnis saß?«

»Ich weiß es nicht. Vielleicht hat er woanders sein Unwesen getrieben, und zwischen den Fällen ist nie ein Zusammenhang hergestellt worden«, antwortete ich, während der Wind schaurige Geräusche machte.

»Da sind diese Serienmorde in Südafrika«, sinnierte er dumpf.« In Florenz, Deutschland, Rußland, Australien. Scheiße, wenn man sich's recht überlegt, gibt's so was einfach überall. He!« Er hielt die Sprechmuschel zu. »Raucht verdammt noch mal eure eigenen Zigaretten! Was glaubt ihr eigentlich, wo ihr hier seid? Bei der Wohlfahrt vielleicht?«

Männerstimmen dröhnten im Hintergrund, und irgend jemand hatte Randy Travis aufgelegt.

»Hört sich an, als würdest du dich prima amüsieren«, sagte ich trocken. »Danke, daß ich nicht eingeladen bin.«

»Tiere sind das«, grummelte er. »Frag' mich nicht, warum ich das tue. Die trinken mir jedesmal die Haare vom Kopf. Und sie mogeln beim Kartenspielen.«

»Der Modus operandi bei diesen Fällen ist sehr charakteristisch.« Mein Tonfall sollte ihn ernüchtern.

»Okay«, sagte er, »wenn dieser Kerl also in Dublin mit dem Morden angefangen hat, suchen wir vielleicht einen Iren. Ich finde, du solltest dich schnellstens auf den Heimweg machen.« Er rülpste. »Klingt, als müßten wir nach Quantico fahren und uns an die Arbeit machen. Weiß Benton schon Bescheid?«

Benton Wesley war der Chef des Child Abduction Serial Killer Unit, kurz CASKU, der Abteilung für Kindesentführung und Serienmorde des FBI, für die sowohl Marino als auch ich als Berater tätig waren.

»Ich bin noch nicht dazu gekommen«, erwiderte ich zögernd. »Vielleicht kannst du ihn schon mal vorwarnen. Ich komme nach Haus, so schnell ich kann«.

»Morgen wäre gut.«

»Ich bin mit meiner Vorlesungsreihe hier noch nicht fertig«, sagte ich.

»Deine Vorlesungen sind auf der ganzen Welt gefragt. Wahrscheinlich machst du bald nichts anderes mehr«, sagte er, und ich wußte, daß er gleich nachbohren würde.

»Wir exportieren unsere Kriminalität in andere Länder«, sagte ich. »Da ist es doch das mindeste, daß wir denen beibringen, was wir wissen, was wir in all den Jahren, die wir uns mit solchen Verbrechen befassen, gelernt haben ...«

»Du bist doch nicht wegen der Vorlesungen im Land der Kobolde, Doc«, unterbrach er mich, und ein Kronkorken zischte. »Die sind nicht der Grund, und das weißt du auch.«

»Marino«, warnte ich. »Laß das.«

Doch er ließ sich nicht beirren. »Seit Wesleys Scheidung findest du immer wieder irgendwelche Gründe mit fliegenden Fahnen die Stadt zu verlassen. Und jetzt willst du nicht wieder nach Hause, das merk' ich doch. Weil du nicht bereit bist, dich auf ein Spiel einzulassen, bei dem du vorher nicht weißt, wie's ausgeht. Ich sag' dir was. Irgendwann kommt der Tag, an dem du Farbe bekennen mußt ...«

»Werd's mir merken«, unterbrach ich sanft seine bierselige Anteilnahme. »Marino, bleib' bitte nicht die ganze Nacht auf.«

Die Gerichtsmedizin befand sich in der Store Street Nr. 3, gegenüber vom Zollamt und dem Busbahnhof, in der Nähe der Docks und des Flusses Liffey. Das Backsteingebäude war klein und alt, die Durchfahrt, die hinters Haus führte, von einem schweren schwarzen Tor versperrt, auf dem in großen weißen Buchstaben LEICHENSCHAUHAUS stand. Ich stieg die Stufen zu dem georgianischen Portal hinauf, läutete und wartete im Nebel.

Es war kühl an diesem Dienstagmorgen, die Bäume begannen herbstlich auszusehen. Mein Schlafmangel machte sich bemerkbar. Meine Augen brannten, ich hatte ein dumpfes Gefühl im Kopf und war noch aufgewühlt von dem, was Marino gesagt hatte, bevor ich fast mitten im Gespräch aufgelegt hatte.

»Hallo.« Gutgelaunt machte mir der Verwalter die Tür auf. »Wie geht's uns denn heute morgen, Dr. Scarpetta?«

Sein Name war Jimmy Shaw. Er war sehr jung, ein Bilderbuch-Ire mit feuerrotem Haar und himmelblauen Augen.

»Nicht besonders«, gestand ich.

»Nun, ich war gerade beim Teekochen«, sagte er, während er die Tür hinter uns schloß. Wir gingen einen engen, schwachbeleuchteten Flur entlang zu seinem Büro. »Hört sich an, als könnten Sie eine Tasse vertragen.«

»Das wäre reizend, Jimmy«, sagte ich.

»Die Frau Doktor ist im Moment noch vor Gericht.« Als wir seine unaufgeräumte kleine Kammer betraten, warf er einen Blick auf seine Uhr. »Sie müßte eigentlich gleich zurück sein.«

Auf seinem Schreibtisch stach ein mächtiges Sektionsbuch ins Auge, schwarz und in dickes Leder gebunden. Vor meiner Ankunft hatte er in einer Steve-McQueen-Biographie gelesen und Toast gegessen. Ohne zu fragen, wie ich ihn trank, denn das wußte er inzwischen, stellte er einen Becher Tee vor mich hin.

»Einen Marmeladentoast?« fragte er wie jeden Morgen.

»Danke, ich habe schon im Hotel gefrühstückt«, antwortete ich wie immer, während er hinter seinem Schreibtisch Platz nahm.

»Mich würde das nicht davon abhalten, noch was zu essen.« Er lächelte und setzte seine Brille auf. »Dann wollen wir doch mal einen Blick auf Ihren Stundenplan werfen. Sie halten heute morgen um elf eine Vorlesung und dann noch eine um eins. Beide im College, im alten Pathologiegebäude. Ich schätze, daß zu jeder etwa fünfundsiebzig Studenten kommen werden, aber vielleicht werden es auch mehr. Ich weiß nicht, Sie sind hier schrecklich beliebt, Dr. Kay Scarpetta«, sagte er vergnügt. »Oder vielleicht liegt es auch nur daran, daß amerikanische Kriminalität für uns so etwas Exotisches ist.«

»Das ist beinahe so, als würde man die Pest als exotisch bezeichnen«, erwiderte ich.

»Nun ja – wir finden es einfach faszinierend, was Sie so alles zu Gesicht bekommen.«

»Genau das ist es, was mir Sorgen macht«, sagte ich freundlich, aber mit einem unheilvollen Unterton. »Sie sollten es nicht allzu faszinierend finden.«

Wir wurden vom Telefon unterbrochen, und er griff mit der Ungeduld eines Menschen, der zu oft angerufen wird, zum Hörer.

Nachdem er einen Moment lang zugehört hatte, sagte er brüsk: »Schon klar. Aber wir können im Moment einfach keinen solchen Auftrag erteilen. Ich werde Sie zurückrufen.«

»Seit Jahren will ich hier Computer haben«, beschwerte er sich bei mir, als er auflegte. »Aber da wir nach der Pfeife der Sozialisten tanzen müssen, gibt es eben kein Geld.«

»Es wird nie genug Geld geben. Tote gehen nun mal nicht zur Wahl.«

»Das ist leider wahr. Also, was ist heute das Thema?« wollte er wissen.

»Der Sexualmord«, antwortete ich. »Im besonderen die Rolle, die der genetische Fingerabdruck dabei spielen kann.«

»Diese Verstümmelungen, für die Sie sich so interessieren.« Er nahm einen Schluck Tee. »Glauben Sie, daß sie sexueller

Natur sind? Ich meine, könnte das bei einem Menschen, der so etwas tut, das Motiv sein?« Seine Augen leuchteten wißbegierig.

»Das spielt sicherlich eine Rolle«, antwortete ich.

»Aber woher wollen Sie das wissen, wo doch keins der Opfer jemals identifiziert wurde? Könnte es nicht einfach jemand sein, für den Töten ein Sport ist? Wie zum Beispiel der Son of Sam bei Ihnen in Amerika?«

»Auch die Morde des Son of Sam hatten eine sexuelle Komponente«, sagte ich und sah mich nach meiner Freundin, der Pathologin, um. »Was glauben Sie, wie lange sie noch brauchen wird? Ich bin leider ein bißchen in Eile.«

Shaw sah nochmals auf die Uhr. »Sehen Sie doch mal nach. Oder vielleicht ist sie auch gleich ins Leichenschauhaus gegangen. Wir sollten einen Fall reinbekommen. Ein junger Mann, Verdacht auf Selbstmord.«

»Ich seh' mal nach, ob ich sie finde.« Ich stand auf.

Der Gerichtssaal, in dem die gerichtlichen Untersuchungen der Todesursache bei nichtnatürlichen Todesfällen, also Betriebs- und Verkehrsunfällen, Morden und Selbstmorden, abgehalten wurden, befand sich in der Nähe des Eingangs. Die Verfahren fanden unter Ausschluß der Öffentlichkeit statt, denn die irische Presse sollte nicht allzu eingehend darüber berichten. Ich schlüpfte in den kahlen, kalten Raum voller lackierter Bänke und nackter Wände und stieß drinnen auf mehrere Männer, die Papiere in Aktenkoffer stopften.

»Ich suche die Leichenbeschauerin«, sagte ich.

»Sie ist vor etwa zwanzig Minuten gegangen. Mußte zu einer Identifizierung, glaube ich«, sagte einer von ihnen.

Ich verließ das Gebäude durch die Hintertür. Als ich gerade den kleinen Parkplatz überquert hatte und auf das Leichenschauhaus zusteuerte, kam ein alter Mann zur Tür heraus. Er machte einen desorientierten Eindruck und verlor beinahe das Gleichgewicht, als er sich benommen umschaute. Einen Moment lang starrte er mich an, als wäre ich die Antwort auf irgend etwas. Er tat mir leid. Was immer ihn hierhergeführt hatte, es konnte unmöglich etwas Angenehmes sein. Ich beobachtete, wie er zum Tor eilte, als plötzlich Dr. Margaret Foley aufgelöst, mit wirren grauen Haaren hinter ihm auftauchte.

»Mein Gott!« Sie rannte mich fast um. »Ich hab' ihm nur einen Moment den Rücken zugedreht, und schon war er auf und davon.«

Der Mann riß das Tor weit auf und flüchtete. Foley trabte über den Parkplatz, um es wieder zu schließen und zu verriegeln. Als sie zu mir zurückkam, war sie außer Atem und stolperte beinahe über einen Buckel im Asphalt.

»Na, du bist ja früh auf den Beinen, Kay«, sagte sie.

»Ein Verwandter?« fragte ich.

»Der Vater. Ist abgehauen, ohne ihn zu identifizieren. Ich bin noch nicht mal dazu gekommen, ihm das Laken vom Gesicht zu ziehen. Der Tag ist für mich gelaufen.«

Sie führte mich in das kleine Backsteingebäude mit den weißen Porzellan-Autopsietischen, die wohl eigentlich in ein medizinhistorisches Museum gehörten, und einem alten eisernen Ofen, der nicht mehr benutzt wurde. Die Luft war kalt wie in einer Kühlkammer, und elektrische Autopsiesägen waren die einzigen modernen Geräte, die es gab. Dünnes graues Licht drang durch Milchglas-Oberlichter herein und erhellte nur schwach das weiße Papierlaken über dem Leichnam, den zu sehen ein Vater nicht hatte ertragen können. »Das ist immer das Bitterste am Ganzen«, sagte sie. »Niemand sollte sich hier jemals jemanden anschauen müssen.«

Ich folgte ihr in einen kleinen Lagerraum und half ihr, Kartons voller neuer Spritzen, OP-Masken und Handschuhe hinauszutragen.

»Hat sich an den Dachbalken der Scheune erhängt«, fuhr sie fort, während wir arbeiteten. »War wegen Alkoholproblemen und Depressionen in Behandlung. Immer das gleiche. Arbeitslosigkeit, Frauen, Drogen. Sie hängen sich auf oder springen von einer Brücke.« Sie warf mir einen Blick zu, während wir einen Sektionswagen neu bestückten. »Gott sei Dank gibt es bei uns keine Schußwaffen. Zumal ich kein Röntgengerät habe.«

Foley war eine zierliche Frau mit einer altmodischen dicken Brille und einer Vorliebe für Tweed. Wir hatten uns vor Jahren bei einer internationalen Kriminalistikkonferenz in Wien kennengelernt, als weibliche Gerichtsmediziner noch eine seltene Spezies waren, vor allem außerhalb Amerikas. Wir waren schnell Freundinnen geworden.

»Margaret, ich muß früher zurück in die Staaten, als ich dachte«, sagte ich, holte tief Luft und schaute mich unkonzentriert um. »Ich hab' letzte Nacht so gut wie gar nicht geschlafen.« Sie zündete sich eine Zigarette an und musterte mich. »Ich kann dir Kopien von allem besorgen, was du haben willst. Wie schnell brauchst du sie? Fotos dauern vielleicht ein paar Tage, aber die kann ich dir nachsenden.«

»Ich stehe immer unter einem gewissen Zeitdruck, wenn so jemand frei herumläuft«, sagte ich.

»Ich bin auch nicht froh darüber, daß du ihn jetzt am Hals hast. Ich hatte gehofft, daß er nach all diesen Jahren endlich aufgehört hätte.« Gereizt aschte sie ihre Zigarette ab und stieß den starken Qualm von britischem Tabak aus. »Komm, wir setzen uns mal einen Augenblick hin. Meine Füße sind so geschwollen, daß mir schon die Schuhe zu eng werden. Auf so einem verdammt harten Fußboden alt zu werden ist die Hölle.«

Zwei klobige Holzstühle in einer Ecke stellten den Aufenthaltsraum dar. Auf einer Bahre hatte Foley ihren Aschenbecher stehen. Sie legte die Füße auf eine Kiste und gab sich ihrem Laster hin.

»Ich kann diese armen Menschen einfach nicht vergessen.«

Sie sprach wieder über die Serienmorde. »Als der erste bei mir ankam, hatte ich die IRA in Verdacht. Außer bei Bombenanschlägen hatte ich noch nie einen derart zerfetzten Leichnam gesehen.«

Es war mir gar nicht recht, auf solche Weise an Mark erinnert zu werden. Ich mußte an die Zeit denken, als er noch am Leben war und wir uns liebten. Plötzlich sah ich ihn wieder vor mir. Er lächelte, und in seinen Augen war dieser strahlende Glanz, der schelmisch aufblitzte, wenn er lachte und mich neckte. Wir hatten an der juristischen Fakultät in Georgetown viel Spaß miteinander gehabt, leidenschaftlich diskutiert und unzählige Nächte durchgemacht. Unser Verlangen nacheinander war unstillbar. Im Lauf der Zeit heirateten wir andere Menschen, ließen uns wieder scheiden und versuchten es von neuem miteinander. Er war mein Leitmotiv – mal da, mal dort, dann wieder am Telefon oder vor meiner Tür, um mir das Herz zu brechen und mein Bett zu verwüsten. Ich kam einfach nicht von ihm los. Ich konnte es immer noch nicht glauben, daß ein Bombenanschlag auf einen Londoner Bahnhof das Ende unserer stürmischen Beziehung gewesen sein sollte. Die Vorstellung, daß er tot war, war für mich nicht faßbar, denn es gab kein letztes Bild, das mir Frieden geben konnte. Ich hatte seinen Leichnam nie gesehen, hatte vor jeglicher Gelegenheit, ihn mir anzuschauen, Reißaus genommen, genau wie der alte Dubliner, der den Anblick seines Sohns nicht ertragen konnte. Mir wurde bewußt, daß Foley etwas zu mir sagte.

»Tut mir leid«, wiederholte sie mit traurigem Blick, denn sie kannte die ganze Geschichte. »Ich wollte keine unangenehmen Erinnerungen wachrufen. Du wirkst heute morgen schon melancholisch genug.«

»Das ist interessant, was du eben gesagt hast.« Ich versuchte, tapfer zu sein. »Ich schätze, der Mörder, nach dem wir suchen, ist einem Bombenattentäter gar nicht unähnlich. Es ist ihm egal, wen er tötet. Seine Opfer sind Menschen ohne Gesichter und ohne Namen. Sie sind nichts als Symbole seines persönlichen grausamen Credos.«

»Wäre es dir sehr unangenehm, wenn ich dich etwas wegen Mark fragen würde?« sagte sie.

»Frag, was du willst.« Ich lächelte. »Du tust es ja sowieso.«

»Warst du jemals dort, wo es passiert ist? Hast du den Ort besucht, an dem er gestorben ist?«

»Ich weiß nicht, wo es passiert ist«, antwortete ich schnell.

Rauchend sah sie mich an.

»Ich meine, ich weiß nicht, wo genau auf dem Bahnhof«, wand ich mich und stotterte fast dabei.

Sie sagte immer noch nichts und zerdrückte die Zigarette unter ihrem Fuß.

»Soweit ich mich erinnere«, fuhr ich fort, »bin ich seit seinem Tod nicht mehr in Victoria gewesen, jedenfalls nicht auf dem Bahnhof. Es gab keinen Grund, von dort aus einen Zug zu nehmen. Oder dort anzukommen. Zuletzt war ich, glaube ich, in Waterloo.«

»Der einzige Tatort, den zu besichtigen die große Dr. Kay Scarpetta sich weigert.« Sie klopfte eine weitere Consulate aus der Packung. »Möchtest du eine?«

»Und wie. Aber ich darf nicht.«

Sie seufzte. »Das erinnert mich an Wien. All diese Männer dort, und wir beide haben mehr geraucht als sie alle zusammen.«

»Wahrscheinlich haben wir *wegen* all der Männer soviel geraucht«, sagte ich.

»Kann sein. Für mich scheint es jedenfalls keine Heilung zu geben. Das zeigt nur mal wieder, daß unser Handeln sich nicht danach richtet, was wir wissen, und daß unsere Gefühle keinen Verstand haben.« Sie pustete ein Streichholz aus. »Ich habe Raucherlungen gesehen. Und ich habe jede Menge Fettlebern gesehen.«

»Meinen Lungen geht es besser, seit ich aufgehört habe. Für meine Leber möchte ich lieber nicht die Hand ins Feuer legen«, sagte ich. »Den Whiskey hab' ich noch nicht aufgegeben.«

»Um Gottes willen, tu das bloß nicht. Dann hätte man ja gar keinen Spaß mehr mit dir.« Sie hielt inne und fügte dann mit Nachdruck hinzu: »Natürlich lassen sich Gefühle lenken, dressieren, so daß sie sich nicht gegen uns verschwören.«

»Ich werde wahrscheinlich morgen fliegen«, kehrte ich wieder zum Thema zurück.

»Du mußt in London umsteigen.« Sie sah mir in die Augen. »Bleib ein bißchen dort. Einen Tag.«

»Wie bitte?«

»Du mußt die Sache zu Ende bringen, Kay. Das spüre ich schon lange. Du mußt Mark James begraben.«

»Margaret, wie kommst du denn plötzlich darauf?« Ich geriet schon wieder ins Stottern.

»Ich merke doch, wenn jemand vor etwas davonläuft. Und das tust du, ganz genau wie dieser Mörder.«

»Na, das klingt ja tröstlich«, erwiderte ich. Die Unterhaltung paßte mir gar nicht.

Aber diesmal ließ sie nicht locker. »Und zwar einerseits aus ganz anderen, andererseits aber auch aus ganz ähnlichen Gründen wie er. Er ist ein Verbrecher, du nicht. Aber ihr wollt beide entkommen.«

Ich konnte nicht verbergen, wie sehr mir ihre Worte an die Nieren gingen.

»Und wer oder was ist deiner Meinung nach hinter mir her?« Meine Stimme klang unbeschwert, aber ich war den Tränen bedrohlich nahe.

»Momentan Benton Wesley, nehme ich an.«

Ich schaute weg, vorbei an der Bahre, über die ein bleicher Fuß mit einem Schild hinausragte. Wolken schoben sich vor die Sonne, und das von oben kommende Licht veränderte sich nach und nach. Der Geruch des Todes, der in den Fliesen und Steinen hing, war hundert Jahre alt.

»Kay, was willst du tun?« fragte sie sanft, während ich mir die Tränen aus den Augen wischte.

»Er will mich heiraten«, sagte ich.

Ich flog heim nach Richmond. Aus Tagen wurden Wochen, und die Temperatur kühlte ab. Die Morgenstunden waren mit Frost überzuckert, und die Abende verbrachte ich grübelnd vor dem Kamin. So vieles war ungelöst und unausgesprochen, und wie üblich bestand meine Reaktion darin, mich immer tiefer ins Labyrinth meiner Arbeit zu vergraben, bis ich den Ausgang nicht mehr fand. Meine Sekretärin brachte das zur Weißglut.

»Dr. Scarpetta?« rief sie meinen Namen. Laut und energisch hallten ihre Schritte über den gefliesten Boden des Autopsiesaals.

»Hier drinnen«, übertönte ich das Geräusch fließenden Wassers.

Es war der 30. Oktober. Ich stand im Umkleideraum des Leichenschauhauses und desinfizierte meine Hände.

»Wo waren Sie denn?« frage Rose, als sie hereinkam.

»Ich habe an einem Gehirn gearbeitet. Der plötzliche Tod von neulich.«

Sie blätterte in meinem Kalender. Ihr graues Haar war fein säuberlich zurückgesteckt, und sie trug ein dunkelrotes Kostüm, das offenbar zu ihrer Stimmung paßte. Rose war äußerst böse auf mich, weil ich nach Dublin geflogen war, ohne mich zu verabschieden. Und dann hatte ich, als ich wieder zurück war, auch noch ihren Geburtstag vergessen. Ich drehte den Wasserhahn zu und trocknete mir die Hände ab.

»Schwellung mit Erweiterung der Hirnwindungen bei gleichzeitiger Verschmälerung der Hirnfurchen. Das spricht alles für einen Hirnschaden aufgrund mangelhafter Blutversorgung, hervorgerufen durch seine schwere Hypertonie«, deklamierte ich.

»Ich habe Sie überall gesucht«, sagte sie. Sie war mit ihrer Geduld am Ende.

»Was hab' ich diesmal angestellt?« Ich nahm die Hände hoch.

»Sie waren mit Jon zum Mittagessen im Skull and Bones verabredet.«

»Oh, Gott«, stöhnte ich beim Gedanken an ihn und andere Medizintutoren, für die ich so wenig Zeit hatte.

»Ich habe Sie heute morgen noch daran erinnert. Letzte Woche haben Sie ihn auch schon versetzt. Er muß dringend wegen seiner Assistenzarztstelle an der Cleveland Clinic mit Ihnen sprechen.«

»Ich weiß, ich weiß.« Mit furchtbar schlechtem Gewissen sah ich auf meine Armbanduhr. »Es ist halb zwei. Vielleicht kann er auf einen Kaffee in mein Büro kommen?«

»Um zwei haben Sie eine Aussage zu machen, und für drei ist eine Konferenzschaltung im Fall Norfolk-Southern angesetzt. Um vier halten Sie an der gerichtsmedizinischen Akademie eine Vorlesung über Schußwunden, und um fünf haben Sie ein Treffen mit Investigator Ring«, ratterte Rose herunter. Ich mochte weder Ring noch seine naßforsche Art, Fälle zu übernehmen. Er hatte sich in die Ermittlungen eingeschaltet, als der zweite Rumpf gefunden wurde, und offenbar hielt er sich für klüger als das FBI.

»Auf Ring kann ich gut und gern verzichten«, sagte ich knapp.

Roses Blick verweilte länger als normal bei mir, während im Autopsiesaal nebenan Schwämme auf Wasser klatschten.

»Ich sage ihm ab, und Sie können sich statt dessen mit Jon treffen.« Sie musterte mich über ihre Brille hinweg wie eine gestrenge Oberlehrerin. »Und dann ruhen Sie sich aus. Das ist ein Befehl. Morgen bleiben Sie zu Hause, Dr. Scarpetta.

Und wehe, Sie stehen plötzlich doch vor der Tür.« Ich wollte protestieren, doch sie schnitt mir das Wort ab.

»Wagen Sie es ja nicht, mir zu widersprechen«, fuhr sie mit fester Stimme fort. »Sie brauchen einen Tag, um sich zu erholen, ein langes Wochenende. Das würde ich nicht sagen, wenn ich es nicht ernst meinte.«

Sie hatte recht. Der Gedanke, einen Tag ganz für mich zu haben, hellte meine Stimmung sofort auf.

»Es gibt keinen Termin, den ich nicht verschieben kann«, fügte sie hinzu. »Außerdem« – sie lächelte – »bekommen wir einen letzten Hauch von Indian Summer. Am Wochenende soll es wunderschön werden, fast dreißig Grad und blauer Himmel. Die Blätter sind jetzt am buntesten, die Pappeln goldgelb. Die Ahornbäume sehen aus, als stünden sie in Flammen. Und übrigens ist Halloween. Sie können einen Kürbis aushöhlen.«

Ich holte mein Kostümjackett und die Schuhe aus meinem Spind. »Sie hätten Juristin werden sollen«, sagte ich.

2

Am nächsten Tag war das Wetter genau so, wie Rose es vorausgesagt hatte, und ich wachte in Hochstimmung auf. Als die Geschäfte öffneten, zog ich los, um Süßigkeiten für Halloween und Sachen fürs Abendessen einzukaufen. Zuerst fuhr ich die Hull Street hinaus zu meinem Lieblingsgartencenter. Die Blumen in meinem Garten waren längst verblüht, und ich konnte den Anblick der verwelkten Stengel nicht mehr ertragen. Nach dem Mittagessen schleppte ich Säcke voll Blumenerde, Kisten voller Pflanzen und eine Gießkanne auf meine Veranda.

Ich öffnete die Tür, damit ich draußen Mozart hören konnte, während ich vorsichtig Stiefmütterchen in ihr fruchtbares neues Beet setzte. Der Brotteig war am Gehen, der Eintopf köchelte auf dem Herd, und der Duft von Knoblauch, Wein und Lehmboden stieg mir beim Arbeiten in die Nase. Marino wollte zum Essen kommen, und wir würden Schokoriegel an meine furchteinflößenden kleinen Nachbarn verteilen. Bis drei Uhr fünfunddreißig war die Welt noch in Ordnung, doch dann vibrierte der Pieper an meiner Taille.

»Mist«, fluchte ich. Er zeigte die Nummer meines Auftragsdienstes an.

Ich eilte ins Haus, wusch mir die Hände und griff nach dem Telefon. Der Auftragsdienst gab mir die Nummer eines Detective Grigg vom Sheriff's Department von Sussex County, und ich rief postwendend zurück.

»Grigg«, sagte ein Mann mit tiefer Stimme.

»Hier ist Dr. Scarpetta«, sagte ich und starrte dabei trübsinnig aus dem Fenster auf die großen Terrakottatöpfe auf der Veranda und den toten Hibiskus darin.

»Ah, sehr gut. Danke für den schnellen Rückruf. Ich steh' hier mit meinem Handy, deshalb will ich's kurz machen.« Er sprach langsam und mit dem rhythmischen Südstaatenakzent.

»Wo genau ist hier?« fragte ich.

»Auf der Atlantic-Waste-Deponie an der Reeves Road. Geht von der 460 East ab. Man hat hier etwas zutage gefördert, das Sie sich bestimmt ansehen möchten.«

»Doch nicht so etwas, wie man es an ähnlichen Orten schon mehrfach gefunden hat?« frage ich sibyllinisch, und der Tag schien sich zu verdunkeln.

»Sieht ganz danach aus, fürchte ich«, sagte er.

»Sagen Sie mir, wie ich hinkomme, und ich fahre gleich los«.

Ich trug schmutzige Drillichhosen und ein FBI-T-Shirt, das mir meine Nichte Lucy geschenkt hatte. Zum Umziehen hatte ich keine Zeit. Wenn ich den Leichnam nicht vor Einbruch der Dunkelheit barg, würde er bis zum Morgen bleiben müssen, wo er war, und das war inakzeptabel. Ich schnappte mir meine Arzttasche und schoß zur Tür hinaus. Erde, Kohlpflanzen und Geranien ließ ich über die Veranda verstreut liegen. Natürlich hatte mein schwarzer Mercedes kaum noch Benzin im Tank. Ich hielt erst einmal bei Amoco und tankte, dann machte ich mich auf den Weg.

Die Fahrt hätte normalerweise eine Stunde gedauert, doch ich fuhr schneller als erlaubt. Das schwächer werdende Licht schimmerte weiß auf der Unterseite der Blätter, und auf Höfen und in Gärten stand braun der Mais. Auf den Feldern kräuselten sich grüne Sojabohnenmeere, und Ziegen grasten ungehindert in den Gärten dahindämmernder Einfamilienhäuser. Grellfarbige, mit bunten Kugeln bestückte Blitzableiter ragten aus jedem Giebel und an jeder Ecke hervor, und ich frage mich immer, welcher Bauernfänger hier sein Unwesen getrieben und dermaßen Kapital aus den Ängsten der Bewohner geschlagen hatte.

Bald kamen die Getreidesilos in Sicht, nach denen Ausschau zu halten Grigg mich angewiesen hatte. Ich bog in die Reeves Road ein und kam an winzigen Backsteinhäuschen und Wohnwagensiedlungen mit Pick-up-Trucks und Hunden ohne Halsband vorbei. Reklametafeln warben für Mountain Dew und das Virginia Diner. Rote Staubwolken stiegen von meinen Reifen empor wie Rauch, als ich über Bahngleise holperte. Vor mir auf der Straße hackten Bussarde auf Lebewesen ein, die nicht schnell genug gewesen waren. Das kam mir wie ein böses Omen vor.

An der Einfahrt zur Atlantic-Waste-Deponie hielt ich an und blickte auf eine weite, kahle Mondlandschaft hinaus, über der gerade die Sonne unterging, als stünde sie in Flammen. Schwere Lastwagen in glänzendem Weiß und poliertem Chrom krochen auf dem Gipfel eines stetig wachsenden Müllbergs umher. Gelbe Raupenbagger erinnerten an angriffslustige Skorpione. Ich saß da und beobachtete, wie eine Staubwolke sich von der Müllhalde entfernte und mit hoher Geschwindigkeit über das unebene Gelände wogte. Als sie mich erreichte, entpuppte sie sich als ein schmutzigroter Ford Explorer, am Steuer ein junger Mann, der sich hier offensichtlich zu Hause fühlte.

»Kann ich Ihnen helfen, Ma'am?« fragte er mit gutturalem Südstaatenakzent. Er wirkte angespannt und aufgeregt.

»Ich bin Dr. Kay Scarpetta«, erwiderte ich und zeigte ihm die Messingplakette in der kleinen schwarzen Hülle, die ich immer zog, wenn ich an einem Tatort niemanden kannte.

Er studierte meinen Ausweis und schaute mich dann mit dunklen Augen an. Sein Jeanshemd war durchgeschwitzt und sein Haar im Nacken und an den Schläfen naß.

»Man hat mir gesagt, der Gerichtsmediziner würde kommen, und ich solle nach ihm Ausschau halten«, sagte er.

»Tja, das bin ich«, antwortete ich kühl.

»Ja, natürlich, Ma'am. Ich wollte damit nicht sagen ...« Er verstummte, und sein Blick wanderte über meinen Mercedes. Er war von einem feinen hartnäckigen Staub bedeckt, der durch alle Ritzen drang. »Ich schlage vor, Sie lassen Ihren Wagen hier und fahren mit mir«, setzte er hinzu.

Ich schaute zur Müllhalde hinauf. Raupenbagger mit drohend aufgerichteten Schaufeln und Planierschilden standen reglos auf dem Gipfel. Zwei zivile Polizeiwagen und ein Krankenwagen erwarteten mich am Ort des Geschehens, und Polizisten hatten sich als winzige Gestalten um das Heck eines Lastwagens versammelt, der kleiner war als die anderen. Daneben stocherte jemand mit einem Stock im Boden herum, und ich wurde langsam ungeduldig.

»Okay«, sagte ich. »Dann mal los.«

Ich parkte meinen Wagen und holte meine Arzttasche und meine Tatortkleidung aus dem Kofferraum. Der junge Mann schwieg und beobachtete neugierig, wie ich, bei weit geöffneter Tür auf meinem Fahrersitz sitzend, Gummistiefel anzog, die von jahrelangem Waten durch Flüsse und Wälder, auf dem Weg zu Mordopfern und Ertrunkenen, stumpf und verschrammt waren. Ich schlüpfte in ein großes, ausgeblichenes Jeanshemd, das ich während meiner Ehe, die mir inzwischen irreal vorkam, meinem Exmann Tony entwendet hatte. Dann stieg ich in den Explorer und streifte zwei Paar Handschuhe über. Ich zog mir eine OP-Maske über den Kopf und ließ sie lose um meinen Hals baumeln.

»Kann ich Ihnen nicht verdenken«, sagte mein Chauffeur. »Der Gestank ist ziemlich übel, das sag' ich Ihnen.«

»Es ist nicht der Gestank«, sagte ich. »Es sind die Mikroorganismen, die mir Sorgen machen.«

»Oje«, sagte er besorgt. »Vielleicht sollte ich auch so ein Ding tragen.«

»Sie sollten ohnehin nicht so dicht rangehen, daß es gefährlich für Sie werden könnte.«

Er gab keine Antwort, und ich war mir sicher, daß das bereits geschehen war. Der Versuchung zu gaffen konnten die meisten Menschen nicht widerstehen. Je grausiger der Fall, desto weniger.

»Tut mir leid, daß es hier so staubig ist«, sagte er, während wir am Ufer eines kleinen, von Enten bevölkerten Löschteichs durch ein Goldrutendickicht fuhren. »Wie Sie sehen, streuen wir gegen den Staub überall eine Schicht Reifenspäne, und ein Straßenreinigungsfahrzeug sprüht sie fest. Aber das scheint alles nicht so richtig zu helfen.« Er hielt nervös inne, bevor er weitersprach. »Wir kriegen hier pro Tag dreitausend Tonnen Müll rein.«

»Wo kommt der her?« fragte ich.

»Aus dem gesamten Gebiet zwischen Littleton, North Carolina, und Chicago.

»Was ist mit Boston?« fragte ich, denn die ersten vier Opfer stammten vermutlich von dort.

»Nein, Ma'am.« Er schüttelte den Kopf. »Kann aber noch werden. Wir sind hier unten sehr viel preiswerter. Fünfundzwanzig Dollar pro Tonne. In New Jersey zahlt man neunundsechzig und in New York achtzig. Außerdem recyceln wir, sortieren Giftmüll aus und fangen das Methangas auf, das beim Verrotten des Mülls entsteht.«

»Wie lange haben Sie geöffnet?«

»Vierundzwanzig Stunden am Tag, sieben Tage die Woche«, sagte er voller Stolz.

»Und Sie haben die Möglichkeit, zurückzuverfolgen, woher die Fahrzeuge kommen?«

»Wir arbeiten mit einem Satellitensystem. Zumindest können wir Ihnen sagen, welche Wagen in dem Bereich, wo die Leiche gefunden wurde, innerhalb einer bestimmten Zeitspanne Müll abgeladen haben.«

Bei ein paar Chemieklos fuhren wir spritzend durch eine tiefe Pfütze und holperten an einer Waschanlage vorbei, in der die Lastwagen auf ihrem Weg zurück auf die Straßen und Autobahnen des Lebens abgespritzt wurden.

»So was haben wir hier noch nicht erlebt«, sagte er. »Aber auf der Shoosmith-Deponie wurden mal Leichenteile gefunden. Zumindest gibt es so ein Gerücht.«

Er warf mir einen Blick zu, als erwartete er von mir eine Bestätigung dieses Gerüchts, aber ich ging nicht darauf ein. Schmatzend fuhr der Explorer durch den mit Gummispänen bestreuten Schlamm, und der saure Gestank faulenden Mülls wehte ins Wageninnere. Ich behielt den kleinen Lkw, den ich seit meiner Ankunft beobachtete, fest im Auge. Meine Gedanken überschlugen sich.

»Übrigens, mein Name ist Keith Pleasants.« Er wischte sich die Hand an der Hose ab und reichte sie mir. »Freut mich, Sie kennenzulernen.«

Ich mußte mir fast den Arm verrenken, um mit meiner behandschuhten Hand die seine zu schütteln, während Männer, die sich Taschentücher und Lappen vor die Nase hielten, uns beim Näherkommen beobachteten. Es waren vier, die sich, wie ich jetzt sehen konnte, um das Heck eines Hydraulik-

Mülltransporters versammelt hatten, mit dem Müllcontainer geleert und Müll zusammengepreßt wurde. *Cole's Trucking Co.* stand auf den Türen.

»Der Typ, der da im Müll herumstochert, ist der zuständige Detective«, erklärte mir Pleasants.

Er war schon etwas älter, hatte keine Jacke an und trug einen Revolver an der Hüfte. Ich hatte das Gefühl, ihn schon einmal irgendwo gesehen zu haben.

»Grigg?« riet ich. So hieß der Detective, mit dem ich telefoniert hatte.

»Genau.« Schweiß lief Pleasants über das Gesicht, und er wurde noch nervöser. »Wissen Sie, ich hatte noch nie etwas mit der Polizei zu tun. Noch nicht mal wegen zu schnellen Fahrens.«

Wir hielten. Ich konnte durch den aufgewühlten Staub kaum etwas sehen. Pleasants langte nach seinem Türgriff.

»Bleiben Sie noch einen Moment sitzen«, bat ich ihn.

Ich wartete, bis der Staub sich gelegt hatte, und verschaffte mir durch die Windschutzscheibe hindurch einen Überblick, wie ich es immer bei meiner Ankunft an einem Tatort tat. Die Baggerschaufel hing wie erstarrt mitten in der Luft, der Müllwagen darunter war noch fast voll. Überall sonst auf der Deponie herrschte Betriebsamkeit. Dieselmotoren liefen. Nur hier wurde nicht gearbeitet. Einen Moment lang sah ich zu, wie kraftvolle weiße Trucks bergauf röhrten, während die Raupenbagger mit ihren Klauen zupackten und Kompaktoren mit ihren Stahlrädern den Boden zermalmten.

Der Krankenwagen, mit dem die Leiche abtransportiert werden sollte, war schon da, und die Sanitäter saßen im klimatisierten Inneren, beobachteten mich durch staubige Fenster und warteten ab, was ich tun würde. Als sie sahen, daß ich die OP-Maske über Nase und Mund zog und meine Tür öffnete, stiegen sie auch aus. Türen knallten. Der Detective kam sofort auf mich zu, um mich zu begrüßen.

»Detective Grigg, Sheriff's Department von Sussex«, sagte er. »Ich habe Sie angerufen.«

»Waren Sie die ganze Zeit hier draußen?« fragte ich ihn.

»Ja, Ma'am, seit wir um zirka dreizehn Uhr benachrichtigt wurden. Ich habe aufgepaßt, daß nichts verändert wurde.«

»Entschuldigen Sie«, sagte einer der Sanitäter zu mir. »Brauchen Sie uns jetzt gleich?«

»Vielleicht in einer Viertelstunde. Es kommt Sie dann jemand holen«, sagte ich, und sie stiegen eiligst wieder in ihren Krankenwagen. »Ich brauche hier mehr Platz«, sagte ich zu den Umstehenden.

Schritte knirschten, als die Leute aus dem Weg traten und den Blick freigaben, was sie bewacht und begafft hatten. Die Hautfarbe war im verlöschenden Licht des Herbstnachmittags unnatürlich bleich, der Rumpf ein grauenerregender Stumpen. Er war aus einer Ladung Müll gefallen und auf dem Rücken gelandet.

Dem Anschein nach war die Leiche weiß, ich war mir aber nicht sicher, und die Maden, von denen es im Genitalbereich wimmelte, machten es schwer, auf den ersten Blick das Geschlecht zu bestimmen. Ich konnte noch nicht einmal mit Sicherheit sagen, ob das Opfer schon die Geschlechtsreife erreicht hatte oder nicht. Der Leichnam war extrem mager, die Rippen stachen unter flachen Brüsten hervor, die vielleicht weiblich waren, vielleicht auch nicht.

Ich hockte mich dicht daneben und öffnete meine Arzttasche. Mit einer Pinzette sammelte ich Maden in ein Glas, damit der Entomologe sie später untersuchen konnte, und stellte bei näherer Betrachtung fest, daß das Opfer tatsächlich eine Frau war. Sie war am unteren Ende der Halswirbelsäule enthauptet, Arme und Beine waren abgetrennt worden. Die Stümpfe waren bereits trocken und dunkel, und ich wußte sofort, daß dieser Fall anders war als die übrigen.

Die Gliedmaßen dieser Frau waren nicht an den Gelenken,

sondern mitten durch die kräftigen Oberarm- und Oberschenkelknochen hindurch abgetrennt worden. Ich spürte, wie die Männer mich anstarrten, als ich ein Skalpell herausholte, an der rechten Seite des Rumpfes einen ein Zentimeter langen Einschnitt machte und ein langes Thermometer einführte. Ein zweites Thermometer legte ich auf meine Tasche.

»Was machen Sie da?« fragte ein Mann in einem karierten Hemd mit einer Baseballkappe auf dem Kopf, der aussah, als würde ihm gleich schlecht.

»Ich brauche die Körpertemperatur, um den Todeszeitpunkt zu bestimmen. Eine Messung im Leberkern ist am genauesten«, erklärte ich geduldig. »Und außerdem muß ich wissen, wie hoch die Außentemperatur hier ist.«

»Sehr hoch, das kann ich ihnen auch so sagen«, sagte ein anderer Mann. »Es ist eine Frau, was?«

»Für solche Feststellungen ist es noch zu früh«, erwiderte ich.

»Ist das Ihr Transporter?«

»Ja.«

Er war jung, hatte dunkle Augen, sehr weiße Zähne und Tätowierungen auf den Fingern, wie ich sie normalerweise mit Leuten assoziierte, die im Gefängnis gesessen hatten. Ein verschwitztes Tuch war um seinen Kopf gebunden und hinten verknotet, und er konnte den Rumpf nicht lange ansehen, ohne den Blick abzuwenden.

»Zur falschen Zeit am falschen Ort«, fügte er hinzu und schüttelte feindselig den Kopf.

»Wie meinen Sie das?« Grigg sah ihn scharf an.

»Von meinem Wagen stammt das nicht. Das weiß ich genau«, sagte der Fahrer, als sei das der wichtigste Satz, den er in seinem ganzen Leben sagen würde. »Das hat der Bagger aufgewühlt, als er meine Ladung verteilt hat.«

»Dann wissen wir also nicht, wann es hier abgeladen wurde?«

Ich blickte in die Gesichter um mich herum.

Pleasants ergriff das Wort. »An dieser Stelle haben seit zehn Uhr dreiundzwanzig Lkws ihren Müll abgeladen, dieser nicht mitgezählt.« Er deutete auf den Mülltransporter.

»Wieso gerade zehn Uhr?« fragte ich, denn das schien mir ein ziemlich willkürlich gewählter Zeitpunkt.

»Weil wir um zehn die letzte Schicht Reifenspäne streuen. Vorher kann das also auf keinen Fall hier abgeladen worden sein«, erklärte Pleasants und starrte auf die Leiche. »Und meiner Meinung nach kann es sowieso nicht lange hier gelegen haben. Sieht nicht so aus, als wär' es von einem Fünfzig-Tonnen-Kompaktor, von Lastwagen oder auch nur von diesem Bagger überrollt worden.«

Er blickte in die Ferne, wo gepreßter Müll von Lkws gehievt und dann von riesigen Traktoren zermalmt und verteilt wurde. Der Fahrer des Mülltransporters wurde immer nervöser.

»Hier oben fahren überall große Maschinen herum«, fügte Pleasants hinzu. »Fast ununterbrochen.«

Ich sah zu dem Mülltransporter und dem leuchtendgelben Bagger mit seiner leeren Kabine hinüber. Ein Fetzen eines schwarzen Müllbeutels flatterte an der aufgerichteten Baggerschaufel.

»Wo ist der Fahrer des Baggers?« fragte ich.

Pleasants zögerte, bevor er antwortete. »Tja, schätze, das bin ich. Es hat sich jemand krank gemeldet, da mußte ich auf der Halde arbeiten.«

Grigg ging näher an den Bagger heran und blickte zu dem Rest des Müllsacks empor, der sich in der heißen, stickigen Luft hin und her bewegte.

»Erzählen Sie mir, was Sie gesehen haben«, forderte ich Pleasants auf.

»Nicht viel. Ich war gerade dabei, seinen Wagen zu entladen.« Er deutete mit einer Kopfbewegung auf den Fahrer. »Da blieb der Müllsack, den Sie da sehen, an meiner Schaufel hängen. Er platzte auf, die Leiche fiel raus und landete dort, wo sie jetzt liegt.« Er hielt inne, wischte sich mit dem Ärmel über das Gesicht und wehrte Fliegen ab.

»Aber Sie wissen nicht genau, wo sie herkam«, versuchte ich es noch einmal. Grigg hörte zu, obwohl er ihre Aussagen vermutlich bereits aufgenommen hatte.

»Schon möglich, daß ich sie mit dem Bagger hochgewühlt hab'«, räumte Pleasants ein. »Ich sag' ja gar nicht, daß es so nicht gewesen sein kann. Ich glaube es nur nicht.«

»Das kommt, weil du es nicht glauben willst.« Wütend starrte der Fahrer ihn an.

»Ich weiß, was ich glaube.« Pleasants zuckte nicht mit der Wimper. »Meine Schaufel hat sie beim Entladen von deinem Laster geholt.«

»Mann, du weißt aber nicht *genau*, ob sie von mir stammt«, gab der Fahrer zurück.

»Nein, absolut sicher bin ich mir nicht. Aber es ist doch logisch.«

»Für dich vielleicht.« Das Gesicht des Fahrers verzerrte sich drohend.

»Ich glaube, das reicht, Jungs«, mahnte Grigg und trat wieder näher an sie heran, damit seine Präsenz sie daran erinnerte, daß er ein kräftiger Mann war und eine Waffe trug.

»Da haben Sie recht«, sagte der Fahrer. »Ich hab' die Nase voll von diesem Mist. Wann kann ich hier weg? Ich bin schon spät dran.«

»So eine Sache bringt für alle Beteiligten Unannehmlichkeiten mit sich«, sagte Grigg und sah ihn dabei fest an.

Der Fahrer verdrehte die Augen, fluchte halblaut, ging steifbeinig davon und zündete sich eine Zigarette an.

Ich zog das Thermometer aus der Leiche und hielt es hoch. Die Kerntemperatur betrug neunundzwanzig Grad, genausoviel wie die Außentemperatur. Ich drehte den Rumpf um und bemerkte eine merkwürdige Ansammlung von mit Flüssigkeit gefüllten Pusteln am unteren Teil des Gesäßes. Bei genauerem Hinsehen fand ich an den Rändern tiefer Schnittwunden im Schulter- und Schenkelbereich Spuren von weiteren Pusteln.

»Verpacken Sie sie doppelt in Leichensäcke«, ordnete ich an. »Ich muß den Müllbeutel haben, in dem sie gefunden wurde, einschließlich des Stücks, das dort oben an dem Bagger hängt. Und ich brauche den Abfall, der unmittelbar unter ihr und um sie herum liegt. Schicken Sie das alles zu mir.«

Grigg faltete einen Fünfundsiebzig-Liter-Müllsack auseinander und schüttelte ihn auf. Er zog Handschuhe aus der Tasche, hockte sich hin und fing an, Abfall aufzusammeln. Inzwischen öffneten die Sanitäter die Hecktüren des Krankenwagens. Der Fahrer des Mülltransporters lehnte an seiner Kabine, und ich spürte seinen Zorn wie Hitze.

»Woher stammt Ihr Wagen?« fragte ich ihn.

»Gucken Sie doch aufs Nummernschild«, entgegnete er patzig.

»Wo in Virginia?« Ich dachte gar nicht daran, mich von ihm aus der Ruhe bringen zu lassen.

Pleasants antwortete an seiner Stelle: »Aus der Gegend von Tidewater, Ma'am. Der Laster gehört uns. Die kann man bei uns leasen.«

Von der Hauptverwaltung der Mülldeponie aus hatte man einen Blick auf den Löschteich. Das Gebäude wirkte in der lauten, staubigen Umgebung seltsam fehl am Platze. Es war apricotfarben verputzt, vor den Fenstern hingen Blumenkästen, und der Plattenweg wurde von kunstvoll geschnittenen Büschen gesäumt. Die Fensterläden waren cremefarben gestrichen, und die Eingangstür zierte ein Messingklopfer in Form einer Ananas. Drinnen empfing mich eine herrlich saubere, kühle Luft, und ich begriff, warum Investigator Percy Ring seine Verhöre lieber hier führte. Ich hätte wetten können, daß er noch gar nicht am Tatort gewesen war.

Er saß mit einem älteren Mann in Hemdsärmeln zusammen im Aufenthaltsraum, trank Diet Coke und schaute sich Computerdiagramme an.

»Das ist Dr. Scarpetta. Entschuldigen Sie«, sagte Pleasants und fügte Ring zugewandt hinzu: »Ich kenne Ihren Vornamen nicht.«

Ring schenkte mir ein breites Lächeln und zwinkerte mir zu. »Die Frau Doktor und ich kennen uns schon recht lange.« Er war blond, trug einen adretten blauen Anzug und verströmte eine jugendliche Unschuld, die äußerst überzeugend wirkte. Mich hatte er jedoch nie täuschen können. Er war ein großmäuliger, zur Faulheit neigender Blender. Außerdem war mir nicht entgangen, daß fortwährend Informationen an die Presse durchsickerten, seit er mit diesen Fällen befaßt war.

»Und dies ist Mr. Kitchen«, sagte Pleasants zu mir. »Der Eigentümer der Deponie.«

Kitchen trug einfache Jeans und Timberland-Boots. Seine Augen waren grau und traurig, als er mir seine große, rauhe Hand reichte.

»Bitte setzen Sie sich«, sagte er und zog einen Stuhl hervor. »Heute ist ein ganz, ganz schlechter Tag. Besonders für diese Person dort draußen, wer immer das auch sein mag.«

»Die hat ihren schlechten Tag ja nun hinter sich«, sagte Ring. »Jetzt muß sie nicht mehr leiden.«

»Sind Sie dort oben gewesen?« fragte ich ihn.

»Ich bin erst vor einer Stunde hier angekommen. Und das hier ist nicht der Tatort, sondern nur der Fundort«, sagte er. »Leiche Nummer fünf.« Er wickelte einen Streifen Juicy Fruit aus. »Er macht nicht mehr so lange Pausen, diesmal liegen nur zwei Monate dazwischen.«

Wie schon so oft wallte Ärger in mir auf. Ring liebte es, vorschnelle Schlüsse zu ziehen und sie mit der Gewißheit eines Menschen zu äußern, der nicht genug weiß, um zu erkennen, daß er falsch liegen könnte. Zum Teil kam das daher, daß er Ergebnisse haben wollte, ohne etwas dafür zu tun.

»Ich habe den Leichnam bisher weder untersucht noch sein Geschlecht bestimmt«, sagte ich in der Hoffnung, ihm würde wieder einfallen, daß sich noch andere Leute im Raum befanden. »Dies ist nicht der richtige Zeitpunkt, Vermutungen anzustellen.«

»Tja, ich geh' dann«, sagte Pleasants nervös und steuerte auf die Tür zu.

»Denken Sie dran: In einer Stunde will ich Ihre Aussage aufnehmen!« rief ihm Ring hinterher.

Kitchen starrte schweigend auf die Diagramme, und dann kam Grigg herein. Er nickte uns zu und nahm sich einen Stuhl.

»Die Feststellung, daß es sich hier um einen Mord handelt, halte ich nicht bloß für eine Vermutung«, sagte Ring zu mir.

»Das kann man so sagen.« Ich hielt seinem Blick stand.

»Und daß alles genauso ist wie bei den anderen Fällen.«

»Das kann man so nicht sagen. Ich habe die Leiche noch nicht untersucht«, entgegnete ich.

Kitchen rutschte unruhig auf seinem Stuhl herum. »Möchte jemand ein Mineralwasser? Kaffee vielleicht?« fragte er. »Die Toiletten sind übrigens auf dem Gang.«

»Die gleiche Geschichte«, sagte Ring zu mir, als hätte er die Weisheit mit Löffeln gefressen. »Wieder ein Rumpf und wieder auf einer Mülldeponie.«

Grigg beobachtete uns mit ausdruckslosem Gesicht und trommelte unruhig auf sein Notizbuch. Er knipste an seinem Kugelschreiber herum und sagte zu Ring: »Ich bin der gleichen Meinung wie Dr. Scarpetta. Wir sollten besser noch keine Verbindung zwischen diesem und irgendwelchen anderen Fällen herstellen. Vor allem nicht vor der Öffentlichkeit.«

»Ach du lieber Gott. Auf diese Art von Publicity kann ich gut verzichten«, schnaufte Kitchen. »Wissen Sie, wenn man in dieser Branche arbeitet, ist einem schon klar, daß so etwas passieren kann, besonders, wenn der Müll aus Orten wie New York, New Jersey oder Chicago stammt. Aber man glaubt doch nie, daß tatsächlich einmal auf der eigenen Deponie eine Leiche gefunden wird.« Er sah Grigg an. »Ich würde gern eine Belohnung aussetzen, damit derjenige, der diese schreckliche Tat begangen hat, möglichst schnell gefaßt wird. Zehntausend Dollar für den Hinweis, der zu seiner Verhaftung führt.«

»Das ist sehr großzügig«, sagte Grigg beeindruckt.

»Gilt das auch für Ermittlungsbeamte?« grinste Ring.

»Es ist mir egal, wer den Fall löst.« Mit unbewegtem Gesicht wandte sich Kitchen mir zu. »Jetzt sagen Sie mir, wie ich Ihnen helfen kann, Ma'am«

»Soweit ich verstanden habe, benutzen Sie ein Satellitenortungssystem«, sagte ich. »Stammen daher diese Diagramme?«

»Ich war gerade dabei, sie zu erläutern«, erwiderte Kitchen. Er schob ein paar zu mir herüber. Die Wellenlinienmuster darauf sahen aus wie Gesteinsquerschnitte und waren mit Koordinaten versehen.

»Das ist die Müllhalde aus der Vogelperspektive«, erklärte Kitchen. »Wir können stündlich, täglich, wöchentlich, wann immer wir wollen, eine Aufnahme davon machen, wenn wir rauskriegen wollen, woher Müll stammt und wo er abgeladen wurde. Mittels dieser Koordinaten lassen sich einzelne Punkte auf der Karte genau bestimmen.« Er tippte auf das Papier. »Das ist so ähnlich wie das Zeichen einer Kurve in Geometrie oder Algebra.« Er blickte zu mir hoch und fügte hinzu: »Ich nehme an, damit hat man Sie in der Schule auch irgendwann gequält.«

»*Gequält* ist das treffende Wort.« Ich lächelte ihn an. »Das heißt also, wenn Sie diese Bilder vergleichen, können Sie sehen, wie sich die Oberfläche der Halde von Ladung zu Ladung verändert.«

Er nickte. »Ja, Ma'am. Kurz gesagt heißt es das.«

»Und zu welchem Ergebnis sind Sie gekommen?«

Er legte acht Karten nebeneinander. Auf jeder sahen die Wellenlinien anders aus, wie unterschiedliche Falten im Gesicht ein und desselben Menschen.

»Jede Linie steht für eine bestimmte Höhe«, sagte er. »Wir können ziemlich genau sagen, welcher Lkw welche Höhenveränderung verursacht hat.«

Ring leerte seine Cola-Dose und warf sie in den Müll. Er blätterte in seinem Notizblock, als suche er irgend etwas.

»Der Leichnam kann nicht sehr tief gelegen haben«, sagte ich. »In Anbetracht der Umstände ist er sehr sauber. Er hat keine postmortalen Verletzungen. Soweit ich draußen gesehen habe, hieven die Raupenbagger Müllballen von den Lastern und zerquetschen sie. Sie verteilen den Müll am Boden, damit der Kompaktor ihn zusammenschieben, zerkleinern und komprimieren kann.«

»Stimmt haargenau.« Kitchen sah mich interessiert an. »Suchen Sie einen Job?«

Mir gingen Bilder von Erdbewegungsmaschinen durch den Kopf, die aussahen wie mechanische Dinosaurier und die ihre Klauen in plastikumhüllllte Ballen auf Lkws schlugen. Die Verletzungen der bisherigen Opfer, dieser zerquetschten und zerfetzten menschlichen Überreste, kannte ich in- und auswendig. Abgesehen von dem, was der Mörder ihm angetan hatte, war dieses Opfer unverletzt.

»Es ist schwer, fähige Frauen zu finden«, sagte Kitchen.

»Das können Sie laut sagen, mein Lieber«, erwiderte Ring, während Grigg ihn mit wachsendem Abscheu beobachtete.

»Klingt logisch«, sagte Grigg. »Wenn die Leiche schon länger hier gelegen hätte, wäre sie ziemlich hinüber.«

»Die ersten vier sahen wirklich übel aus«, sagte Ring. »Das

reinste Hackfleisch.« Er schaute mich an. »Macht die hier den Eindruck, als sei sie in eine Müllpresse geraten?«

»Der Leichnam sieht nicht zerquetscht aus«, antwortete ich. »Hm, das ist interessant«, sinnierte er. »Wieso nicht?«

»Sie kommt halt nicht aus einer Transferstation, wo der Müll zu Ballen gepreßt wird«, sagte Kitchen, »sondern aus einem Müllcontainer, der vor dem Transporter geleert wurde.«

»Aber auch im Transporter wird der Müll doch gepreßt«, wandte Ring ein.

»Es kommt darauf an, wo genau im Wagen die Leiche sich befand, als der Müll komprimiert wurde«, sagte ich. »Es kommt auf alle möglichen Dinge an.«

»Oder ob der Müll überhaupt komprimiert wurde, je nachdem, wie voll der Laster war«, sagte Kitchen. »Wenn Sie mich fragen, wo genau die Leiche nun herkam, würde ich sagen, sie stammt von dem Transporter. Höchstens noch von einem der beiden Laster davor.«

»Ich schätze, dann brauche ich die Namen der Fahrer dieser Lastwagen und ihren Herkunftsort«, sagte Ring. »Wir müssen die Fahrer vernehmen.«

»Sie betrachten also die Fahrer als Tatverdächtige«, sagte Grigg kühl. »Ziemlich originell, das muß ich Ihnen lassen. So wie ich das sehe, stammt der Müll nicht von ihnen. Er stammt von den Leuten, die ihn weggeworfen haben. Und ich gehe davon aus, daß einer von denen derjenige ist, den wir suchen.«

Ring sah in völlig ungerührt an. »Ich möchte mir nur anhören, was die Fahrer zu sagen haben. Man kann nie wissen. Vielleicht ist das Ganze nur inszeniert. Man lädt eine Leiche an einem Ort ab, der auf der eigenen Route liegt, und sorgt dafür, daß man sie selbst auf die Deponie bringt. Oder man wirft sie gleich auf den eigenen Laster. Dann wird man von niemandem verdächtigt, stimmt's?«

Grigg stieß seinen Stuhl zurück. Er löste seinen Kragen, und sein Kiefer mahlte, als schmerze er. Sein Hals knackte, dann seine Fingerknöchel. Schließlich knallte er sein Notizbuch auf den Tisch, und alle Blicke richteten sich auf ihn, während er Ring wütend anstarrte.

»Haben Sie was dagegen, wenn ich diese Sache bearbeite?« fauchte er den jungen Ermittlungsbeamten an. »Mir ist sehr daran gelegen, den Job zu machen, für den ich bezahlt werde. Und ich glaube, das hier ist mein Fall und nicht Ihrer.«

»Ich bin nur hier, um zu helfen«, sagte Ring gelassen und zuckte wieder mit den Schultern.

»Ich wußte nicht, daß ich Hilfe brauche«, erwiderte Grigg.

»Als der zweite Rumpf in einem anderen County gefunden wurde als der erste, hat die Polizei von Virginia eine überregionale Sonderkommission gebildet«, sagte Ring. »Sie sind ein bißchen spät dran, mein Lieber. Sieht so aus, als könnten Sie ein paar Informationen von jemandem gebrauchen, der schon länger dabei ist.«

Aber Grigg hörte schon gar nicht mehr hin, sondern sagte zu Kitchen: »Die Fahrzeugdaten hätte ich auch gern.«

»Wie wär's, wenn ich sicherheitshalber die Daten der letzten fünf Lkws besorge, die oben waren?« sagte Kitchen in die Runde.

»Das wäre eine große Hilfe«, sagte ich und stand vom Tisch auf. »Je eher Sie dazu kommen, desto besser.«

»Um wieviel Uhr fangen Sie morgen damit an?« fragte mich Ring, der auf seinem Stuhl sitzen blieb, als gäbe es im Leben wenig zu tun und Zeit im Überfluß.

»Sprechen Sie von der Autopsie?« fragte ich.

»Allerdings.«

»Möglicherweise öffne ich diese Leiche erst in ein paar Tagen.«

»Wieso?«

»Das Wichtigste ist die äußere Leichenschau. Sie wird sehr viel Zeit in Anspruch nehmen.« Ich sah, wie sein Interesse sich verflüchtigte. »Ich muß im Müll nach Spuren suchen,

Knochen mazerieren, einen Entomologen wegen des Alters der Maden zu Rate ziehen, damit ich abschätzen kann, wann die Leiche im Müll gelandet ist, und so weiter.«

»Vielleicht ist es besser, wenn Sie mir dann einfach Ihre Ergebnisse mitteilen«, beschloß er.

Grigg folgte mir zur Tür hinaus, schüttelte den Kopf und sagte in seiner langsamen, leisen Art: »Als ich vor langer Zeit aus der Army entlassen wurde, wollte ich unbedingt zur Staatspolizei. Kaum zu glauben, daß die solche Volltrottel einstellen.«

»Zum Glück sind nicht alle so«, erwiderte ich.

Als wir in die Sonne hinaustraten, bewegte sich der Krankenwagen gerade langsam, von Staubwolken verhüllt, zur Ausfahrt der Mülldeponie. Tuckernde Lastwagen standen Schlange vor der Waschanlage, während der Berg um eine weitere Schicht aus zerkleinerten Resten des modernen Amerika wuchs. Es war schon dunkel, als wir bei unseren Wagen ankamen. Grigg blieb vor meinem stehen und sah ihn sich an. »Ich hab' mich schon gefragt, wem der wohl gehört«, sagte er voller Bewunderung. »Eines schönen Tages werde ich auch so einen fahren. Irgendwann mal.«

Ich lächelte ihm zu und schloß meine Tür auf. »Dem fehlen aber so wichtige Dinge wie Sirene und Blaulicht.«

Er lachte. »Marino und ich sind im selben Kegelclub. Sein Team heißt Balls of Fire, meins Lucky Strikes. Der alte Junge ist so ziemlich der unsportlichste Mensch, den ich kenne. Ist permanent am Spachteln und Biertrinken. Und dann glaubt er auch noch, daß alle mogeln. Letztes Mal hatte er eine Frau dabei.« Er schüttelte den Kopf. »Sie kegelte wie Wilma Feuerstein, und so war sie auch angezogen. So was mit Leopardenmuster. Fehlte bloß noch der Knochen im Haar. Na ja, grüßen Sie ihn von mir.«

Sein Schlüsselbund klirrte, als er davonging.

»Detective Grigg! Danke für Ihre Hilfe«, sagte ich.

Er nickte mir zu und stieg in seinen Caprice.

Beim Entwurf meines Hauses habe ich darauf geachtet, daß die Waschküche direkt von der Garage abgeht, denn nach der Arbeit an Tatorten wie diesem wollte ich den Tod nicht durch die Räume schleppen, in denen sich mein Privatleben abspielt. Wenige Minuten, nachdem ich aus dem Wagen gestiegen war, steckten meine Sachen in der Waschmaschine, und Schuhe und Stiefel lagen in einem extragroßen Spülbecken, wo ich sie mit Waschmittel und einer harten Bürste schrubbte.

Ich zog einen Morgenmantel an, der immer griffbereit an der Tür hing, ging ins Schlafzimmer und nahm eine ausgiebige heiße Dusche. Ich fühlte mich ausgelaugt und mutlos. Im Moment fehlte mir jegliche Energie, mir vorzustellen, wie die Tote hieß oder wer sie gewesen war. Ich verdrängte die Bilder und Gerüche aus meinen Gedanken. Ich machte mir einen Drink und einen Salat, starrte trübsinnig auf die große Schüssel mit Süßigkeiten auf der Theke und dachte an die Pflanzen, die auf der Veranda darauf warteten, eingetopft zu werden. Dann rief ich Marino an.

»Hör mal«, sagte ich, als er abnahm. »Ich finde, Benton sollte morgen früh herkommen.«

Es entstand eine lange Pause. »Okay«, sagte er dann. »Du willst also, daß ich ihm sage, er soll seinen Hintern nach Richmond bewegen. Anstatt es ihm selbst zu sagen.«

»Wenn es dir nichts ausmacht. Ich bin total am Ende.«

»Kein Problem. Um wieviel Uhr?«

»Wann er will. Ich bin den ganzen Tag da.«

Ich ging in mein Arbeitszimmer, um vorm Zubettgehen noch meine E-Mails abzurufen. Lucy rief nur selten an. Statt dessen benutzte sie den Computer, um mir zu sagen, wo sie war und wie es ihr ging. Meine Nichte war FBI-Agentin, die Technikexpertin für das Hostage Rescue Team, kurz HRT, das Spezialteam für Geiselbefreiungen. Sie konnte jederzeit an jeden Ort der Welt beordert werden.

Wie eine besorgte Mutter schaute ich regelmäßig nach, ob ich eine Nachricht von ihr erhalten hatte. Mir graute vor dem Tag, an dem sie angepiept und mit der Truppe zur Andrews Air Force Base geschickt wurde, um mal wieder eine C-141-Frachtmaschine zu besteigen. Ich ging um Stapel von Zeitschriften herum, die darauf warteten, gelesen zu werden, und um dicke Medizinwälzer, die ich kürzlich gekauft und noch nicht ins Regal sortiert hatte, und setzte mich an meinen Schreibtisch. Mein Arbeitszimmer war in meinem Haus der Raum, in dem ich mich am häufigsten aufhielt. Ich hatte einen Kamin einbauen lassen und große Fenster, aus denen man einen Blick auf eine steinige Biegung des James River hatte.

Ich loggte mich bei America Online, kurz AOL, ein und wurde von einer synthetischen männlichen Stimme begrüßt, die verkündete, ich hätte Post. Ich hatte E-Mails über verschiedene Fälle, Verhandlungen, Fachtagungen und Zeitschriftenartikel erhalten und eine Nachricht von jemandem, den ich nicht kannte. Sein Benutzername lautete *deadoc.* Ich verspürte ein mulmiges Gefühl. Es gab keine Beschreibung dessen, was *deadoc* mir geschickt hatte, und als ich die Nachricht öffnete, las ich nur: *zehn.*

Die E-Mail hatte einen Anhang – eine Grafikdatei, die ich herunterlud und entpackte. Ein Farbbild erschien auf meinem Bildschirm, indem es sich Pixelzeile für Pixelzeile aufbaute. Mir wurde bewußt, daß ich das Foto einer hellgrauen Wand und einer Tischkante mit einer blaßblauen Decke vor mir hatte, auf der Flecken und Lachen einer dunkelroten Flüssigkeit zu erkennen waren. Dann erschien eine klaffende rote Wunde auf dem Monitor und schließlich etwas Hautfarbenes, das in blutige Stümpfe und Brustwarzen mündete.

Als das entsetzliche Bild komplett war, starrte ich ungläubig auf den Bildschirm und griff dann zum Telefon.

»Marino, ich glaube, du solltest besser herkommen«, sagte ich mit angsterfüllter Stimme.

»Was ist passiert?« fragte er alarmiert.

»Hier ist etwas, das du dir ansehen mußt.«

»Bist du o.k.?«

»Ich weiß nicht recht.«

»Rühr dich nicht von der Stelle, Doc«, sagte er resolut. »Bin schon unterwegs.«

Ich druckte die Datei aus und sicherte sie auf Diskette, aus Angst, sie könnte sich irgendwie vor meinen Augen in Luft auflösen. Während ich auf Marino wartete, dimmte ich das Licht in meinem Büro, um Einzelheiten und Farben besser erkennen zu können. Ich starrte auf das grausam verstümmelte Etwas, und meine Gedanken drehten sich im Kreis. Das Bild war entsetzlich, aber ein solcher Anblick war eigentlich keine Seltenheit für mich. Ärztekollegen, Wissenschaftler, Juristen und Polizeibeamte schickten mir oft solche Fotos übers Internet. Regelmäßig wurde ich per E-Mail gebeten, Tatorte, Organe, Wunden, Schaubilder, sogar animierte Rekonstruktionen von Fällen, die demnächst vor Gericht kommen sollten, zu untersuchen.

Das Foto hätte ohne weiteres von einem Detective oder einem Kollegen stammen können. Es hätte von einem Staatsanwalt oder der CASKU kommen können. Aber etwas daran war faul. Bisher hatten wir in diesem Fall noch keinen Tatort, nur eine Deponie, auf der das Opfer abgeladen worden war, den Müll aus der unmittelbaren Umgebung der Leiche und den zerfetzten Beutel. Nur der Mörder oder jemand anders, der etwas mit der Tat zu tun hatte, konnte mir diese Datei geschickt haben.

Eine Viertelstunde später, kurz vor Mitternacht, klingelte es an meiner Tür. Ich schoß von meinem Stuhl hoch und lief den Flur hinunter, um Marino hereinzulassen.

»Was zum Teufel ist denn los?« fragte er sofort.

Er trug ein verschwitztes graues Polizei-T-Shirt, das sich eng um seinen massigen Körper und seinen dicken Bauch spannte, weite Shorts, Sportschuhe und Socken, die er bis zu den Waden hochgezogen hatte. Ich roch abgestandenen Schweiß und Zigaretten.

»Komm«, sagte ich.

Er folgte mir den Flur entlang in mein Arbeitszimmer, und als er das Bild auf meinem Monitor sah, setzte er sich auf meinen Stuhl und runzelte finster die Stirn.

»Ach du Scheiße. Ist es das, wofür ich es halte?« fragte er.

»Sieht aus, als sei das Foto an dem Ort entstanden, wo die Leiche zerstückelt wurde.« Ich war es nicht gewohnt, in meinem privaten Arbeitszimmer Besuch zu haben, und ich merkte, wie ich deswegen unruhig wurde.

»Also ist das die Leiche, die heute gefunden wurde.«

»Ja, die Aufnahme wurde kurz nach Eintritt des Todes gemacht«, sagte ich, »aber es ist der Rumpf von der Müllhalde.«

»Wie kannst du da so sicher sein?« fragte Marino.

Während seine Augen gebannt am Bildschirm hingen, rückte er meinen Stuhl zur Seite. Dann schob er mit seinen großen Füßen auf dem Fußboden Bücher aus dem Weg, um bequemer sitzen zu können. Als er ein paar Akten nahm und sie ans andere Ende meines Schreibtischs legte, hielt ich es nicht mehr aus.

»Bei mir hat alles seinen Platz«, sagte ich mit Nachdruck, während ich die Akten wieder dorthin zurücklegte, wo sie auf meinem unaufgeräumten Schreibtisch hingehörten.

»He, immer mit der Ruhe, Doc«, sagte er, als spiele das überhaupt keine Rolle. »Woher sollen wir wissen, daß das hier kein übler Scherz ist?«

Wieder schob er die Akten beiseite, und da wurde ich richtig wütend.

»Marino, steh auf«, sagte ich. »Außer mir darf niemand an meinem Schreibtisch sitzen. Du bringst mich zur Weißglut.« Er warf mir einen wütenden Blick zu und erhob sich. »Kay, tu mir einen Gefallen. Rufe bitte nächstes Mal jemand anders an, wenn du ein Problem hast.«

»Sei doch mal ein bißchen sensibel...«

Aufgebracht schnitt er mir das Wort ab. »Nein. Sei du mal ein bißchen sensibel, und hör verdammt noch mal auf, dich so zickig anzustellen. Kein Wunder, daß Wesley und du Probleme habt.«

»Marino«, sagte ich warnend, »jetzt gehst du aber zu weit.«

Er schwieg und schaute sich schwitzend um.

»Zurück zum Thema.« Ich setzte mich auf meinen Stuhl und stellte ihn wieder richtig ein. »Erstens halte ich das hier nicht für einen Scherz, und zweitens glaube ich, daß es der Rumpf von der Müllhalde ist.«

»Wieso?« Er hatte die Hände in den Taschen und sah an mir vorbei.

»Arme und Beine sind durch die Knochen hindurch abgetrennt worden, nicht an den Gelenken.« Ich tippte auf den Bildschirm. »Es gibt noch andere Übereinstimmungen. Sie ist es, es sei denn, es wurde noch eine andere Frau mit ähnlichem Körperbau auf die gleiche Weise getötet und zerstückelt, und wir haben sie noch nicht gefunden. Und außerdem wüßte ich nicht, wie jemand einen solchen Scherz verübt haben sollte, ohne zu wissen, auf welche Weise das Opfer zerstückelt wurde. Ganz zu schweigen davon, daß dieser Fall noch gar nicht in den Nachrichten war.«

»Scheiße.« Sein Gesicht war tiefrot. »Und, gibt es so etwas wie einen Absender?«

»Ja. Jemand mit einem AOL-Account und dem Namen D E A D O C.«

»Wie *toter Doktor*?« Vor lauter Eifer vergaß er seine Verstimmung.

»Da kann man nur spekulieren. Die Nachricht bestand aus einem einzigen Wort : *zehn*.«

»Das war's?«

»In Kleinbuchstaben.«

Gedankenverloren sah er mich an. »Wenn man die Fälle in

Irland mitzählt, ist dies die Nummer zehn. Hast du hiervon eine Kopie?«

»Ja. Über die Dubliner Fälle und den möglichen Zusammenhang mit den ersten vier hiesigen Morden wurde in den Nachrichten berichtet.« Ich reichte ihm einen Ausdruck. »Jeder könnte darüber Bescheid wissen.«

»Egal. Wenn es derselbe Täter ist und er gerade wieder zugeschlagen hat, weiß er verdammt genau, wie viele er umgebracht hat«, sagte er. »Ich kapier' bloß nicht, woher er wußte, wohin er diese Datei schicken sollte.«

»Meine Adresse bei AOL ist nicht schwer zu erraten. Sie besteht aus meinem Namen.«

»Mein Gott, ich fasse es nicht. Wie kannst du nur?« explodierte er. »Das ist ja, als würde man sein Geburtsdatum als Code für seine Alarmanlage benutzen.«

»E-Mail dient mir fast ausschließlich zur Kommunikation mit Gerichtsmedizinern, Leuten beim Gesundheitsministerium und der Polizei. Die brauchen eine Adresse, die sie sich leicht merken können. Außerdem«, fügte ich hinzu, da er mich weiterhin vorwurfsvoll anstarrte, »war das nie ein Problem.«

»Tja, dafür ist es jetzt ein um so größeres«, sagte er und sah sich den Ausdruck an. »Das Gute daran ist, daß wir hierdurch möglicherweise etwas finden, das uns weiterhilft. Vielleicht hat er im Computer eine Spur hinterlassen.«

»Im Internet«, sagte ich.

»Ja, wo auch immer«, erwiderte er. »Vielleicht solltest du Lucy anrufen.«

»Das muß Benton machen«, erinnerte ich ihn. »Ich kann sie nicht um Hilfe in einem Fall bitten, nur weil ich ihre Tante bin.«

»Na, dann muß ich ihm das wohl auch sagen.« Vorsichtig stakste er durch meine Unordnung zur Tür. »Ich hoffe, du hast Bier in dieser Hütte.« Er blieb stehen und drehte sich zu mir um. »Weißt du, Doc, es geht mich ja nichts an, aber früher oder später mußt du doch mit ihm reden.«

»Du hast recht«, sagte ich, »es geht dich nichts an.«

3

Am nächsten Morgen wurde ich vom gedämpften Trommeln strömenden Regens und dem unerbittlichen Piepen meines Weckers geweckt. Dafür, daß ich eigentlich meinen freien Tag hatte, war es noch recht früh, und mir wurde plötzlich bewußt, daß es über Nacht November geworden war. Der Winter war nicht mehr fern, schon wieder ging ein Jahr zu Ende. Ich zog die Rolläden hoch und schaute aus dem Fenster. Der Boden war mit Blütenblättern von meinen Rosen übersät, der Fluß angeschwollen, und die Felsbrocken darin wirkten schwarz.

Ich hatte ein schlechtes Gewissen wegen Marino. Mir war letzte Nacht der Kragen geplatzt, und ich hatte ihn ohne ein Bier nach Haus geschickt. Aber ich hatte keine Lust, mit ihm über Angelegenheiten zu sprechen, die er sowieso nicht verstand. Für ihn lag der Fall klar. Ich war geschieden. Benton Wesleys Frau hatte ihn wegen eines anderen verlassen. Wir hatten seit geraumer Zeit eine Affäre, also konnten wir ebensogut heiraten. Eine Weile war ich diesem Kurs auch gefolgt. Vergangenen Herbst und Winter waren Wesley und ich Skilaufen gefahren, hatten Tauchurlaub und Einkaufsbummel gemacht, zusammen gekocht und sogar gemeinsam meinen Garten gepflegt. Aber wir kamen schlicht nicht miteinander zurecht. Letztlich wollte ich ihn ebensowenig in meinem Haus haben, wie ich es ertragen konnte, daß Marino an meinem Schreibtisch saß. Wenn Wesley ein Möbelstück verrückte oder auch bloß Geschirr in den falschen Schrank stellte oder Tafelsilber in die falsche Schublade legte, überkam mich zu meiner

Überraschung und Bestürzung eine stille Wut. Ich hatte, als er noch verheiratet war, unsere Beziehung zwar nie für korrekt gehalten, aber damals hatten wir einfach mehr Spaß miteinander, vor allem im Bett. Ich fürchtete, daß meine Unfähigkeit, zu empfinden, was ich selbst oder andere womöglich von mir erwarteten, eine Charaktereigenschaft an mir offenbarte, die ich nicht wahrhaben wollte.

Gnadenlos trommelte der Regen aufs Wagendach, als ich mit hektisch hin und her schnellenden Scheibenwischern zur Arbeit fuhr. Noch waren nicht viele Autos auf den Straßen unterwegs, denn es war erst kurz vor sieben. Nach und nach kam im wäßrigen Nebel die Skyline von Richmond in Sicht. Ich mußte wieder an das Foto denken, daran, wie es sich langsam auf meinem Bildschirm aufgebaut hatte. Ein kalter Schauer überlief mich, und die Haare an meinen Armen stellten sich auf. Mit einem Mal kam mir der Gedanke, daß die Person, die mir das Bild geschickt hatte, vielleicht jemand war, den ich kannte, und mich befiel eine undefinierbare Angst.

Ich nahm die Ausfahrt Seventh Street und fuhr den gewundenen Shockoe Slip mit seinem nassen Kopfsteinpflaster entlang, vorbei an den trendigen Restaurants, die um diese Zeit geschlossen hatten, und an Parkplätzen, die sich gerade erst zu füllen begannen. Als ich in die Einfahrt hinter dem viergeschossigen Bürogebäude einbog, in dem ich arbeitete, stellte ich fassungslos fest, daß mein Parkplatz trotz des unübersehbaren CHIEF MEDICAL EXAMINER-Schilds von einem Übertragungswagen des Fernsehens besetzt war. Das Nachrichtenteam wußte ganz genau, daß ich früher oder später dort auftauchen würde.

Als ich dichter heranfuhr und ihnen bedeutete, sie sollten wegfahren, glitt die Tür des Transporters auf. Ein Kameramann in Regenkleidung sprang heraus und kam mit einer mikrofonbewehrten Reporterin im Schlepptau auf mich zu. Ich ließ mein Fenster ein paar Zentimeter herunter.

»Weg da«, sagte ich alles andere als freundlich. »Sie stehen auf meinem Parkplatz.«

Nichts passierte. Statt dessen stieg noch ein Mensch mit Scheinwerfern aus dem Wagen. Starr vor Wut saß ich einen Moment lang da und glotzte die Leute an. Die Reporterin blockierte meine Tür und stieß ihr Mikrofon durch den Fensterschlitz.

»Dr. Scarpetta, stimmt es, daß der Schlächter wieder zugeschlagen hat?« fragte sie laut, während die Kamera lief und die Scheinwerfer brannten.

»Fahren Sie Ihren Wagen weg«, befahl ich ihr mit eiserner Ruhe in die Kamera.

»Ist es wahr, daß man einen weiteren Rumpf gefunden hat?« Regenwasser lief von ihrer Kapuze hinunter, während sie das Mikro weiter in den Wagen hineinschob.

»Ich bitte Sie jetzt zum letzten Mal, Ihren Wagen von meinem Parkplatz zu entfernen«, sagte ich wie ein Richter, der drauf und dran ist, jemanden wegen Mißachtung des Gerichts zu verdonnern. »Der hat hier nichts zu suchen.«

Der Kameramann wählte eine neue Perspektive und zoomte mich heran. Unbarmherziges Scheinwerferlicht blendete mich.

»Wurde die Leiche auf die gleiche Weise zerstückelt wie die anderen?«

Sie riß das Mikrofon gerade noch rechtzeitig weg, bevor mein Fenster sich schloß. Ich legte den Gang ein und setzte zurück. Dann machte ich eine Dreihundertsechzig-Grad-Drehung, und die Fernsehleute stoben auseinander. Mit quietschenden Reifen parkte ich direkt hinter dem Van, so daß er zwischen meinem Mercedes und dem Gebäude eingekeilt war.

»Moment mal!«

»He! Das können Sie doch nicht machen!«

Als ich ausstieg, starrten sie mich ungläubig an. Ohne mich

lange mit einem Regenschirm abzumühen, spurtete ich zur Tür und schloß auf.

»He!« ertönte es hinter mir. »Wie sollen wir denn da rauskommen?«

Von dem überdimensionalen rotbraunen Kombi im Verladeraum perlte Wasser auf den Betonfußboden. Ich öffnete eine weitere Tür, trat in den Korridor und schaute nach, wer sonst noch da war. Die weißen Fliesen blitzten vor Sauberkeit, die Luft war von extrastarkem Raumdeo geschwängert, und während ich zum Büro des Leichenschauhauses ging, öffnete sich schmatzend die Kühlraumtür aus massivem, rostfreiem Stahl.

»Guten Morgen!« sagte Wingo mit einem überraschten Lächeln. »Sie sind aber früh dran.«

»Danke, daß Sie den Kombi aus dem Regen geholt haben«, sagte ich.

»Soweit ich weiß, haben wir heute keine Fälle mehr zu erwarten, und da dachte ich, es könnte nicht schaden, ihn unterzustellen.

»Haben Sie draußen jemanden gesehen, als Sie ihn reingefahren haben?« fragte ich.

Er machte ein verwundertes Gesicht. »Nein. Aber das ist schon ungefähr eine Stunde her.«

Wingo war der einzige meiner Mitarbeiter, der für gewöhnlich früher ins Büro kam als ich. Er war ein graziöser, attraktiver junger Mann mit hübschem Gesicht und widerspenstigen dunklen Haaren. Aufgrund eines zwanghaften Sauberkeitswahns bügelte er seine Schürzen, wusch mehrmals wöchentlich den Kombi und die Transporter der Anatomie und polierte ständig sämtliche Edelstahloberflächen, bis man sich in ihnen spiegeln konnte. Er hatte für den geregelten Betrieb des Leichenschauhauses zu sorgen, und das tat er mit der Präzision und dem Stolz eines Generals. Wir beide duldeten hier unten nicht die geringste Achtlosigkeit, und niemand wagte es, infektiösen Abfall unsachgemäß zu entsorgen oder dumme Witze über die Toten zu reißen.

»Der Leichnam von der Mülldeponie liegt noch im Kühlraum«, sagte Wingo zu mir. »Wollen Sie, daß ich ihn rausho-le?«

»Warten wir lieber bis nach der Dienstbesprechung«, erwiderte ich. »Je länger er kühl bleibt, desto besser, und ich möchte nicht, daß hier jemand reinmarschiert und ihn sich anschaut.«

»Das würde ich nie zulassen«, sagte er, als hätte ich ihm gerade unterstellt, er vernachlässige seine Pflichten.

»Ich möchte auch nicht, daß jemand vom Personal aus Neugier hereinschaut.«

»Oh.« Ärger blitzte in seinen Augen auf. »Ich versteh' die Leute einfach nicht.«

Das würde er nie tun, denn er war nicht wie sie.

»Würden Sie bitte den Sicherheitsdienst alarmieren?« sagte ich. »Das Fernsehen steht bereits auf dem Parkplatz.«

»Das gibt's doch nicht. So früh am Tag?«

»Channel Eight wartete schon auf mich, als ich kam.« Ich reichte ihm meinen Autoschlüssel. »Geben Sie ihnen noch ein paar Minuten, und dann lassen Sie sie raus.«

»*Raus?* Wie meinen Sie das?« Er runzelte die Stirn und starrte auf den Fernbedienungsschlüssel in seiner Hand.

»Die stehen auf meinem Parkplatz.« Ich steuerte auf den Aufzug zu.

»Wie bitte?«

»Sie werden schon sehen.« Ich trat in die Kabine. »Wenn die meinen Wagen auch nur anrühren, zeige ich sie wegen Hausfriedensbruch und Sachbeschädigung an. Dann sorge ich dafür, daß der Sender einen Anruf von der Staatsanwaltschaft kriegt. Vielleicht verklage ich sie auch.« Ich lächelte ihm zwischen den sich schließenden Türen hindurch zu.

Mein Büro lag im ersten Stock des Consolidated Lab Building, einem Gebäude aus den siebziger Jahren. Wir und die Wissenschaftler aus dem oberen Stockwerk sollten bald ausziehen, weil wir endlich großzügigere Räumlichkeiten im neuen Biotechnologiepark an der Broad Street bekamen, nicht weit vom Marriott und dem Coliseum entfernt.

Die Bauarbeiten waren bereits im Gange, und ich verbrachte viel zuviel Zeit damit, um Details, Blaupausen und Budgets zu streiten. Das, was jahrelang mein Zuhause gewesen war, war nun in Auflösung begriffen. Kartonstapel säumten die Flure, und die Büroangestellten hatten keine Lust mehr, ihre Akten vernünftig abzulegen, weil ohnehin alles eingepackt werden mußte. Ich verschloß die Augen vor neuen Kartonbergen und ging den Flur hinunter zu meinem Büro. Wie üblich sah mein Schreibtisch aus, als sei eine Lawine darauf niedergegangen.

Ich schaute noch einmal nach E-Mails. Fast rechnete ich mit einer weiteren Mail von einem anonymen Absender, aber es waren die gleichen Nachrichten wie gestern. Ich überflog sie und verschickte kurze Antworten. Die Mail von *deadoc* verharrte still in meiner Mailbox, und ich konnte der Versuchung nicht widerstehen, sie und die dazugehörige Bilddatei zu öffnen. Ich war so konzentriert, daß ich nicht hörte, wie Rose hereinkam.

»Ich glaube, Noah hätte lieber noch eine zweite Arche bauen sollen«, sagte sie.

Ich schrak hoch und sah sie in der Tür stehen, die mein Büro mit ihrem verband. Sie wollte gerade ihren Regenmantel ausziehen und machte ein besorgtes Gesicht.

»Ich wollte Sie nicht erschrecken«, sagte sie.

Zögernd trat sie ein und sah mich scharf an.

»Ich wußte, daß Sie herkommen würden, anstatt auf mich zu hören«, sagte sie. »Sie machen ein Gesicht, als hätten Sie ein Gespenst gesehen.«

»Was tun Sie so früh hier?« fragte ich.

»Ich hatte so ein Gefühl, daß Sie alle Hände voll zu tun haben würden.« Sie legte ihren Regenmantel ab. »Haben Sie heute morgen schon die Zeitung gesehen?«

»Noch nicht.«

Sie öffnete ihre Handtasche und nahm ihre Brille heraus. »Dieses ganze Gerede über den *Schlächter.* Sie können sich ja vorstellen, was da los ist. Auf dem Weg hierher habe ich in den Nachrichten gehört, daß massenhaft Schußwaffen verkauft werden, seit diese Mordserie begonnen hat. Ich frage mich manchmal, ob hinter so etwas nicht die Waffenhandlungen stecken. Erst jagen sie uns eine Mordsangst ein, damit wir dann alle wie die Irren losrennen und uns eine 38er oder eine halbautomatische Pistole kaufen.«

Rose hatte stahlgraue Haare, die sie immer hochgesteckt trug. Ihre scharfen Gesichtszüge hatten etwas Aristokratisches. Es gab nichts, was sie nicht schon gesehen hatte, und niemanden, vor dem sie sich fürchtete. Ich wußte, wie alt sie war, und lebte daher in der ständigen Furcht, daß sie sich pensionieren ließ. Sie brauchte nicht für mich zu arbeiten. Sie blieb nur, weil sie eine gute Seele war und zu Hause niemand auf sie wartete.

»Sehen Sie sich das mal an«, sagte ich und schob meinen Stuhl zurück.

Sie kam auf meine Schreibtischseite herüber und stellte sich so dicht neben mich, daß mir White Musk in die Nase stieg. Es war der Duft sämtlicher Produkte, die sie sich im Bodyshop, dem Laden der Tierversuchsgegner, zusammenmischte. Rose hatte kürzlich den fünften altersschwachen Greyhound bei sich aufgenommen. Sie züchtete Siamkatzen, besaß mehrere Aquarien und wollte jedem, der einen Pelz trug, am liebsten an die Gurgel gehen. Sie starrte auf meinen Computerbildschirm und schien nicht ganz zu begreifen, was sie da vor sich hatte. Dann erstarrte sie plötzlich.

»Mein Gott«, murmelte sie und sah mich über den Rand

ihrer Bifokalbrille hinweg an. »Ist das das, was unten im Kühlraum liegt?«

»Eine frühere Version davon, glaube ich«, sagte ich. »Ich habe es über AOL bekommen.«

Sie schwieg.

»Selbstverständlich verlasse ich mich darauf«, fuhr ich fort, »daß Sie hier aufpassen wie ein Luchs, solange ich unten bin. Sobald irgend jemand die Lobby betritt, den wir nicht kennen oder nicht erwarten, möchte ich, daß der Sicherheitsdienst ihn aufhält. Und kommen Sie ja nicht auf die Idee, rauszugehen und die Leute zu fragen, was sie wollen.« Ich sah sie eindringlich an, schließlich kannte ich sie nur zu gut.

»Sie glauben, er würde hierherkommen?« bemerkte sie sachlich.

»Ich weiß selbst nicht, was ich glauben soll. Aber offenbar hat er das Bedürfnis, Kontakt mit mir aufzunehmen.« Ich schloß die Datei und stand auf. »Und das hat er getan.«

Um kurz vor halb acht rollte Wingo den Leichnam auf die Bodenwaage, und wir begannen mit der Untersuchung, von der ich wußte, daß sie äußerst langwierig und gründlich sein würde. Der Rumpf wog einundzwanzig Kilo und war dreiundfünfzig Zentimenter lang. Rückwärtig fanden sich schwache Totenflecken. Da das Blut, wenn es zu zirkulieren aufhört, der Schwerkraft gehorcht, bedeutete das, daß sie nach Eintritt des Todes stunden- oder tagelang auf dem Rücken gelegen hatte. Ich konnte sie nicht anschauen, ohne das grausige Bild auf meinem Monitor vor mir zu sehen, und war mir immer sicherer, daß es sich um ein und denselben Rumpf handelte.

»Was glauben Sie, wie groß sie war?« Wingo warf mir einen kurzen Blick zu, während er die Bahre parallel zum ersten Autopsietisch abstellte.

»Wir werden ihre Größe anhand der Höhe der Lendenwirbelkörper schätzen, da wir weder auf Schienbeine noch auf Oberschenkelknochen zurückgreifen können«, sagte ich, während ich eine Plastikschürze über meinen Kittel band. »Aber sie wirkt klein. Geradezu schwächlich.«

Kurz darauf waren die Röntgenaufnahmen entwickelt, und er hängte sie an Leuchtkästen. Was ich sah, erzählte eine Geschichte, die keinen Sinn zu ergeben schien. Die Kanten der Schambeinfuge, dort, wo ein Schambein ans andere grenzt, waren nicht mehr uneben und zerfurcht wie in der Jugend. Die Knochen waren vielmehr schwer erodiert und hatten unregelmäßige, aufgebogene Ränder. Auf weiteren Röntgenaufnahmen war zu sehen, daß die Rippen dort, wo sie ans Brustbein ansetzten, unregelmäßige Wucherungen aufwiesen. Die Knochen selbst waren dünnwandig und scharfkantig, und im Bereich von der Lendenwirbelsäule bis zum Kreuzbein fanden sich ebenfalls degenerative Veränderungen.

Wingo war kein Anthropologe, aber auch ihm konnte das Offensichtliche nicht entgehen.

»Wenn ich es nicht besser wüßte, würde ich glauben, daß wir ihre Aufnahmen mit denen von jemand anders vertauscht haben«, sagte er.

»Das hier ist eine alte Frau«, sagte ich.

»Wie alt würden Sie sie schätzen?«

»Ich schätze nicht gern.« Ich studierte ihre Röntgenbilder. »Aber ich würde sagen, mindestens siebzig. Auf jeden Fall zwischen fünfundsechzig und achtzig. Kommen Sie. Wir nehmen uns erst mal den Müll vor.«

Die nächsten zwei Stunden verbrachten wir damit, einen großen Müllbeutel voll Abfall zu durchsuchen, der auf der Deponie direkt unter der Leiche und um sie herum gelegen hatte. Der Müllbeutel, in dem sie vermutlich gesteckt hatte, faßte hundertzwanzig Liter, war schwarz und mit einem gezahnten gelben Plastikstreifen verschlossen gewesen. Mit Masken und Handschuhen ausgerüstet, wühlten Wingo und ich uns durch Reifenspäne und Schaumstoffwatte aus Möbelpolstern. Beides wurde auf der Mülldeponie als Abdeckmaterial benutzt. Wir untersuchten zahllose schmierige Plastik- und Papierfetzen, sammelten Maden und tote Fliegen ab und warfen sie in einen Karton.

Unsere Ausbeute war bescheiden: ein blauer Knopf, der wahrscheinlich in keiner Beziehung zu unserem Fall stand, und – eigentümlicherweise – ein Kinderzahn. Wir fanden einen deformierten Kamm, eine plattgedrückte Batterie, mehrere Porzellanscherben, einen verbogenen Drahtbügel und die Kappe eines Bic-Kugelschreibers. Das meiste – Gummischnipsel, Schaumstoffwatte, schwarze Plastikfetzen und durchweichtes Papier – landete jedoch im Mülleimer. Dann bauten wir helle Scheinwerfer um den Tisch herum auf und legten den Leichnam auf ein sauberes weißes Laken.

Zentimeter für Zentimeter suchte ich sie mit einer Lupe ab. Ihr Körper war eine Müllhalde mikroskopisch kleiner Abfälle. Mit einer Pinzette sammelte ich blasse Fasern von dem dunklen, blutigen Stumpf, der einmal ihr Hals gewesen war, und auf ihrem Rücken fand ich drei grauweiße Haare, etwa fünfunddreißig Zentimeter lang, die an getrocknetem Blut klebten.

»Ich brauche noch einen Umschlag«, sagte ich zu Wingo, denn ich war auf etwas anderes gestoßen, mit dem ich nicht gerechnet hatte.

An den Enden beider Oberarmknochen und auch an den Muskelrändern darum herum hafteten weitere Fasern und winzige Fragmente eines hellblauen Stoffes. Das bedeutete, daß die Säge durch diesen Stoff hindurchgegangen sein mußte.

»Sie war bekleidet oder in irgend etwas eingewickelt, als sie zerstückelt wurde«, sagte ich bestürzt.

Wingo unterbrach seine Tätigkeit und sah mich an. »Das war bei den anderen nicht der Fall.«

Jene Opfer waren dem Anschein nach nackt gewesen, als sie zersägt wurden. Er machte weiter Notizen, während ich, die Lupe vorm Auge, mit meiner Suche fortfuhr.

»Auch an beiden Oberschenkelknochen haften Fasern und Stoffetzen.« Ich sah genauer hin.

»Demnach war sie auch von der Taille abwärts bekleidet oder bedeckt?« fragte er.

»Sieht ganz so aus.«

»Dann hat der Täter sie also erst zerstückelt und danach ausgezogen?« Erschüttert von der Vorstellung sah er mich an.

»Er wollte natürlich nicht, daß wir ihre Kleidung finden. Die hätte uns zu viele Hinweise geben können«, sagte ich.

»Warum hat er sie dann nicht gleich ausgezogen, ausgewickelt oder was auch immer?«

»Vielleicht wollte er sich den Anblick ersparen, während er sie zerstückelte«, sagte ich.

»Ach nein, jetzt macht er plötzlich auf sensibel«, sagte Wingo voll Haß auf den Täter.

»Schreiben Sie bitte mit«, wies ich ihn an. »Die Halswirbelsäule ist in Höhe des fünften Halswirbels durchtrennt. Die verbliebenen Oberschenkelknochen enden auf der rechten Seite fünf Zentimeter und auf der linken sechs Zentimeter unterhalb des unteren Trochanters. Beide weisen sichtbare Sägespuren auf. Die verbliebenen Segmente oder Oberarmknochen sind rechts wie links zweieinhalb Zentimeter lang, mit sichtbaren Sägespuren. Auf der oberen rechten Hüfte befindet sich eine zwei Zentimeter lange, verheilte alte Impfnarbe.«

»Was ist damit?« Er meinte die zahlreichen erhabenen, mit Flüssigkeit gefüllten Bläschen, die über Gesäß, Schultern und Oberschenkel verteilt waren.

»Ich weiß nicht«, sagte ich und griff nach einer Spritze. »Ich schätze, ein Herpes zoster.«

»Puh!« Wingo zuckte vom Tisch zurück. »Hätten Sie mir das nicht früher sagen können?« Er hatte Angst.

»Gürtelrose.« Ich begann, ein Reagenzglas zu beschriften. »Vielleicht. Ich muß allerdings gestehen, daß ich ein wenig irritiert bin.«

»Was wollen Sie damit sagen?« Ihm gingen zusehends die Nerven durch.

»Das Gürtelrosevirus«, erwiderte ich, »greift die sensorischen Nerven an. Die Bläschen bilden sich in Streifen entlang von Nervenbahnen. Unter einer Rippe zum Beispiel. Und sie sind unterschiedlich alt. Aber diese hier treten haufenförmig auf, und sie sehen alle gleich alt aus.«

»Was könnte es denn sonst sein?« fragte er. »Windpocken?«

»Das ist der gleiche Erreger. Kinder bekommen Windpocken. Erwachsene bekommen Gürtelrose.«

»Was ist, wenn ich es kriege?« fragte Wingo.

»Hatten Sie als Kind Windpocken?«

»Keine Ahnung.«

»Sind Sie gegen VZV geimpft?« fragte ich.

»Nein.«

»Nun, wenn Sie keine Antikörper gegen VZV haben, sollten Sie sich impfen lassen.« Ich blickte zu ihm auf. »Ist Ihr Immunsystem denn geschwächt?«

Er antwortete nicht, ging zum Sektionswagen, streifte seine Latexhandschuhe ab und schleuderte sie in den roten Eimer für infektiöse Abfälle. Aufgebracht griff er sich ein neues Paar aus dickerem blauen Nitril. Ich unterbrach meine Tätigkeit und beobachtete ihn, bis er zum Tisch zurückkam.

»Ich finde bloß, Sie hätten mich schon früher warnen können«, sagte er, und seine Stimme klang, als würde er gleich in Tränen ausbrechen. »Ich meine, wir haben schließlich überhaupt keine Möglichkeit, uns zu schützen, durch Impfungen zum Beispiel. Außer gegen Hepatitis B. Also bin ich darauf angewiesen, daß Sie mich darüber aufklären, was wir hier reinkriegen.«

»Beruhigen Sie sich.«

Ich faßte ihn mit Samthandschuhen an. Wingo war so sensibel, daß es schon fast ungesund war, und das stellte auch wirklich das einzige Problem dar, das ich mit ihm hatte.

»Sie können sich bei dieser Frau unmöglich mit Windpocken oder Gürtelrose infizieren, es sei denn durch den Austausch von Körperflüssigkeiten«, sagte ich. »Solange Sie also Handschuhe tragen, ganz normal ihre Arbeit machen und sich nicht schneiden oder mit einer Nadel stechen, kann das Virus Ihnen nichts anhaben.«

Einen Moment lang glänzten seine Augen, und er sah schnell weg.

»Ich fange dann mal mit dem Fotografieren an«, sagte er.

4

Marino und Benton Wesley erschienen am Nachmittag, als die Autopsie bereits voll im Gange war. Die äußere Leichenschau versprach keine weiteren Ergebnisse mehr, und Wingo machte gerade eine verspätete Mittagspause. Ich war also allein. Wesley heftete seinen Blick auf mich, als er zur Tür hereinkam, und an seinem Mantel sah ich, daß es immer noch regnete.

»Nur damit du es weißt«, sagte Marino zur Begrüßung, »wir haben Hochwasseralarm.«

Da es in der Leichenhalle keine Fenster gab, wußte ich nie, wie das Wetter war.

»Wie ernst ist es denn?« fragte ich. Wesley war an den Rumpf herangetreten und sah ihn sich an.

»So ernst, daß langsam mal jemand anfangen sollte, Sandsäcke zu stapeln, wenn das so weitergeht«, erwiderte Marino und stellte seinen Schirm in einer Ecke ab.

Unser Gebäude lag mehrere Blocks vom James River entfernt. Vor Jahren war das untere Geschoß mal überschwemmt gewesen. Leichen, die der Wissenschaft zur Verfügung gestellt worden waren, trieben in überlaufenden Tanks an die Oberfläche, und rosafarben formalinverseuchtes Wasser sickerte in die Leichenhalle und auf den Parkplatz hinterm Haus.

»Muß ich mir große Sorgen machen?« fragte ich beunruhigt. »Es wird schon wieder aufhören«, sagte Wesley, als ließe sich das Wetter vorhersagen wie die nächsten Schritte eines Verbrechers.

Er zog seinen Regenmantel aus, und der Anzug darunter war so dunkelblau, daß er fast schwarz wirkte. Er trug ein gestärktes weißes Hemd und eine konservative Seidenkrawatte. Seine silbergrauen Haare waren ein wenig länger als sonst, aber wohlfrisiert. Seine scharfen Züge ließen ihn generell wachsamer und einschüchternder wirken, als er war, aber heute hatte er ein besonders grimmiges Gesicht aufgesetzt, und zwar nicht nur meinetwegen. Er und Marino gingen zu einem Sektionswagen, um sich Handschuhe anzuziehen und Masken umzubinden.

»Tut mir leid, daß wir so spät kommen«, sagte Wesley zu mir, während ich weiterarbeitete. »Jedesmal wenn ich aus dem Haus wollte, klingelte das Telefon. Diese Sache ist ein echtes Problem.«

»Für diese Frau auf jeden Fall«, sagte ich.

»Scheiße.« Marino starrte auf das, was einmal ein menschlicher Körper gewesen war. »Wie kann man nur so etwas tun?«

»Ganz einfach«, sagte ich, während ich die Milz sezierte. »Man sucht sich eine alte Frau und sorgt dafür, daß sie nicht genug zu trinken und zu essen bekommt, und wenn sie krank wird, vergißt man den Arzt zu holen. Dann erschießt man sie oder schlägt ihr den Kopf ein.« Ich blickte zu ihnen auf. »Ich wette, sie hat einen Schädelbasisbruch. Vielleicht auch irgendein anderes Schädeltrauma.«

Marino machte ein verdutztes Gesicht. »Sie hat doch gar keinen Kopf. Woher willst du das wissen?«

»Das weiß ich, weil sie Blut in der Luftröhre hat.«

Sie traten dichter heran, um zu sehen, was ich meinte.

»Der Grund dafür könnte sein«, fuhr ich fort, »daß ihr nach einem Schädelbasisbruch Blut die Kehle runtergelaufen und beim Atmen in die Luftröhre gelangt ist.«

Wesley musterte die Leiche eingehend, wie es jemand tut, der schon unzählige Male Tod und Verstümmelung vor Augen gehabt hat. Er starrte auf die Stelle, wo der Kopf hätte sein sollen, als könnte er ihn sich dazudenken.

»Sie hat Blutungen im Muskelgewebe.« Ich machte eine bedeutungsvolle Pause. »Sie war noch am Leben, als der Täter anfing, sie zu zerstückeln.«

»Mein Gott«, stieß Marino angewidert aus und zündete sich eine Zigarette an. »Das darf doch nicht wahr sein.«

»Ich sage nicht, daß sie bei Bewußtsein war«, fügte ich hinzu. »Höchstwahrscheinlich trat der Tod kurz darauf ein. Aber sie hatte immer noch einen Blutdruck, so schwach er auch gewesen sein mag. Zumindest in der Halsgegend, nicht jedoch in Armen und Beinen.«

»Dann hat er ihr zuerst den Kopf abgetrennt«, sagte Wesley zu mir.

»Ja.«

Er betrachtete die Röntgenaufnahmen an den Wänden.

»Das paßt viktimologisch nicht zusammen«, sagte er. »Überhaupt nicht.«

»Nichts an diesem Fall paßt«, entgegnete ich. »Außer daß auch hier eine Säge benutzt wurde. Ich habe an den Knochen jedoch auch ein paar Schnitte gefunden, die von einem Messer stammen könnten.«

»Was kannst du uns sonst noch über sie sagen?« fragte Wesley, und ich spürte seinen Blick, während ich einen feingeweblichen Schnitt in den Behälter mit Formalin legte.

»Sie hat eine Art Ausschlag, möglicherweise eine Gürtelrose, und zwei Narben auf der rechten Niere, die auf eine Pyelonephritis, eine Nierenbeckenentzündung, hindeuten. Der Muttermund ist verbreitert und sternförmig, möglicherweise ein Anzeichen dafür, daß sie Kinder geboren hat. Ihr Myocardium, der Herzmuskel, ist weich.«

»Das heißt?«

»Daran können Toxine schuld sein. Giftstoffe, die von Mikroorganismen produziert werden.« Ich schaute zu ihm hoch. »Wie ich schon sagte: Sie war krank.«

Marino wanderte umher und sah sich den Rumpf aus unterschiedlichen Blickwinkeln an. »Hast du irgendeine Ahnung, was sie hatte?«

»Aus der Sekretion in ihren Lungen schließe ich, daß sie eine Bronchitis hatte. Woran sie sonst noch litt, weiß ich momentan noch nicht. Ihre Leber ist allerdings in einem ziemlich üblen Zustand.«

»Vom Alkohol«, sagte Wesley.

»Gelblich und knotig. Ja«, erwiderte ich. »Und ich würde sagen, daß sie früher geraucht hat.«

»Sie ist nur noch Haut und Knochen«, bemerkte Marino.

»Sie hat lange nichts gegessen«, sagte ich. »Ihr Magen ist röhrenförmig, leer und sauber.« Ich zeigte ihnen, wovon ich sprach.

Wesley ging zu einem Schreibtisch und zog einen Stuhl hervor. Er starrte gedankenverloren ins Leere, während ich ein Stromkabel von einer Rolle über mir herabzog und die Stryker-Säge einstöpselte. Marino, dem dieser Teil der Prozedur am wenigsten behagte, trat vom Tisch zurück. Niemand sprach ein Wort, während ich die Enden der Arme und Beine absägte. Knochenstaub schwebte durch die Luft, und die elektrische Säge schrillte lauter als ein Zahnbohrer. Ich legte jeden Schnitt in einen beschrifteten Karton und sprach aus, was ich dachte.

»Ich glaube nicht, daß wir es wieder mit demselben Mörder zu tun haben.«

»Ich weiß nicht, was ich glauben soll«, sagte Marino. »Aber es gibt zwei große Gemeinsamkeiten. Es ist ein Rumpf, und der Fundort ist eine Müllkippe in Zentral-Virginia.«

»Er hat sich noch nie an einen bestimmten Opfertyp gehalten«, sagte Wesley. Die OP-Maske hing los um seinen Hals. »Eine Schwarze, zwei weiße Frauen und ein schwarzer Mann. Die fünf in Dublin waren ähnlich zusammengewürfelt. Aber andererseits waren sie alle jung.«

»Hältst du es also für wahrscheinlich, daß er sich jetzt eine alte Frau sucht?« fragte ich ihn.

»Offen gesagt, nein. Aber im Verhalten solcher Leute gibt es keine Gesetzmäßigkeit, Kay. Wir haben hier jemanden, der zu jeder Zeit tut und läßt, was er will.«

»Die Gliedmaßen der anderen Opfer wurden an den Gelenken amputiert. Hier war es anders«, erinnerte ich die beiden. »Und ich glaube, diese Frau war bekleidet oder in irgend etwas eingewickelt.«

»Vielleicht ist es ihm diesmal schwerer gefallen«, sagte Wesley, nahm die Maske ganz ab und warf sie auf den Schreibtisch. »Vielleicht hat ihn sein Drang zu töten übermannt, und vielleicht war sie ein leichtes Opfer.« Er blickte auf den Rumpf. »Also schlägt er zu, aber es stört ihn, daß sie nicht so jung ist wie seine anderen Opfer. Deshalb ändert sich sein Modus operandi. Er läßt sie zumindest teilweise bedeckt oder bekleidet, weil es ihn nicht anturnt, eine alte Frau zu vergewaltigen und umzubringen. Und er hackt ihr zuerst den Kopf ab, damit er sie nicht ansehen muß.«

»Gibt es irgendwelche Anzeichen für eine Vergewaltigung?« fragte mich Marino.

»Damit ist nicht zu rechnen«, sagte ich. »Ich bin hier gleich fertig. Sie kommt wie die anderen in den Kühlraum. Vielleicht können wir sie ja irgendwann identifizieren. Ich habe Muskelfasern und Knochenmark entnommen, falls wir eines Tages eine Vermißte haben, zu der es einen genetischen Fingerabdruck gibt.«

Es blieb den beiden sicher nicht verborgen, wie entmutigt ich war. Wesley nahm seinen Mantel, den er an eine Tür gehängt hatte und der eine kleine Pfütze auf dem Fußboden hinterließ.

»Ich würde gern das Foto sehen, das man dir über AOL geschickt hat«, sagte er zu mir.

»Das paßt übrigens auch nicht zu seiner sonstigen Vorgehensweise«, sagte ich, während ich den Y-förmigen Körperlängsschnitt zu vernähen begann. »Das ist das erste Mal, daß ich etwas geschickt bekommen habe.«

Marino wurde plötzlich hektisch, als hätte er es eilig. »Ich fahr' mal schnell nach Sussex raus«, sagte er auf dem Weg zur Tür. »Ich muß mich mit unserem wackeren Cowboy treffen, diesem Ring, damit er mir beibringen kann, wie man einen Mordfall löst.

Ich kannte jedoch den wahren Grund für seinen überhasteten Aufbruch. Obwohl er mir ständig predigte, ich solle Wesley heiraten, litt er insgeheim unter unserer Beziehung. Irgendwo im Hinterkopf würde er immer eifersüchtig sein.

»Rose kann dir das Bild zeigen«, sagte ich zu Wesley, während ich den Leichnam mit einem Schlauch abspritzte und mit einem Schwamm wusch. »Sie weiß, wie sie meine E-Mail aufrufen kann.«

Ein Ausdruck von Enttäuschung erschien in seinen Augen, noch bevor er es verbergen konnte. Ich trug die Kartons mit den Knochenenden zu einer Arbeitsfläche am anderen Ende des Raums, wo sie in einer schwach konzentrierten Bleichmittellösung bis zur vollständigen Mazeration gekocht wurden. Er blieb stehen, sah mir zu und wartete, bis ich zurückkam. Ich wollte nicht, daß er ging, aber ich wußte nicht, was ich noch mit ihm reden sollte.

»Können wir nicht miteinander reden, Kay?« sagte er schließlich. Wir sehen uns ja kaum noch. Ich weiß, daß wir beide viel zu tun haben und daß dies kein guter Zeitpunkt ist. Aber ...«

»Benton«, unterbrach ich ihn mit Nachdruck. »Nicht hier.«

»Natürlich nicht. Das wollte ich auch nicht vorschlagen.«

»Es käme doch sowieso nur wieder aufs gleiche hinaus.«

»Diesmal nicht. Versprochen.« Er sah auf die Wanduhr. »Paß auf, es ist schon spät. Ich bleibe einfach in der Stadt, und wir essen zusammen zu Abend. Wie wär das?«

Ich war hin und her gerissen. Einerseits scheute ich mich davor, andererseits wollte ich auch gerne Zeit mit ihm verbringen.

»Na gut«, sagte ich. »Um sieben bei mir. Ich werde etwas improvisieren. Erwarte nichts Besonderes.«

»Wir können auch essen gehen. Ich möchte nicht, daß du dir unnötige Mühe machst.«

»Öffentlichkeit ist das letzte, was ich jetzt brauche«, sagte ich. Sein Blick verweilte noch ein wenig auf mir, während ich Schilder, Röhrchen und verschiedene Arten von Behältern beschriftete. Seine Absätze knallten hart auf den Fliesen, als er ging, und ich hörte, wie sich auf dem Flur die Aufzugtüren öffneten und er mit jemandem sprach. Sekunden später kam Wingo herein.

»Ich wär' ja eher gekommen.« Er ging zu einem Wagen und begann, sich neue Überschuhe und Handschuhe anzuziehen und eine Maske umzubinden. »Aber das ist der reinste Zoo da oben.«

»Was soll das heißen?« fragte ich und löste die Bänder meines OP-Kittels, während er in einen neuen schlüpfte.

»Reporter.« Er setzte eine Schutzbrille auf und sah mich durch transparentes Plastik hindurch an. »In der Lobby. Sie haben mit ihren Übertragungswagen das Gebäude umstellt.« Er machte ein betretenes Gesicht. »Ich sage es Ihnen nur ungern, aber jetzt hat Channel Eight *Sie* eingekeilt. Der Übertragungswagen steht so hinter Ihrem, daß Sie nicht rauskönnen, und niemand sitzt drin.«

Maßlose Wut stieg in mir auf. »Rufen Sie die Polizei und lassen Sie ihn abschleppen!« rief ich ihm aus dem Umkleideraum zu. »Sie machen hier alles fertig. Ich gehe nach oben und kümmere mich um die Journalisten.«

Ich knüllte meinen Kittel zusammen, feuerte ihn in die Wäschetonne und riß mir Handschuhe, Überschuhe und Haube herunter. Energisch schrubbte ich mir mit antibakterieller Seife die Hände und riß dann ungewohnt fahrig meinen Spind auf. Ich war mit den Nerven am Ende: Dieser Fall, die Presse, Wesley, all das setzte mir ganz schön zu.

»Dr. Scarpetta?«

Wingo stand plötzlich in der Tür, während ich noch mit den Knöpfen an meiner Bluse kämpfte. Daß er einfach hereinkam, während ich mich umzog, war nichts Neues. Das war für uns beide die natürlichste Sache der Welt, denn seine Gegenwart störte mich so wenig wie die einer Frau.

»Ich wollte fragen, ob Sie einen Moment Zeit hätten ...« Er zögerte. »Na ja, ich weiß, daß Sie heute sehr beschäftigt sind.« Ich schleuderte die blutigen Reeboks in meinen Spind und schlüpfte in die Schuhe, die ich auf dem Weg zur Arbeit getragen hatte. Dann zog ich meinen Laborkittel an.

»Hören Sie, Wingo« – ich riß mich zusammen, denn ich wollte meine Wut nicht an ihm auslassen – »auch ich würde gern mit Ihnen reden. Wenn Sie hier fertig sind, kommen Sie doch in mein Büro.«

Er brauchte es mir nicht erst zu sagen. Ich hatte das Gefühl, daß ich es bereits wußte. Ich fuhr mit dem Aufzug nach oben, und meine Stimmung verdunkelte sich wie der Himmel vor einem Sturm. Wesley war immer noch in meinem Büro und studierte das Bild auf meinem Monitor. Ohne meinen Schritt zu verlangsamen, ging ich weiter den Flur hinunter. Rose war es, die ich suchte. Am Empfang hatten die Angestellten alle Hände voll zu tun, die Flut eingehender Anrufe zu bewältigen, während meine Sekretärin und mein Verwalter an einem Fenster standen, von dem aus man den Parkplatz vorm Haus sehen konnte.

Der Regen hatte keineswegs nachgelassen, doch offenbar ließ sich kein einziger Journalist, Kameramann oder Fotograf dieser Stadt davon abschrecken. Es grenzte an Massenhysterie: Die Story mußte ja ein Knüller sein, wenn alle deswegen solch einem Regenguß trotzten.

»Wo sind Fielding und Grant?« erkundigte ich mich nach meinem Stellvertreter und dem diesjährigen Referendar.

Mein Verwalter war ein pensionierter Sheriff, der eine Vorliebe für Eau de Cologne und flotte Anzüge hatte. Er trat vom Fenster zurück. Rose hingegen sah weiter hinaus.

»Dr. Fielding ist beim Gericht«, sagte er. »Dr. Grant mußte weg, weil sein Keller unter Wasser steht.«

Rose drehte sich um, und ihre Augen funkelten angriffslustig wie die eines Tieres, das sein Revier verteidigt. »Ich habe Jess in die Registratur geschickt«, sagte sie. Jess war die Rezeptionistin.

»Also ist vorn niemand.« Ich schaute zur Lobby.

»O doch, da sind genug Leute«, sagte meine Sekretärin wutschnaubend, während in einer Tour die Telefone klingelten.

»Ich wollte nicht, daß da draußen bei all diesen Geiern jemand sitzt. Trotz der kugelsicheren Scheiben.«

»Wie viele Reporter sind in der Lobby?«

»Fünfzehn bis zwanzig, als ich das letzte Mal nachgesehen habe«, antwortete mein Verwalter. »Ich bin einmal rausgegangen und habe sie gebeten, das Haus zu verlassen. Sie sagten, sie würden nicht eher gehen, bevor sie nicht eine Stellungnahme von Ihnen bekämen. Ich dachte mir, wir könnten vielleicht irgendwas zu Papier bringen und …«

»Die sollen ihre Stellungnahme kriegen«, fiel ich ihm ins Wort.

Rose legte ihre Hand auf meinen Arm. »Dr. Scarpetta, ich weiß nicht, ob da so eine gute Idee ist …«

Auch sie ließ ich nicht ausreden. »Überlassen Sie das mir.«

Die Lobby war klein, und eine dicke Glastrennwand versperrte Unbefugten den Zutritt. Als ich um die Ecke bog, konnte ich kaum fassen, wie viele Menschen sich in dem Raum drängelten. Der Fußboden war voller Fußabdrücke und Dreckpfützen. Sobald die Journalisten mich sahen, flammten Scheinwerfer auf. Reporter begannen zu brüllen und mir Mikrofone und Kassettenrecorder vors Gesicht zu halten. Blitzlichter blendeten mich.

Ich überschrie den Lärm. »Ruhe bitte!«

»Dr. Scarpetta ...«

»Ruhe!« brüllte ich noch lauter und starrte blind in die wütende Meute, ohne irgend jemanden erkennen zu können. »Also – ich möchte Sie höflichst bitten zu gehen«, sagte ich.

»War es wieder der Schlächter?« übertönte eine Frauenstimme die anderen.

»Die Ermittlungen sind noch nicht abgeschlossen«, sagte ich.

»Dr. Scarpetta.«

Ich erkannte die Fernsehreporterin Patty Denver, deren hübsches Gesicht in der ganzen Stadt auf Plakaten zu sehen war.

»Wir wissen aus zuverlässiger Quelle, daß Sie diesen Fall erneut dem Serienmörder zuschreiben«, sagte sie. »Können Sie das bestätigen?«

Ich gab keine Antwort.

»Stimmt es, daß das Opfer asiatischer Herkunft ist und vermutlich noch nicht die Pubertät erreicht hat, und daß der Lkw mit dem es transportiert wurde, hier aus der Gegend stammt?« fuhr sie zu meinem Entsetzen fort. »Und müssen wir davon ausgehen, daß der Mörder sich derzeit in Virginia aufhält?«

»Treibt der Schlächter jetzt in Virginia sein Unwesen?«

»Steckt möglicherweise eine Absicht dahinter, daß die Leichen alle hier gelandet sind?«

Ich hob die Hand, um sie zum Schweigen zu bringen. »Dies ist nicht der richtige Zeitpunkt für Spekulationen«, sagte ich. »Ich kann Ihnen nur sagen, daß wir diesen Fall als Mordfall behandeln. Das Opfer ist eine nicht identifizierte Weiße. Es handelt sich nicht um ein junges Mädchen, sondern um eine alte Frau, und wir bitten Personen, die uns möglicherweise mit Hinweisen dienen können, sich an uns oder das Sheriff's Department von Sussex County zu wenden.«

»Was ist mit dem FBI?«

»Das FBI ist eingeschaltet.«

»Dann halten Sie also den Schlächter...«

Ich drehte mich um, tippte eine Zahlenkombination in ein Tastenfeld ein, und das Schloß öffnete sich klickend. Ich ignorierte die fordernden Stimmen und schloß die Tür hinter mir. Entnervt stürmte ich den Flur hinunter. Als ich mein Büro betrat, war Wesley bereits gegangen. Ich setzte mich an meinen Schreibtisch und wählte die Nummer von Marinos Pieper. Er rief mich sofort zurück.

»Herrgott noch mal, irgend jemand gibt ständig Informationen an die Medien weiter. Das muß aufhören!« brüllte ich ins Telefon.

»Wir wissen verdammt gut, wer das ist«, sagte Marino gereizt. »Ring.« Daran bestand für mich kein Zweifel, nur beweisen konnte ich es nicht.

»Ich war mit der Pfeife auf der Deponie verabredet. Das ist jetzt fast eine Stunde her«, fuhr Marino fort.

»Die Presse hatte offenbar keine Schwierigkeiten, ihn zu finden.«

Ich erzählte ihm, was das Fernsehteam angeblich »aus zuverlässiger Quelle« wußte.

»Dieser gottverdammte Idiot!« sagte er.

»Mache ihn ausfindig und sage ihm, er soll den Mund halten«, sagte ich. »Die Reporter haben uns heute praktisch den ganzen Tag von der Arbeit abgehalten, und jetzt werden die

Leute in der Stadt auch noch glauben, daß ein Serienmörder unter ihnen weilt.«

»Tja, damit könnten sie bedauerlicherweise sogar recht haben«, sagte er.

»Ich kann's einfach nicht glauben.« Ich wurde immer ungehaltener. »Ich muß Informationen herausgeben, um Fehlinformationen entgegenzutreten. Das kann nicht meine Aufgabe sein, Marino.«

»Keine Sorge, ich werde mich darum kümmern und noch um einiges mehr«, versprach er. »Ich nehme an, du weißt es noch nicht.«

»Was?«

»Es geht das Gerücht, Ring hätte etwas mit Patty Denver.«

»Ich dachte, die wäre verheiratet«, sagte ich, während ich mir ihr Äußeres in Erinnerung rief.

»Ist sie auch«, sagte er.

Ich diktierte die Fälle 1930–97 und versuchte mich auf das zu konzentrieren, was ich aus meinen Notizen ablas.

»Der Leichnam wurde in einem versiegelten Leichensack angeliefert«, sprach ich in den Kassettenrecorder und schob ein paar Zettel zurecht, die mit Blut von Wingos Handschuhen verschmiert waren. »Die Haut ist teigig. Die Brüste sind klein, atrophisch und faltig. Über dem Abdomen finden sich Hautfalten, die auf einen früheren Gewichtsverlust hindeuten ...«

»Dr. Scarpetta?« Wingo steckte seinen Kopf durch die Tür. »Oh, Entschuldigung«, sagte er, als er merkte, daß ich gerade beschäftigt war. »Das ist wohl kein so guter Zeitpunkt.«

»Kommen Sie rein«, sagte ich mit einem müden Lächeln. »Und machen Sie ruhig die Tür zu.«

Er schloß auch noch die Tür zwischen meinem und dem Büro von Rose. Nervös zog er einen Stuhl an meinen Schreibtisch. Es fiel ihm schwer, mir in die Augen zu sehen.

»Bevor Sie loslegen, lassen Sie mich etwas sagen«, begann

ich freundlich, aber bestimmt. »Ich kenne Sie seit vielen Jahren, und ich weiß so manches über Sie. Ich habe keine Vorurteile. Ich halte nichts von Schubladendenken. Für mich gibt es auf dieser Welt nur zwei Kategorien von Menschen. Die einen sind gut, die anderen sind es nicht. Aber ich mache mir Sorgen um Sie, weil Sie durch Ihre Neigung einem Risiko ausgesetzt sind.« Er nickte. »Ich weiß«, sagte er, und in seinen Augen schimmerten Tränen.

»Wenn Ihr Immunsystem geschwächt ist«, fuhr ich fort, »müssen Sie es mir sagen. Denn dann sollten Sie lieber nicht in der Leichenhalle arbeiten, zumindest nicht bei bestimmten Fällen.«

»Ich bin HIV-positiv.« Seine Stimme zitterte, und er begann zu weinen. Ich ließ ihn weinen. Er hielt sich die Arme vors Gesicht, als wolle er von niemandem gesehen werden. Seine Schultern bebten, Tränen befleckten seinen grünen Kittel, und seine Nase lief. Ich stand auf und nahm eine Schachtel Papiertücher von meinem Schreibtisch.

»Hier.« Ich stellte die Tücher neben ihn. »Ist ja gut.« Ich legte den Arm um ihn und ließ ihn weinen. »Wingo, ich möchte, daß Sie versuchen, sich zusammenzunehmen, damit wir darüber reden können, okay?«

Er nickte, putzte sich die Nase und trocknete sich die Augen. Einen Moment lang schmiegte er den Kopf an mich, und ich hielt ihn in den Armen wie ein Kind. Nach einer Weile sah ich ihm ins Gesicht und packte ihn an den Schultern.

»Jetzt heißt es tapfer sein, Wingo«, sagte ich. »Lassen Sie uns überlegen, wie wir dagegen angehen können.«

»Ich kann es meinen Eltern nicht sagen«, schluchzte er. »Mein Vater haßt mich sowieso. Und wenn meine Mutter mich verteidigt, läßt er es nur an ihr aus. Verstehen Sie?«

Ich zog einen Stuhl heran. »Was ist mit Ihrem Freund?«

»Wir haben uns getrennt.«

»Aber er weiß Bescheid?«

»Ich weiß es selbst erst seit zwei Wochen.«

»Sie müssen es ihm sagen – und jedem anderen, mit dem Sie intim waren«, mahnte ich. »Das ist nur fair. Wenn jemand das für Sie getan hätte, würden Sie jetzt vielleicht nicht hier sitzen und weinen.«

Er schwieg und starrte auf seine Hände. Dann holte er tief Luft und sagte: »Ich werde sterben, nicht wahr?«

»Wir alle sterben irgendwann«, sagte ich sanft.

»Aber nicht so.«

»Möglich wär's schon«, entgegnete ich. »Ich muß bei jeder ärztlichen Untersuchung einen Aidstest machen. Sie wissen ja, wie leicht man sich hier anstecken kann. Mir könnte es genauso ergehen wie Ihnen.«

Er blickte zu mir auf, und seine Augen und Wangen brannten. »Wenn ich Aids kriege, bringe ich mich um.«

»Das werden Sie nicht tun«, sagte ich.

Er begann wieder zu weinen. »Dr. Scarpetta, ich steh' das nicht durch! Ich will nicht in so einer Sterbeklinik enden, in der Fan Free Clinic, in einem Raum mit lauter anderen Todeskandidaten, die ich nicht kenne!« Tränen flossen, und sein Gesichtsausdruck war verzweifelt und trotzig zugleich. »Ich werde ganz allein sein, wie schon mein ganzes Leben.«

»Hören Sie zu.« Ich wartete, bis er sich beruhigt hatte. »Sie werden nicht allein sein. Sie haben ja mich.«

Er brach wieder in Tränen aus, verbarg sein Gesicht und gab so laute Geräusche von sich, daß man sie mit Sicherheit bis auf den Flur hören konnte.

»Ich werde für Sie da sein«, versprach ich und stand auf. »Und jetzt möchte ich, daß Sie nach Hause gehen. Ich möchte, daß Sie das einzig Richtige tun und es Ihren Freunden sagen. Morgen unterhalten wir uns noch mal darüber und überlegen, wie wir am besten mit der Situation umgehen. Ich brauche den Namen Ihres Arztes und Ihre Erlaubnis, mit ihm zu reden.«

»Dr. Alan Riley. Vom MCV.«

Ich nickte. »Ich kenne ihn. Ich möchte, daß Sie ihn gleich morgen früh anrufen. Sagen Sie ihm, daß ich mich bei ihm melden werde und daß Sie ihm gestatten, mit mir über Sie zu reden.«

»Okay.« Er schaute mich verstohlen an. »Aber Sie werden ... Sie sagen doch niemandem was.«

»Natürlich nicht«, erwiderte ich mit Nachdruck.

»Ich will nicht, daß irgend jemand hier davon weiß. Auch nicht Marino. Auf keinen Fall.«

»Niemand wird es erfahren«, sagte ich. »Zumindest nicht von mir.«

Er stand langsam auf und ging mit so unsicheren Schritten zur Tür, als wäre er betrunken. »Sie werden mich doch nicht feuern, oder?« Seine Hand lag auf dem Türknauf, und er sah mich mit geröteten Augen an.

»Wingo, um Himmels willen«, sagte ich betroffen. »Ich hatte gehofft, Sie würden mehr von mir halten.«

Er öffnete die Tür. »Ich halte mehr von Ihnen als von irgend jemand sonst.« Wieder kamen ihm die Tränen. Er wischte sie mit seinem Hemd ab und entblößte dabei seinen mageren nackten Bauch. »Schon immer.«

Seine Schritte hallten über den Flur, den er beinahe hinunterlief, und dann erklang die Aufzugsglocke. Ich lauschte, wie er das Gebäude verließ, hinaus in eine Welt, der sein Schicksal vollkommen gleichgültig war. Ich stützte die Stirn auf meine Faust und schloß die Augen.

»Lieber Gott«, murmelte ich, »hilf!«

5

Es regnete immer noch heftig, als ich nach Hause fuhr. Auf den Straßen herrschte ein furchtbarer Verkehr, da die I-64 wegen eines Unfalls in beiden Richtungen gesperrt war. Feuerwehrautos und Krankenwagen standen auf der Straße, Rettungsleute brachen Türen auf und eilten mit Tragen und Unterlegbrettern hin und her. Glasscherben glitzerten auf dem nassen Asphalt, Autofahrer fuhren langsamer, weil sie die Verletzten sehen wollten. Ein Wagen hatte sich mehrfach überschlagen und dann Feuer gefangen. Bei einem anderen erblickte ich Blut an der zertrümmerten Windschutzscheibe. Das Lenkrad war verbogen. Was das bedeutete, wußte ich, und ich betete für die Opfer. Ich hoffte, ich würde sie nicht bei mir im Leichenschauhaus wiedersehen.

In Carytown fuhr ich bei P. T. Hasting's vor. Dieser Laden mit seiner Dekoration aus Fischernetzen und Korkschwimmern verkaufte die besten Meeresfrüchte der Stadt. Als ich eintrat, stieg mir der pikante, aromatische Duft von Fisch und Old-Bay-Gewürzmischung in die Nase, und die Filets auf dem Eis der Kühlvitrinen sahen dick und frisch aus. Hummer mit zusammengebundenen Scheren krochen in ihren Aquarien umher. Von mir drohte ihnen keine Gefahr. Ich war nicht dazu imstande, etwas Lebendiges zu kochen, und hätte niemals das Fleisch von Rindern oder Schweinen angerührt, die ich vorher in lebendigem Zustand zu Gesicht bekommen hätte. Ich konnte noch nicht einmal Fische fangen, ohne sie wieder ins Wasser zurückzuwerfen.

Ich überlegte gerade, wonach mir der Sinn stand, als Bev aus der Küche herauskam.

»Was können Sie heute besonders empfehlen?« fragte ich sie. »Na, wen haben wir denn da?« rief sie erfreut und wischte sich die Hände an der Schürze ab. »Da Sie so ziemlich der einzige Mensch sind, der sich bei dem Regen vor die Tür wagt, haben Sie die große Auswahl.«

»Ich hab' nicht viel Zeit. Ich brauche etwas, das leicht zuzubereiten ist und nicht so schwer im Magen liegt.«

Ein Schatten flog über ihr Gesicht, während sie ein Glas Meerrettich öffnete. »Na, ich kann mir denken, was Sie jetzt um die Ohren haben«, sagte sie. »Ich hab's in den Nachrichten gehört.« Sie schüttelte den Kopf. »Ich wette, Sie gehen auf dem Zahnfleisch. Sie kriegen doch bestimmt kein Auge zu. Kommen Sie, ich sag' Ihnen, was Sie sich heute abend Gutes tun.«

Sie ging zu einer Kiste mit gekühlten Blue Crabs hinüber. Ohne mich zu fragen, suchte sie ein Pfund Krabbenfleisch zusammen und legte es in einen Karton.

»Frisch von Tangier Island. Von mir selbst handverlesen. Wenn Sie auch nur das kleinste Stückchen Knorpel oder Schale finden, sagen Sie mir Bescheid. Sie essen doch nicht allein, oder?«

»Nein.«

»Freut mich zu hören.«

Sie zwinkerte mir zu. Ich war schon einmal mit Wesley hier gewesen.

Sie suchte sechs geschälte und von ihren Därmen befreite Riesengarnelen aus und wickelte sie ein. Dann stellte sie ein Glas ihrer selbstgemachten Cocktailsauce neben die Kasse auf den Tresen.

»Beim Meerrettich ist mir ein bißchen die Hand ausgerutscht«, sagte sie. »Ihnen werden die Augen tränen, aber die Sauce ist gut.« Sie tippte meine Einkäufe in die Kasse. »Die Garnelen braten Sie so kurz an, daß ihre kleinen Ärsche kaum die Pfanne berühren, verstanden? Dann stellen Sie sie in den Kühlschrank und servieren sie später als Vorspeise. Die Garnelen und die Sauce gehen übrigens auf Kosten des Hauses.

»Das wär' doch nicht nötig ...«

Sie winkte ab. »Und jetzt zu den Krabben. Hören Sie gut zu, meine Liebe. Ein leicht geschlagenes Ei, ein halber Teelöffel Senfpulver, ein oder zwei Spritzer Worcestersauce, vier zerbröselte ungesalzene Cracker. Hacken Sie eine Zwiebel – eine Vidalia, wenn Sie noch welche vom Sommer übrig haben. Eine grüne Paprika, ebenfalls gehackt. Ein oder zwei Teelöffel Petersilie, und dann mit Salz und Pfeffer abschmecken.«

»Klingt phantastisch«, sagte ich dankbar. »Bev, was würde ich nur ohne Sie machen?«

»Dann vermischen Sie das alles vorsichtig und formen flache Klopse daraus.« Sie führte mir die Handbewegung vor. »Die braten Sie bei mittlerer Hitze in Öl, bis sie leicht gebräunt sind. Vielleicht machen Sie ihm noch einen Salat oder nehmen etwas von meinem Coleslaw mit. Mehr Aufwand würde ich für keinen Mann betreiben.«

Ich beherzigte ihren Rat. Zu Hause angekommen, machte ich mich gleich an die Arbeit. Kurze Zeit später standen die Garnelen im Kühlschrank, ich legte eine Platte auf und stieg in die Badewanne. Ich schüttete ein Aromatherapie-Badesalz gegen Streß ins Wasser und schloß die Augen, während mir der Dampf die beruhigenden Düfte in Atemwege und Poren trug. Ich dachte an Wingo, und mein Herz wurde schwer. Ich konnte die Tränen nicht zurückhalten. Er hatte hier bei mir angefangen, dann aber die Stadt wieder verlassen, um weiterzustudieren. Nun war er wieder zurück und hatte nicht mehr lange zu leben. Es war zum Verzweifeln.

Um sieben Uhr stand ich wieder in der Küche, als Wesley pünktlich wie immer seinen silbernen BMW in meine Auffahrt lenkte. Er trug noch denselben Anzug wie vorhin. In der einen Hand hielt er eine Flasche Cakebread-Chardonnay, in der anderen einen irischen Black-Bush-Whiskey. Der Regen hatte endlich aufgehört, die Wolken zogen weiter an die nächste Front.

»Hi«, sagte er, als ich die Tür öffnete.

»Du hattest recht mit deiner Wettervorhersage.« Ich gab ihm einen Kuß.

»Ich verdiene ja nicht ohne Grund soviel Geld.«

»Das Geld stammt von deiner Familie.« Ich lächelte, während er mir ins Haus folgte. »Ich weiß, was der FBI dir zahlt.«

»Wenn ich so gut mit Geld umgehen könnte wie du, bräuchte ich keins von meiner Familie.«

In meinem Wohnzimmer ging ich gleich zur Bar. Ich wußte, was er gerne trank.

»Black Bush?« vergewisserte ich mich.

»Wenn ich den bei dir kriegen kann. Du hast es doch tatsächlich geschafft, mich danach süchtig zu machen.«

»Solange du ihn aus Washington herschmuggelst, kriegst du ihn bei mir, wann immer du willst«, sagte ich.

Ich servierte den Whiskey auf Eis mit einem Schuß Selters. Dann gingen wir in die Küche und setzten uns an den gemütlichen Tisch vor meinem Panoramafenster, aus dem man auf meinen bewaldeten Garten und den Fluß blickte. Ich hätte ihm gern von Wingo erzählt und davon, wie ich mich seinetwegen fühlte. Aber ich durfte Wingos Vertrauen nicht enttäuschen.

»Kann ich zuerst etwas Dienstliches mit dir besprechen?«

Wesley zog sein Jackett aus und hängte es über eine Stuhllehne.

»Ich hätte da auch noch was auf dem Herzen.«

»Du zuerst.« Er nippte an seinem Drink und schaute mir dabei in die Augen.

Ich erzählte ihm, was der Presse alles zugetragen worden war, und fügte hinzu: »Ring ist wirklich ein Problem. So geht das nicht weiter.«

»Falls er tatsächlich dahintersteckt. Aber das sei dahingestellt. Die Schwierigkeit liegt darin, Beweise zu finden.«

»Für mich besteht da überhaupt kein Zweifel.«

»Kay, das reicht nicht. Wir können niemanden aufgrund von Vermutungen von einem Fall abziehen.«

»Marino sind Gerüchte zu Ohren gekommen, denen zufolge Ring eine Affäre mit einer ziemlich prominenten Frau vom Lokalfernsehen hat«, sagte ich. »Sie arbeitet bei dem Sender, der den Unsinn verbreitet hat, das Opfer sei asiatischer Herkunft.«

Er schwieg. Ich wußte, daß ihm das als Beweis nicht genügte, und er hatte recht. Ich mußte mir eingestehen, daß all das wenig stichhaltig war.

Dann sagte er: »Der Kerl ist nicht zu unterschätzen. Kennst du seinen Background?«

»Ich weiß überhaupt nichts über ihn«, antwortete ich.

»Er hat am William and Mary College ein Doppelstudium in Psychologie und Verwaltungswissenschaft absolviert und mit Auszeichnung abgeschlossen. Der Innenminister ist sein Onkel.« Es wurde immer schlimmer. »Harlow Dershin, übrigens ein ehrbarer Mann. Aber es dürfte wohl klar sein, daß das nicht die besten Voraussetzungen sind, um mit irgendwelchen Anschuldigungen zu kommen, die man nicht hundertprozentig beweisen kann.«

Der Innenminister war der direkte Vorgesetzte des Polizeipräsidenten. Rings Onkel hätte schon Gouverneur sein müssen, um noch einflußreicher zu sein.

»Du meinst also, Ring ist unantastbar«, sagte ich.

»Ich meine, aus seinem Werdegang kann man ersehen, daß er hoch hinaus will. Solche Leute wollen Chief, Commissioner oder Politiker werden. Einfacher Cop zu sein interessiert die nicht.«

»Solche Leute interessieren sich nur für sich selbst«, sagte ich gereizt. »Ring sind die Opfer oder die Hinterbliebenen, die gar nicht wissen, was ihren Angehörigen zugestoßen ist, völlig gleichgültig. Es ist ihm egal, ob es noch weitere Opfer gibt.«

»Beweis!« mahnte er. »Fairneßhalber muß man sagen, daß

es eine Menge Leute gibt, die Informationen an die Presse weitergegeben haben könnten – nicht zuletzt die Männer, die auf der Deponie arbeiten.«

Darauf wußte ich nichts zu entgegnen, aber dennoch konnte mich nichts von meinem Verdacht abbringen.

»Wichtig ist, daß wir diese Fälle lösen«, fuhr er fort, »und das wird uns am ehesten gelingen, wenn sich jeder von uns um seine eigenen Angelegenheiten kümmert und Ring ignoriert, so wie Marino und Grigg es tun. Wir müssen jeder erdenklichen Spur nachgehen, trotz aller Stolpersteine, die uns in den Weg gelegt werden.« Als unsere Blicke sich begegneten, wirkten seine Augen in dem von oben einfallenden Licht weich und bernsteinfarben.

Ich schob meinen Stuhl zurück. »Wir sollten den Tisch decken.«

Er holte das Geschirr aus dem Schrank und öffnete die Weinflasche, während ich die gekühlten Garnelen auf Tellern arrangierte und *Bevs Meerrettichsauce extrascharf* in ein Schälchen füllte. Ich halbierte Zitronen, schlug sie in Gaze ein und formte Krabbenfrikadellen. Als wir die Garnelencocktails aßen, wurde es im Osten bereits dunkel. Es war schon fast Abend.

»Das habe ich vermißt«, sagte er. »Ehrlich – auch wenn du es vielleicht nicht hören willst.«

Ich sagte nichts, denn ich hatte nicht vor, mich wieder auf eine dieser stundenlangen Diskussionen einzulassen, bei denen doch nichts herauskam, außer daß wir am Ende beide total zermürbt waren.

»Wie auch immer.« Er legte die Gabel so auf seinen Teller, wie wohlerzogene Menschen es tun, wenn sie mit dem Essen fertig sind. »Danke. Dr. Scarpetta, Sie haben mir gefehlt.« Er lächelte.

»Ich bin froh, daß Sie hier sind, Special Agent Wesley.«

Ich lächelte zurück und stand auf. Während er den Tisch

abdeckte, schaltete ich den Herd ein und erhitzte in einer Pfanne Öl.

»Und jetzt sage ich dir, was ich mir zu dem Foto überlegt habe«, sagte er. »Zuerst müssen wir den Nachweis erbringen, daß der Leichnam, den es zeigt, tatsächlich derselbe ist, den du heute obduziert hast.«

»Das mache ich Montag.«

»Angenommen, er ist es«, fuhr er fort, »dann läge darin eine eklatante Abweichung vom bisherigen Modus operandi.«

»Nicht nur darin.« Die Krabbenfrikadellen landeten brutzelnd in der Pfanne.

»Stimmt«, sagte er und trug den Coleslaw auf. »Die Abweichungen sind diesmal so auffällig, als wollte er uns mit der Nase darauf stoßen. Und dann paßt die Frau natürlich überhaupt nicht in die Reihe seiner bisherigen Opfer. Das sieht toll aus«, sagte er angesichts meiner Kochkünste.

Als wir uns wieder gesetzt hatten, erklärte ich im Brustton den Überzeugung: »Benton, es ist nicht derselbe Täter.«

Er zögerte, bevor er antwortete: »Wenn ich ehrlich sein soll, halte ich das auch für unwahrscheinlich. Aber ich will es trotzdem nicht ausschließen. Wir wissen nicht, was für Spielchen er möglicherweise mit uns treibt.«

Wieder überfiel mich Resignation. Meine Intuition, mein Instinkt sagten mir, daß ich recht hatte, aber es gab keine Beweise.

»Also, ich glaube nicht, daß es zwischen dem Mord an dieser alten Frau und den bisherigen Fällen hier oder in Irland eine Verbindung gibt. Da will uns jemand irreführen. Ich fürchte, wir haben es mit einem Nachahmungstäter zu tun.«

»Das werden wir bei der Besprechung mit den anderen erörtern. Ich glaube, Donnerstag hatten wir gesagt.« Er probierte eine Krabbenfrikadelle. »Mann, das schmeckt wirklich unglaublich gut.« Seine Augen tränten. »Na, das nenn' ich eine Cocktailsauce!«

»Ein inszenierter Mord. Um die wahren Gründe, aus denen er begangen wurde, zu verschleiern«, sagte ich. »Und lob mich nicht allzusehr. Das Rezept ist von Bev.«

»Das Foto beunruhigt mich«, sagte er.

»Mich auch.«

»Ich habe mit Lucy darüber gesprochen«, sagte er.

Das ließ mich aufhorchen.

»Sag Bescheid, wenn du möchtest, daß sie herkommt.« Er griff nach seinem Weinglas.

»Je eher sie kommt, desto besser.« Ich hielt inne und fügte dann hinzu: »Wie macht sie sich denn so? Nicht, daß sie mir nichts erzählt, aber ich möchte deine Einschätzung hören.«

Ich bemerkte, daß wir noch Wasser brauchten, und stand auf, um welches zu holen. Als ich zurückkehrte, starrte er mich schweigend an. Manchmal fiel es mir schwer, ihm ins Gesicht zu sehen. Meine Gefühle gerieten in Mißklang wie verstimmte Instrumente. Ich liebte seine feingeschnittene Nase mit ihrem schnurgeraden Rücken, seine Augen, die mich in nie gekannte Abgründe ziehen konnten, und seinen Mund mit der sinnlichen Unterlippe. Ich sah aus dem Fenster und konnte den Fluß nicht mehr erkennen.

»Lucy«, erinnerte ich ihn. »Ihre Tante wüßte gern, wie sie sich in ihrem Job so macht.«

»Niemand bereut, daß wir sie engagiert haben«, sagte er trocken, dabei wußte er so gut wie wir alle, daß Lucy ein Genie war. »Das ist vermutlich die Untertreibung des Jahrhunderts. Sie ist einfach phantastisch. Mittlerweile wird sie von den meisten Agenten respektiert. Sie sind froh, daß sie da ist. Das soll nicht heißen, daß es keine Probleme gibt. Nicht jeder findet es gut, daß eine Frau beim HRT arbeitet.«

»Ich mache mir nach wie vor Sorgen, daß sie sich zuviel zumuten könnte«, sagte ich.

»Nun ja, sie ist höllisch fit, soviel steht fest. Ich würde es keinesfalls mit ihr aufnehmen wollen.«

»Das meine ich eben. Sie will mit den anderen mithalten, auch wenn das gar nicht möglich ist. Du kennst sie ja. Sie will sich immer beweisen. Wenn die Männer sich aus Hubschraubern abseilen und mit Dreißig-Kilo-Rucksäcken durch die Berge rennen, glaubt sie, sie müßte da mithalten.

Dabei sollte sie stolz auf ihre technischen Fähigkeiten sein und sich mit ihren Robotern und dem ganzen Kram begnügen.«

»Du vergißt ihren größten Ansporn, ihren größten Dämon«, sagte er.

»Was meinst du?«

»Dich. Sie glaubt, sie müßte dir etwas beweisen, Kay.«

»Dazu hat sie gar keinen Grund.« Seine Worte taten mir weh.

»Ich möchte nicht das Gefühl haben, daß ich daran Schuld bin, wenn sie ihr Leben aufs Spiel setzt.«

»Es geht hier nicht um Schuld«, sagte er und stand vom Tisch auf. »Es geht um die menschliche Natur. Lucy betet dich an. Du bist die einzig vernünftige Mutterfigur, die sie je in ihrem Leben gehabt hat. Sie möchte sein wie du, und sie glaubt, daß die Leute sie mit dir vergleichen. Und da hat sie sich ganz schön was vorgenommen. Sie möchte, daß auch du sie bewunderst, Kay.«

»Meine Güte, ich bewundere sie doch.« Auch ich stand auf, und wir begannen den Tisch abzudecken. »Jetzt mache ich mir erst recht Sorgen.«

Er spülte das Geschirr ab, und ich räumte den Geschirrspüler ein.

»Das solltest du wohl auch.« Er warf mir einen Blick zu. »Ich sag' dir eins, sie ist eine typische Perfektionistin. Sie hört auf niemanden. Abgesehen von dir ist sie der dickköpfigste Mensch, dem ich je begegnet bin.«

»Vielen Dank.«

Er lächelte und legte die Arme um mich, ohne Rücksicht

darauf, daß seine Hände naß waren. »Können wir uns ein bißchen hinsetzen und reden?« sagte er. Sein Körper berührte fast den meinen.« Ich muß bald wieder los.«

»Und dann?«

»Morgen früh spreche ich mit Marino, und nachmittags bekomme ich einen weiteren Fall rein. Aus Arizona. Ich weiß, es ist Sonntag, aber das kann nun mal nicht warten.«

Er redete weiter, während wir mit unseren Weingläsern ins Wohnzimmer gingen.

»Ein zwölfjähriges Mädchen, das auf dem Heimweg von der Schule entführt wurde. Ihre Leiche wurde in der Sonora-Wüste aufgefunden«, sagte er. »Wir glauben, daß der Täter bereits drei andere Kinder umgebracht hat.«

»Da kann man leicht die Hoffnung verlieren, nicht wahr?« sagte ich bitter, als wir uns auf die Couch setzten. »Es nimmt einfach kein Ende.«

»Allerdings«, erwiderte er. »Und ich fürchte, das wird es auch nicht, solange es Menschen auf Erden gibt. Was fängst du mit dem Rest des Wochenendes an?«

»Papierkram erledigen.«

Eine Wand meines Wohnzimmers bestand aus Glasschiebetüren, und dahinter herrschte schwarze Nacht, bis auf den Vollmond, der aussah, als wäre er aus purem Gold. Hauchdünne Wolkenschleier schwebten vorüber.

»Warum bist du so wütend auf mich?« Seine Stimme war sanft, aber er ließ mich spüren, wie verletzt er war.

»Ich weiß es nicht.« Ich vermied es, ihn anzusehen.

»Doch, du weißt es.« Er nahm meine Hand und begann, sie mit seinem Daumen zu massieren. »Ich liebe deine Hände. Sie sehen aus wie die einer Pianistin, nur kräftiger. Als wäre das, was du machst, Kunst.«

»Ist es auch«, sagte ich. Er sprach oft über meine Hände. »Ich glaube fast, du bist ein Handfetischist. Das sollte dir als Profiler zu denken geben.«

Er lachte und küßte meine Knöchel, meine Finger, wie er es oft tat. »Glaub mir, es sind nicht nur deine Hände.«

»Benton.« Ich sah ihn an. »Ich bin wütend auf dich, weil du mein Leben kaputtmachst.«

Zutiefst erschrocken schwieg er.

Ich erhob mich von der Couch und begann, auf und ab zu gehen. »Ich hatte mein Leben genau so eingerichtet, wie ich es haben wollte«, sagte ich, im Widerstreit heftiger Emotionen. »Mein neues Büro ist im Bau. Ja, ich habe mein Geld gut angelegt, habe so klug investiert, daß ich mir das hier leisten kann.« Ich machte eine ausladende Geste. »Mein eigenes Haus, das ich selbst entworfen habe. Alles war so, wie es sein sollte, bis du ...«

»War es das wirklich?« Er sah mich eindringlich an, und in seiner Stimme lagen Schmerz und Wut. »Hat es dir besser gefallen, als ich noch verheiratet war und wir uns immer schlecht dabei fühlten? Als wir noch eine Affäre hatten und immer lügen mußten?«

»Natürlich nicht!« rief ich aus. »Es gefiel mir nur, daß mein Leben mir gehörte.«

»Du hast einfach Angst, dich zu binden. Das ist der springende Punkt. Wie oft muß ich dir das noch vorbeten? Ich glaube, du solltest mal eine Therapie machen. Wirklich. Vielleicht bei Dr. Zenner. Ihr seid doch befreundet. Ich weiß, daß du ihr vertraust.«

»Ich bin nicht diejenige, die einen Psychiater braucht.«

Kaum hatte ich das gesagt, bereute ich es auch schon.

Er stand wütend auf, es sah aus, als wolle er gehen. Es war noch nicht mal neun Uhr.

»Herrgott, ich bin zu alt und zu müde für so etwas«, murmelte ich. »Benton, es tut mir leid. Das war nicht fair. Bitte setz dich wieder hin.«

Doch er blieb vor den Glasschiebetüren stehen und kehrte mir den Rücken zu.

»Ich will dir nicht weh tun, Kay«, sagte er. »Ich komme schließlich nicht mit dem Ziel hierher, dir dein Leben zu zerstören. Ich bewundere, was du leistest. Ich wünschte bloß, du würdest mir eine Chance geben, an deinem Leben teilzuhaben.«

»Ich weiß. Tut mir leid. Bitte geh nicht.«

Blinzelnd kämpfte ich mit den Tränen. Ich setzte mich und starrte an die Decke mit den freiliegenden Balken und den Maurerkellenabdrücken im Putz. Wo ich auch hinschaute, sah ich Details, deren Planung von mir stammte. Einen Moment lang schloß ich die Augen, und Tränen liefen mir übers Gesicht. Ich wischte sie nicht ab. Wesley wußte genau, wann es besser war, mich nicht zu berühren. Er wußte auch, wann es besser war, nichts zu sagen. Schweigend saß er neben mir.

»Ich bin eine Frau mittleren Alters mit eingefahrenen Lebensgewohnheiten«, sagte ich mit zittriger Stimme. »Ich kann's nun mal nicht ändern. Alles, was ich habe, ist das, was ich mir selbst aufgebaut hab'. Ich bin kinderlos. Meine einzige Schwester kann ich nicht ausstehen und sie mich auch nicht. Mein Vater lag während meiner gesamten Kindheit todkrank im Bett und starb, als ich zwölf war. Mutter ist eine unmögliche Person, und jetzt leidet sie an einem Emphysem. Ich kann nicht die gute Ehefrau sein, die du dir wünschst. Ich weiß ja noch nicht einmal, was das überhaupt bedeutet. Ich kann einfach nur ich selbst sein. Und ein Besuch beim Psychiater wird daran nicht das geringste ändern.«

»Und ich liebe dich und möchte dich heiraten. Und daran läßt sich offenbar auch nichts ändern«, sagte er.

Ich antwortete nicht.

Er fügte hinzu: »Und ich dachte, du liebst mich auch.«

Ich war immer noch nicht in der Lage zu sprechen.

»Zumindest hast du das früher getan«, fuhr er fort, und Schmerz erstickte seine Stimme. »Ich gehe jetzt.«

Er schickte sich wieder an aufzustehen, doch ich legte meine Hand auf seinen Arm.

»Nicht so.« Ich sah ihn an. »Tu mir das nicht an.«

»Ich dir?« Er war fassungslos.

Ich dimmte das Licht, bis es fast aus war. Der Mond stand wie eine glänzende Münze vor dem sternenklaren, schwarzen Himmel. Ich holte neuen Wein und machte Feuer, während er jede meiner Bewegungen beobachtete.

»Setz dich näher zu mir«, sagte ich.

Er kam meinem Wunsch nach, und diesmal nahm ich seine Hände.

»Benton, hab Geduld. Dräng mich nicht«, sagte ich. »Bitte. Ich bin nicht wie Connie. Oder wie andere.«

»Das verlange ich doch gar nicht von dir«, sagte er. »Im Gegenteil. Ich bin auch nicht wie andere. Wir sehen und wissen Dinge, die außer uns keiner versteht. Mit Connie konnte ich nie über das reden, was ich den Tag über tue. Mit dir kann ich es.«

Er küßte mich zärtlich, und dann war es um uns geschehen. Unsere Gesichter, unsere Lippen verschmolzen, im Nu entledigten wir uns unserer Kleider und taten das, worin wir früher am besten gewesen waren. Er nahm mich in die Arme und verschlang mich mit seinen Lippen, und wir lagen auf der Couch, bis am frühen Morgen das Licht des Mondes kalt und fahl wurde. Als er nach Hause gefahren war, wanderte ich mit einem Glas Wein durchs Haus. Überall strömte Musik aus Lautsprechern, und ich lief ruhelos hin und her. Schließlich landete ich in meinem Arbeitszimmer, wo es mir immer am leichtesten fiel, mich abzulenken.

Ich blätterte Fachzeitschriften durch und trennte Artikel heraus, die abgeheftet werden mußten. Ich schrieb einen Artikel weiter, den ich bald abliefern mußte. Doch ich war weder für das eine noch das andere in der richtigen Stimmung, und so entschloß ich mich, nach E-Mails zu sehen. Vielleicht hatte Lucy mir mitgeteilt, wann sie nach Richmond kommen konnte. Bei AOL wurde ich mit der Meldung begrüßt, ich hätte Post, und als ich in meiner Mailbox nachsah, traf mich der Schlag. Wie ein Feind, der im Hinterhalt auf mich wartete, stand da der Name *deadoc.*

Die Mail war in Kleinbuchstaben und ohne Satzzeichen verfaßt. Sie lautete: *Sie halten sich wohl für sehr schlau.* Ich öffnete die angehängte Datei und sah ein zweites Mal zu, wie sich ein Farbbild auf meinem Bildschirm aufbaute: Amputierte Füße und Hände lagen nebeneinander auf einem Tisch, der offenbar mit demselben bläulichen Stoff bedeckt war wie der auf dem ersten Foto. Eine Zeitlang starrte ich auf den Monitor und fragte mich, warum dieser Mensch mir das antat. Aber dann kam mir der Gedanke, daß er möglicherweise gerade einen großen Fehler gemacht hatte. Hoffnungsvoll griff ich zum Telefon.

»Marino!« rief ich, als er endlich abnahm.

»Hm? Was ist los?« grunzte er verschlafen. Ich erzählte es ihm.

»Scheiße. Es ist drei Uhr morgens, verdammt noch mal. Schläfst du eigentlich nie?«

Er schien erfreut über meinen Anruf. Wahrscheinlich schloß er daraus, daß Wesley nicht mehr bei mir war.

»Ist mit dir alles in Ordnung?« fragte er dann.

»Hör zu. Die Handflächen zeigen auf dem Bild nach oben«, sagte ich. »Das Foto wurde aus nächster Nähe gemacht. Ich kann allerlei Einzelheiten erkennen.«

»Was denn zum Beispiel? Eine Tätowierung oder so was?«

»Papillarlinien«, sagte ich.

Neils Vander war der Leiter der Abteilung für Daktyloskopie, ein älterer Mann mit schütterem weißen Haar und einem weiten Laborkittel voller violetter und schwarzer Ninhydrin- und Einstäubepulverflecken, die sich schon lange nicht mehr herauswaschen ließen. Er kam aus vornehmem virginischem Hause und war stets beschäftigt und in Eile. Vander hatte mich in all den Jahren, die ich ihn kannte, nie beim Vornamen genannt oder auf private Dinge angesprochen. Doch auf seine ganz persönliche Art zeigte er mir trotzdem, wieviel ihm an mir lag. Manchmal war es ein morgendlicher Doughnut auf meinem Schreibtisch oder im Sommer ein paar Tomaten aus seinem Garten.

Er war dafür bekannt, daß er auf einen Blick sagen konnte, ob zwei Fingerabdrücke übereinstimmten oder nicht. Zudem war er unser Experte für Bildbearbeitung am Computer und hatte sogar eine Ausbildung bei der NASA genossen. Im Laufe der Jahre hatten wir beide auf verschwommenen Fotos unzählige Gesichter hervorgezaubert. Wir hatten Schrift erscheinen lassen, wo vorher keine war, Durchgedrücktes lesbar gemacht und Ausradiertes restauriert. Theoretisch eine simple Sache, in der Praxis jedoch höchst diffizil.

Ein hochauflösendes Bildbearbeitungssystem kann zweihundertsechsundfünfzig Grautöne unterscheiden, das menschliche Auge maximal zweiunddreißig. Daher sieht ein Computer, in den man etwas einscannt, mehr als wir. Möglicherweise hatte *deadoc* uns mit seinen Fotos mehr verraten, als er ahnte. Unsere erste Aufgabe bestand an diesem Morgen darin, dem ersten Bild, das ich per E-Mail erhalten hatte, ein Foto des Rumpfes aus der Leichenhalle gegenüberzustellen.

»Hier mache ich es ein bißchen grauer«, sagte Vander, während er die Computertastatur bearbeitete. »Und das hier drehe ich ein wenig.«

»Schon besser«, stimmte ich zu.

Gebannt saßen wir nebeneinander vor dem Neunzehn-Zoll-Monitor. Daneben lagen beide Fotos auf dem Scanner, und eine Videokamera übermittelte die Bilder live auf den Bildschirm.

»Ein bißchen mehr davon.« Eine weitere Grauschattierung ergoß sich über den Schirm. »Ich glaube, ich geb' dem hier noch einen kleinen Schubs.«

Er langte zum Scanner hinüber und rückte eins der Fotos

zurecht. Dann setzte er einen anderen Filter vor das Objektiv der Kamera.

»Ich weiß nicht recht«, sagte ich, die Augen auf den Monitor geheftet. »Ich finde, vorher war es besser zu erkennen. Vielleicht sollten Sie es etwas mehr nach rechts rücken«, fügte ich hinzu, als wären wir dabei, Bilder aufzuhängen.

»Besser. Aber da ist immer noch ein ziemlich starkes Grundrauschen. Das wäre ich gern los.«

»Ich wünschte, wir hätten das Original. Wie hoch ist die radiometrische Auflösung von dem Ding?« fragte ich und meinte die Zahl der Grautöne, die das System unterscheiden konnte.

»Sehr viel höher als früher. Ich glaube, seit der Anfangszeit hat sich die Anzahl der Pixel, die digitalisiert werden können, verdoppelt.«

Pixel sind, ähnlich wie die Punkte bei einem Matrixdrucker, die kleinsten Elemente eines digitalisierten Bildes, die Moleküle, die impressionistischen Farbtupfer, aus denen sich ein Gemälde zusammensetzt.

»Wir haben staatliche Gelder bewilligt bekommen, wissen Sie. Ich träume davon, daß wir hier eines Tages mit UV-Licht arbeiten werden. Sie können sich gar nicht vorstellen, was ich mit Cyanarcrylat alles anstellen könnte«, fuhr er fort. Er sprach von Superkleber, der mit Bestandteilen des menschlichen Schweißes reagiert und sich hervorragend zur Sichtbarmachung von Fingerabdrücken eignet, die mit bloßem Auge schwer zu erkennen sind.

»Na, dann viel Glück«, sagte ich, denn Geld war immer knapp, egal, wer gerade im Weißen Haus saß.

Er rückte das Foto noch einmal zurecht, setzte einen blauen Filter vor das Objektiv der Kamera und hellte das Bild auf, indem er die helleren Pixelelemente vermehrte. Er hob horizontale Details hervor und schwächte vertikale ab. Die beiden Rümpfe lagen nun Seite an Seite. Schatten tauchten auf, und die grausigen Einzelheiten traten schärfer und kontrastreicher hervor.

»Hier können Sie die Knochenenden sehen.« Ich zeigte sie ihm. »Das linke Bein wurde gleich unterhalb des unteren Trochanters abgetrennt. Das rechte« – ich ließ meinen Finger über den Bildschirm gleiten – »etwa einen Zentimeter tiefer, mitten durch den Knochenschaft.«

»Ich würde zu gern den Aufnahmewinkel und die perspektivische Verzerrung korrigieren«, murmelte er. Er führte oft Selbstgespräche. »Aber ich kenne ja die ganzen Abmessungen nicht. Schade, daß derjenige, der diese Fotos gemacht hat, nicht freundlicherweise ein Lineal als Maßstab danebengelegt hat.«

»Dann würd' ich es aber wirklich mit der Angst bekommen«, erwiderte ich.

»Das ist genau, was uns fehlt. Ein Mörder, der so ist wie wir.« Er legte die Ränder fest und schob die Fotos noch einmal zurecht. »Mal sehen, was passiert, wenn ich die Bilder übereinanderlege.«

Das Ergebnis war erstaunlich: Die Knochenenden und selbst das zerfetzte Gewebe am durchtrennten Hals stimmten überein.

»Das ist ja wohl eindeutig«, erklärte ich.

»Keine Frage«, stimmte er zu. »Ich drucke das mal eben aus.« Er klickte auf die Maus, und der Laserdrucker begann zu summen. Dann nahm er die Fotos vom Scanner, legte das von den Händen und Füßen obendrauf und schob es so lange hin und her, bis es genau in der Mitte lag. Als er die Darstellung vergrößerte, wurde der Anblick noch haarsträubender. Das Blut, das das Tuch leuchtendrot befleckte, sah aus, als wäre es gerade vergossen worden. Der Mörder hatte die Füße fein säuberlich wie ein Paar Schuhe nebeneinandergestellt, die Hände wie Handschuhe Seite an Seite gelegt.

»Er hätte sie mit der Handfläche nach unten legen sollen«, sagte Vander. »Warum hat er das wohl nicht getan?«

Er begann, alles, was störte, wie das Blut und die Struktur der blauen Tischdecke, herauszufiltern, so daß nur noch die wichtigen Dinge übrigblieben.

»Können Sie die Papillarlinien sichtbar machen?« fragte ich und beugte mich so dicht zu ihm hinüber, daß ich sein würziges After-shave riechen konnte.

»Ich denke schon«, sagte er.

Seine Stimme klang plötzlich beschwingt, denn für ihn gab es keine schönere Beschäftigung als die Entzifferung der Hieroglyphen an Fingern und Füßen. Dieser Mann mit seiner liebenswürdigen, zerstreuten Art hatte Tausende ins Zuchthaus und Dutzende auf den elektrischen Stuhl gebracht. Er vergrößerte das Foto und wies den unterschiedlichen Graustufen willkürlich gewählte Farben zu, damit wir sie besser unterscheiden konnten. Die Daumen waren klein und blaß wie altes Pergament. Es waren Papillarlinien sichtbar.

»Die anderen Finger können wir vergessen«, sagte er und starrte wie in Trance auf den Bildschirm. »Sie sind zu stark verkrümmt, als daß ich etwas erkennen könnte. Aber die Daumen sehen verdammt gut aus. Ich halt' das mal fest.« Er klickte in ein Menü und speicherte das Bild. »Damit werde ich mich jetzt eine Weile beschäftigen.«

Das war mein Stichwort zum Aufbruch, und ich schob meinen Stuhl zurück.

»Sobald ich etwas habe, werde ich es durchs AFIS schicken«, sagte er. Das AFIS ist das Automated Fingerprint Identification System, eine Datenbank, über die man unbekannte Fingerabdrücke mit Millionen anderer vergleichen kann.

»Das wäre großartig«, sagte ich. »Und ich fange mit HALT an.«

Er warf mir einen neugierigen Blick zu, denn das Homicide Assessment and Lead Tracking System ist eine Datenbank zur Aufklärung von Mordfällen, die die Polizei von Virginia in Zusammenarbeit mit dem FBI führt. Sie wird zu Rate gezogen, wenn der Verdacht besteht, daß Opfer oder Täter aus Virginia stammen.

»Wir haben zwar Grund zur Annahme, daß die anderen Opfer nicht von hier sind«, erklärte ich, »doch ich denke, wir sollten alle Möglichkeiten ausschöpfen, die uns zur Verfügung stehen. Einschließlich regionaler Datenbanken.«

Vander justierte immer noch an seinen Geräten herum und starrte auf den Bildschirm.

»Hauptsache, ich muß nicht die Formulare ausfüllen«, antwortete er.

Der Flur war zu beiden Seiten von Kisten und weißen Kartons mit der Aufschrift BEWEISMATERIAL gesäumt, die sich bis zur Decke stapelten. Wissenschaftler eilten geschäftig vorüber, in der Hand Papiere und Präparate, die vielleicht jemanden wegen Mordes vor Gericht bringen würden. Wir grüßten einander, ohne unseren Schritt zu verlangsamen. Ich war auf dem Weg ins Spurensicherungslabor. In dem großen, stillen Raum beugten sich weitere Wissenschaftler in weißen Kitteln über Mikroskope oder arbeiteten an ihren Schreibtischen. Auf schwarzen Arbeitsflächen lagen hier und da geheimnisvolle, in braunes Papier eingewickelte Bündel.

Aaron Koss stand vor einer violett leuchtenden UV-Lampe und untersuchte einen feingeweblichen Schnitt im Mikroskop, um zu sehen, was die reflektierten langwelligen Strahlen ihm verraten würden.

»Guten Morgen«, sagte ich.

»Gleichfalls.« Koss grinste.

Er war dunkelhaarig und attraktiv und wirkte viel zu jung für einen Mikrospurexperten. An diesem Morgen trug er verblichene Jeans und Turnschuhe.

»Kein Gerichtstermin heute?« fragte ich, denn das ließ sich für gewöhnlich an der Kleidung der Leute erkennen.

»Nee, zum Glück nicht«, sagte er. »Ich wette, Sie wollen sich nach Ihren Fasern erkundigen.«

»Ich war gerade in der Nähe«, sagte ich. »Dachte, ich schau' mal vorbei.«

Meine drängelnden Besuche in den Labors waren berüchtigt, doch im großen und ganzen ertrugen die Wissenschaftler meine fordernde Art geduldig und waren letztlich froh darüber. Ich wußte, daß sie auch so schon alle Hände voll zu tun hatten, aber wenn Menschen ermordet und zerstückelt wurden, war rasches Handeln geboten.

»Na, dank Ihnen brauche ich mich mal eine Weile nicht um unseren Rohrbomber zu kümmern«, sagte er und lächelte wieder.

»Dann sind Sie mit dem wohl noch nicht weitergekommen«, vermutete ich.

»Letzte Nacht hat es wieder einen Anschlag gegeben. An der I-195 Nord in der Nähe der Laburnum Avenue, direkt vor der Nase der Spezialeinheit. Sie wissen schon da, wo früher das Revier 3 war. Nicht zu glauben, was?«

»Hoffen wir, daß der auch weiterhin bloß Verkehrsschilder in die Luft jagt«, sagte ich.

»Allerdings.« Er trat von der UV-Lampe zurück und wurde auf einmal sehr ernst. »Bislang habe ich in dem, was Sie mir geschickt haben, folgendes gefunden: textile Fasern, die am Knochen hafteten. Haare. Und am Blut klebten noch andere Rückstände.«

»Ihre Haare?« fragte ich perplex, denn die langen grauen Haare hatte ich gar nicht an Koss geschickt. Das war nicht sein Spezialgebiet.

»Unterm Mikroskop sahen sie mir nicht menschlich aus«, antwortete er. »Möglicherweise stammen sie von zwei verschiedenen Tieren. Ich habe die Haare an Roanoke weitergeleitet.«

Im ganzen Staat gab es nur einen Haarexperten, und der saß in den kriminaltechnischen Labors des westlichen Bezirks.

»Was ist mit den anderen Rückständen?«

»Ich tippe auf Müll von der Deponie. Aber ich möchte mir das noch unter dem Elektronenmikroskop ansehen. Was ich jetzt unter dem UV-Licht habe, sind Fasern«, fuhr er fort. »Eigentlich sind es nur Fragmente. Ich habe sie vorher in ein Ultraschallbad mit destilliertem Wasser gelegt, um das Blut zu entfernen. Wollen Sie mal einen Blick darauf werfen?«

Er machte mir Platz, damit ich durch das Mikroskop sehen konnte, und der Duft von Obsession stieg mir in die Nase. Ich mußte lächeln, denn das erinnerte mich an die Zeit, als ich in seinem Alter war und noch die Energie hatte, mich herauszuputzen. Drei Fragmente, die wie Neonlicht fluoreszierten, lagen auf dem Objektträger. Sie stammten von einem weißen oder eierschalenfarbenen Stoff, und eins war mit einer Art glitzernden Goldpartikeln gesprenkelt.

»Was in aller Welt ist das?« Ich schaute zu ihm hoch.

»Unterm Stereomikroskop sieht es aus wie eine Chemiefaser«, erwiderte er. »Die Fasern sind regelmäßig geformt und von gleichmäßiger Dicke, so als seien sie durch Spinndüsen gepreßt worden. Naturfasern wie Baumwolle sind unregelmäßiger geformt.«

»Und die fluoreszierenden Partikel?« Ich sah immer noch durch das Okular.

»Da wird's interessant«, sagte er. »Ich muß zwar noch weitere Tests machen, aber auf den ersten Blick sieht es aus wie Farbe.«

»Was für Farbe?« fragte ich nach kurzer Überlegung.

»Sie ist nicht so fein und eben wie Autolack, sondern rauher, körniger. Offenbar ein heller Eierschalenton. Ich denke, es handelt sich um Wandfarbe.«

»Sind dies die einzigen Fasern beziehungsweise Fragmente, die Sie untersucht haben?«

»Ich fang' ja gerade erst an.« Er ging zu einem anderen Arbeitstisch und zog einen Hocker darunter hervor. »Ich habe mir alle unter UV-Licht angesehen. Etwa fünfzig Prozent davon sind mit dieser farbähnlichen Substanz getränkt. Ich kann zwar nicht mit Sicherheit sagen, um was für ein Material es sich handelt, aber es steht zumindest fest, daß alle Proben, die Sie mir geschickt haben, gleichen Fabrikats und vermutlich auch gleichen Ursprungs sind.«

Er legte einen Objektträger unter das Objektiv eines Polarisationsmikroskops, das wie eine Ray-Ban-Sonnenbrille störende Reflexe reduziert und Licht in verschiedene Wellen mit unterschiedlichem Brechungsindex aufspaltet. Vielleicht würden wir dadurch einen weiteren Hinweis darauf bekommen, mit was für einem Material wir es hier zu tun hatten.

»Also«, sagte er, während er die Schärfe einstellte und konzentriert ins Mikroskop starrte. »Dies ist das größte Fragment, das wir gefunden haben. Es ist etwa so groß wie ein Zehn-Cent-Stück und hat zwei unterschiedliche Seiten.«

Er machte mir Platz, und ich erkannte Fasern, die an blonde Haare erinnerten, mit rosa und grünen Einsprengseln am Schaft.

»Sieht ganz nach Polyester aus«, erklärte Koss. »Die Einsprengsel sind Mattierungsmittel, die bei der Herstellung verwendet werden, damit das Material nicht glänzt. Ich glaube, außerdem ist noch etwas Kunstseide beigemischt. Aus alldem würde ich normalerweise schließen, daß es sich hier um einen ganz gewöhnlichen Stoff handelt, den man für fast alles verwenden kann, von der Bluse bis zur Tagesdecke. Aber so einfach ist das nicht.«

Er öffnete eine Flasche mit einem flüssigen Lösungsmittel, hob mit einer Pinzette das Deckgläschen hoch und drehte das Fragment behutsam um. Er tropfte Xylol auf das Präparat, deckte es wieder zu und bedeutete mir, ich solle näher kommen.

»Was sehen Sie?« fragte er. Er war stolz auf sich.

»Etwas Gräuliches, Festes. Jedenfalls ist es nicht das gleiche Material wie auf der anderen Seite.« Ich sah ihn überrascht an.

»Der Stoff ist also beschichtet?«

»Mit irgendeinem Thermoplast. Wahrscheinlich Polyethylen-Terephthalat.«

»Und wofür wird das verwendet?« wollte ich wissen.

»Vor allem für Softdrink-Flaschen, Filme und Klarsichtpackungen.«

Ich starrte ihn verblüfft an. Mir war schleierhaft, was solche Produkte mit unserem Fall zu tun haben sollten.

»Was sonst noch?« fragte ich.

Er dachte nach. »Packbänder. Manche dieser Produkte, Flaschen zum Beispiel, können recycelt und dann wieder zu Teppichfasern, Füllstoffen oder Faserplatten verarbeitet werden. Zu allem möglichen.«

»Aber nicht zu Kleiderstoffen.«

Er schüttelte den Kopf und sagte mit Bestimmtheit: »Auf keinen Fall. Der Stoff, von dem wir hier sprechen, ist eine recht ordinäre, grobe Polyestermischung mit einer Beschichtung aus irgendeinem Kunststoff. Von einem derartigen Kleiderstoff habe ich noch nie etwas gehört. Außerdem ist er offenbar mit Farbe durchtränkt.«

»Danke, Aaron«, sagte ich. »Das wirft ein ganz neues Licht auf die Sache.«

Als ich wieder in mein Büro kam, saß zu meiner Überraschung und Verärgerung Percy Ring auf einem Stuhl vor meinem Schreibtisch und blätterte in einem Notizbuch.

»Ich mußte wegen eines Interviews mit Channel Twelve nach Richmond«, sagte er unschuldsvoll, »und da dachte ich, dann kann ich Ihnen eigentlich auch gleich einen Besuch abstatten. Mit Ihnen wollen die übrigens auch reden.« Er lächelte.

Ich antwortete nicht. Statt dessen setzte ich mich auf meinen Stuhl und schwieg vielsagend.

»Ich habe mir gedacht, daß Sie denen kein Interview geben würden. Das habe ich ihnen auch gesagt«, fuhr er in seiner ungezwungenen, leutseligen Art fort.

»Und was genau haben Sie denen diesmal erzählt?« Mein Ton war alles andere als freundlich.

»Wie bitte?« Sein Lächeln erstarb, und sein Blick verhärtete sich. »Was soll das denn heißen?«

»Sie sind der Ermittlungsbeamte. Finden Sie es heraus.« Mein Blick war ebenso hart wie seiner.

Er zuckte mit den Schultern. »Das Übliche. Nur das Wesentlichste über den Fall und die Parallelen zu den anderen.«

»Investigator Ring, lassen Sie mich zum wiederholten Male etwas klarstellen«, sagte ich, ohne aus der Verachtung, die ich für ihn empfand, einen Hehl zu machen. »Es steht keineswegs fest, daß dieser Fall etwas mit den anderen zu tun hat. Und wir sollten den Medien gegenüber nichts dazu verlauten lassen.«

»Tja, da haben wir offenbar unterschiedliche Standpunkte, Dr. Scarpetta.«

In seinem adretten Outfit – dunkler Anzug, Paisley-Hosenträger und Krawatte – wirkte er bemerkenswert vertrauenerweckend. Ich mußte daran denken, was Wesley über Rings Ambitionen und Beziehungen gesagt hatte, und bei dem Gedanken, daß dieser selbstgefällige Schwachkopf eines Tages an der Spitze der Polizei von Virginia stehen oder in den Kongreß gewählt werden könnte, drehte sich mir der Magen um.

»Ich finde, die Öffentlichkeit hat ein Recht, zu erfahren, daß ein Irrer in ihrer Mitte weilt«, sagte er.

»Und das haben Sie auch im Fernsehen gesagt.« Ich kochte vor Wut. »Daß ein Irrer unter uns weilt.«

»An meine genauen Worte kann ich mich nicht mehr erinnern. Der eigentliche Grund, weshalb ich hergekommen bin, ist, daß ich gern wüßte, wann ich eine Kopie des Autopsieberichts bekomme.«

»Die Untersuchung ist noch nicht abgeschlossen.«

»Ich brauche ihn so bald wie möglich.« Er sah mir in die Augen. »Die Staatsanwältin will wissen, was Sache ist.«

Das konnte ja wohl nicht wahr sein. Mit der Staatsanwaltschaft wurde normalerweise erst gesprochen, wenn es einen Verdächtigen gab.

»Was wollen Sie damit sagen?« fragte ich.

»Ich habe Keith Pleasants im Visier.«

Ich war fassungslos.

»Es gibt eine Menge Indizien«, fuhr er fort. »Das ist zum Beispiel die Frage, wie es kommt, daß gerade er den Bagger fuhr, als der Rumpf gefunden wurde. Normalerweise ist das nämlich gar nicht sein Job, und dann sitzt er rein zufällig in genau dem Moment hinterm Steuer?«

»Ich finde, das macht ihn eher zum Opfer als zum Verdächtigen. Wenn er der Mörder wäre«, fuhr ich fort, »sollte man doch meinen, daß er darauf aus wäre, so weit wie möglich von der Deponie entfernt zu sein, wenn die Leiche gefunden wird.«

»Psychopathen sind so«, sagte er, als müsse er es wissen. »Die geilen sich an der Vorstellung auf, dabeizusein, wenn das Opfer gefunden wird. Wie zum Beispiel der Frauenmörder, ein Krankenwagenfahrer, der seine Opfer in der Gegend ablud, für die er zuständig war. Kurz bevor er zum Dienst fuhr, wählte er dann den Notruf, damit er selbst für den Einsatz eingeteilt wurde.«

Offenbar hatte er nicht nur Psychologie studiert, sondern auch noch einen Profiling-Lehrgang besucht. Er wußte einfach über alles Bescheid.

»Keith lebt bei seiner Mutter. Ich habe den Eindruck, er kann sie nicht ausstehen«, fuhr er fort und strich seine Krawatte glatt. »Sie hat ihn erst spät bekommen und ist jetzt über sechzig. Er sorgt für sie.«

»Seine Mutter hat er also schon mal nicht umgebracht.«

»Stimmt. Aber das heißt nicht, daß er seine Aggressionen nicht an irgendeiner anderen armen alten Frau ausgelassen hat. Und hinzu kommt: Sie werden's nicht glauben, aber während der High-School hat er in der Fleischabteilung eines Lebensmittelgeschäfts gearbeitet. Er war Schlachtergehilfe.«

Ich sagte ihm nichts von meiner Vermutung, daß bei diesem Fall keine Fleischersäge verwendet worden war, sondern ließ ihn weiterreden.

»Er ist nie besonders gesellig gewesen, was auch wieder zum Täterprofil paßt.« Er fuhr fort, seine aberwitzigen Theorien auszuspinnen. »Und auf der Deponie geht das Gerücht, er sei homosexuell.«

»Und worauf stützt sich das?«

»Darauf, daß er sich nie mit Frauen trifft und auch kein Interesse zeigt, wenn die anderen Jungs Bemerkungen und Witze über Frauen machen. Sie wissen ja, wie es unter rauhen Jungs so zugeht.«

»Beschreiben Sie mir das Haus, in dem er wohnt.« Ich hatte dabei die Fotos im Sinn, die ich per E-Mail erhalten hatte.

»Zweistöckig, drei Schlafzimmer, Küche, Wohnzimmer. Mittelklasse auf dem absteigenden Ast in die Armut. Möglich, daß sie es früher, als sein Dad noch da war, ganz nett hatten.

»Was ist denn aus dem Vater geworden?«

»Abgehauen, bevor Keith geboren wurde.«

»Geschwister?« fragte ich.

»Längst erwachsen. Keith war wohl gar nicht mehr geplant. Ich habe den Verdacht, daß Mr. Pleasants gar nicht sein Vater ist. Das würde auch erklären, wieso er bereits vor Keiths Geburt fort war.«

»Und worauf gründet sich dieser Verdacht?« fragte ich spitz.

»Das hab' ich im Gefühl.«

»Aha.«

»Sie wohnen ziemlich abgelegen, etwa zehn Meilen von der Deponie entfernt in einer ländlichen Gegend«, sagte er. »Haben einen ziemlich großen Garten und eine Garage.« Er schlug die Beine übereinander und machte eine bedeutungsvolle Pause. »In der Garage steht eine große Werkbank, und dort liegt jede Menge Werkzeug herum. Keith sagt, er sei Heimwerker und benutze die Garage als Werkstatt, wenn es im Haus etwas zu reparieren gebe. Ich habe eine Metallsäge an der Wand hängen sehen und eine Machete, die er angeblich benutzt, um Kudzu und Unkraut zu jäten …«

Er schlüpfte aus seinem Jackett und breitete es sorgfältig über seinen Schoß, bevor er mit seiner Führung durch Keith Pleasants' Leben fortfuhr.

»Sie konnten sich ja offenbar in aller Ruhe umschauen – und das ganz ohne Durchsuchungsbefehl«, fiel ich ihm ins Wort.

»Er war sehr entgegenkommend«, erwiderte er ungerührt. »Reden wir darüber, was sich hier oben bei ihm abspielt.« Er tippte sich an den Schädel. »Auf jeden Fall ist er ein ganz kluger Kopf. Im ganzen Haus liegen Bücher, Zeitschriften und Zeitungen herum. Und stellen Sie sich vor: Er hat Fernsehberichte über diesen Fall aufgezeichnet und Artikel darüber ausgeschnitten.«

»Das tut vermutlich fast jeder, der auf der Mülldeponie arbeitet«, gab ich zu bedenken.

Aber Ring interessierte sich nicht im geringsten für das, was ich sagte.

»Er liest alle möglichen Krimis. Thriller. *Das Schweigen der Lämmer, Der rote Drache.* Tom Clancy, Ann Rule …«

Wieder unterbrach ich ihn. Das konnte ich mir keine Sekunde länger anhören. »Sie haben gerade den typischen Lesestoff eines durchschnittlichen Amerikaners aufgezählt. Ich kann Ihnen zwar nicht vorschreiben, wie Sie Ihre Ermittlungen durchzuführen haben, aber ich möchte Sie doch daran erinnern, daß es vielleicht besser wäre, sich an die Beweise zu halten …«

»Das tue ich doch«, gab er zurück. »Genau das tue ich.«

»Genau das tun Sie nicht. Sie kennen die Beweislage ja noch

nicht einmal. Sie haben noch keinen einzigen Bericht von mir oder aus den Labors erhalten. Sie haben auch noch kein Täterprofil vom FBI bekommen. Haben Sie überhaupt schon mit Marino oder Grigg gesprochen?«

»Wir verpassen uns ständig.« Er stand auf und zog sein Jackett wieder an. »Ich brauche diese Berichte.« Das klang wie ein Befehl. »Die Staatsanwältin wird Sie anrufen. Übrigens, wie geht es Lucy?«

Daß er den Namen meiner Nichte kannte, gefiel mir gar nicht, und mein überraschter, wütender Blick verriet meine Gefühle.

»Ich wußte nicht, daß Sie beide sich kennen«, erwiderte ich kühl.

»Ich habe an einer ihrer Vorlesungen teilgenommen, vor ein paar Monaten, glaube ich. Es ging um CAIN.«

Ich griff mir einen Stapel Totenscheine aus dem Eingangskorb und begann sie abzuzeichnen.

»Danach ist sie mit uns rüber zum HRT gegangen und hat uns ihre Roboter vorgeführt«, sagte er, schon in der Tür. »Hat sie eigentlich einen Freund?«

Ich war sprachlos.

»Ich meine, ich weiß, daß sie mit einer anderen Agentin zusammenlebt. Aber das ist nur ihre Mitbewohnerin, oder?« Es war klar, worauf er hinauswollte. Wie erstarrt schaute ich ihm nach, während er pfeifend davonging. Wutschnaubend klaubte ich ein paar Papiere zusammen und wollte gerade meinen Schreibtisch verlassen, als Rose hereinkam.

»Der kann seine Schuhe unter meinem Bett parken, wann immer er will«, säuselte sie Ring hinterher.

»Also bitte!« Das war zuviel für mich. »Ich habe Sie für eine intelligente Frau gehalten, Rose.«

»Ich glaube, Sie brauchen einen heißen Tee«, sagte sie.

»Kann sein.« Ich seufzte.

»Aber zuerst wäre da noch etwas anderes«, sagte sie in ihrer geschäftsmäßigen Art. »Kennen Sie einen Mann namens Keith Pleasants?«

»Was ist mit ihm?« Für einen Moment standen meine Gedanken still.

»Er sitzt in der Lobby«, sagte sie. »Er ist sehr aufgebracht und will erst wieder gehen, wenn Sie ihn empfangen haben. Ich wollte schon den Sicherheitsdienst rufen, aber ich dachte, ich frage lieber ...« Mein Gesichtsausdruck brachte sie unvermittelt zum Schweigen.

»Großer Gott!« rief ich entsetzt. »Haben er und Ring einander gesehen?«

»Keine Ahnung«, sagte sie, und plötzlich war sie selbst ganz bestürzt. »Ist irgendetwas nicht in Ordnung?«

»Gar nichts ist in Ordnung.« Ich seufzte und ließ die Papiere wieder auf meinen Schreibtisch fallen.

»Soll ich nun den Sicherheitsdienst rufen oder nicht?«

»Nein.« Ich ging rasch an ihr vorbei.

Eiligen Schritts ging ich durch den Flur und bog um eine Ecke in die Lobby, in der es einfach nicht gemütlich werden wollte, egal, wieviel Mühe ich mir damit gab. Weder geschmackvolle Möbel noch Drucke an den Wänden konnten darüber hinwegtäuschen, welche furchtbaren Umstände die Menschen hierherführten. Wie Keith Pleasants saßen sie stocksteif auf einem blaugepolsterten Sofa, das neutral und besänftigend wirken sollte. Paralysiert starrten sie ins Nichts oder weinten.

Als ich die Tür aufstieß, sprang er mit geröteten Augen auf. Er stürzte sich geradezu auf mich, und ich wußte nicht recht, ob Wut oder Panik ihn trieb. Einen Moment lang glaubte ich, er würde mich entweder packen oder schlagen. Aber er ließ die Hände linkisch wieder sinken und starrte mich wütend an. Seine Miene verfinsterte sich, und dann kochte seine Empörung über.

»Sie haben kein Recht, so was über mich zu sagen!« stieß er

mit geballten Fäusten hervor. »Sie kennen mich doch gar nicht! Wissen überhaupt nichts über mich!«

»Regen Sie sich nicht auf, Keith«, sagte ich ruhig, aber bestimmt.

Ich bedeutete ihm, wieder Platz zu nehmen, und zog einen Stuhl heran, so daß ich ihm gegenübersaß. Er atmete schwer und zitterte. Seine Augen waren voller Schmerz und füllten sich mit Zornestränen.

»Sie haben mich doch nur einmal getroffen.« Er riß einen Finger hoch. »Ein einziges Mal bloß, und dann sagen Sie so was.« Seine Stimme bebte. »Ich steh' kurz davor, meinen Job zu verlieren.« Er hielt sich die Faust vor den Mund und wandte den Blick ab, während er um Fassung rang.

»Erstens«, sagte ich, »habe ich mit niemandem über Sie gesprochen. Nicht ein Wort.«

Er blickte auf.

»Ich habe keine Ahnung, wovon Sie sprechen.« Ich sah ihn fest an und sprach mit einer Bestimmtheit, die ihm den Wind aus den Segeln nahm. »Vielleicht könnten Sie mich aufklären?«

Er musterte mich unsicher. In seinen Augen flackerte das Mißtrauen, das Lügen über mich ihm eingeimpft hatten.

»Sie haben nicht mit Investigator Ring über mich gesprochen?« fragte er.

Ich kämpfte meinen Zorn nieder. »Nein.«

»Er war heute morgen bei uns, als meine Mama noch im Bett lag.« Seine Stimme zitterte. »Hat mich verhört, als wäre ich ein Mörder oder so was. Und dann hat er gesagt, ich soll lieber gleich gestehen, denn Sie hätten Erkenntnisse, die auf mich deuteten.«

»Erkenntnisse? Was für Erkenntnisse?« frage ich mit wachsender Entrüstung.

»Sie hätten Fasern gefunden, die Ihrer Ansicht nach von den Sachen stammen könnten, die ich an dem Tag anhatte, als wir uns kennengelernt haben. Sie hätten gesagt, die Person, die diese Leiche zerstückelt hat, sei vermutlich genauso groß wie ich. Er meinte, Sie könnten an dem Druck, mit dem die Säge geführt wurde, sehen, daß der Täter etwa ebenso kräftig war wie ich. Er sagte, Sie würden alle möglichen Dinge von mir verlangen, damit Sie DNS-Tests machen könnten. Und Sie hätten gesagt, ich hätte mich merkwürdig verhalten, als ich Sie zum Tatort fuhr ...«

Ich unterbrach ihn: »Mein Gott, Keith, ich habe noch nie in meinem Leben so einen Blödsinn gehört. Wenn ich auch nur einen Satz davon gesagt hätte, würde ich wegen Unfähigkeit gefeuert.«

»Das kommt noch dazu«, ergriff Pleasants mit flammendem Blick wieder das Wort. »Er hat mit all meinen Kollegen gesprochen! Die fragen sich jetzt, ob ich vielleicht so eine Art Axtmörder bin. Das seh' ich schon an der Art, wie sie mich anschauen.«

Während er in Tränen ausbrach, öffneten sich die Türen, und mehrere Beamte der Staatspolizei betraten den Raum. Sie wurden per Knopfdruck hereingelassen und machten sich, ohne uns zu beachten, auf den Weg zur Leichenhalle, wo Fielding mit einem Verkehrsopfer beschäftigt war. Pleasants war zu erregt, als daß ich die Angelegenheit weiter mit ihm hätte erörtern können, und ich war so wütend auf Ring, daß ich nicht wußte, was ich noch sagen sollte.

»Haben Sie einen Anwalt?« fragte ich ihn.

Er schüttelte den Kopf.

»Ich glaube, Sie sollten sich lieber einen besorgen.«

»Ich kenne keinen.«

»Ich kann Ihnen ein paar nennen«, sagte ich, doch da kam Wingo zur Tür herein. Der Anblick des weinenden Pleasants auf dem Sofa überraschte ihn.

»Ähm, Dr. Scarpetta?« sagte Wingo. »Dr. Fielding läßt fragen, ob er schon mal die persönlichen Gegenstände der Verstorbenen zum Bestattungsunternehmen schicken kann.«

Ich trat dichter an Wingo heran, denn ich wollte nicht, daß Pleasants durch die alltäglichen Vorgänge in der Gerichtsmedizin noch mehr aus der Fassung gebracht wurde.

»Die Staatspolizei ist schon unterwegs«, sagte ich mit leiser Stimme. »Wenn die die Sachen nicht wollen, dann können Sie sie ans Bestattungsunternehmen schicken.«

Er musterte Pleasants eingehend, als kenne er ihn von irgendwoher.

»Hören Sie«, sagte ich zu Wingo. »Suchen Sie bitte Adresse und Telefonnummer von Jameson und Higgins heraus.«

Das waren zwei sehr gute Anwälte in der Stadt, die ich als meine Freunde betrachtete.

»Und dann begleiten Sie Mr. Pleasants bitte hinaus.«

Wingo starrte ihn immer noch wie hypnotisiert an.

»Wingo?« Ich sah ihn fragend an, denn er schien mich nicht gehört zu haben.

»Ja, Ma'am.« Er schaute zu mir herüber.

Ich ging an ihm vorbei und machte mich auf den Weg nach unten. Ich mußte mit Wesley reden, aber vorher wollte ich noch versuchen, Marino zu erreichen. Im Aufzug nach unten überlegte ich, ob ich die Staatsanwältin in Sussex anrufen sollte, um sie vor Ring zu warnen. Während mir all dies durch den Kopf ging, dachte ich an Pleasants. Er tat mir schrecklich leid. Ich hatte Angst um ihn. So weit hergeholt es auch schien – mir war klar, daß man ihm eine Mordanklage anhängen konnte.

In der Leichenhalle betrachteten Fielding und die Beamten der Staatspolizei das Verkehrsopfer auf Tisch eins. Die üblichen Sprüche blieben aus, denn die Tote war die neunjährige Tochter eines Mitglieds des Stadtrats. Sie war frühmorgens zur Bushaltestelle gegangen, als ein Autofahrer mit hohem Tempo von der Straße abkam. Der Wagen hatte das Mädchen von hinten erfaßt. Das Fehlen von Bremsspuren deutete darauf hin, daß er noch nicht einmal das Tempo gedrosselt hatte.

»Wie sieht's aus?« fragte ich, als ich zu ihnen stieß.

»Das ist eine böse Geschichte«, sagte einer der Polizisten mit ernstem Gesicht.

»Der Vater dreht total durch«, erklärte mir Fielding, während er den bekleideten Leichnam mit einer Lupe auf Spuren absuchte.

»Haben Sie Lackpartikel gefunden?« fragte ich. Mit Hilfe eines Lacksplitters lassen sich Automarke und -modell identifizieren.

»Bislang nicht.« Mein Stellvertreter war äußerst übellaunig. Er haßte es, Kinder zu obduzieren.

Ich ließ meinen Blick über die zerrissene, blutige Jeans und den teilweise erkennbaren Abdruck eines Kühlergrills wandern, der sich in Gesäßhöhe auf dem Stoff abzeichnete. Die vordere Stoßstange hatte sie in die Kniekehlen getroffen, und ihr Kopf war auf die Windschutzscheibe aufgeschlagen. Sie hatte einen kleinen roten Rucksack auf dem Rücken gehabt. Das Lunchpaket und die Bücher, Zettel und Stifte, die herausgenommen worden waren, versetzten mir einen Stich. Das Herz wurde mir schwer.

»Der Abdruck des Kühlergrills ist ziemlich weit oben«, bemerkte ich.

»Kommt mir auch so vor«, sagte ein anderer Polizist. »Wie von einem Pick-up-Truck oder einem Geländewagen. Etwa zur Zeit des Unfalls wurde ein schwarzer Jeep Cherokee in der Gegend gesehen, der mit hoher Geschwindigkeit unterwegs war.«

»Ihr Vater ruft alle halbe Stunde an.« Fielding warf mir einen Blick zu. »Er glaubt, es war kein Unfall.«

»Was will er damit andeuten?« fragte ich.

»Daß es ein Anschlag war.« Er machte sich wieder daran, Fasern und Schmutzpartikel von der Leiche abzusammeln. »Mord.«

»Du lieber Gott, das wollen wir doch nicht hoffen«, sagte

ich und wandte mich zum Gehen. »Es ist so schon schlimm genug.«

Auf einem Stahltisch ganz hinten in der Leichenhalle stand ein elektrischer Wasserkocher, in dem wir die Knochen mazerierten. Das war eine äußerst unangenehme Prozedur, bei der die Leichenteile in einer zehnprozentigen Bleichmittellösung gekocht werden mußten. Das Scheppern des großen Stahltopfes und der Gestank waren entsetzlich. Normalerweise erledigte ich diese Arbeit an Abenden und Wochenenden, an denen es unwahrscheinlich war, daß Besucher die Gerichtsmedizin betraten.

Am Vortag hatte ich die Knochenenden, die ich vom Rumpf abgetrennt hatte, in den Topf gelegt und über Nacht kochen lassen. Sie waren fertig, und ich schaltete den Kocher aus. Ich schüttete das stinkende, dampfende Wasser in den Ausguß und wartete, bis die Knochen so weit abgekühlt waren, daß man sie anfassen konnte. Sie waren sauber und weiß, etwa fünf Zentimeter lang. Die Schnitt- und Sägespuren waren deutlich zu erkennen. Während ich jedes einzelne Segment sorgfältig untersuchte, überlief mich plötzlich ein eisiger Schauer.

Ich konnte nicht unterscheiden, welche Sägespuren vom Mörder stammten und welche von mir.

»Jack!« rief ich nach Fielding. »Können Sie mal einen Moment kommen?«

Er unterbrach seine Tätigkeit und kam zu mir herüber.

»Was ist los?« fragte er.

Ich reichte ihm einen der Knochen. »Können Sie erkennen, welches Ende mit der Stryker-Säge abgesägt wurde?«

Er drehte und wendete ihn wieder und wieder, ließ seinen Blick von einem Ende zum anderen wandern und runzelte die Stirn. »Haben Sie es markiert?«

»Nur, welches der rechte und welches der linke ist«, sagte ich. »Sonst nicht. Ich hätt's natürlich tun sollen. Aber normalerweise lassen sich die Enden so leicht auseinanderhalten, daß es einfach nicht nötig ist.«

»Ich bin kein Experte, aber wenn ich es nicht besser wüßte, würde ich sagen, daß alle Schnitte von derselben Säge stammen.« Er gab mir die Knochen wieder zurück, die ich daraufhin eintütete. »Sie müssen mit den Knochen doch ohnehin zu Canter, oder?«

»Der wird nicht zufrieden mit mir sein«, sagte ich.

6

Mein Haus lag am Rande von Windsor Farms, einem altehrwürdigen Viertel von Richmond. Hier hatten die Straßen englische Namen, und die Häuser waren prächtige Villen im Georgian- oder Tudorstil. In den Fenstern, an denen ich vorbeifuhr, war Licht, und hinter den Scheiben konnte ich edle Möbel, Kronleuchter und Menschen sehen, die umhergingen oder vorm Fernseher saßen. Offenbar zog außer mir niemand in dieser Stadt die Vorhänge zu. Die Blätter hatten zu fallen begonnen. Es war kühl und bedeckt. Als ich in meine Einfahrt einbog, stieg Rauch aus dem Schornstein auf, und der grüne Suburban meiner Nichte parkte vorm Haus. »Lucy?« rief ich, während ich die Tür aufschloß und die Alarmanlage abstellte.

»Hier bin ich«, antwortete sie aus dem Flügel des Hauses, in dem sie immer wohnte, wenn sie bei mir war.

Als ich auf mein Arbeitszimmer zusteuerte, um meinen Aktenkoffer und den Stapel Arbeit abzulegen, den ich für den Abend mit nach Hause genommen hatte, kam sie aus ihrem Zimmer. Sie zog sich gerade ein leuchtend orangefarbenes Sweatshirt der University of Virginia über den Kopf.

»Hi«. Sie umarmte mich lächelnd. Es gab kaum etwas an ihr, das sich weich anfühlte.

Ich hielt sie auf Armeslänge von mir fern und musterte sie erst einmal von oben bis unten, wie ich es immer tat.

»Oh-oh«, sagte sie scherzhaft. »Große Inspektion.« Sie streckte die Arme von sich weg und drehte sich im Kreis, als erwartete sie, durchsucht zu werden.

»Schlaukopf«, sagte ich.

Tatsächlich wäre mir lieber gewesen, wenn sie ein bißchen fülliger gewesen wäre, aber sie sah ausgesprochen hübsch und gesund aus. Ihr kastanienbraunes Haar war kurz, aber weich frisiert. Ich konnte sie immer noch nicht anschauen, ohne in ihr die frühreife, widerspenstige Zehnjährige zu sehen, die niemanden hatte außer mir.

»Bestanden«, sagte ich.

»Tut mir leid, daß ich erst so spät gekommen bin.«

»Was war es doch gleich, das dich aufgehalten hat?« fragte ich. Sie hatte mich tagsüber angerufen, um mir zu sagen, daß sie es nicht vorm Abendessen schaffen würde.

»Ein Staatsanwalt vom Oberlandesgericht ist auf die Idee gekommen, uns mit seinem Gefolge einen Besuch abzustatten. Und die haben natürlich erwartet, daß sie wie üblich vom HRT was geboten bekommen.«

Wir gingen in die Küche.

»Ich hab' ihnen Toto und Tin Man vorgeführt«, fügte sie hinzu.

Das waren zwei Roboter.

»Ein bißchen Glasfaseroptik und Virtual Reality. Das Übliche eben, aber es ist schon ziemlich cool. Erst sind die Roboter mit Fallschirmen aus einem Helikopter abgesprungen, und dann habe ich sie per Fernsteuerung mit Laserstrahlen eine Metalltür durchschmoren lassen.«

»Doch hoffentlich keine Flugkunststücke mit dem Helikopter«, sagte ich.

»Dafür waren die Jungs zuständig. Ich hab' meinen Kram vom Boden aus gemacht.« Froh war sie darüber nicht.

Dummerweise wollte Lucy nämlich gern Flugkunststücke mit dem Hubschrauber machen. Das HRT bestand aus fünfzig Agenten. Sie war die einzige Frau, und sie reagierte überaus empfindlich, wenn man sie keine gefährlichen Dinge tun ließ. Meiner Meinung nach war das auch nicht das richtige für sie, aber natürlich war ich nicht gerade objektiv.

»Mir ist es nur recht, wenn du bei deinen Robotern bleibst«, sagte ich. »Irgendwas riecht hier gut. Was hast du einer müden alten Tante zu essen gemacht?«

»Frischen Spinat, mit Knoblauch in etwas Olivenöl angebraten, und dann werd' ich noch ein paar Filets grillen. Heute ist der einzige Tag in der Woche, an dem ich Rindfleisch esse. Dein Pech, wenn du keins willst. Ich hab' sogar eine Flasche richtig guten Wein besorgt. Den haben Janet und ich neulich entdeckt.«

»Seit wann können sich FBI-Agenten guten Wein leisten?«

»He«, sagte sie, »so schlecht verdiene ich gar nicht. Außerdem hab' ich viel zuviel zu tun, um das Geld auszugeben.«

Kleidung kaufte sie sich dafür jedenfalls nicht. Wann immer ich sie sah, trug sie entweder Drillich oder einen Jogginganzug. Nur gelegentlich waren es mal Jeans und eine abgerissene Jacke oder ein Blazer. Wenn ich ihr anbot, ihr irgendwas von meinen Sachen abzutreten, lachte sie mich aus. Meine Juristinnenkostüme und Stehkragenblusen trug sie nun wirklich nicht, und ehrlich gesagt war sie mit ihrer durchtrainierten Figur auch schlanker als ich. Vermutlich hätte ihr sowieso nichts von meiner Garderobe gepaßt.

Ein riesengroßer Mond stand tief am wolkigen, dunklen Himmel. Wir zogen uns Jacken an, setzten uns auf die Terrasse und tranken Wein, während Lucy grillte. Da die Kartoffeln, die sie zum Backen in die Glut gelegt hatte, eine Weile brauchten, hatten wir Zeit, uns zu unterhalten. In den letzten Jahren hatte sich das, was früher fast ein Mutter-Tochter-Verhältnis gewesen war, immer mehr zu einer Beziehung zwischen Kolleginnen und Freundinnen entwickelt. Das war nicht leicht für mich: Plötzlich war sie meine Lehrerin und arbeitete sogar an einigen meiner Fälle mit. Ich fühlte mich seltsam orientierungslos, denn ich wußte nicht mehr, welche Rolle ich in ihrem Leben spielte und welchen Einfluß ich noch auf sie hatte.

»Wesley will, daß ich diese E-Mails zurückverfolge«, sagte sie. »Die Polizei von Sussex möchte unbedingt die CASKU hinzuziehen.«

»Kennst du Percy Ring?« fragte ich, und bei dem Gedanken an seine Worte in meinem Büro stieg Wut in mir auf.

»Er war in einem meiner Kurse. Ein unangenehmer Typ, hat in einer Tour dazwischengequatscht.« Sie griff nach der Weinflasche. »Ein ziemlicher Affe.«

Sie schenkte den Wein ein. Dann lüftete sie den Deckel des Grills und piekste mit einer Gabel in die Kartoffeln. »Ich glaube, die sind fertig«, sagte sie zufrieden.

Kurz darauf kam sie mit den Filets aus dem Haus. Es zischte, als sie sie auf den Grill legte. »Irgendwie hat er rausgekriegt, daß du meine Tante bist.« Sie sprach wieder von Ring. »Ist ja kein Geheimnis. Er hat mich mal nach einer Vorlesung über dich ausgefragt – ob ich viel von dir gelernt hätte und ob du mir bei meinen Fällen helfen würdest. Weißt du, als ob ich meinen Job unmöglich allein machen könnte. Ich glaube einfach, er hat es auf mich abgesehen, weil ich neu beim FBI bin und dazu noch eine Frau.«

»Da ist er aber an die Falsche geraten«, sagte ich.

»Außerdem wollte er wissen, ob ich verheiratet bin.« Da die Verandalampen nur eine Seite ihres Gesichts beleuchteten, lagen ihre Augen im Schatten.

»Ich mache mir Sorgen, worauf er wirklich aus ist«, bemerkte ich.

Sie warf mir einen Blick zu und grillte weiter. »Das Übliche.« Solche Anmachen prallten an ihr ab. Schließlich war sie ständig von Männern umgeben und nahm ihre Sprüche und Blicke kaum noch wahr.

»Lucy, er hat heute in meinem Büro so eine Bemerkung über dich gemacht«, sagte ich. »Eine versteckte Anspielung.«

»Worauf?«

»Daß du keinen Freund hast. Und auf deine Mitbewohnerin.«

Gleichgültig, wie oft und wie diskret wir das Thema behandelten, immer reagierte sie genervt und ungeduldig.

»Ob ich nun lesbisch bin oder nicht«, sagte sie, und das Zischen des Grills war die passende Untermalung für ihren Tonfall, »die würden sich auf jeden Fall das Maul über mich zerreißen, einfach, weil ich als Frau beim FBI arbeite. Es ist absolut lächerlich. Diese Typen halten sogar verheiratete Frauen und Mütter für lesbisch, bloß weil sie bei der Polizei, beim FBI, bei der Nationalgarde oder beim Geheimdienst sind. Manche Leute glauben sogar, daß du eine Lesbe bist. Aus dem gleichen Grund. Weil du erfolgreich bist und etwas erreicht hast.«

»Hier geht es nicht um Anschuldigungen«, gab ich sanft zu bedenken. »Es geht darum, ob dir jemand schaden könnte. Ring ist aalglatt und ein Mann, dem man zuerst einmal glaubt, was er sagt. Ich nehme an, es ärgert ihn, daß du beim FBI bist, beim HRT, und er nicht.«

»Na, das ist ja wohl nicht zu übersehen.« Ihre Stimme klang hart.

»Ich will nur hoffen, daß sich dieser Knallkopf nicht ständig mit dir verabreden will.«

»Oh, damit hat er mich schon ein paarmal genervt.« Sie setzte sich. »Er hat es sogar schon mal bei Janet versucht. Unglaublich, was?« Sie lachte. »Manche Leute kapieren es einfach nicht.«

»Das ist ja gerade das Problem: Ich glaube, er kapiert es sehr wohl«, sagte ich unheilvoll. »Mir kommt es so vor, als würde er belastendes Material gegen dich sammeln.«

»Ach, soll er doch.« Abrupt wechselte sie das Thema. »Erzähl mir, was heute sonst noch so los war.«

Ich berichtete ihr, was ich in den Labors erfahren hatte, und während wir die Steaks und den Wein hineintrugen, redeten wir über Textilspuren und Koss' Analyse der Fasern. Wir setzten uns an den Küchentisch, zündeten eine Kerze an und beschäftigten uns mit Themen, die kaum jemand sonst beim Essen besprechen würde.

»Vorhänge aus einem billigen Motel könnten so eine Beschichtung haben«, sagte Lucy.

»Ja, oder eine Art Abdeckplane. Das würde auch die farbähnliche Substanz erklären«, erwiderte ich. »Der Spinat ist wunderbar. Wo hast du den gekauft?«

»Bei Ukrops. Wenn ich doch bloß auch so einen Laden bei mir in der Nachbarschaft hätte! Der Täter hat das Opfer also in eine Abdeckplane gewickelt und es dann durch die Plane hindurch zerstückelt?« fragte sie, während sie ihr Fleisch zerkleinerte.

»So sieht es jedenfalls aus.«

»Was sagt Wesley?« Unsere Blicke trafen sich.

»Ich habe ihn bisher noch nicht erreicht.« Das stimmte nicht ganz. Ich hatte ihn noch gar nicht angerufen.

Lucy schwieg kurz. Sie stand auf und holte eine Flasche Evian. »Wie lange willst du noch vor ihm davonlaufen?«

In der Hoffnung, sie würde mich in Ruhe lassen, tat ich so, als hätte ich nicht zugehört.

»Du weißt doch selbst, daß du das tust. Du hast Angst.«

»Das steht nun wirklich nicht zur Debatte«, sagte ich. »Vor allem, wo wir doch gerade so einen netten Abend haben.«

Sie griff nach ihrem Wein.

»Der ist übrigens sehr gut«, sagte ich. »Ich mag Pinot Noir, der ist nicht so schwer wie ein Merlot. Momentan bin ich nicht in der Stimmung für einen schweren Wein. Du hast also eine gute Wahl getroffen.«

Sie verstand den Wink und spießte ein weiteres Stück Steak auf die Gabel.

»Wie läuft es denn eigentlich bei Janet?« fuhr ich fort. »Ist sie immer noch soviel in Washington und verfolgt Wirtschaftskriminelle? Oder hat sie mittlerweile mehr bei der ERF zu tun?« Lucy starrte aus dem Fenster den Mond an und ließ langsam den Wein in ihrem Glas kreisen. »Ich setz' mich mal besser an deinen Computer.«

Während ich aufräumte, verschwand sie in meinem Arbeitszimmer. Ich ließ sie eine ganze Weile in Ruhe, wenn auch nur deshalb, weil ich wußte, daß sie sauer auf mich war. Sie wollte, daß zwischen uns absolute Offenheit herrschte, doch darin war ich noch nie gut gewesen, mit niemandem. Ich hatte ein schlechtes Gewissen, als hätte ich alle, die mir nahestanden, enttäuscht. Ich saß eine Weile in der Küche und telefonierte mit Marino, dann rief ich im Krankenhaus an, um mich nach meiner Mutter zu erkundigen. Ich setzte eine Kanne koffeinfreien Kaffee auf und ging mit zwei Bechern den Flur hinunter.

Die Brille auf der Nase und die junge, glatte Stirn leicht gerunzelt, arbeitete Lucy konzentriert an meinem Computer. Ich stellte ihren Kaffee ab und sah mir über ihre Schulter hinweg an, was sie da eintippte. Wie üblich verstand ich überhaupt nichts.

»Na, wie sieht's aus?« fragte ich.

Ich sah, wie sich mein Gesicht im Monitor spiegelte, während sie auf die Enter-Taste drückte und damit einen weiteren UNIX-Befehl ausführte.

»So lala«, antwortete sie mit einem genervten Seufzer. »Das Problem bei Programmen wie AOL ist, daß man Dateien nur dann zurückverfolgen kann, wenn man sich – wie ich es gerade tue – auf die Ebene der ursprünglichen Programmiersprache begibt. Und das ist, als würde man eine Stecknadel im Heuhaufen suchen.«

Ich zog einen Stuhl heran und setzte mich neben sie. »Lucy«, sagte ich, »wie mußte der Absender vorgehen, um mir diese Fotos zu schicken? Kannst du mir das Schritt für Schritt erklären?«

Sie hörte auf zu tippen, nahm die Brille ab und legte sie auf den Schreibtisch. Dann rieb sie sich das Gesicht und massierte sich die Schläfen, als habe sie Kopfschmerzen.

»Hast du Tylenol für mich?« fragte sie.

»Kein Paracetamol auf Alkohol.« Ich öffnete eine Schublade und holte statt dessen ein Fläschchen Motrin heraus.

»Zuerst einmal«, sagte sie und nahm zwei Tabletten, »wäre das nicht so leicht gewesen, wenn dein AOL-Name nicht deinem richtigen Namen entsprechen würde: KSCARPETTA.«

»Das ist *Absicht.* So ist es für meine Kollegen leichter, mir Mails zu schicken«, erklärte ich zum wiederholten Mal.

»Damit ist es für jeden leicht, dir welche zu schicken.« Sie sah mich vorwurfsvoll an. »Hat dir früher schon mal jemand so einen Streich gespielt?«

»Ich finde, das hier ist mehr als ein Streich.«

»Bitte beantworte meine Frage.«

»Ein paarmal. Es war aber immer nur harmloses Zeug.« Ich hielt inne und fuhr dann fort. »Meistens nach einem großen Fall oder einem Sensationsprozeß, der für Aufsehen gesorgt hat.«

»Du solltest deinen User-Namen ändern.«

»Nein«, sagte ich. »Vielleicht hat *deadoc* vor, mir noch mal zu mailen. Ich kann die Adresse jetzt nicht ändern.«

»Na toll.« Sie setzte die Brille wieder auf. »Jetzt willst du also eine Brieffreundschaft mit ihm anfangen.«

»Lucy, bitte«, sagte ich leise. Mittlerweile bekam auch ich Kopfschmerzen. »Laß uns einfach unsere Arbeit machen, ja?«

Sie war einen Moment still. Dann entschuldigte sie sich. »Ich schätze, ich mache mir genauso übertriebene Sorgen um dich, wie du sie dir früher um mich gemacht hast.«

»Das tue ich auch heute noch.« Ich tätschelte ihr Knie. »Okay, dann hat er meinen User-Namen also aus dem Mitgliederverzeichnis von AOL, richtig?«

Sie nickte. »Erzähl mir mal was über dein AOL-Profil.«

»Da steht bloß meine Berufsbezeichnung drin sowie Telefonnummer und Adresse meines Büros«, sagte ich. »Ich habe keinerlei private Angaben gemacht, wie etwas Familienstand, Geburtsdatum, Hobbys und so weiter. So dumm bin ich nun auch wieder nicht.«

»Hast du dir sein Profil angesehen?« fragte sie. »Das von *deadoc*?«

»Ehrlich gesagt wäre ich nie darauf gekommen, daß er eins haben könnte«, sagte ich.

Deprimiert dachte ich an die Sägespuren, die ich nicht mehr auseinanderhalten konnte, und hatte das Gefühl, daß das nicht der einzige Fehler war, den ich an diesem Tag gemacht hatte.

»Und ob er das hat!« Lucy tippte schon wieder. »Er will, daß du weißt, wer er ist. Darum hat er eins erstellt.«

Sie klickte das Mitgliederverzeichnis an, und als sie *deadocs* Profil aufrief, war ich vom Donner gerührt. Die Stichwörter, die ich da auf dem Monitor sah, waren für jeden zugänglich, der per Suchfunktion andere User mit bestimmten Charakteristika ausfindig machen wollte.

Anwalt, Arzt, Autopsie, Chef, Chief Medical Examiner, Cornell, FBI, forensisch, Frau, Georgetown, gerichtlich, italienisch, Johns Hopkins, Jurist, Leiche, medizinisch, Mörder, Pathologe, Sporttauchen, Tod, Virginia, Zerstückelung.

Die Liste ging noch weiter. Die beruflichen und privaten Informationen, die Hobbys, das alles war eine Beschreibung meiner Person.

»Es scheint fast so, als wollte *deadoc* damit sagen, er sei du«, sagte Lucy.

Ich war fassungslos, und plötzlich wurde mir eiskalt. »Das ist ja Wahnsinn.«

Lucy schob ihren Stuhl zurück und sah mich an. »Er hat dein Profil. Im Cyberspace, im World Wide Web, seid ihr beide ein und dieselbe Person. Ihr habt nur unterschiedliche Namen.«

»Wir sind nicht ein und dieselbe Person. Wie kannst du nur so etwas sagen!« Ich sah sie schockiert an.

»Die Fotos stammen von dir, und du hast sie dir selbst geschickt. Das war ganz leicht. Du brauchtest sie nur in deinen Computer einzuscannen. Keine große Sache. Für vier- bis fünfhundert Mäuse kriegt man heute schon einen tragbaren Farbscanner. Dann brauchtest du die Datei nur noch an eine Mail mit dem Wortlaut *zehn* anzuhängen und sie an KSCARPETTA, mit anderen Worten: an dich selbst zu schicken ...«

»Lucy«, unterbrach ich sie, »um Himmels willen, es reicht.«

Sie schwieg mit ausdruckslosem Gesicht.

»Das ist ja wohl die Höhe. Was fällt dir eigentlich ein?« Entrüstet stand ich auf.

»Wenn sich deine Fingerabdrücke auf der Mordwaffe befänden«, erwiderte sie, »würdest du doch auch wollen, daß ich es dir sage.«

»Meine Fingerabdrücke sind nirgendwo drauf.«

»Tante Kay, ich will damit doch nur sagen, daß sich da draußen – im Internet – jemand für dich ausgibt. Natürlich hast du nichts dergleichen getan. Was ich dir verständlich zu machen versuche, ist, daß jeder, der bei AOL nach bestimmten Stichwörtern sucht, weil er sich Rat bei einer Expertin wie dir holen will, auch auf *deadocs* Namen stößt.«

»Woher weiß er das alles über mich?« fuhr ich fort. »In meinem Profil steht es jedenfalls nicht. Weder, wo ich Jura noch wo ich Medizin studiert habe, und auch nicht, daß ich italienischer Abstammung bin.«

»Vielleicht aus all den Artikeln, die im Lauf der Jahre über dich geschrieben worden sind.«

»Wahrscheinlich.« Ich fühlte mich, als würde ich krank. »Möchtest du einen Schlummertrunk? Ich bin sehr müde.«

Aber sie war schon wieder in das geheimnisvolle Reich der UNIX-Umgebung mit ihren seltsamen Symbolen und Befehlen wie *cat, :q!* oder *vi* abgetaucht.

»Wie lautet dein Paßwort bei AOL, Tante Kay?« fragte sie.

»Ich hab' nur ein Paßwort für alles«, gestand ich und wußte, daß sie wieder mit mir schimpfen würde.

»Ach du Scheiße. Sag bloß, du benutzt immer noch *Sindbad.*«

Sie blickte zu mir hoch.

»Der verdammte Kater meiner Mutter ist nie in irgendeinem Artikel über mich erwähnt worden«, verteidigte ich mich.

Ich sah zu, wie sie den Befehl *password* tippte und *Sindbad* eingab.

»Betreibst du Paßworterneuerung?« fragte sie, als ob jeder wissen müßte, was das bedeutete.

»Ich hab' keine Ahnung, wovon du redest.«

»Das bedeutet, daß man sein Paßwort mindestens einmal im Monat ändert.«

»Nein«, sagte ich.

»Wer außer dir kennt dein Paßwort?«

»Rose kennt es. Und jetzt natürlich du«, sagte ich. »Aber *deadoc* – auf keinen Fall.«

»Das läßt sich immer irgendwie rauskriegen. Er könnte zum Beispiel mit einem Unix-Paßwort-Verschlüsselungsprogramm alle Wörter aus einem Wörterbuch verschlüsseln und dann jedes verschlüsselte Wort mit deinem Paßwort vergleichen ...«

»So kompliziert war das nicht«, erklärte ich mit Bestimmtheit. »Ich wette, wer immer das getan hat, hat keine Ahnung von UNIX.«

Lucy schwang sich auf ihrem Stuhl herum und sah mich neugierig an. »Wie kommst du darauf?«

»Er hätte die Leiche vorher waschen können, damit keine Mikrospuren am Blut festkleben. Und er hätte uns kein Foto von ihren Händen schicken dürfen, denn jetzt haben wir möglicherweise ihre Fingerabdrücke.« Ich lehnte am Türrahmen und hielt mir den schmerzenden Kopf. »So clever ist er gar nicht.«

»Vielleicht glaubt er, daß ihre Fingerabdrücke nie eine Rolle spielen werden«, sagte sie und stand auf. »Übrigens«, fügte sie hinzu, als sie an mir vorbeiging: »In praktisch jedem Computerhandbuch steht, daß es unklug ist, als Paßwort den Namen seiner besseren Hälfte oder seiner Katze zu nehmen.«

»Sindbad ist nicht meine Katze. Ich würde mich hüten, mir so einen übellaunigen Siamkater anzuschaffen. Jedesmal, wenn ich das Haus meiner Mutter betrete, belauert er mich in einer Tour und glotzt mich fies an.«

»Na, so schlimm kann's ja nicht sein, sonst hättest du es ja nicht so eingerichtet, daß du jedesmal, wenn du dich per Computer irgendwo einloggst, an ihn denken mußt«, sagte sie vom Flur aus.

»Ich kann ihn nicht ausstehen«, entgegnete ich.

Am nächsten Morgen war die Luft klar und frisch wie ein Herbstapfel, der Himmel stand voller Sterne, und auf den Straßen waren hauptsächlich Fernfahrer unterwegs. Ich bog kurz vor dem Messegelände Virginias auf die 64. East ein und fuhr Minuten später die Kurzzeitparkplätze am Richmond International Airport ab. Ich wählte einen Platz im Sektor S, denn das konnte ich mir leicht merken. Wieder musste ich an mein Paßwort und an andere Dinge denken, bei denen ich offensichtlich unbedacht gehandelt hatte.

Als ich meine Tasche aus dem Kofferraum hob, hörte ich Schritte hinter mir. Ich fuhr herum.

»Nicht schießen.« Marino nahm die Hände hoch. Es war so kalt, daß ich seinen Atem sehen konnte.

»Kannst du nicht pfeifen oder rufen, wenn du dich im Dunkeln an mich ranschleichst?« herrschte ich ihn an und knallte den Kofferraumdeckel zu.

»Ach. Böse Menschen pfeifen also nicht. Nur gute wie ich.« Er griff sich meinen Koffer. »Soll ich den auch nehmen?« Er streckte die Hand nach dem schwarzen Hartschalenkoffer aus, den ich heute, wie schon so oft, mit nach Memphis nehmen würde. Er enthielt menschliche Wirbelkörper und Knochen, Beweismittel, die ich nicht aus der Hand geben durfte.

»Der bleibt mit Handschellen an mich gekettet«, sagte ich und nahm beide Koffer in die Hand. »Tut mir wirklich leid, daß ich dir solche Umstände mache, Marino. Hältst du es wirklich für nötig, mitzukommen?«

Das Thema hatten wir schon mehrfach diskutiert. Ich war keineswegs der Ansicht, daß er mich begleiten mußte.

»Wie gesagt, irgend so ein Spinner treibt mit dir sein Spielchen«, sagte er. »Ich, Wesley, Lucy, das ganze verdammte FBI ist der Meinung, daß ich dich begleiten sollte. Erstens ist diese Reise schon Routine für dich. Der Täter kann sich also darauf verlassen, daß du sie auch diesmal unternehmen wirst. Und zweitens hat es sogar schon in der Zeitung gestanden, daß du mit diesem Typen von der UT zusammenarbeitest.«

Die Parkplätze waren hell beleuchtet. Viele waren besetzt, und ich nahm aus dem Augenwinkel wahr, wie die Leute langsam vorüberfuhren und nach einem Platz suchten, der nicht meilenweit vom Terminal entfernt war. Ich fragte mich, was *deadoc* sonst noch alles über mich wußte, und wünschte, ich hätte etwas Wärmeres als einen Trenchcoat an. Mir war kalt, und ich hatte meine Handschuhe vergessen.

»Im übrigen«, fügte Marino hinzu, »wollte ich schon immer mal Graceland sehen.«

Zuerst dachte ich, das sei ein Witz.

»Das steht noch auf meiner Liste«, fuhr er fort.

»Welcher Liste?«

»Der Liste, die ich mir schon als Kind gemacht habe. Alaska, Las Vegas und die Grand Ole Opry«, sagte er, als erfülle der Gedanke ihn mit Freude. »Gibt es keinen Ort, den du gerne aufsuchen würdest, wenn du tun könntest, was du willst?«

Mittlerweile waren wir am Terminal angelangt, und er hielt mir die Tür auf.

»Doch«, sagte ich. »Mein Bett bei mir zu Haus.«

Ich ging zum Delta-Schalter, holte unsere Tickets ab und begab mich nach oben. Wie immer um diese Zeit war außer dem Schalter der Flughafenpolizei nichts geöffnet. Als ich meinen Hartschalenkoffer zur Durchleuchtung aufs Laufband legte, wußte ich bereits, was passieren würde.

»Ma'am, ich muß Sie bitten, den Koffer zu öffnen«, sagte die Sicherheitsbeamtin.

Ich schloß ihn auf und ließ die Verschlüsse aufschnappen. Im Innern schmiegten sich beschriftete Plastikbeutel mit Knochen darin in die Schaumstoffpolster. Die Beamtin machte große Augen.

»Das ist nicht das erste Mal, daß ich mit solchem Gepäck die Kontrolle passiere«, erklärte ich geduldig.

Sie machte Anstalten, nach einem der Plastikbeutel zu greifen.

»Bitte fassen Sie nichts an«, warnte ich sie. »Das sind Beweismittel in einem Mordfall.«

Hinter mir standen inzwischen mehrere andere Reisende und spitzten die Ohren.

»Ich muß mir das ansehen.«

»Das geht nicht.« Ich holte meine Gerichtsmedizinermarke hervor und hielt sie ihr vor die Nase. »Falls Sie irgend etwas davon anrühren, muß ich Sie in die Beweiskette aufnehmen, und dann werden Sie, wenn dieser Fall vor Gericht kommt, als Zeugin vorgeladen.«

Weiterer Erklärungen bedurfte es nicht, und sie ließ mich durch.

»Dumm wie Bohnenstroh«, murmelte Marino, während wir gingen.

»Sie macht nur ihren Job«, entgegnete ich.

»Hör mal«, sagte er. »Wir fliegen doch erst morgen zurück. Das heißt, wenn du nicht den ganzen verdammten Tag damit verbringst, dir Knochen anzuschauen, haben wir noch etwas Freizeit.«

»Nach Graceland kannst du alleine fahren. Ich muß noch arbeiten und werde auf meinem Zimmer bleiben. Übrigens sitze ich im Nichtraucherbereich.« Ich suchte mir an unserem Flugsteig einen Platz aus. »Wenn du unbedingt rauchen willst, musst du da drüben hingehen.« Ich zeigte mit dem Finger in die Richtung.

Er ließ seinen Blick über die anderen Passagiere schweifen, die wie wir darauf warteten, an Bord gehen zu können. Dann schaute er mich an.

»Weißt du was, Doc?« sagte er. »Das Problem ist, daß du es haßt, dich zu amüsieren.«

Ich nahm die Morgenzeitung aus meinem Aktenkoffer und schlug sie auf.

Er setzte sich neben mich. »Ich wette, du hast noch nie einen Song von Elvis gehört.«

»Wie hätte ich das denn hinkriegen sollen? Elvis läuft schließlich überall: im Radio, im Fernsehen, im Fahrstuhl ...«

»Er ist der King.«

Ich sah Marino über die Zeitung hinweg an.

»Seine Stimme, einfach alles an ihm. So einen wie ihn hat es nie wieder gegeben«, fuhr Marino ganz verliebt fort. »Ich meine, das ist wie mit klassischer Musik und diesen Malern, die du so magst. Ich glaube, solche Leute gibt es nur alle paar hundert Jahre mal.«

»Du stellst ihn also auf eine Stufe mit Mozart und Monet.«

Gelangweilt von Lokalpolitik und Wirtschaft blätterte ich die Seite um.

»Manchmal bist du wirklich ein verdammter Snob.« Mißmutig stand er auf. »Du könntest ja vielleicht einmal im Leben in Erwägung ziehen, irgendwohin zu gehen, wo es *mir* gefällt. Hast du mir je beim Bowling zugesehen?« Wütend starrte er auf mich herab und holte seine Zigaretten heraus. »Hast du je etwas Nettes über meinen Wagen gesagt? Bist du je mit mir angeln gegangen? Warst du je zum Essen bei mir? Nein, ich muß zu dir kommen, weil du im richtigen Teil der Stadt wohnst.«

»Koch' mir was Leckeres, dann komme ich zu dir«, sagte ich, ohne den Blick von der Zeitung abzuwenden.

Verärgert stapfte er davon, und ich spürte, wie fremde Leute uns anglotzten. Vermutlich hielten sie Marino und mich für ein Paar, das sich schon seit Jahren nicht mehr verstand. Ich lächelte in mich hinein und blätterte weiter. Ich würde nicht nur mit ihm nach Graceland fahren, sondern ihn sogar heute abend zum Barbecue einladen.

Da es von Richmond aus offenbar außer nach Charlotte keine Direktflüge gab, flogen wir über Cincinnati. Gegen Mittag kamen wir in Memphis an und checkten im Peabody Hotel ein. Ich hatte für uns beide einen Sonderpreis für Angestellte des öffentlichen Dienstes von dreiundsiebzig Dollar pro Nacht ausgehandelt. Marino bestaunte die noble Lobby mit den Buntglasscheiben und dem Springbrunnen mit den Stockenten darin.

»Heiliger Strohsack«, sagte er, »ich hab' noch nie ein Hotel gesehen, in dem es lebende Enten gibt. Der Laden ist ja voll davon.«

Wir gingen ins Mallards, das Hotelrestaurant. Überall waren kunstgewerbliche Entenfiguren in Vitrinen ausgestellt, an den Wänden hingen Entengemälde, und auch die grünen Westen und Krawatten des Personals waren mit Enten gemustert.

»Auf dem Dach haben sie einen richtigen Entenpalast«, sagte ich. »Und zweimal am Tag, wenn sie fortfliegen und wenn sie wieder zurückkommen, wird ein roter Teppich für sie ausgerollt und *Stars and Stripes Forever* gespielt.«

»Ach, Quatsch.«

Ich bat die Empfangsdame um einen Tisch für zwei Personen. »Nichtraucher«, fügte ich hinzu.

Das Restaurant war voll von Männern und Frauen, die im Hotel an einer Immobilienmaklertagung teilnahmen und daher große Namensschilder trugen. Wir saßen so dicht beieinander, daß ich in den Unterlagen unserer Tischnachbarn lesen und ihre Gespräche mithören konnte. Ich bestellte einen Teller frisches Obst und Kaffee, während Marino seinen üblichen Hamburger mit Beilagen orderte.

»Medium rare«, sagte er zum Kellner.

»Medium.« Ich zwinkerte Marino zu.

»Ja, ja, schon gut.« Er zuckte mit den Schultern.

»Kolibakterien«, sagte ich zu ihm, als der Kellner sich entfernte. »Glaub mir. Das ist es nicht wert.«

»Hast du denn nie das Bedürfnis etwas zu tun, was schlecht für dich ist?« fragte er.

Er machte ein deprimiertes Gesicht, und wie er mir so gegenübersaß, in diesem schönen Restaurant, in dem die Menschen gut gekleidet waren und mehr verdienten als ein Polizei-Captain aus Richmond, wirkte er auf einmal alt. Marinos Haar bestand nur noch aus widerspenstigen Fransen, die seine Ohren umspielten wie ein heruntergerutschter Heiligenschein aus angelaufenem Silber. Seit ich ihn kannte, hatte er kein Gramm abgenommen. Sein Bauch ragte über seinen Gürtel hervor und stieß an die Tischkante. Es verging kein Tag, an dem ich mir nicht Sorgen um ihn machte. Es war für mich unvorstellbar, nicht bis in alle Ewigkeit mit ihm zusammenzuarbeiten.

Um halb zwei verließen wir per Leihwagen das Hotel. Marino fuhr, denn etwas anderes kam für ihn nicht in Frage. Wir nahmen die Madison Avenue und entfernten uns in östlicher Richtung vom Mississippi. Die Universität war so nah, daß wir auch zu Fuß hätten gehen können. Marino parkte in der Nähe des Haupteingangs der Gerichtsmedizin hinter dem Regional Forensic Center, das gegenüber einer Reifenhandlung und einem Blutspendezentrum lag.

Das Institut, das vom County subventioniert wurde, war etwa so groß wie meine eigene Dienststelle in Richmond. Es gab dort drei forensische Pathologen und außerdem noch zwei forensische Anthropologen, was höchst ungewöhnlich und beneidenswert war. Einen Spezialisten wie Dr. David Canter hätte ich nur zu gern in meinem Team gehabt. Es gab jedoch noch etwas weniger Erfreuliches, wodurch sich das Forensic Center auszeichnete. Sein Chef hatte mit zwei der unrühmlichsten Fälle der amerikanischen Geschichte zu tun gehabt. Er hatte die Autopsie an Martin Luther King durchgeführt und der von Elvis beigewohnt.

»Wenn es dir recht ist«, sagte Marino, als wir aus dem Wagen stiegen, »gehe ich telefonieren, während du mit Canter sprichst.«

»Gut. Die stellen dir hier bestimmt ein Büro zur Verfügung.«

Auf dem Weg zum Haus blinzelte er in den herbstblauen Himmel und schaute sich dann um. »Ich kann's noch gar nicht fassen, daß ich hier bin!« sagte er. »Hier ist also seine Leiche eingeliefert worden.«

»Nein«, erwiderte ich. Ich wußte genau, von wem er sprach. »Elvis Presleys Leiche kam ins Baptist Memorial Hospital. Hier ist er nie gelandet, obwohl er an sich hierhergehört hätte.«

»Wieso nicht?«

»Man tat so, als sei er eines natürlichen Todes gestorben«, antwortete ich.

»Na, das ist er ja auch. Er starb an einem Herzinfarkt.«

»Es stimmt zwar, daß er schwer herzkrank war«, sagte ich. »Aber das hat ihn nicht umgebracht. Sein Tod geht auf das Konto eines riesigen Drogencocktails.«

»Sein Tod geht auf das Konto von Colonel Parker«, murmelte Marino in einem Ton, als hätte er den Mann am liebsten umgebracht.

Ich warf ihm einen Blick zu, während wir das Center betraten. »Elvis hatte zehn unterschiedliche Drogen intus. Sein Tod hätte eigentlich als Unfall deklariert werden müssen. Traurig genug.«

»Steht wirklich fest, daß er es war?« fragte er dann.

»Ach du liebe Güte, Marino!«

»Was denn? Hast du die Fotos gesehen? Bist du absolut sicher?« setzte er hinzu.

»Ich hab' sie gesehen. Ja, ich bin absolut sicher«, sagte ich und blieb am Empfang stehen.

»Und was sieht man darauf?« Er ließ sich nicht beirren.

Eine junge Frau namens Shirley, die sich schon bei meinen früheren Besuchen um mich gekümmert hatte, wartete geduldig, daß Marino und ich aufhörten, uns zu streiten.

»Das geht dich nichts an«, gab ich ihm liebenswürdig zu verstehen. »Shirley, wie geht es Ihnen?«

»Mal wieder im Lande?« Sie lächelte.

»Leider aus einem sehr unerfreulichen Anlaß«, antwortete ich.

Marino begann sich mit einem Taschenmesser die Fingernägel zu maniküren und schaute sich permanent um, als könne jeden Augenblick Elvis zur Tür hereinspazieren.

»Dr. Canter erwartet Sie«, sagte Shirley. »Kommen Sie. Ich bringe Sie zu ihm.«

Während Marino am anderen Ende der Eingangshalle eine Telefonzelle suchte, wurde ich in das bescheidene Büro jenes

Mannes geführt, den ich seit seiner Assistenzarztzeit an der University of Tennessee kannte. Als ich ihn kennenlernte, war Canter so jung gewesen wie Lucy heute.

Er war ein Anhänger des forensischen Anthropologen Dr. Bass, der in Knoxville das auch als »Body Farm« bekannte Institut für Thanatologie gegründet hatte. Die größten Koryphäen des Fachs waren Canters Mentoren gewesen. Er galt als weltweit führender Experte für Sägespuren. Was hatte es nur auf sich mit diesem Staat, der für die Vols und Daniel Boone berühmt war. Tennessee schien ein Monopol auf Experten in der Todeszeitbestimmung und Analyse menschlicher Knochen anzustreben.

»Kay.« Canter erhob sich und streckte die Hand aus.

»Dave, es ist wirklich nett von Ihnen, daß Sie mir mal wieder so kurzfristig einen Termin gegeben haben.« Ich setzte mich auf einen Stuhl vor seinem Schreibtisch.

»Na ja, Sie haben es im Moment ja auch nicht leicht.«

Er trug seine dunklen Haare zurückgekämmt, so daß sie ihm jedesmal, wenn er den Kopf senkte, in die Augen fielen. Offenbar ohne sich dessen bewußt zu sein, war er ständig damit beschäftigt, sie zurückzustreichen. Sein jugendliches Gesicht mit den eng zusammenstehenden Augen, dem kräftigen Kiefer und der großen Nase war auf interessante Weise kantig.

»Wie geht's Jill und den Kindern?« fragte ich.

»Prima. Wir erwarten wieder ein Baby.«

»Herzlichen Glückwunsch. Das dritte?«

»Das vierte.« Sein Lächeln wurde breiter.

»Ich weiß nicht, wie Sie das machen«, sagte ich aufrichtig.

»Es zu machen ist noch die leichteste Übung. Was haben Sie mir denn Schönes mitgebracht?«

Ich stellte den Hartschalenkoffer auf seinen Schreibtisch, öffnete ihn, holte die in Plastik eingepackten Knochenabschnitte heraus und gab sie ihm. Zuerst nahm er sich den linken Oberschenkelknochen vor. Er drehte und wendete ihn langsam hin und her und untersuchte ihn dabei mit seiner Lupe.

»Hmm«, sagte er. »Sie haben also das Ende, das Sie selbst abgesägt haben, nicht markiert.« Er warf mir einen Blick zu. Das war kein Tadel, sondern lediglich eine Feststellung, und wieder packte mich die Wut auf mich selbst. Sonst war ich immer so vorsichtig. Ich war für meine übertriebene Sorgfalt regelrecht verschrien.

»Ich bin von einer falschen Voraussetzung ausgegangen«, sagte ich. »Ich habe nicht damit gerechnet, daß der Mörder eine Säge benutzen würde, die so große Ähnlichkeiten mit meiner aufweist.«

»Normalerweise benutzen Mörder keine Autopsiesägen.« Er schob seinen Stuhl zurück und stand auf. »So einen Fall habe ich noch nie gehabt. Mit dieser Art von Sägespuren habe ich mich bisher nur in der Theorie befaßt, hier im Labor.«

»Dann handelt es sich also tatsächlich um eine Autopsiesäge.« Das hatte ich befürchtet.

»Mit Sicherheit kann ich das erst sagen, wenn ich die Knochen unter dem Mikroskop habe. Aber beide Enden sehen so aus, als seien sie mit einer Stryker-Säge durchtrennt worden.«

Er packte die Knochen wieder zusammen, und ich folgte ihm auf den Gang hinaus. Mir wurde immer mulmiger zumute. Was sollten wir nur tun, wenn die Sägespuren nicht zu unterscheiden waren? Ein derartiger Fehler reichte vor Gericht aus, um einen ganzen Fall zu vermasseln.

»Der Wirbelknochen wird Ihnen ja wahrscheinlich nicht viel nützen«, sagte ich. Wirbelknochen besaßen ein ausgeprägteres Bälkchenwerk und waren substanzärmer als andere Knochen. Zur Analyse von Werkzeugspuren waren sie daher nicht besonders gut geeignet.

»Kann nicht schaden, ihn trotzdem mitzunehmen. Vielleicht haben wir ja Glück«, sagte er, während wir sein Labor betraten.

Der Raum platzte aus allen Nähten. 130-Liter-Fässer mit Mazerationslösung und Polyurethanlack standen überall, wo Platz war. Deckenhohe Regale waren mit eingepackten Knochen vollgestopft, und überall standen Kisten und OP-Wagen mit allen erdenklichen Arten von Sägen herum. Zerstückelungen kommen nur selten vor, und es gab meines Wissens nur drei naheliegende Beweggründe, eine Leiche zu zerteilen: Sie ließ sich so leichter transportieren. Die Identifizierung dauerte länger oder war sogar unmöglich. Oder der Mörder war einfach besonders sadistisch veranlagt.

Canter zog einen Hocker zu einem mit einer Kamera ausgestatteten OP-Mikroskop. Er schob ein Tablett mit gebrochenen Rippen und Schilddrüsenknorpeln beiseite, an denen er offenbar vor meiner Ankunft gearbeitet hatte.

»Dieser Mann hier hat unter anderem einen Tritt in die Kehle abbekommen«, sagte er abwesend, während er sich OP-Handschuhe anzog.

»Was ist das doch für eine schöne Welt, in der wir leben«, bemerkte ich.

Canter öffnete den Beutel mit dem Segment des rechten Oberschenkelknochens. Da das fünf Zentimeter lange Knochenstück nicht auf den Objekttisch des Mikroskops paßte, bat er mich, es an die Tischkante zu halten. Dann hielt er eine 25-Watt-Glasfaserlampe über eine der Schnittflächen.

»Zweifelsohne eine Stryker-Säge«, sagte er, als er durch das Okular schaute. »So einen glatten Schnitt erhält man nur, wenn sich das Sägeblatt ganz schnell hin- und herbewegt. Sieht fast aus wie poliert. Sehen Sie?«

Er trat zur Seite, und ich schaute selbst hindurch. Der Knochen war leicht gewellt und glänzte wie in sanfter Kräuselung gefrorenes Wasser. Im Gegensatz zu anderen elektrischen Sägen besitzt die Stryker ein oszillierendes Sägeblatt mit einem geringen Hub. Es durchtrennt keine Haut, sondern nur harte Oberflächen, zum Beispiel Knochen oder den Gipsverband, den der Orthopäde nach der Heilung eines Arm- oder Beinbruchs entfernt.

»Die waagerechten Schnitte auf dem Mittelschaft stammen natürlich von mir«, sagte ich. »Da habe ich Knochenmark für den DNS-Test entnommen.«

»Die Messerspuren aber nicht.«

»Nein. Auf keinen Fall.«

»Tja, mit denen werden wir nicht viel Glück haben.«

Messer verwischen ihre eigenen Spuren, es sei denn, der Täter sticht oder hackt damit auf die Knochen oder Knorpel des Opfers ein.

»Die gute Nachricht ist jedoch, daß wir hier ein paar Fehlversuche haben, eine breitere Kerbe als auf der anderen Seite und die Zahnteilung«, sagte er und justierte die Schärfe, während ich immer noch den Knochen festhielt.

Ich hatte keine Ahnung von Sägen gehabt, bevor ich mit Canter zusammenarbeitete. Knochen bieten eine exzellente Oberfläche für Werkzeugspuren. Wenn die Zähne einer Säge sich in einen Knochen graben, bleibt eine Rille oder Kerbe zurück. Bei einer mikroskopischen Untersuchung der Seitenwände und des Bodens so einer Kerbe kann man auf der Seite, wo die Säge aus dem Knochen ausgetreten ist, eine typische Splitterung feststellen. Anhand der Zahnform, der Zahnteilung, des Zahnabstands und der Ausformung der Rillen läßt sich das Modell des Sägeblatts bestimmen.

Canter stellte die Glasfaserlampe so ein, daß die winzigen Riefen und Verwerfungen deutlicher zutage traten.

»Man kann die Rundung des Sägeblatts erkennen.« Er deutete auf mehrere Fehlversuche am Schaft, wo jemand das Sägeblatt in den Knochen gedrückt hatte, um es dann an anderer Stelle noch einmal zu probieren.

»Von mir sind die nicht«, sagte ich. »Ich will doch hoffen, daß ich nicht ganz so ungeschickt bin.«

»Da dies auch das Ende ist, an dem sich die meisten Messerspuren befinden, bin ich ebenfalls der Meinung, daß diese Fehlversuche nicht von Ihnen stammen. Der Täter mußte zuerst ein anderes Instrument zum Schneiden benutzen, denn schließlich schneidet ein oszillierendes Sägeblatt kein Fleisch.«

»Was können Sie sonst noch über das Sägeblatt sagen?« fragte ich, denn ich wußte, welches ich selbst verwendet hatte. »Große Zähne, siebzehn pro Zoll. Es handelt sich also um ein rundes, scheibenförmiges Autopsiesägeblatt. Lassen Sie uns den Knochen mal umdrehen.«

Das tat ich, und er richtete die Lampe auf das andere Ende, an dem es keine Anzeichen für Fehlversuche gab. Diese Schnittkante war ebenso glänzend und gewellt wie die andere, aber Canters scharfes Auge ließ sich nicht täuschen.

»Eine elektrische Autopsiesäge mit einem großen Sägeblatt«, sagte er. »Der Schnitt wurde in verschiedenen Richtungen geführt, da der Hub des Blattes zu kurz ist, um den ganzen Knochen mit einem Mal zu durchtrennen. Also, wer auch immer hier am Werke war, hat einfach mehrmals die Richtung geändert und die Säge mit großer Geschicklichkeit aus einem anderen Winkel angesetzt. Die Kerben sind leicht gekrümmt. Der Knochen ist an der Austrittstelle nur minimal gesplittert – ein weiteres Indiz für große Fertigkeit im Umgang mit der Säge. Mal sehen, ob sich Näheres über die Zähne sagen läßt, wenn ich noch etwas stärker vergrößere.«

»Der Abstand zwischen den Zähnen beträgt eins Komma sechs Millimeter. Sechzehn Zähne pro Zoll«, zählte er. »Die Schnittbewegung ist oszillierend, Zähne meißelförmig. Ich würde sagen, diese Spuren stammen von Ihnen.«

»Ertappt«, sagte ich erleichtert. »Ich bekenne mich schuldig.«

»Das hab' ich mir gedacht.« Er schaute immer noch durchs Mikroskop. »Ich nehme an, Sie verwenden überhaupt keine runden Sägeblätter.«

Die großen, runden Autopsiesägeblätter sind schwer und

zerstören durch ihr ständiges Rotieren relativ viel Knochengewebe. Im allgemeinen werden solche Blätter nur in Labors oder Arztpraxen zum Entfernen von Gipsverbänden verwendet.

»Wenn überhaupt, dann nur für Tiere«, sagte ich.

»Von der zwei- oder von der vierbeinigen Sorte?«

»Ich habe schon Kugeln aus Hunden, Vögeln, Katzen und einmal sogar aus einer Python geholt, die bei einer Drogenrazzia erlegt wurde«, antwortete ich.

Canter befaßte sich bereits mit einem anderen Knochen.

»Und ich dachte immer, ich sei der einzige, der Spaß bei der Arbeit hat.«

»Finden Sie es ungewöhnlich, daß jemand viermal eine Fleischersäge zum Zerstückeln verwendet und dann plötzlich zu einer elektrischen Autopsiesäge wechselt?« fragte ich.

»Wenn Sie mit Ihrer Theorie hinsichtlich der Fälle in Irland richtig liegen, wären das insgesamt neun Fälle, bei denen eine Fleischersäge benutzt wurde«, sagte er. »Können Sie das hier mal eben festhalten, damit ich es fotografieren kann?«

Ich hielt das Segment des linken Oberschenkelknochens zwischen den Fingerspitzen, und er drückte auf den Auslöser der Kamera.

»Um Ihre Frage zu beantworten«, sagte er, »ich halte das für höchst ungewöhnlich. Das paßt nicht zusammen. Die Fleischersäge wird mit Muskelkraft von Hand bedient und hat für gewöhnlich zehn Zähne pro Zoll. Sie schneidet auch Gewebe und nimmt bei jedem Schnitt eine Menge Knochensubstanz mit. Die Sägespuren sind gröber und sagen mehr darüber aus, ob jemand geschickt oder kräftig ist. Und außerdem darf man nicht vergessen, daß der Täter in allen früheren Fällen durchs Gelenk gesägt hat und nicht durch den Schaft, was ebenfalls sehr selten ist.«

»Es ist eben nicht derselbe Täter«, tat ich zum wiederholten Mal und mit wachsender Überzeugung kund.

Canter nahm mir den Knochen aus der Hand und sah mich an. »Ganz meine Meinung.«

Als ich zum Empfang der Gerichtsmedizin zurückkehrte, telefonierte Marino immer noch am anderen Ende der Halle. Ich wartete einen Moment, dann ging ich nach draußen, denn ich brauchte Luft. Ich brauchte Sonnenschein und Erholung von den scheußlichen Dingen, die ich die ganze Zeit vor Augen gehabt hatte. Gut zwanzig Minuten vergingen, bis er endlich herauskam und sich beim Wagen zu mir gesellte.

»Ich wußte nicht, daß du schon hier draußen bist«, sagte er. »Wenn mir jemand Bescheid gesagt hätte, hätte ich längst aufgelegt.«

»Schon gut. Was für ein wunderschöner Tag.«

Er schloß den Wagen auf.

»Wie war's?« fragte er und schob sich auf den Fahrersitz.

Während ich kurz die Ergebnisse zusammenfaßte, machte Marino keinerlei Anstalten loszufahren.

»Möchtest du zurück ins Peabody?« fragte er und trommelte nervös mit dem Daumen aufs Lenkrad.

Was *er* wollte, wußte ich genau.

»Nein«, sagte ich. »Graceland ist jetzt vielleicht genau das richtige.«

Er legte den Gang ein und konnte ein breites Grinsen nicht unterdrücken.

»Wir nehmen den Fowler Expressway«, sagte ich. Ich hatte bereits den Stadtplan studiert.

»Ich wünschte, du könntest mir seinen Obduktionsbericht besorgen«, fing er wieder an. »Es läßt mir einfach keine Ruhe. Ich möchte mit eigenen Augen sehen, was mit ihm passiert ist. Dann wüßte ich wenigstens Bescheid.«

»Was möchtest du denn wissen?« Ich sah ihn an.

»Es heißt doch, er sei auf dem Klo gestorben. Stimmt das? Was für eine furchtbare Vorstellung. Weißt du, wie viele derartige Fälle ich gesehen habe?« Er warf mir einen Blick zu.

»Egal, ob du irgendeine kleine Null bist oder der Präsident der Vereinigten Staaten. Du endest mit einem Klobrillenabdruck auf dem Hintern. Ich will bloß hoffen, daß mir das nicht passiert.«

»Elvis wurde auf dem Boden seines Badezimmers gefunden. Er war nackt, und man nimmt tatsächlich an, daß er von seiner schwarzen Porzellantoilette gerutscht ist.«

»Wer hat ihn gefunden?« Marino war hin und her gerissen zwischen Verzückung und Entsetzen.

»Eine Freundin, die sich im Nebenzimmer aufhielt. So heißt es zumindest«, sagte ich.

»Du meinst, er geht ins Bad, fühlt sich prima, und dann setzt er sich hin und – peng? Einfach so, aus heiterem Himmel?

»Ich weiß nur, daß er am frühen Morgen Racquetball gespielt hatte und dabei in guter Verfassung gewesen war«, sagte ich.

»Du willst mich auf den Arm nehmen!« Marinos Neugier war unersättlich. »Das hör' ich zum erstenmal. Ich wußte gar nicht, daß er Racquetball gespielt hat.«

Wir fuhren durch ein Gewerbegebiet mit Güterzügen und Lkws und kamen an lauter zum Verkauf stehenden Wohnwagen vorbei. Graceland lag zwischen billigen Motels und Läden, und in Anbetracht dieses Umfelds machte es keinen besonders noblen Eindruck. Die weiße Säulenvilla wirkte hier total fehl am Platze, wie ein Scherz oder ein Set für einen schlechten Film.

»Meine Fresse«, sagte Marino, als er auf den Parkplatz einbog. »Guck dir das an. Heiliges Kanonenrohr.«

Während er neben einem Bus parkte, führte er sich auf, als hätten wir den Buckingham-Palast vor uns. »Ich hätte ihn zu gern persönlich gekannt«, sagte er verträumt.

»Wenn er etwas gesünder gelebt hätte, hättest du ihn ja vielleicht noch kennengelernt.« Während er sich eine Zigarette anzündete, öffnete ich meine Tür.

Die nächsten zwei Stunden schlenderten wir durch ein vergoldetes Interieur voller Spiegel, Flokatiteppiche und Pfauenfiguren aus Buntglas, immer mit Elvis' Stimme im Ohr. Hunderte von Fans, die in Bussen herangeschafft worden waren, liefen mit Kopfhörern umher und lauschten der Stimme auf dem Band. Ihre leidenschaftliche Verehrung für diesen Mann stand ihnen ins Gesicht geschrieben. Viele von ihnen legten Blumen, Karten und Briefe auf sein Grab. Ein paar weinten, als hätten sie ihn gut gekannt.

Wir besichtigten seine violetten und rosafarbenen Cadillacs, Stutz Blackhawks und anderen antiken Wagen. Wir sahen uns seine Flugzeuge, seinen Schießstand und die Hall of Gold an, mit ihren Schaukästen voller Grammys, Schallplatten in Gold und Platin und anderen Trophäen und Auszeichnungen, die selbst mich in Erstaunen versetzten. Der Saal war mindestens fünfundzwanzig Meter lang. Ich konnte mich von dem prächtigen Gold- und Paillettenanzügen und den Fotos dieses Menschen, der eine wirklich außergewöhnliche, sinnliche Schönheit besaß, nur schwer losreißen. Zentimeter für Zentimeter arbeiteten wir uns durch die Räume vor. Marino starrte hemmungslos alles an, und mit seinem geradezu schmerzverzerrten Gesichtsausdruck erinnerte er mich an einen verliebten Teenager.

»Weißt du, als er das Haus kaufte, waren die Leute hier dagegen, daß er herzog«, erklärte er. Inzwischen waren wir wieder draußen, in der kühlen Luft des strahlenden Herbstnachmittags. »Ein paar von den Snobs in dieser Stadt haben ihn nie akzeptiert. Das hat ihn bestimmt verletzt. Möglicherweise hat es ihn am Ende sogar umgebracht. Vielleicht hat er deshalb die Schmerzmittel genommen.«

»Er hat noch ganz andere Sachen genommen«, wiederholte ich mich.

»Wenn du damals die Leichenbeschauerin gewesen wärst, hättest du ihn dann obduziert?«

»Aber sicher.«

»Und hättest du dabei sein Gesicht etwa nicht bedeckt?« Mit empörtem Gesichtsausdruck betätigte er sein Feuerzeug.

»Natürlich nicht.«

»Das wär' nichts für mich gewesen.« Kopfschüttelnd sog er den Rauch ein. »Ich hätte um keinen Preis dabeisein wollen.«

»Ich wünschte, ich hätte die Obduktion durchführen können«, sagte ich. »Ich hätte nicht ›natürlichen Todes‹ in den Totenschein geschrieben. Die Öffentlichkeit hat ein Recht auf die Wahrheit. Vielleicht würde das den einen oder anderen davon abhalten, solche Mittel einzuwerfen.«

Wir standen mittlerweile vor einem der Andenkenläden. Drinnen hatten sich Menschen um Fernseher versammelt und sahen sich Elvis-Videos an. »Kentucky Rain« drang aus den Lautsprechern auf die Straße. Elvis' Stimme klang so kraftvoll und spielerisch wie keine andere, die ich je gehört hatte. Ich begann weiterzugehen und rückte endlich mit der Wahrheit heraus. »Ich bin selbst Elvis-Fan. Und wenn du es unbedingt wissen willst: Ich habe ziemlich viele CDs von ihm«, sagte ich zu Marino.

Er konnte es kaum fassen. Er war völlig begeistert.

»Und ich wäre dir dankbar, wenn du das nicht überall herumerzählen würdest.«

»Jetzt kennen wir uns schon so viele Jahre, und das hast du mir immer verschwiegen?« rief er aus. »Du nimmst mich doch nicht auf den Arm, oder? Das hätte ich nie gedacht. Nicht in einer Million Jahren. Dann kannst du ja wohl nicht länger behaupten, ich hätte keinen Geschmack.«

Er plapperte in einem fort, während wir auf einen Shuttlebus warteten, der uns zum Parkplatz zurückbringen sollte. Auch im Wagen hörte er nicht auf.

»Ich weiß noch, wie ich ihn einmal als Kind im Fernsehen gesehen habe. Damals wohnten wir noch in New Jersey«, sagte Marino. »Mein Alter kam wie üblich besoffen nach Haus und brüllte mich an, ich solle sofort umschalten. Das werd' ich nie vergessen.«

Er bremste ab und bog zum Peabody Hotel ein.

»Elvis sang ›Hound Dog‹. Es war im Juli 1956, an meinem Geburtstag. Ich weiß es noch wie heute. Mein Vater kommt fluchend rein und stellt den Fernseher aus. Ich stehe auf und stelle ihn wieder an. Er haut mir eine runter und stellt den Fernseher wieder aus. Ich stelle ihn wieder an und gehe auf ihn los. Das war das erste Mal in meinem Leben, daß ich meine Hand gegen ihn erhoben habe. Ich drücke ihn an die Wand, packe ihn beim Kragen und sage dem Mistkerl, wenn er mich oder meine Mutter noch einmal anrührt, bringe ich ihn um.«

»Und, hat er?« fragte ich, als der Hotelpage meine Tür öffnete.

»Oh, nein!«

»Na, da hat Elvis sich ja um deine Familie verdient gemacht«, sagte ich.

7

Zwei Tage später, am Donnerstag, dem 6. November, machte ich mich früh auf den Weg zur FBI Academy in Quantico, Virginia. Die Fahrt dauerte von Richmond normalerweise anderthalb Stunden. Marino und ich fuhren in getrennten Wagen, um unabhängig voneinander zu sein. Es konnte passieren, daß wir zu verschiedenen Tatorten gerufen wurden. Bei mir konnte es ein Flugzeugabsturz oder ein entgleister Zug sein, während er sich mit Lokalpolitikern und Polizeifunktionären herumschlagen mußte. Daher war ich auch nicht überrascht, als kurz vor Fredericksburg mein Autotelefon klingelte. Immer wieder verdeckten Wolken die Sonne, und es schien kalt genug für Schnee.

»Scarpetta«, sagte ich in das Sprechgerät.

Marinos Stimme erfüllte meinen Wagen. »Der Stadtrat ist am Durchdrehen«, sagte er. »Erst wird die Kleine von McKuen von einem Auto überfahren, und jetzt bringen sie in den Zeitungen, im Radio und im Fernsehen noch mehr Bockmist über unseren Fall.«

In den letzten zwei Tagen waren den Medien weitere Informationen zugespielt worden. Angeblich gab es einen Verdächtigen für die Serienmorde, einschließlich der fünf Fälle in Dublin. Eine Verhaftung stünde unmittelbar bevor, hieß es. »Das ist doch nicht zu fassen, oder?« rief Marino. »Wie soll denn das gehen? Der Typ ist erst Mitte Zwanzig und soll auch noch die letzten paar Jahre in Dublin gewesen sein. Jedenfalls hat der Stadtrat auf einmal beschlossen, wegen der Geschichte so was wie ein Bürgerforum einzurichten. Die denken wohl, daß der Fall gelöst sein wird, und wollen natürlich die Lorbeeren dafür einheimsen und den Leuten vormachen, daß sie wenigstens dieses eine Mal nicht ganz untätig waren.« Er wählte seine Worte mit Bedacht, doch innerlich kochte er. »Und deshalb muß ich jetzt umkehren und zusehen, daß ich um zehn im Rathaus bin. Außerdem will der Chef mich sehen.«

Ich behielt seine Rücklichter im Auge, während er die nächste Ausfahrt nahm. An diesem Morgen waren auf der I-95 viele Lkws und Pendler nach Washington unterwegs. Egal wie früh ich losfuhr – immer wenn ich in Richtung Norden unterwegs war, war auf der Straße dichter Verkehr.

»Eigentlich ist es ganz gut, daß du zurückfährst. Dann kannst du mir auch den Rücken decken«, sagte ich zu ihm.

»Ich ruf' dich später an und erzähle dir, wie es gelaufen ist.«

»Okay. Wenn du Ring siehst, dreh' ihm von mir den Hals um«, sagte er.

Als ich bei der Academy ankam, winkte der Wachmann in seinem Häuschen mich gleich durch. Mittlerweile kannte er meinen Wagen und mein Nummernschild. Der Parkplatz war so voll, daß ich mein Auto fast im Wald abstellen mußte. An den Schießständen auf der anderen Seite der Straße war bereits das morgendliche Schußwaffentraining im Gange, und die Agenten des Drogendezernats waren in Tarnanzügen unterwegs und umklammerten mit grimmiger Miene ihre Sturmgewehre. Tau lag schwer auf dem Gras und durchweichte meine Schuhe, als ich eine Abkürzung zum Haupteingang des hellbraunen Backsteingebäudes nahm, das Jefferson Building genannt wurde.

Neben den Sofas und an den Wänden der Eingangshalle stand Reisegepäck. Die Polizeibeamten der National Academy, kurz: N. A., waren offenbar ständig auf dem Sprung. Die Videoanzeige über der Rezeption wünschte allen einen schönen Tag und forderte jeden auf, seine Marke gut sichtbar zu tragen. Meine war noch in meiner Handtasche. Ich holte sie heraus, schlang mir die lange Kette um den Hals und steckte eine Magnetkarte in einen Schlitz neben einer Glastür mit dem Signet des Justizministeriums darauf. Die Tür öffnete sich, und ich betrat einen langen, verglasten Korridor. Ich war so tief in Gedanken versunken, daß ich all die neuen Agenten in Dunkelblau und Khaki und die N. A.-Studenten in Grün kaum wahrnahm. Sie nickten und lächelten mir im Vorbeigehen zu, und ich erwiderte ihre Grüße freundlich, jedoch ohne sie anzusehen. Ich dachte an den Rumpf, daran, wie alt und gebrechlich das Opfer gewesen war, an den elenden Leichensack in der Kühlkammer, in dem die Frau nun jahrelang liegen mußte – zumindest so lange, bis wir ihren Namen kannten. Ich dachte an Keith Pleasants, an *deadoc*, an Sägen und scharfe Sägeblätter.

Als ich durch den Waffenreinigungsraum kam, mit seinen Reihen schwarzer Arbeitstische und den Kompressoren, mit denen die Läufe der Gewehre durchgepustet wurden, stieg mir der Geruch der Reinigungslösung in die Nase. Bei diesen Gerüchen und Geräuschen mußte ich unweigerlich an Wesley und an Mark denken. Eine seltsame Beklemmung überkam mich, als plötzlich eine nur allzu vertraute Stimme meinen Namen rief.

»Sieht aus, als hätten wir den gleichen Weg«, sagte Investigator Ring.

In makelloses Marineblau gekleidet, wartete er auf den Aufzug, der uns zwanzig Meter unter die Erde bringen sollte, dorthin, wo Hoover sich seinen Atombunker gebaut hatte. Ich nahm meinen schweren Aktenkoffer in die andere Hand und klemmte mir den Diakasten fester unter den Arm.

»Guten Morgen«, sagte ich kühl.

»Kommen Sie, ich nehme Ihnen etwas ab.«

Während sich die Aufzugtüren öffneten, streckte er eine Hand aus, und ich bemerkte, daß seine Nägel poliert waren.

»Es geht schon«, sagte ich. Ich brauchte seine Hilfe nicht. Wir stiegen ein und starrten auf der Fahrt hinab zu einem fensterlosen Geschoß direkt unter dem Schießstand beide ins Leere. Ring war bereits bei früheren Besprechungen dabeigewesen und hatte sich ausgiebig Notizen gemacht, von denen allerdings bisher noch nichts in den Nachrichten aufgetaucht war. Dazu war er zu schlau. Wenn Informationen aus einer FBI-Besprechung nach draußen sickerten, war es natürlich allzuleicht, die undichte Stelle zu finden. Da kamen nur wenige von uns in Frage.

»Es gefällt mir gar nicht, was der Presse schon wieder an Informationen zugetragen worden ist«, sagte ich, als wir ausstiegen.

»Ja, ich weiß, was Sie meinen«, sagte Ring mit unschuldiger Miene.

Er hielt mir die Tür zu dem Labyrinth von Gängen auf, in denen sich ehemals die Abteilung für Verhaltensforschung befunden hatte, die dann zur Ermittlungshilfe geworden war und nun CASKU hieß. Die Namen wechselten, aber die Fälle blieben die gleichen. Die Männer und Frauen, die hier arbeiteten, kamen oft schon vor dem Morgengrauen und gingen erst, wenn es schon wieder dunkel war. Viele Tage, Jahre gar verbrachten sie damit, diese Ungeheuer bis ins kleinste Detail zu studieren, jeden Bißabdruck und jede Spur im Schlamm, die Art und Weise, wie sie denken, riechen und hassen.

»Je mehr an die Öffentlichkeit dringt, desto schlimmer«, fuhr Ring fort, während wir uns der Tür zu einem Konferenzraum näherten, in dem ich jeden Monat mindestens ein paar Tage verbrachte. »Einzelheiten bekanntzugeben, durch die wir möglicherweise Unterstützung von der Bevölkerung bekommen, ist eine Sache…«

Er sprach noch weiter, doch ich hörte nicht mehr zu. Drinnen hatte Wesley, die Lesebrille auf der Nase, bereits an der Stirnseite eines spiegelblanken Tisches Platz genommen. Er sichtete gerade einen Haufen großformatiger Fotos mit dem Stempel des Sheriff's Department von Sussex County auf der Rückseite. Grigg saß mit einem Stapel Papiere vor sich ein paar Stühle weiter und betrachtete eine Skizze. Ihm gegenüber hatte Frankel vom Violent Criminal Apprehension Program Platz genommen, der Abteilung zur Dokumentation und Auswertung von Gewaltverbrechen, kurz: VICAP. Am anderen Ende des Tisches saß Lucy. Sie arbeitete an ihrem Laptop und blickte nur kurz auf, ohne mich zu begrüßen.

Ich nahm wie gewohnt rechts von Wesley Platz, öffnete meinen Aktenkoffer und begann meine Unterlagen zu ordnen. Ring setzte sich auf die noch freie Seite und führte unsere Unterhaltung fort.

»Wir müssen davon ausgehen, daß dieser Kerl die ganze Geschichte in den Nachrichten verfolgt«, sagte er. »Dadurch verschafft er sich den letzten Kick.«

Alle Anwesenden hörten ihm zu. Jeder blickte zu ihm, außer seiner Stimme war kein Geräusch zu hören. Er sprach sachlich und leise, als ginge es ihm lediglich darum, einen Sachverhalt darzustellen, ohne sich selbst in den Vordergrund drängen zu wollen. Ring war ein exzellenter Schauspieler, und was er als nächstes vor den Ohren meiner Kollegen zu mir sagte, machte mich unglaublich wütend.

»Ich glaube zum Beispiel, und da muß ich ganz offen sein«, sagte er zu mir, »daß es keine gute Idee war, die Hautfarbe der Leiche, ihr Alter und all das bekanntzugeben. Vielleicht habe ich unrecht,« er blickte in die Runde, »aber momentan ist es doch wohl das beste, so wenig wie möglich zu sagen.«

»Ich hatte keine andere Wahl«, sagte ich ungewollt scharf. »Schließlich hatte bereits jemand Fehlinformationen verbreitet.«

»Aber so etwas passiert doch immer wieder. Ich finde, daß wir uns davon nicht verleiten lassen sollten, zu früh mit Einzelheiten herauszurücken«, sagte er mit gleichbleibender Ernsthaftigkeit.

»Wenn die Öffentlichkeit glaubt, das Opfer sei ein asiatisches Mädchen, das noch nicht die Pubertät erreicht hat, hilft uns das nicht im geringsten.« Ich sah ihm direkt in die Augen. Die anderen beobachteten uns aufmerksam.

»Ganz meine Meinung.« Das war Frankel vom VICAP. »Wir würden aus dem ganzen Land Vermißtenanzeigen erhalten, mit denen wir nichts anfangen könnten. Ein derartiger Fehler muß berichtigt werden.«

»Ein derartiger Fehler hätte gar nicht erst passieren dürfen«, sagte Wesley und ließ den Blick über den Brillenrand hinweg durch den Raum schweifen, wie es seine Art war, wenn er nicht zum Scherzen aufgelegt war. »Unsere Runde wird heute vervollständigt durch Detective Grigg vom Sheriff's Department von Sussex und Special Agent Farinelli.« Er sah zu Lucy hinüber. »Sie ist die Technikspezialistin des HRT und unterhält das Criminal Artificial Intelligence Network, das wir alle unter der Abkürzung CAIN kennen. Sie ist hier, um uns in einer Computerangelegenheit zu helfen.«

Lucy blickte nicht auf, sondern arbeitete mit konzentriertem Gesichtsausdruck weiter. Ring taxierte sie, als wollte er sie auffressen.

»Was für eine Computerangelegenheit?« fragte er, wobei er nicht aufhörte, sie mit den Augen zu verschlingen.

»Dazu kommen wir später«, sagte Wesley und ging rasch zum nächsten Punkt über. »Lassen Sie mich Ihnen zuerst einen Überblick geben, und dann beschäftigen wir uns mit den Einzelheiten. Angesichts der eklatanten Unterschiede, die dieser letzte Mülldeponiemord allein hinsichtlich der Wahl des Opfers zu den vorangegangenen vier aufweist – oder neun, wenn wir die in Irland mitzählen –, komme ich zu dem Schluß, daß wir es hier mit einem anderen Täter zu tun haben. Dr. Scarpetta wird Ihnen ihre medizinischen Ergebnisse vortragen, die meiner Meinung nach keinen Zweifel daran lassen, daß die Vorgehensweise im jetzigen Fall für den bisherigen Täter ganz und gar untypisch ist.«

Bis zum Mittag besprachen wir meine Berichte, Schaubilder und Fotos. Man stellte mir viele Fragen, vor allem Grigg, der sehr viel Wert darauf legte, jeden Aspekt der Mordserie bis ins kleinste zu durchleuchten, um besser beurteilen zu können, inwiefern der neue Fall, der in seinen Dienstbereich fiel, sich von den anderen unterschied.

»Was macht es für einen Unterschied, ob man durch die Gelenke oder durch die Knochen hindurchsägt?« fragte er mich. »Durch die Gelenke zu sägen ist schwieriger«, sagte ich. »Dafür braucht man anatomische Kenntnisse, unter Umständen sogar praktische Erfahrung.«

»Es könnte also ein Schlachter gewesen sein oder jemand, der in einer Fleischfabrik arbeitet.«

»Ja«, antwortete ich.

»Das würde auch die Verwendung einer Fleischersäge erklären«, fügte er hinzu.

»Ja. Und die unterscheidet sich deutlich von einer Autopsiesäge.«

»Inwiefern?« Das war Ring.

»Eine Fleischersäge ist eine Handsäge, die dafür konstruiert ist, Fleisch, Knorpel und Knochen zu schneiden«, fuhr ich fort und blickte in die Runde. »So eine Säge ist in der Regel etwa fünfundreißig Zentimenter lang, hat eine sehr dünne Klinge und zehn meißelförmige Zähne pro Zoll. Der Schnitt erfolgt in der Vorwärtsbewegung und erfordert eine gewisse Kraft seitens des Benutzers. Die Autopsiesäge hingegen schneidet kein Gewebe. Das muß erst mit einem Messer oder etwas Ähnlichem durchtrennt und zurückgeklappt werden.«

»Und eine solche Säge wurde in diesem Fall benutzt«, sagte Wesley zu mir gewandt.

»Auf dem Knochen finden sich Schnittspuren, die charakteristisch für ein Messer sind. Eine Autopsiesäge«, fuhr ich mit meinen Ausführungen fort, »funktioniert nur auf harten Oberflächen. Die Schnittbewegung ist oszillierend mit einem kurzen Hub, das heißt, sie dringt nur sehr allmählich ein. Ich weiß, daß Sie alle damit vertraut sind, aber ich habe trotzdem Fotos mitgebracht.«

Ich öffnete einen Umschlag und holte 18 × 24-Fotos der von Canter untersuchten Knochenenden sowie der vom Mörder darauf hinterlassenen Sägespuren heraus. Ich schob jedem einen Abzug hin.

»Wie Sie sehen können«, fuhr ich fort, »variiert hier die Schnittrichtung, und die Schnittflächen sind sehr glatt.«

»Damit wir uns richtig verstehen«, sagte Grigg. »Es handelt sich also um genau so eine Säge, wie Sie sie bei Ihren Autopsien benutzen.«

»Nein. Nicht ganz«, sagte ich. »Ich verwende normalerweise ein größeres Sägeblatt.«

»Die Spuren stammen aber auf jeden Fall von einer chirurgischen Säge.« Er hielt das Foto hoch.

»Richtig.«

»Wo bekommt ein normaler Mensch so etwas her?«

»Arztpraxen, Krankenhäuser, Leichenhallen, Hersteller medizinischer Geräte«, antwortete ich. »Da gibt es viele Möglichkeiten. Diese Sägen sind für jedermann käuflich.«

»Er könnte sie also bei einem Versandhaus bestellt haben, ohne Mediziner zu sein?«

»Ohne weiteres«, sagte ich.

Ring sagte: »Er könnte sie aber auch gestohlen haben. Vielleicht wollte er diesmal etwas Neues machen, um uns zu verwirren.«

Lucy sah ihn an. Ich wußte, was der Ausdruck in ihren Augen bedeutete. Sie hielt Ring für einen Volltrottel.

»Wenn wir es hier mit demselben Mörder zu tun haben«, sagte sie, »warum verschickt er dann plötzlich Dateien übers Internet, obwohl er auch das vorher noch nie getan hat?«

»Gute Frage.« Frankel nickte.

»Was für Dateien?« fragte Ring sie.

»Dazu kommen wir noch.«

Wesley faßte zusammen. »Also: Die Begehungsweise ist eine andere, und es wurde ein anderes Tatwerkzeug benutzt als bisher.«

»In ihrer Luftröhre befindet sich Blut«, sagte ich und ließ die Autopsieschaubilder und E-Mail-Fotos herumgehen. »Daraus schließen wir, daß sie eine Kopfverletzung erlitten hat. Da wir in den anderen Fällen die genaue Todesursache nicht kennen, wissen wir nicht, ob es in diesem Punkt Übereinstimmungen gibt oder nicht. Die radiologischen und anthropologischen Befunde deuten jedenfalls darauf hin, daß dieses Opfer erheblich älter ist als die anderen. Außerdem haben wir Fasern gefunden, die darauf schließen lassen, daß die Leiche in einer Art Abdeckplane eingewickelt war, als sie zerstückelt wurde. Auch darin unterscheidet sich dieser Fall von den anderen.«

Ich ging noch näher auf die Fasern und die Farbspritzer ein, wobei mir nicht entging, daß Ring die ganze Zeit meine Nichte beobachtete und sich Notizen machte.

»Dann ist also anzunehmen, daß sie in einer Werkstatt oder einer Garage zerstückelt wurde«, sagte Grigg.

»Das kann ich nicht sagen«, erwiderte ich. »Auf den Fotos, die ich per E-Mail erhalten habe, läßt sich nur erkennen, daß sie in einem Raum mit hellgrauen Wänden und einem Tisch entstanden sind.«

»Ich möchte noch einmal darauf hinweisen, daß Keith Pleasants hinter seinem Haus eine Art Werkstatt hat«, erinnerte uns Ring. »Mit einer großen Werkbank darin, und die Wände sind aus unbehandeltem Holz.« Er sah mich an. »Was auf einem Foto hellgrau aussehen könnte.«

»Da wäre es bestimmt verflucht schwer gewesen, das ganze Blut wieder wegzubekommen«, gab Grigg zu bedenken.

»Vielleicht gibt es deswegen kein Blut, weil er eine Abdeckplane mit einer Gummibeschichtung verwendet hat«, sagte Ring. »Das war ja der Sinn – daß nichts durchleckt.«

Alle sahen mich erwartungsvoll an.

»Es wäre schon sehr ungewöhnlich, wenn in so einem Fall nicht alles mit Blut verschmiert worden wäre«, entgegnete ich. »Zumal sie noch einen Blutdruck hatte, als sie enthauptet wurde. Zumindest in der Holzmaserung und in kleinen Rissen auf der Tischplatte müßte Blut zu finden sein.«

»Das können wir doch testen.« Jetzt spielte Ring sich auch noch als Kriminaltechniker auf. »Mit einer Chemikalie wie Luminol zum Beispiel reagiert noch die kleinste Blutspur und leuchtet dann im Dunkeln.«

»Das Problem bei Luminol ist, daß es die Spuren zerstört«, antwortete ich. »Wir brauchen gegebenenfalls einen DNS-Test, um das Opfer identifizieren zu können. Da dürfen wir das bißchen Blut, das wir möglicherweise finden, doch nicht ruinieren.«

»Wir haben ohnehin keinen triftigen Grund, in Pleasants' Werkstatt zu gehen und irgendwelche Tests durchzuführen.« Streitlustig starrte Grigg Ring über den Tisch hinweg an.

»Ich denke schon.« Ring hielt seinem Blick stand.

»Nicht, wenn heute noch dieselben Richtlinien gelten wie gestern.« Grigg sprach langsam und bedächtig.

Wesley beschränkte sich auf die Position des Beobachters. Wie üblich bildete er sich sein eigenes Urteil über die Anwesenden und jedes Wort, das gesprochen wurde, und höchstwahrscheinlich traf es zu. Doch er schwieg, während die Auseinandersetzung ihren Lauf nahm.

»Also, ich ...«, versuchte Lucy das Wort zu ergreifen.

»Es ist zum Beispiel durchaus denkbar, daß wir es mit einem Nachahmungstäter zu tun haben«, sagte Ring.

»Oh, das ist ganz meine Meinung«, sagte Grigg. »Ich halte nur nichts von Ihrer Theorie, was Pleasants betrifft.«

»Lassen Sie mich ausreden.« Lucys durchdringender Blick wanderte von einem zum anderen. »Also, ich erkläre Ihnen jetzt mal, wie die Dateien via America Online an Dr. Scarpettas E-Mail-Adresse geschickt wurden.«

Für meine Ohren klang es immer seltsam, wenn sie mich so nannte.

»Da bin ich aber neugierig.« Ring stützte jetzt sein Kinn in die Hand und musterte Lucy eingehend.

»Als erstes braucht man einen Scanner«, fuhr sie fort. »Ein Farbscanner mit einer passablen Auflösung, also so ab 72 dpi, ist nicht schwer zu bekommen. Aber dies sieht mir nach einer höheren Auflösung aus, vielleicht 300 dpi. Es kann sich um alles mögliche handeln – von einem ganz einfachen Gerät wie einem Handscanner für 399 Dollar bis zu einem 35-Millimeter-Dia-Scanner, dessen Preis in die Tausende gehen kann ...«

»Und an was für einen Computer würde man so etwas anschließen?« fragte Ring.

»Dazu wollte ich gerade kommen.« Lucy war es leid, ständig von ihm unterbrochen zu werden. »Systemanforderungen mindestens acht Megabyte RAM, Farbmonitor, ein Programm mit FotoTouch oder ScanMan und ein Modem. Es könnte ein Macintosh sein, ein Performa 6116 CD oder sogar ein noch älteres Gerät. Der Punkt ist ja, daß es für den Durchschnittsbürger überhaupt kein Problem ist, Dateien in den Computer einzuscannen und übers Internet zu verschicken. Deshalb hält uns die Online-Kriminalität ja heutzutage derart in Atem.«

»Wie zum Beispiel dieser große Fall von Kinderpornographie, den Sie gerade geknackt haben«, sagte Grigg.

»Ja. Fotos werden als Dateien durchs World Wide Web geschickt. Auch da gibt es Pädophilie«, sagte sie. »Interessant an diesem Fall ist, daß es sich um Farbfotos handelt. Das Scannen von Schwarzweißfotos ist nicht weiter schwierig. Bei Farbe hingegen wird es kompliziert. Außerdem sind die Ecken und Kanten auf den Fotos, die Dr. Scarpetta bekommen hat, relativ scharf, es gibt nur ein geringes Rauschen.«

»Klingt, als hätten wir es mit jemandem zu tun, der sich auskennt«, sagte Grigg.

»Ja«, stimmte sie zu. »Aber deswegen muß es noch lange kein Computertechniker oder Grafiker gewesen sein.«

»Heutzutage kann so was jeder, der Zugang zu dem entsprechenden Equipment und ein paar Handbüchern hat«, sagte Frankel, der auch viel mit Computern arbeitete.

»Also gut, die Fotos wurden eingescannt«, sagte ich zu Lucy. »Und dann? Auf welchem Weg sind sie zu mir gekommen?«

»Zuerst lädt man die Datei, in diesem Fall eine Grafik- oder GIF-Datei«, erwiderte sie. »Um sie erfolgreich versenden zu können, muß man normalerweise die Anzahl der Daten- und Stopbits, die Parität und so weiter festlegen, je nachdem, was für eine Konfiguration die Gegenseite verwendet. Das ist alles andere als benutzerfreundlich. Bei AOL geschieht das alles jedoch automatisch. Das Versenden dieser Dateien war also einfach. Man lädt sie, und schon sind sie unterwegs.« Sie sah mich an.

»Und das läuft alles über die Telefonleitung«, sagte Wesley.

»Richtig.«

»Läßt sich das zurückverfolgen?«

»Squad 19 arbeitet bereits daran.« Das war die FBI-Einheit, die in Fällen rechtswidriger Internetnutzung ermittelte.

»Die Frage ist nur, worin dabei das Vergehen bestehen soll«, erklärte Wesley. »Falls die Fotos gefälscht sind, kann man dem Urheber höchstens Obszönität vorwerfen, und die ist leider nicht strafbar.«

»Die Fotos sind nicht gefälscht«, sagte ich.

»Das ist schwer zu beweisen.« Er sah mir fest in die Augen.

»Was ist, wenn sie nicht gefälscht sind?« fragte Ring.

»Dann sind sie Beweisstücke für eine Straftat«, sagte Wesley und fügte nach einer Pause hinzu: »Verstoß gegen Artikel achtzehn, Paragraph acht-sieben-sechs. Briefliche Übermittlung von Drohungen.«

»Wem wird hier gedroht?« fragte Ring.

Wesleys Blick war immer noch auf mich gerichtet. »Dem Empfänger natürlich.«

»Eine offene Drohung war das nicht«, gab ich zu bedenken.

»Hauptsache, es reicht für einen Haftbefehl.«

»Zuerst müssen wir diese Person finden«, sagte Ring. Er gähnte und streckte sich auf seinem Stuhl wie eine Katze.

»Wir warten darauf, daß er sich wieder einloggt«, erwiderte Lucy. »Wir sind rund um die Uhr online.« Sie fuhr fort, auf der Tastatur ihres Laptops herumzutippen und den steten Versand von Botschaften auf ihrem Monitor zu verfolgen. »Sie müssen sich ein weltumspannendes Telefonsystem mit etwa vierzig Millionen Teilnehmern vorstellen, für das es kein Telefonbuch, keine Vermittlung und keine Auskunft gibt – das ist das Internet. Eine Teilnehmerliste existiert nicht. Auch bei AOL gibt es keine, es sei denn, man füllt freiwillig ein Profil aus. Alles, was wir in diesem Fall haben, ist das Pseudonym *deadoc.*«

»Woher wußte er, wohin er Dr. Scarpetta die Mail schicken sollte?« Grigg sah mich an.

Ich erklärte es ihm und fragte dann Lucy: »Und das läuft alles über Kreditkarte?«

Sie nickte. »Soviel haben wir schon herausbekommen. Eine American-Express-Karte auf den Namen Ken L. Perley. Ein pensionierter High-School-Lehrer. Siebzig, lebt allein in Norfolk.«

»Gibt es irgendwelche Hinweise darauf, wie jemand an seine Kreditkarte gekommen sein kann?« fragte Wesley.

»Offenbar benutzt Perley seine Karte nicht oft. Das letzte Mal in einem Restaurant in Norfolk, dem Red Lobster. Das war am zweiten Oktober. Er ist mit seinem Sohn essen gegangen. Die Rechnung betrug siebenundzwanzig Dollar und dreißig Cents, einschließlich Trinkgeld, und er hat mit AmEx gezahlt. Weder er noch sein Sohn können sich erinnern, daß an jenem Abend irgend etwas Ungewöhnliches vorgefallen wäre. Beim Zahlen lag die Kreditkarte allerdings ziemlich lange gut sichtbar auf dem Tisch, weil es im Restaurant sehr voll war. Irgendwann, während die Karte noch dort lag, ging Perley zur Toilette, und der Sohn trat vor die Tür, um eine zu rauchen.«

»Meine Güte. Das war wirklich clever. Hat einer vom Servicepersonal bemerkt, daß jemand zu dem Tisch hinübergegangen ist?« fragte Wesley Lucy.

»Wie gesagt, es war voll. Wir überprüfen jede Rechnung, die an jenem Abend abgebucht wurde, um eine Gästeliste zu erstellen. Schwierig wird's allerdings bei denjenigen, die bar bezahlt haben.«

»Und dafür, daß die AOL-Gebühren schon auf Perleys American-Express-Abrechnungen auftauchen, ist es wohl noch zu früh«, sagte er.

»Stimmt. AOL zufolge wurde der Account erst kürzlich eröffnet. Eine Woche nach dem Essen im Red Lobster, um genau zu sein. Perley ist sehr hilfsbereit«, fügte Lucy hinzu. »Und AOL läßt den Account gebührenfrei weiterlaufen, für den Fall, daß der Täter uns noch etwas schicken will.«

Wesley nickte. »Wir können zwar nicht davon ausgehen, aber wir sollten in Betracht ziehen, daß der Mörder, zumindest der von der Atlantic-Mülldeponie, sich möglicherweise noch vor einem Monat in Norfolk aufhielt.«

»Es deutet alles darauf hin, daß das Opfer aus Virginia stammt«, erklärte ich einmal mehr.

»Wäre es möglich, daß eine der Leichen zwischenzeitlich in einem Kühlraum gelagert wurde?« fragte Ring.

»Diese nicht«, beeilte sich Wesley zu antworten. »Auf keinen Fall. Der Kerl ertrug es nicht, sein Opfer anzusehen. Er mußte es zudecken und durch Stoff hindurchsägen. Ich schätze, er hat keinen weiten Weg gemacht, um sich der Leiche zu entledigen.«

»Erinnert ein bißchen an ›Das verräterische Herz‹«, sagte Ring.

Lucy tippte mit angespanntem Gesicht auf ihrem Laptop herum und las irgend etwas auf dem Monitor. »Wir haben gerade etwas von Squad 19 bekommen«, sagte sie und ging auf dem Bildschirm weiter nach unten. »*Deadoc* hat sich vor sechsundfünfzig Minuten eingeloggt.« Sie sah zu uns auf. »Er hat eine E-Mail an den Präsidenten geschickt.«

Der elektronische Brief war direkt ans Weiße Haus adressiert. Das war kein Kunststück, schließlich handelte es sich um keine Geheimadresse. Jeder Internet-User konnte sie sich besorgen. Wieder war die Nachricht seltsamerweise in Kleinbuchstaben verfaßt, und Leerzeichen ersetzten die Interpunktion. Sie lautete: *ich verlange eine entschuldigung sonst fange ich mit frankreich an.*

»Daraus lassen sich allerlei Schlüsse ziehen«, sagte Wesley zu mir, während am Schießstand über uns gedämpfte Schüsse dröhnten, als würde irgendwo in weiter Ferne Krieg geführt.

»Grund genug, sich Sorgen um dich zu machen.«

Er blieb beim Wasserspender stehen.

»Ich glaube nicht, daß das irgendwas mit mir zu tun hat«, sagte ich. »Hier geht es um den Präsidenten der Vereinigten Staaten.«

»Falls du meine Meinung hören willst: Diese Botschaft ist symbolisch zu verstehen, nicht wörtlich.« Wir gingen weiter. »Ich glaube, der Mörder ist wütend und verärgert. Er glaubt, daß eine oder mehrere Personen in einflußreicher Position für seine persönlichen Probleme verantwortlich sind.«

»So wie der Unabomber«, sagte ich, während wir den Aufzug nach oben bestiegen.

»Ganz ähnlich. Vielleicht dient der ihm sogar in gewisser Weise als Vorbild«, sagte er und warf einen Blick auf seine Uhr.

»Kann ich dich zu einem Bier einladen, bevor du fährst?«

»Nur wenn du mir einen Chauffeur besorgst.« Ich lächelte. »Aber du kannst mich zu einem Kaffee überreden.«

Wir durchquerten den Gewehrreinigungsraum, wo Dutzende von Agenten des FBI und des Drogendezernats ihre Waffen auseinandernahmen, sie abwischten und die Bestandteile durchpusteten. Sie warfen uns neugierige Blicke zu, und ich fragte mich, ob die Gerüchte auch hier schon die Runde gemacht hatten. Meine Beziehung zu Wesley war an der Academy schon seit geraumer Zeit das Gesprächsthema Nummer eins, was mir mehr zu schaffen machte, als ich mir anmerken ließ. Offenbar waren die meisten immer noch der Ansicht, seine Frau hätte ihn meinetwegen verlassen, wo doch in Wirklichkeit ein anderer Mann der Grund gewesen war.

Die Schlange oben im PX, dem Shop für FBI-Angehörige, war lang. Da stand eine mit dem neuesten Jogginganzugsmodell bekleidete Schaufensterpuppe, und in den Fenstern lagen

Thanksgiving-Kürbisse und Truthähne. In der Kantine dahinter lief laut der Fernseher, und ein paar Leute hatten bereits mit Popcorn und Bier den Feierabend eingeläutet. Wir suchten uns einen möglichst entlegenen und ruhigen Platz und nippten beide an unserem Kaffee.

»Was sagst du dazu, daß er jetzt plötzlich Frankreich ins Spiel bringt?« fragte ich.

»Der Täter ist offenbar nicht dumm, und er weiß, was in der Welt los ist. Zur Zeit der französischen Atomwaffentests waren unsere Beziehungen zu Frankreich außerordentlich gespannt. Du erinnerst dich sicher noch an die Ausschreitungen. Französischer Wein und andere Produkte wurden boykottiert. Es gab viele Demonstrationen vor den französischen Botschaften. Und die USA haben da fleißig mitgemischt.«

»Aber das ist schon ein paar Jahre her.«

»Das spielt keine Rolle. Wunden heilen langsam.« Er starrte aus dem Fenster in die einbrechende Dunkelheit. »Aber das Entscheidende ist folgendes: Die Franzosen werden sich bedanken, wenn sie auf einmal unseren Serienmörder am Hals haben. Ich nehme mal an, daß ist es, worauf *deadoc* hinauswill. Die Polizei in Frankreich und in anderen Ländern sorgt sich schon seit Jahren, daß unser Problem irgendwann auf sie übergreifen könnte. Als sei Gewaltkriminalität eine Seuche, die sich ausbreiten kann.«

»Ist sie doch auch.«

Er nickte und griff wieder nach seinem Kaffee.

»Vielleicht ergäbe das Ganze mehr Sinn, wenn wir davon ausgingen, daß es in allen zehn Fällen hier und in Irland derselbe Täter war«, sagte ich.

»Kay, wir können nichts ausschließen.« Er klang müde, als er das einmal mehr betonte.

Ich schüttelte den Kopf. »Erst will er uns weismachen, daß er all diese Morde begangen hat, und jetzt droht er uns auch noch. Wahrscheinlich hat er keine Ahnung, wie sehr sich seine Vorgehensweise von den bisherigen Fällen unterscheidet. Natürlich können wir nichts ausschließen, Benton. Aber meine Ergebnisse lassen in meinen Augen nur diesen einen Schluß zu, und ich glaube, der Schlüssel liegt in der Identität des neuen Opfers.«

»Das glaubst du doch immer.« Er lächelte und spielte mit seinem Kaffeelöffel.

»Ich fühle mich den Opfern gegenüber verpflichtet. Und in diesem Augenblick fühle ich mich der armen Frau verpflichtet, deren Rumpf in meiner Kühlkammer liegt.«

Mittlerweile war es draußen völlig dunkel, und die Kantine füllte sich rasch mit fitneßbewußten Männern und Frauen, deren Status man an der Farbe ihrer Uniformen ablesen konnte. Der Lärm machte es schwer, sich zu unterhalten, und ich mußte noch zu Lucy, bevor ich abfuhr.

»Du magst Ring nicht.« Wesley nahm sein Anzugjackett von der Stuhllehne. »Er ist klug und macht einen ernsthaft engagierten Eindruck.«

»Mit dem zweiten Teil deines Profils liegst du definitiv falsch«, sagte ich und stand auf. »Aber was du zuerst gesagt hast, stimmt. Ich mag ihn nicht.«

»Ich finde, das hast du auch deutlich genug demonstriert.«

Wir wichen Menschen aus, die nach Stühlen Ausschau hielten und Bierkrüge auf Tische stellten.

»Ich halte ihn für gefährlich.«

»Er ist eitel und will sich einen Namen machen«, erwiderte Wesley.

»Und das findest du nicht gefährlich?« Ich schaute ihn von der Seite an.

»Das trifft auf fast jeden zu, mit dem ich je zusammengearbeitet habe.«

»Außer auf mich, hoffe ich.«

»Sie, Dr. Scarpetta, sind natürlich in fast jeder erdenklichen Hinsicht die große Ausnahme.«

Wir gingen durch einen langen Korridor in Richtung Eingangshalle. Ich wollte mich noch nicht von ihm verabschieden. Ich fühlte mich einsam, ohne recht zu wissen, warum.

»Ich würde wahnsinnig gern mit dir zu Abend essen«, sagte ich, »aber Lucy will mir noch etwas zeigen.«

»Und woher willst du wissen, daß ich nicht schon etwas vorhabe?« Er hielt mir die Tür auf.

Dieser Gedanke war mir unangenehm, auch wenn ich wußte, daß er mich nur auf den Arm nehmen wollte.

»Laß uns warten, bis ich hier wegkann«, sagte er. Inzwischen waren wir schon fast auf dem Parkplatz angekommen. »Vielleicht am Wochenende, dann haben wir ein bißchen mehr Ruhe. Diesmal koche ich. Wo steht dein Auto?«

»Da drüben.« Ich richtete meine Fernbedienung auf den Wagen.

Die Türen entriegelten sich selbsttätig, und die Innenbeleuchtung ging an. Wie üblich vermieden wir Körperkontakt. Das hatten wir immer getan, wenn die Möglichkeit bestand, daß uns jemand sah.

»Manchmal macht mich das richtig wütend«, sagte ich und stieg in meinen Wagen. »Wir dürfen uns den ganzen Tag lang über zerstückelte Leichen, Vergewaltigung und Mord unterhalten, aber wenn wir uns umarmen oder bei der Hand halten wollen, darf das um Himmels willen keiner mitbekommen.« Ich ließ den Motor an. »Ist das noch normal? Schließlich ist keiner von uns mehr verheiratet.« Ich zog mir den Sicherheitsgurt über die Brust. »Gibt es da beim FBI vielleicht irgendein Tabu, von dem mir keiner was gesagt hat?«

»Ja.«

Er küßte mich auf den Mund, während ein paar Agenten vorbeigingen. »Also sag niemandem was davon.«

Kurz darauf parkte ich vor der Engineering Research Facility, kurz: ERF, einem riesengroßen, futuristisch anmutenden Gebäude, in dem das FBI seine geheimen technischen Forschungs- und Entwicklungsvorhaben durchführte. Falls Lucy wußte, was in den Labors hier vor sich ging, so erzählte sie mir nichts davon, und selbst in ihrer Begleitung durfte ich nur einige Räume des Gebäudes betreten. Sie wartete neben der Eingangstür, als ich die Fernbedienung auf meinen Wagen richtete, der nicht reagierte.

»Die funktioniert hier nicht«, sagte sie.

Ich sah zu dem Dach voller unheimlich wirkender Antennen und Satellitenschüsseln hinauf und verriegelte die Türen seufzend per Hand.

»Man sollte doch annehmen, daß ich mir das mittlerweile gemerkt habe«, brummte ich.

»Dein Freund Ring hat nach der Sitzung versucht, mich hierher zu begleiten«, sagte sie und ließ ihren Daumen von einem biometrischen Sicherheitsschloß neben der Tür abtasten.

»Er ist nicht mein Freund«, erklärte ich.

Die Eingangshalle mit der hohen Decke war mit Vitrinen voller klobiger, ineffizienter Elektronik- und Funkgeräte vollgestellt, die die Polizei benutzt hatte, bevor es die ERF gab.

»Er wollte sich schon wieder mit mir verabreden«, sagte sie.

Die einfarbig gestrichenen Korridore schienen kein Ende nehmen zu wollen, und wie immer war ich beeindruckt von der Stille und dem Gefühl, daß kein Mensch hier war. Wissenschaftler und Techniker arbeiteten hinter verschlossenen Türen in Räumen, die so groß waren, daß Autos, Hubschrauber und kleine Flugzeuge hineinpaßten. Bei der ERF arbeiten Hunderte von FBI-Beamten, doch obwohl unsere Abteilung sich gleich gegenüber befand, hatten sie mit uns praktisch keinen Kontakt. Wir kannten noch nicht einmal ihre Namen.

»Ich bin sicher, es gibt Millionen von Männern, die gern mit dir ausgehen würden«, sagte ich, während wir einen Aufzug bestiegen und Lucy wieder ihren Daumen in ein biometrisches Schloß steckte.

»Aber nicht, nachdem sie eine Weile mit mir zu tun hatten«, sagte sie.

»Na, ich weiß nicht. Ich halte es schließlich auch immer noch mit dir aus.«

Aber es war ihr durchaus ernst. »Wenn ich erst mal Klartext mit denen rede, drehen die Typen gleich wieder ab. Ring hingegen steht auf Herausforderungen, falls du weißt, was ich meine.«

»Nur allzugut.«

»Er will irgendwas von mir, Tante Kay.«

»Hast du eine Ahnung, was? Und wo bringst du mich eigentlich hin?«

»Ich weiß es nicht. Es ist nur so ein Gefühl.« Sie öffnete eine Tür zum Virtual-Reality-Labor und fügte hinzu: »Mir ist da eine ziemlich interessante Idee gekommen.«

Lucys Ideen waren immer hochinteressant. Meistens waren sie furchterregend. Ich folgte ihr in einen Raum voller Hochleistungsrechner, übereinandergestapelter Grafikcomputer und Arbeitstische, auf denen Werkzeuge, Hauptplatinen, Chips und Peripheriegeräte wie Datenhandschuhe und Monitorhelme verstreut waren. Die Elektrokabel waren zu dicken Strängen gebündelt, um die große, leere Linoleumfläche freizuhalten, auf der Lucy sich sonst im Cyberspace verlor.

Sie nahm eine Fernbedienung in die Hand, und zwei Monitore schalteten sich ein. Ich erkannte die Fotos, die *deadoc* mir geschickt hatte. Groß und in Farbe leuchteten sie auf den Bildschirmen, und ich wurde langsam nervös.

»Die Hauptfrage ist natürlich immer: Bringt es für den Bediener wirklich einen Vorteil, wenn er in einen Kosmos eintauchen kann?« sagte sie, während sie Befehle in einen Computer eingab. »Bisher hattest du noch nicht die Möglichkeit, in diesen Kosmos einzutauchen – den Tatort.«

Gemeinsam starrten wir die blutigen Stümpfe und die aufgereihten Leichenteile auf den Monitoren an, und ein eisiger Schauer kroch mir über den Rücken.

»Angenommen, du hättest jetzt die Gelegenheit dazu«, fuhr Lucy fort. »Angenommen, du könntest *deadocs* Kosmos betreten?«

Ich wollte sie unterbrechen, doch sie redete weiter.

»Was würdest du sehen? Was könntest du tun, was du bisher nicht konntest?« sagte sie. In solchen Momenten konnte sie fast manisch werden. »Was würdest du Neues über Opfer und Täter erfahren?«

»Ich bin nicht sicher, ob ich mit so etwas umgehen kann«, protestierte ich.

»Natürlich kannst du. Ich hatte allerdings noch keine Zeit, den synthetischen Ton hinzuzufügen. Abgesehen von den üblichen akustischen Signalen aus dem Baukasten: Ein Schmatzen heißt, daß sich etwas öffnet, ein Klick ist ein Schalter, den man an- und ausmacht, und ein Pling bedeutet normalerweise, daß man irgendwo gegengerannt ist.«

»Lucy«, sagte ich, als sie meinen linken Arm nahm, »wovon redest du überhaupt?«

Behutsam zog sie einen Datenhandschuh über meine linke Hand und kontrollierte, ob er fest genug saß.

»Zur Kommunikation benutzt der Mensch Gesten. Diese Gesten – oder Stellungen, wie sie bei uns heißen – können wir auch dazu verwenden, mit dem Computer zu kommunizieren«, erklärte sie.

Der Handschuh war aus schwarzem Lycra, und auf seiner Rückseite saßen Glasfasersensoren. Diese waren über ein Kabel mit dem leistungsstarken Zentralrechner verbunden, in den Lucy etwas eingegeben hatte. Als nächstes nahm sie einen Monitorhelm, der ebenfalls an einem Kabel hing, und mein Herz machte vor Angst einen Sprung, als sie damit auf mich zukam.

»Das ist ein VPL Eyephone HRX«, sagte sie gutgelaunt. »Wird auch im Ames Research Center der NASA benutzt. Da habe ich ihn entdeckt.« Sie kontrollierte den Sitz der Kabel und Gurte. »350 000 Farbelemente. Extrem hohe Auflösung und ein besonders großes Gesichtsfeld.«

Sie setzte mir den Helm auf den Kopf. Er war schwer und reichte bis zur Nase.

»Was du jetzt vor dir siehst, sind Flüssigkristall- oder LCD-Bildschirme, also ganz normale Monitore. Ein paar Glasplatten, Elektroden und Moleküle, die alle möglichen coolen Sachen anstellen. Wie fühlst du dich?«

»Als würde ich gleich umfallen und ersticken ...«

Ich war dabei, ähnlich in Panik zu geraten wie damals zu Beginn meines Tauchlehrgangs.

»Du wirst keins von beidem tun.« Sie war sehr geduldig und stützte mich mit der Hand. »Entspann dich. Daß man anfangs in eine Art Angstzustand gerät, ist ganz normal. Ich sag' dir, was du machen mußt. Bleib einfach ruhig stehen und atme tief ein und aus. Ich schicke dich jetzt rein.«

Sie rückte den Helm noch einmal zurecht, schnallte ihn fester und kehrte dann zum Zentralrechner zurück. Ich konnte nichts sehen, und meine Blindheit brachte mich aus dem Gleichgewicht.

»Okay, los geht's«, sagte sie. »Ich weiß nicht, ob das etwas bringt, aber ein Versuch kann nicht schaden.«

Tasten klackten, und ich wurde in diesen Raum hineingeworfen. Sie erklärte mir, was ich mit den Händen machen mußte, um mich vorwärts, schneller oder rückwärts zu bewegen, und wie ich etwas greifen und wieder loslassen konnte. Ich bewegte meinen Zeigefinger, tat so, als würde ich etwas anklicken, führte meinen Daumen an die Handfläche und fuhr mir mit dem Arm über die Brust. Mir brach der Schweiß aus. Gute fünf Minuten hing ich an der Decke und lief gegen Wände. Einmal stand ich auf dem Tisch mit dem Rumpf auf der blutigen, blauen Decke und trampelte auf den Beweismitteln und der Toten herum.

»Ich glaube, ich muß mich gleich übergeben«, sagte ich.

»Halt einfach eine Minute still«, sagte Lucy. »Atme tief durch.«

Ich wollte noch etwas sagen und machte dabei eine Handbewegung, und prompt lag ich wie abgestürzt auf dem virtuellen Fußboden.

»Deshalb hab' ich dir ja gesagt, du sollst stillhalten«, sagte sie, denn sie konnte auf den Monitoren sehen, was ich tat. »Jetzt bewege deine Hand zu dir hin und zeige mit Zeige- und Ringfinger in die Richtung, aus der du meine Stimme kommen hörst. Besser?«

»Besser«, sagte ich.

Nun stand ich aufrecht in dem Raum, als wäre das Foto plötzlich dreidimensional und stark vergrößert zum Leben erwacht. Ich schaute mich um und sah eigentlich nichts, was mir nicht schon aufgefallen war, als Vander das Bild bearbeitet hatte. Doch die Empfindungen, die es jetzt in mir auslöste, veränderten meine Wahrnehmung.

Die Wände waren hellgrau und wiesen schwache Verfärbungen auf, die ich bisher Wasserschäden zugeschrieben hatte, wie sie in einem Keller oder einer Garage vorkommen können. Aber jetzt wirkten sie anders, gleichmäßiger verteilt, einige so blaß, daß ich sie kaum erkennen konnte. Diese hellgrauen Wände waren früher einmal tapeziert gewesen. Die Tapeten waren entfernt, aber nicht ersetzt worden, ebenso wie die Gardinenstange und die Schabracke davor. Über einem Fenster mit einer geschlossenen Jalousie befanden sich kleine Löcher, in denen einmal Träger gesteckt hatten.

»Hier ist es nicht passiert«, sagte ich, und mein Herz schlug schneller.

Lucy schwieg.

»Sie wurde nach der Tat hierhergebracht und fotografiert. Aber ermordet und zerstückelt wurde sie hier nicht.«

»Was siehst du?« fragte sie.

Ich bewegte meine Hand und ging näher an den virtuellen Tisch heran. Ich deutete auf die virtuellen Wände, um Lucy zu zeigen, was ich sah. »Wo soll er denn die Autopsiesäge angeschlossen haben?« fragte ich.

Ich konnte nur eine Steckdose finden, und die befand sich am unteren Ende einer Wand.

»Und die Abdeckplane soll auch von hier stammen?« fuhr ich fort. »Das paßt nicht ins Bild. Keine Farbe, keine Werkzeuge.«

Ich schaute mich weiter um. »Und sieh dir den Fußboden an. Das Holz ist an den Seiten heller, als hätte hier einmal ein Teppich gelegen. Wer legt einen Teppich in eine Werkstatt, tapeziert oder bringt Gardinen an? Wo sind die Steckdosen für die elektrischen Werkzeuge?«

»Wie wirkt es denn auf dich?« fragte sie.

»Auf mich wirkt es so, als sei dies ein Raum in einem Wohnhaus, aus dem die Möbel entfernt wurden. Abgesehen von einer Art Tisch, der mit etwas bedeckt ist. Vielleicht einem Duschvorhang. Ich weiß nicht. Mir kommt es jedenfalls vor wie ein Wohnraum.«

Ich streckte die Hand aus und versuchte, den Rand des Tischtuchs zu berühren, als könnte ich es anheben und enthüllen, was sich darunter befand, und als ich mich umschaute, sah ich ein paar Einzelheiten plötzlich so deutlich, daß ich mich fragte, wie ich sie bis dahin hatte übersehen können. An der Decke direkt über dem Tisch lagen Kabel frei, als ob dort einmal ein Kronleuchter oder eine andere Lampe gehangen hätte.

»Nehme ich Farben anders wahr als sonst?« fragte ich.

»Eigentlich nicht.«

»Dann ist da noch etwas. Diese Wände.« Ich berührte sie.

»Die Farbe wird in diese Richtung heller. Da ist eine Öffnung. Vielleicht eine Tür, durch die Licht dringt.«

»Auf dem Foto sieht man keine Tür«, erinnerte Lucy mich. »Du kannst nur das sehen, was auch da ist.«

Es war seltsam, aber einen Moment lang glaubte ich, ich könnte ihr Blut riechen, den Gestank verwesenden Fleisches, von einer Leiche, die schon seit Tagen tot war. Die teigige Beschaffenheit ihrer Haut fiel mir wieder ein, und der merkwürdige Ausschlag, der mich auf den Gedanken gebracht hatte, sie hätte vielleicht Gürtelrose.

»Sie war kein zufällig gewähltes Opfer«, sagte ich.

»Die anderen schon.«

»Die anderen Fälle haben mit diesem nichts zu tun. Ich sehe plötzlich doppelt. Kannst du das korrigieren?«

»Das ist die typische vertikale Bildverschiebung.«

Dann spürte ich ihre Hand auf meinem Arm.

»Das geht normalerweise nach fünfzehn bis zwanzig Minuten wieder weg«, sagte sie. »Wir sollten mal eine Pause machen.«

»Ich fühl' mich nicht besonders.«

»Mangelhafte Bildausrichtung. Überanstrengung der Augen, Simulationsschwindel, Cyberkrankheit, nenn es, wie du willst«, sagte sie. »Verursacht Sehstörungen, tränende Augen, sogar Übelkeit.«

Ich mußte dringend den Helm loswerden, doch bevor ich mir die LCD-Bildschirme von den Augen gezerrt hatte, lag ich schon wieder auf dem Tisch, mit dem Gesicht im Blut. Meine Hände zitterten, als Lucy mir half, den Handschuh auszuziehen. Ich setzte mich auf den Boden.

»Alles in Ordnung?« fragte sie besorgt.

»Das war entsetzlich«, sagte ich.

»Dann war es gut.« Sie legte den Helm und den Handschuh auf einen Tisch zurück. »Du bist in den Kosmos eingetaucht. So sollte es sein.« Sie reichte mir ein paar Papiertücher, und ich wischte mir das Gesicht ab.

»Was ist mit dem anderen Foto? Willst du das auch noch machen?« fragte sie. »Das mit den Händen und Füßen?«

»Danke, ich hab' genug von diesem Raum«, sagte ich.

8

Noch auf dem Heimweg verfolgten mich die schaurigen Eindrücke aus Lucys Labor. Den größten Teil meines Berufslebens hatte ich damit verbracht, Tatorte zu besuchen, aber noch nie war ich davon heimgesucht worden. Das Gefühl, mich in diesem Foto zu befinden, die Illusion, ich könnte riechen und spüren, was von jenem Leichnam übrig war, hatte mich zutiefst erschüttert. Als ich in meine Garage fuhr, war es beinahe Mitternacht. Hastig schloß ich die Haustür auf. Drinnen stellte ich die Alarmanlage aus und gleich wieder an, nachdem ich die Tür abgeschlossen hatte. Ich sah mich um, um mich zu vergewissern, daß alles genauso war, wie ich es verlassen hatte.

Ich machte Feuer, goß mir einen Drink ein und sehnte mich wieder einmal nach einer Zigarette. Um nicht so allein zu sein, legte ich Musik auf. Dann ging ich in mein Arbeitszimmer, um nachzusehen, was mich dort erwarten mochte. Ich hatte mehrere Faxe bekommen, Nachrichten auf dem Anrufbeantworter und eine weitere E-Mail. Alles, was *deadoc* diesmal zu sagen hatte, war ein erneutes: *Sie halten sich wohl für sehr schlau.* Ich war gerade dabei, die Nachricht auszudrucken und mich zu fragen, ob Squad 19 wohl schon davon wußte, als das Klingeln des Telefons mich aufschreckte.

»Hi«, sagte Wesley. »Ich wollte mich nur vergewissern, daß du gut nach Haus gekommen bist.«

»Ich habe wieder eine Mail gekriegt«, sagte ich und las sie ihm vor.

»Speicher sie ab und geh ins Bett.«

»Es ist schwer, nicht daran zu denken.«

»Das will er ja, daß du die ganze Nacht aufbleibst und daran denkst. Darin besteht ja sein Spiel, seine Macht.«

»Warum ich?« Mir war immer noch übel.

»Weil es eine Herausforderung ist, es mit dir aufzunehmen,

Kay. Sogar für nette Leute wie mich. Geh ins Bett. Wir sprechen uns morgen. Ich liebe dich.«

Ich konnte lange nicht einschlafen. Ein paar Minuten nach vier Uhr morgens klingelte wieder das Telefon. Diesmal war es Dr. Hoyt, ein praktischer Arzt, der die letzten zwanzig Jahre als staatlicher Leichenbeschauer in Norfolk gearbeitet hatte. Er ging auf die Siebzig zu, war aber noch rüstig und geistig voll auf der Höhe. Ich hatte es noch nie erlebt, daß ihn etwas in Aufregung versetzte, doch schon der Klang seiner Stimme war alarmierend.

»Tut mir leid, Dr. Scarpetta«, sagte er. Er sprach sehr schnell. »Ich bin auf Tangier Island.«

Seltsamerweise fielen mir dazu im Moment nur Krabbenfrikadellen ein.

»Was in aller Welt machen Sie da?«

Ich stopfte mir ein paar Kissen in den Rücken und griff nach Notizblock und Stift.

»Ich bin gestern spätabends hergerufen worden und war die halbe Nacht hier draußen. Die Küstenwache mußte mich mit einem ihrer Schiffe herbringen, dabei kann ich Bootsfahrten auf den Tode nicht ausstehen. Auf dem Wasser wird man immer durchgeschüttelt wie in einer Achterbahn. Außerdem war es höllisch kalt.«

Ich hatte keine Ahnung, wovon er sprach.

»Das letzte Mal, daß ich so etwas gesehen hab', war 1949 in Texas«, fuhr er hastig fort, »während meiner Zeit als Assistenzarzt, kurz vor meiner Hochzeit ...«

Mir blieb nichts anderes übrig, als ihn zu unterbrechen. »Immer langsam, Fred«, sagte ich. »Erzählen Sie mir, was passiert ist.«

»Eine zweiundfünfzigjährige Frau von Tangier Island. Liegt wahrscheinlich schon mindestens vierundzwanzig Stunden tot in ihrem Schlafzimmer. Sie ist von oben bis unten mit einem schlimmen Ausschlag bedeckt, bis hin zu Handflächen und Fußsohlen. So verrückt es auch klingen mag: Es sieht ganz nach Pocken aus.«

»Stimmt. Das ist verrückt«, sagte ich, und mein Mund wurde trocken. »Was ist mit Windpocken? Könnte es sein, daß die Frau eine Immunschwäche hatte?«

»Ich weiß gar nichts über sie, aber solche Windpocken habe ich noch nie gesehen. Dieser Ausschlag entspricht dem Erscheinungsbild von Pocken. Er tritt gehäuft auf, die Stellen sind überall etwa gleich alt, und je weiter sie von der Körpermitte entfernt sind, desto flächiger werden sie. Im Gesicht und auf den Extremitäten gehen die einzelnen Flächen ineinander über.«

Ich dachte an den Rumpf, an den Ausschlag, den ich für Gürtelrose gehalten hatte, und ich bekam furchtbare Angst. Ich wußte zwar nicht mit Sicherheit, wo jenes Opfer gestorben war, doch daß der Tatort in Virginia lag, stand für mich so gut wie fest. Auch Tangier Island, eine winzige, der Küste vorgelagerte Insel in der Chesapeake Bay, deren Existenzgrundlage die Krabbenfischerei war, gehörte zu Virginia.

»Es gibt heutzutage eine Menge eigenartiger Viren«, sagte er.

»Ja, allerdings«, stimmte ich zu. »Aber weder Hanta noch Ebola, HIV, Dengue oder ähnliches verursachen die Symptome, die Sie gerade beschrieben haben. Natürlich ist nicht auszuschließen, daß es etwas gibt, von dem wir noch gar nichts wissen.«

»Ich kenne die Pocken, Kay. Ich bin schon so alt, daß ich sie noch mit eigenen Augen gesehen habe. Zwar bin ich kein Experte für Infektionskrankheiten, und mein Wissen ist nicht halb so groß wie Ihres. Aber mit was für einem Erreger wir es hier auch zu tun haben, fest steht: Die Frau ist tot, und sie ist an irgendeinem Pockenvirus gestorben.«

»Offenbar lebte sie allein.«

»Ja.«

»Und wann wurde sie zuletzt lebend gesehen?«

»Das versucht der Polizeichef gerade herauszufinden.«

»Welcher Polizeichef?« fragte ich.

»Das Police Department von Tangier besteht nur aus einem Beamten. Er ist der Polizeichef. Ich befinde mich gerade in seinem Wohnwagen und benutze sein Telefon.«

»Er hört aber nicht mit.«

»Nein, nein. Er ist draußen und spricht mit den Nachbarn. Ich hab' mir alle Mühe gegeben, etwas aus ihnen herauszubekommen, aber besonders viel Glück hatte ich nicht. Waren Sie schon mal hier draußen?«

»Nein.«

»Ich sag's mal so: Die kommen alle aus demselben Stall. Auf der ganzen Insel gibt es vielleicht drei Familiennamen. Die meisten Leute, die hier aufwachsen, ziehen nie weg. Wenn die reden, kann man kaum ein Wort verstehen. Diesen Dialekt hört man wirklich nirgendwo sonst auf der Welt.«

»Niemand soll die Tote anfassen, bis ich mir selbst ein Bild davon gemacht habe, um was es sich hier handelt«, sagte ich, während ich meinen Pyjama aufknöpfte.

»Was soll ich tun?« fragte er.

»Bitten Sie den Polizeichef, das Haus zu bewachen. Niemand darf da rein oder auch nur in die Nähe, bis ich es sage. Fahren Sie nach Hause. Ich rufe Sie dann später an.«

Die Labors hatten die mikrobiologischen Untersuchungen an dem Rumpf noch nicht abgeschlossen, aber jetzt konnte ich nicht länger warten. Hastig kleidete ich mich an, wobei ich mich ständig verhedderte, als hätte ich schwere motorische Störungen. Ich raste auf verwaisten Straßen in die Stadt und stellte den Wagen um kurz vor fünf auf meinem Parkplatz hinter der Leichenhalle ab. Als ich die Tür zum Verladeraum aufschloß, lief mir der Nachtwächter in die Arme.

»Herrje, Dr. Scarpetta«, sagte Evans, der das Gebäude schon so lange bewachte, wie ich hier arbeitete.

»Entschuldigung«, sagte ich mit klopfendem Herzen. »Ich wollte Sie nicht erschrecken.«

»Ich mache gerade meine Runde. Ist alles in Ordnung?«

»Das will ich doch hoffen.« Ich ging an ihm vorbei.

»Bekommen wir jemanden rein?«

Er folgte mir die Laderampe hinauf. Ich öffnete die Tür nach drinnen und sah ihn an.

»Nicht, daß ich wüßte«, erwiderte ich.

Jetzt war er völlig durcheinander. Er verstand nicht, wieso ich um diese Uhrzeit hier war, obwohl wir gar keine Leiche erwarteten. Kopfschüttelnd steuerte er wieder auf die Tür zu, die hinaus auf den Parkplatz führte. Von da aus würde er nach nebenan in die Lobby der Consolidated Labs gehen, wo er dann vor einem kleinen, flackernden Fernseher saß, bis es Zeit war, erneut seine Runde zu machen. Evans weigerte sich, die Leichenhalle zu betreten. Es war ihm unbegreiflich, wie jemand anders empfinden konnte, und ich wußte, daß er Angst vor mir hatte.

»Ich werde nicht lange hier unten bleiben«, sagte ich. »Danach finden Sie mich oben.«

»Ja, Ma'am«, sagte er, immer noch kopfschüttelnd. »Sie wissen ja, wo ich bin.«

Im Autopsietrakt lag auf halber Höhe des Korridors ein Raum, der nicht oft betreten wurde. Dort machte ich zuerst Halt und schloß die Tür auf. Drinnen standen drei riesige Kühlschränke, wie man sie in keinem privaten Haushalt findet. Sie waren aus Edelstahl, und an den Türen befanden sich überdimensionale Digitalthermometer. Auf jedem klebte eine Liste mit Vorgangsnummern, die zu den unidentifizierten Leichen darin gehörten.

Ich öffnete eine Tür. Dicker Nebel quoll heraus, und frostige Luft zwickte mir ins Gesicht. Die alte Frau lag in einem Leichensack auf einem Blech, und ich zog Kittel, Handschuhe und Gesichtsschutz an – jede Schutzschicht, die uns in der Gerichtsmedizin zur Verfügung stand. Mir war klar, daß es für solche Vorsichtsmaßnahmen möglicherweise bereits zu spät war, und der Gedanke daran, wie sehr Wingo aufgrund seines Gesundheitszustands gefährdet war, machte mir angst. Ich holte den schwarzen Vinylsack aus dem Kühlschrank und hob ihn auf einen Edelstahltisch in der Mitte des Raums. Dann öffnete ich den Reißverschluß, so daß der Rumpf der Raumluft ausgesetzt war, ging hinaus und schloß den Autopsiesaal auf.

Nachdem ich ein Skalpell und saubere Objektträger geholt und mir die OP-Maske über Nase und Mund gezogen hatte, kehrte ich in den Kühlraum zurück und schloß die Tür. Die äußere Hautschicht des langsam auftauenden Rumpfes begann feucht zu werden. Ich beschleunigte den Prozeß mit warmen, nassen Handtüchern, um dann die haufenförmig auf ihrer Hüfte und an den zerfetzten Amputationsrändern sitzenden Pusteln zu öffnen.

Mit dem Skalpell kratzte ich die Bläschen bis auf den Boden aus und strich den Inhalt auf die Objektträger. Ich schloß den Sack wieder und versah ihn mit leuchtend orangefarbenen Infektionsgefahr-Warnschildern. Nur mit äußerster Anstrengung und zitternden Armen gelang es mir, den Leichnam wieder in sein Kühlfach zu heben. Außer Evans war niemand da, den ich zu Hilfe rufen konnte, also war ich auf mich gestellt. Anschließend klebte ich weitere Warnschilder an die Tür.

Ich ging in den zweiten Stock hinauf und schloß einen kleinen Raum auf, der an sich wie ein gewöhnliches Labor aussah, wären da nicht allerlei Instrumente gewesen, die nur in der Histologie, das heißt für mikroskopische Gewebeuntersuchungen, benutzt wurden. Auf einem Tisch stand eine Apparatur zur Gewebefixation, mit der man Proben von Leber, Niere oder Milz fixierte und entwässerte, um sie dann mit Paraffin zu infiltrieren. Die so entstandenen Blöcke wurden mit dem Mikrotom in dünne Streifen geschnitten. Das Endprodukt schließlich landete bei mir unterm Mikroskop.

Während die Objektträger an der Luft trockneten, durchsuchte ich die Regale, schob die Gläser voller leuchtend orangefarbener, blauer und rosa Färbelösung beiseite und zog Gram-Färbung zur Sichtbarmachung von Bakterien, Sudanrot für Fett in der Leber, Silbernitrat, Biebrach-Scharlach und Akridinorange hervor. Dabei dachte ich an Tangier Island, wo ich noch nie einen Fall gehabt hatte. Die Kriminalitätsrate dort war allerdings auch recht niedrig, hatte man mir gesagt. Nur mit Trunkenheit hatte die Polizei oft zu tun, aber das war nichts Ungewöhnliches bei Männern, die allein auf See waren. Ich dachte wieder an die Blue Crabs. Im nachhinein wünschte ich irrationalerweise, Bev hätte mir Barsch oder Thunfisch verkauft.

Als ich die Flasche mit der Nicolaou-Färbung gefunden hatte, tauchte ich eine Pipette hinein und tropfte vorsichtig eine winzige Menge der roten Flüssigkeit auf jeden Objektträger. Zum Schluß legte ich die Deckgläschen darauf, verstaute die Präparate sicher in einer stabilen, kartonierten Mappe und ging wieder hinunter in mein Stockwerk. Mittlerweile kamen die ersten Leute zur Arbeit. Sie sahen mich irritiert an, als ich den Flur hinunterging und in Kittel, Maske und Handschuhen in den Aufzug stieg. In meinem Büro sammelte Rose gerade schmutzige Kaffeebecher von meinem Schreibtisch. Bei meinem Anblick erstarrte sie.

»Dr. Scarpetta?« sagte sie. »Was in aller Welt geht hier vor?«

»Genau weiß ich es nicht, aber ich hoffe, nichts«, antwortete ich, während ich mich an meinen Schreibtisch setzte und die Hülle vom Mikroskop abnahm.

Sie blieb in der Tür stehen und sah zu, wie ich eins der Präparate unters Mikroskop legte. Ich brauchte nichts zu sagen – sie merkte auch so, daß etwas nicht stimmte.

»Was kann ich tun?« fragte sie in ruhigem, aber energischem Ton.

Der Abstrich auf dem Objektträger wurde in 450facher

Vergrößerung sichtbar. Als ich einen Tropfen Öl hinzugab, formten sich Wellen von leuchtendroten eosinophilen Einschlüssen innerhalb der infizierten Epithelzellen – zytoplasmatische Guarnieri-Körperchen, die auf eine Pockenvirusart hindeuten. Ich montierte eine hochauflösende Polaroid MicroCam ans Mikroskop und machte Farbfotos von dem Erreger, der die alte Frau vermutlich ohnehin auf grausame Weise dahingerafft hätte. Ihr war kein humaner Tod vergönnt gewesen, aber wenn ich an ihrer Stelle gewesen wäre, hätte ich mich lieber für einen Revolver oder eine Rasierklinge entschieden. »Fragen Sie mal am MCV nach, ob Phyllis schon da ist«, bat ich Rose. »Sagen Sie ihr, die Probe, die ich ihr am Samstag geschickt habe, hat absoluten Vorrang.«

Eine knappe Stunde später hatte Rose mich an der Eleventh, Ecke Marshall Street, abgesetzt, beim Medical College of Virginia, kurz: MCV, wo ich meine Assistenzarztzeit in der Gerichtsmedizin absolviert hatte. Damals war ich kaum älter gewesen als die Studenten, denen ich nun das ganze Jahr über schauerliches Anschauungsmaterial lieferte. Sanger Hall war im Stil der sechziger Jahre erbaut. Die grellblau geflieste Fassade des Gebäudes leuchtete weithin. Ich betrat einen Aufzug voller mir bekannter Ärzte und Studenten, die eben diese Ärzte fürchteten.

»Guten Morgen.«

»Gleichfalls. Vorlesung heute?«

Ich schüttelte den Kopf, um mich herum lauter Laborkittel.

»Ich muß mal Ihr TEM benutzen.«

»Haben Sie von der Autopsie gehört, die wir hier vorgestern hatten?« fragte mich ein Lungenspezialist, als die Türen aufgingen. »Mineralstaublunge. Genauer gesagt Beryllose. Wann sieht man so was hier schon mal?«

Im fünften Stock ging ich rasch zum Elektronenmikroskop-Labor der Pathologie, in dem das einzige Transmissionselektronenmikroskop, kurz: TEM, der Stadt zu finden war. Wie üblich war auf den OP-Wagen und Arbeitstischen kein Zentimeter Platz frei. Alles war mit Foto- und Lichtmikroskopen und anderen hochspezialisierten Geräten vollgestellt, mit denen man die Größe von Zellen bestimmen und Gewebeproben für die Röntgenmikroanalyse mit Kohlenstoff bedampfen konnte.

Das TEM war in der Regel für die Lebenden reserviert und wurde vor allem für Nierenbiopsien und spezielle Tumore benutzt, selten für Viren und so gut wie nie für Untersuchungen im Rahmen einer Autopsie. Es war nicht einfach für mich, das Interesse der Ärzte und Wissenschaftler für meine Belange beziehungsweise die meiner bereits toten Patienten zu wecken, wo doch in den Krankenhausbetten lauter Menschen lagen, die um ihr Leben bangten und auf ein erlösendes Wort von den Ärzten warteten. Daher hatte ich Dr. Phyllis Crowder, die Mikrobiologin, bisher noch nie zeitlich unter Druck gesetzt. Sie wußte, daß es diesmal etwas anderes war. Schon auf dem Gang erkannte ich ihren britischen Akzent. Sie telefonierte.

»Ich weiß. Das verstehe ich ja«, sagte sie gerade, als ich an die offene Tür klopfte, »aber Sie müssen entweder einen neuen Termin ansetzen oder ohne mich weitermachen. Mir ist etwas dazwischengekommen.« Sie lächelte und winkte mich herein.

Ich hatte sie während meiner Assistenzarztzeit kennengelernt und war immer überzeugt gewesen, daß ich den Umstand, überhaupt als Kandidatin berücksichtigt worden zu sein, als der Posten des Chief Medical Examiners von Virginia frei wurde, einem guten Wort von einer Autorität wie ihr zu verdanken hatte. Sie war ungefähr so alt wie ich und war unverheiratet. Ihre kurzen Haare waren vom gleichen Dunkelgrau wie ihre Augen, und sie trug immer dieselbe Kette mit einem antik aussehenden goldenen Kreuz um den Hals. Ihre Eltern waren Amerikaner, doch geboren war sie in England, wo sie studiert hatte und ihre erste Laborstelle gehabt hatte.

»Scheißkonferenzen«, schimpfte sie, als sie auflegte. »Es gibt nichts, was ich mehr hasse. Da sitzen die Leute doch bloß rum und reden, anstatt zu handeln.«

Sie zog Handschuhe aus einer Schachtel und reichte mir ein Paar. Als nächstes gab sie mir eine Maske.

»An der Tür hängt ein Laborkittel, den können Sie nehmen«, fügte sie hinzu.

Ich folgte ihr in den kleinen, dunklen Raum, in dem sie mit etwas beschäftigt gewesen war, bevor das Telefon geklingelt hatte. Ich schlüpfte in den Kittel und suchte mir einen Stuhl, während sie auf einen grün phosphoreszierenden Bildschirm im Innern der gewaltigen Mikroskopierkammer schaute. Das TEM wirkte eher wie ein Gerät aus der Ozeanographie oder Astronomie statt wie ein normales Mikroskop. Die Kammer erinnerte mich immer an den Helm eines Taucheranzugs, durch den man in einem schillernden Meer unheimliche, geisterhafte Bilder sehen konnte.

Durch einen dicken Metallzylinder, der von der Kammer bis zur Decke reichte, traf ein 100 000-Volt-Strahl auf meine Probe, ein Stück Leber von sechs bis sieben Hundertstel Mikrometer Dicke. Abstriche wie die, die ich mir mit dem Lichtmikroskop angesehen hatte, waren einfach zu dick, als daß der Elektronenstrahl sie durchdringen konnte.

Vorausschauend hatte ich bei der Autopsie Leber- und Milzschnitte in Glutaraldehyd fixiert, einer Chemikalie, die sehr schnell ins Gewebe eindringt. Die Proben hatte ich Crowder geschickt, die sie, wie ich wußte, in Kunststoff gegossen und dann mit dem Ultramikrotom sowie dem Diamantmesser geschnitten hatte, worauf sie auf ein winziges Kupfergitter gelegt und mit Uran- und Blei-Ionen angereichert worden waren.

Was wir nun im Licht der fast 100 000fach vergrößerten, grün schimmernden Probe sahen, als wir in die Kammer schauten, hatte keine von uns erwartet. Knöpfe klickten, als sie Spannung, Kontrast und Vergrößerung einstellte. Auf dem Monitor leuchteten rechteckige Viruspartikel mit doppelsträngiger DNS, 200 bis 250 Nanometer groß. Was wir da vor uns hatten, konnten nur Pocken sein.

»Was meinen Sie?« fragte ich in der Hoffnung, sie würde mich eines Besseren belehren.

»Das ist zweifelsohne irgendein Pockenvirus«, sagte sie, da sie sich offenbar nicht festlegen wollte. »Die Frage ist nur, welches. Die Pusteln verlaufen nicht entlang der Nervenbahnen. Außerdem bekommt man in diesem Alter nur selten Windpocken. Große Sorgen macht mir, daß Sie jetzt offenbar noch einen zweiten Fall mit den gleichen Symptomen haben. Es müssen natürlich noch weitere Tests gemacht werden, aber ich würde das hier als medizinischen Notstand einstufen.« Sie sah mich an. »Als internationalen Krisenfall. Ich würde die CDC benachrichtigen.«

»Genau das habe ich vor«, sagte ich und schluckte schwer.

»Können Sie sich einen Reim darauf machen, weshalb wir einen solchen Erreger ausgerechnet auf einer zerstückelten Leiche finden?« fragte sie, während sie in die Kammer schaute und die Einstellungen nachjustierte.

»Überhaupt keinen«, sagte ich und stand auf. Ich fühlte mich schwach.

»Serienmörder hier, Serienmörder in Irland, Vergewaltigungen, Zerstückelungen ...«

Ich sah sie an.

Sie seufzte. »Haben Sie jemals gedacht, Sie hätten lieber bei der klinischen Pathologie bleiben sollen?«

»Die Killer, mit denen Sie es zu tun haben, sind nur schwerer zu erkennen«, entgegnete ich.

Der einzige Weg nach Tangier Island führte übers Wasser oder durch die Luft. Da es auf der Insel nicht viel Tourismus gibt, verkehren nur wenige Fähren und ab Mitte Oktober gar keine mehr. Dann muß man nach Crisfield, Maryland, oder wie ich achtundfünfzig Meilen nach Reedville fahren, wo die Küstenwache mich abholen sollte. Ich verließ das Büro, als die meisten dort bereits ans Mittagessen dachten. Es war ein ungemütlicher Nachmittag, der Himmel war bewölkt, und es wehte ein kräftiger, kalter Wind.

Ich hatte Rose aufgetragen, das Center for Disease Control and Prevention, kurz: CDC, das Zentrum für Seuchenbekämpfung und Prävention in Atlanta, anzurufen. Jedesmal wenn ich es probiert hatte, war ich in der Warteschleife gelandet. Außerdem sollte sie versuchen, Marino und Wesley zu erreichen und ihnen mitteilen, wo ich hinfuhr und daß ich mich mit ihnen in Verbindung setzen würde, sobald ich konnte. Ich nahm die 64. East bis zur 360. und befand mich bald inmitten ländlicher Umgebung.

Der Mais verlieh den Feldern eine gelblichbraune Farbe. Falken stießen herab und schwangen sich wieder empor. In diesem Teil der Welt gab es Baptistenkirchen, die Namen wie *Faith, Victory* oder *Zion* trugen. Die Bäume waren von Kudzu eingehüllt wie von Kettenhemden, und am Northern Neck auf der anderen Seite des Rappahannock River standen weitverstreut Herrenhäuser, die die derzeitige Besitzergeneration sich nicht mehr leisten konnte. Ich kam an vielen Feldern und Sträuchern von Immergrün vorbei und passierte schließlich das Northumberland Courthouse, ein Gebäude, das noch aus der Zeit vor dem Bürgerkrieg stammte.

In Heathsville gab es Friedhöfe mit Plastikblumen und wohlgepflegten Gräbern, und hier und da stand ein bemalter Anker in einem Garten. Ich bog ab und fuhr durch dichte Kiefernwälder und an Maisfeldern vorbei, die so dicht an der schmalen Straße lagen, daß ich die braunen Stengel aus dem Fenster hätte greifen können. An der Buzzard's Point Marina lagen Segelboote und die *Chesapeake Breeze* vertäut, ein rotweiß-blauer Vergnügungsdampfer, der noch bis zum Frühjahr im Hafen bleiben würde. Ohne Probleme fand ich einen Parkplatz, und im Kassenhäuschen saß niemand, der mir Geld abnehmen wollte.

Am Pier wartete ein weißes Boot der Küstenwache auf mich. Die Mannschaft trug hellorange-blaue Wetterschutzanzüge, genannt Mustang-Suits. Einer der Männer kam auf den Pier geklettert. Er war älter als die anderen, hatte dunkle Augen und Haare und trug eine Neun-Millimeter-Beretta an der Hüfte.

»Dr. Scarpetta?« Er strahlte eine natürliche Autorität aus.

»Ja«, sagte ich. Ich hatte mehrere Gepäckstücke dabei, darunter ein schwerer Hartschalenkoffer mit meinem Mikroskop und der MicroCam.

»Kommen Sie, ich nehme Ihnen etwas ab.« Er streckte die Hand aus. »Ich bin Ron Martinez, der Revierleiter vom Stützpunkt Crisfield.«

»Danke. Es ist wirklich nett von Ihnen, daß Sie mich abholen«, sagte ich.

»Das tun wir doch gern.«

Zwischen dem Pier und dem zwölf Meter langen Patrouillenboot tat sich immer wieder ein Abgrund auf, während die Brandung das Schiff gegen den Pier drängte. Ich griff nach der Reling und schwang mich an Bord. Martinez kletterte eine steile Leiter hinab, und ich folgte ihm in einen mit Rettungsgeräten, Feuerwehrschläuchen und riesigen Taurollen vollgestopften Frachtraum. Dieselabgase hingen schwer in der Luft. Er verstaute mein Gepäck in einer sicheren Ecke und vertäute es. Dann reichte er mir einen Mustang-Suit, eine Rettungsweste und Handschuhe.

»Das müssen Sie alles anziehen, für den Fall, daß Sie über Bord gehen. Kein schöner Gedanke, aber es kann passieren. Die Wassertemperatur liegt nur knapp über zehn Grad.« Ich spürte seinen prüfenden Blick. »Vielleicht sollten Sie besser hier unten bleiben«, fügte er hinzu, während das Boot gegen den Pier stieß.

»Ich werde zwar nicht seekrank, aber ich leide unter Platzangst«, erklärte ich, setzte mich auf einen schmalen Absatz und zog mir die Stiefel aus.

»Wie Sie wollen, aber es wird eine rauhe Überfahrt werden.«

Er stieg wieder nach oben, und ich mühte mich mit meinem Anzug ab, dessen Reiß- und Klettverschlüsse mich auf eine harte Geduldsprobe stellten. Er war mit PVC gefüllt, das mich ein wenig länger am Leben halten sollte, falls das Boot kenterte. Ich zog meine Stiefel wieder an und dann die Rettungsweste mitsamt Messer und Pfeife, Signalspiegel und Leuchtraketen. Schließlich kletterte ich wieder zur Kabine hinauf, denn dort unten wollte ich um keinen Preis bleiben. Die Besatzung schloß die Abdeckplatte über dem Maschinenraum, und Martinez schnallte sich auf dem Pilotensitz an.

»Der Wind kommt mit zweiundzwanzig Knoten aus Nordwest«, sagte ein Bootsmann. »Die Wellenhöhe beträgt einen Meter zwanzig.«

Martinez legte ab. »Das ist das Ungünstige an einer Bucht«, sagte er zu mir. »Die Wellen folgen so dicht aufeinander, daß man nie so einen gleichmäßigen Rhythmus findet wie auf dem Meer. Es ist Ihnen ja sicherlich klar, daß wir jederzeit woandershin beordert werden können. Da kein anderes Patrouillenboot im Einsatz ist, kommen wir als einzige in Frage, wenn hier draußen jemand absäuft.«

Wir fuhren jetzt langsam an alten Häusern mit Dachterrassen und Boccia-Spielflächen vorbei.

»Wenn jemand in Seenot ist, müssen wir hin«, fuhr er fort, während ein Besatzungsmitglied die Instrumente überprüfte.

Ich beobachtete, wie ein Fischerboot an uns vorbeifuhr. Ein alter Mann in hüfthohen Stiefeln stand am Steuer des Außenbordmotors. Er starrte uns an, als wären wir Aussätzige. »Das heißt, es könnte sie sonstwohin verschlagen.« Es machte Martinez sichtlich Spaß, auf diesem Punkt herumzureiten.

»Das wäre nicht das erste Mal«, sagte ich. Ein abscheulicher Geruch stieg mir in die Nase.

»Aber irgendwie bringen wir Sie da schon hin, genau wie diesen anderen Arzt. Hab' seinen Namen nicht mitgekriegt. Seit wann arbeiten Sie für ihn?«

»Dr. Hoyt und ich kennen uns schon sehr lange«, sagte ich kühl.

Vor uns lagen rostende Fischverarbeitungsbetriebe, über denen Rauch aufstieg. Als wir näher kamen, bemerkte ich steil in den Himmel ragende Förderbänder mit einer Unmenge von Heringen darauf, die zu Dünger und Öl verarbeitet werden sollten. Möwen kreisten am Himmel, warteten auf Duckdalben und sahen gierig zu, wie die winzigen, stinkenden Fische vorüberzogen, während wir an den Ruinen weiterer Fabriken vorbeikamen, von denen Backsteine in die Bucht bröckelten. Der Gestank war mittlerweile unerträglich, und dabei war ich mit Sicherheit härter im Nehmen als die meisten.

»Katzenfutter«, sagte einer der Männer und verzog das Gesicht.

»Kein Wunder, daß Katzen aus dem Maul stinken.«

»Hier würde ich um keinen Preis wohnen wollen.«

»Fischöl ist sehr kostbar. Die Algonquin-Indianer haben diese ekligen, kleinen Dinger benutzt, um ihren Mais zu düngen.«

»Na, du weißt ja mal wieder bestens Bescheid«, sagte Martinez.

»So was lernte man bei uns in der Schule. Bei euch nicht?«

»Wenigstens muß ich mein Geld nicht in einem derartigen Gestank verdienen. Es sei denn, ich bin mit einem Schlep wie dir hier draußen.«

»Was zum Teufel ist ein Schlep?«

Während das Wortgeplänkel sich fortsetzte, gab Martinez Gas. Die Maschinen rumpelten, und der Bug tauchte ins Wasser ein. Wir schossen an Unterständen für die Entenjagd vorbei und an Bojen, die Krabbenkörbe markierten. In der Gischt hinter uns schillerten Regenbögen. Martinez beschleunigte auf dreiundzwanzig Knoten, und wir bogen ins tiefblaue Wasser der Bucht ein, auf dem an diesem Tag kein einziger Vergnügungsdampfer unterwegs war. Nur ein Ozeanriese dümpelte als dunkler Berg am Horizont.

»Wie weit ist es denn?« fragte ich Martinez. Ich hielt mich krampfhaft an seiner Stuhllehne fest und war froh, daß ich den Anzug anhatte.

»Alles in allem achtzehn Meilen!« schrie er gegen den Lärm an. Wie ein Surfer ritt er die Wellen, glitt seitlich hinein und darüber hinweg, die Augen immer geradeaus. »Normalerweise dauert es nicht lange. Aber heute ist es schlimmer als sonst. Viel schlimmer sogar.«

Die Besatzung behielt laufend die Tiefen- und Richtungsmesser im Auge, während das Positionsbestimmungssystem GPS per Satellit den Weg wies. Inzwischen sah ich nur noch Wasser. Gewaltige Brecher erhoben sich vor und hinter uns, Wellen klatschten aufeinander wie applaudierende Hände, während die See in der Bucht zu kochen schien.

»Was können Sie mir über die Insel erzählen?« Ich mußte fast brüllen.

»Ungefähr siebenhundert Einwohner. Bis vor etwa zwanzig Jahren haben sie ihren eigenen Strom erzeugt. Es gibt dort einen kleinen Behelfsflugplatz, den sie praktisch aus dem Meer gebaggert haben. Verdammt!« Das Boot schlug schwer in einem Wellental auf. »Den Brecher hätten wir beinahe geschnitten. So was bringt einen im Nu zum Kentern.«

Mit angespanntem Gesicht versuchte er die Bucht im Griff zu behalten wie ein Rodeoreiter sein Pferd. Seine Männer ließen sich nicht aus der Ruhe bringen, doch sie waren ständig in Alarmbereitschaft und hielten sich fest, wo sie nur konnten.

»Die Menschen dort leben von Blue Crabs und Weichschalenkrebsen. Mit denen beliefern sie das ganze Land«, fuhr Martinez fort. »Es kommen sogar immer wieder reiche Leute mit Privatmaschinen angeflogen, nur um Krabben zu kaufen.«

»Zumindest behaupten sie, daß sie Krabben kaufen«, bemerkte jemand.

»Wir haben tatsächlich ein Problem mit Trunksucht, Alkoholschmuggel und Drogen«, fuhr Martinez fort. »Aber wenn wir bei denen an Bord gehen, um die Schwimmwesten zu überprüfen und sie an das Betäubungsmittelgesetz zu erinnern, bezeichnen sie das als *Inspektion.*« Er lächelte mir zu.

»Ja, und wir sind der *Wachdienst*«, spottete einer der Männer.

»Paß auf, da kommt der *Wachdienst.*«

»Die haben ihre eigene Sprache«, sagte Martinez, während er über eine weitere Welle schaukelte. »Sie werden vermutlich Probleme haben, sie zu verstehen.«

»Wann ist die Krabbensaison zu Ende?« fragte ich, denn mehr als die sprachlichen Eigenheiten der Bewohner von Tangier beschäftigte mich die Frage, was von hier exportiert wurde.

»Um diese Jahreszeit fangen sie die Krabben mit Schleppnetzen. Damit sind sie den ganzen Winter über beschäftigt. Sie arbeiten vierzehn, fünfzehn Stunden am Tag, sind manchmal eine Woche lang ununterbrochen auf See.«

Steuerbords ragte in der Ferne eine große, dunkle Masse aus dem Wasser wie ein Wal. Einer der Männer bemerkte meinen fragenden Blick.

»Ein Kriegsschiff aus dem Zweiten Weltkrieg, das auf Grund gelaufen ist«, sagte er. »Die Marine benutzt es als Zielscheibe für Schießübungen.

Endlich wurden wir langsamer. Wir näherten uns der Westküste, an der aus Gesteinsbrocken, Wrackresten, rostigen Kühlschränken, Autos und anderem Müll ein Schutzwall errichtet worden war, damit das Meer nicht noch mehr von der Insel abnagen konnte. Sie war so flach, daß sie sich kaum über die Bucht erhob. Die höchsten Punkte lagen nur wenige Meter über dem Meeresspiegel. Häuser, ein Kirchturm und ein blauer Wasserturm thronten stolz am Horizont dieser winzigen, unfruchtbaren Insel, auf der die Menschen auf engstem Raum dem schlimmsten Wetter trotzten.

Langsam tuckerten wir an Marschen und Watt entlang. Auf alten, zahnlückigen Piers türmten sich Krabbenkörbe aus Maschendraht, die mit bunten Korkschwimmern versehen waren. Holzboote, teils mit rundem, teils mit eckigem Heck, an denen der Kampf mit den Wellen seine Spuren hinterlassen hatte, zerrten an ihrer Vertäuung. Das Geräusch der Bootssirene zerriß die Luft, als wir in den Hafen einfuhren. Inselbewohner in Latzhosen wandten uns ihre rauhen Gesichter zu, deren Ausdruckslosigkeit vermuten ließ, daß sie uns nicht unbedingt freundlich gesonnen waren. Während wir in der Nähe der Treibstoffpumpen festmachten, werkelten sie in ihren Fischerkaten und arbeiteten an ihren Netzen.

»Der Polizeichef heißt Crockett – wie fast alle hier«, sagte Martinez, derweil die Besatzung das Boot vertäute. »Davy Crockett, und das ist kein Witz.« Suchend ließ er den Blick über den Pier und eine Imbißstube schweifen, die zu dieser Jahreszeit nicht geöffnet zu sein schien. »Kommen Sie.«

Ich folgte ihm vom Boot hinunter. Der Wind, der vom Wasser kam, war so kalt wie sonst im Januar. Wir waren noch nicht weit gegangen, als mit hoher Geschwindigkeit ein kleiner Pick-up um eine Ecke bog. Die Reifen knirschten laut auf dem Kies. Er hielt, und ein nervöser junger Mann stieg aus. Seine Uniform bestand aus Blue Jeans, einer dunklen Winterjacke und einer Kappe mit der Aufschrift *Tangier Police.* Sein Blick wanderte zwischen Martinez und mir hin und her und blieb dann an dem Koffer in meiner Hand hängen.

»Also dann«, sagte Martinez zu mir. »Ich überlasse Sie jetzt Davy.« Zu Crockett gewandt fügte er hinzu: »Das ist Dr. Scarpetta.«

Crockett nickte. »Kommen Sie beide mit?«

»Die Frau Doktor geht allein.«

»Ich fahre sie hin.«

Seinen Dialekt hatte ich früher schon mal in abgelegenen Winkeln in den Bergen gehört, wo die Menschen noch im vergangenen Jahrhundert zu leben schienen.

»Wir warten hier auf Sie«, sagte Martinez zu mir und marschierte dann wieder zu seinem Boot.

Ich folgte Crockett zu seinem Wagen. Es war nicht zu übersehen, daß er ihn täglich von innen und außen putzte und offenbar ein noch größeres Faible für Cockpit-Spray hatte als Marino.

»Ich nehme an, Sie waren bereits im Haus«, sagte ich zu ihm, während er den Motor anließ.

»Ich nicht. Eine Nachbarin war drinnen. Als ich davon erfuhr, habe ich in Norfolk angerufen.«

Er setzte zurück. An seinem Schlüsselbund schaukelte ein Zinnkreuz. Aus dem Fenster sah ich kleine, weiße Fachwerkrestaurants mit handgemalten Schildern und Plastikmöwen in den Fenstern. Ein Lkw mit einer Ladung Krabbenkörbe kam uns entgegen und mußte an den Straßenrand fahren, um uns vorbeizulassen. Einige Leute waren auf Fahrrädern unterwegs, die weder Handbremse noch Gangschaltung hatten, doch das beliebteste Transportmittel schienen Motorroller zu sein.

»Wie lautet der Name der Verstorbenen?« Ich begann, mir Notizen zu machen.

»Lila Pruitt«, sagte er. Meine Tür streifte beinahe einen Maschendrahtzaun, aber das schien ihn nicht zu irritieren. »Verwitwet, keine Ahnung, wie alt. Hat Rezepturen an Touristen verkauft. Krabbenfrikadellen und so.«

Ich schrieb mit, obwohl ich nicht alles verstand, was er sagte. Wir fuhren an der Schule und an einem Friedhof vorbei. Die Grabsteine neigten sich in alle Richtungen, als sei ein Sturm über sie hinweggefegt.

»Wann wurde sie denn zuletzt lebend gesehen?« fragte ich.

»Im Daby's.« Er nickte. »Im Juni vielleicht.«

Jetzt war ich völlig verwirrt. »Entschuldigen Sie«, sagte ich, »sie wurde zuletzt im Juni an einem Ort namens Daby's gesehen?«

»Jawohl.« Er nickte, als verstünde sich das von selbst.

»Was ist Daby's, und wer hat sie dort gesehen?«

»Der Laden. Daby's and Son. Ich kann Sie hinfahren.« Er warf mir einen kurzen Blick zu, und ich schüttelte den Kopf.

»Ich war da einkaufen, da hab' ich sie gesehen. Im Juni, glaub' ich.« Seine merkwürdige Sprachmelodie erinnerte an das Plätschern des Meeres vor seiner Haustür.

»Was ist mit ihren Nachbarn? Hat sie von denen niemand gesehen?« fragte ich.

»Seit Tagen nicht mehr.«

»Wer hat sie denn gefunden?« fragte ich.

»Keiner.«

Ich war am Verzweifeln.

»Mrs. Bradshaw ist bloß wegen 'ner Rezeptur hingegangen, und als sie reinging, hat sie was gerochen.«

»Ist diese Mrs. Bradshaw die Treppe hinaufgegangen?«

»Sie sagt nein.« Er schüttelte den Kopf. »Ist gleich zu mir gekommen.«

»Und die Adresse der Verstorbenen?«

»Hier.« Er verlangsamte das Tempo. »School Street.«

Das zweigeschossige, weiße Holzhaus stand schräg gegenüber der Swain Memorial Methodist Church. Die Wäsche hing noch auf der Leine, und hinter dem Haus thronte auf einer verrosteten Stange ein violetter Nistkasten. Auf dem mit Austernschalen übersäten Hof lagen ein altes, hölzernes Ruderboot und Krabbenkörbe. Braune Hortensien säumten den Zaun, und an der ungepflasterten Straße stand eine merkwürdige Reihe weißgestrichener Holzkästen.

»Was ist das?« fragte ich Crockett

»Für ihre Rezepturen. Das Stück 'n Vierteldollar. Mußte man in einen Schlitz stecken.« Er zeigte ihn mir. »Hat nicht viel gesprochen, Mrs. Pruitt. Mit niemandem.«

Ich begriff schließlich, daß er von Kochrezepten sprach, und öffnete meine Tür.

»Ich warte hier«, sagte er.

Sein Gesichtsausdruck flehte mich an, nicht von ihm zu verlangen, daß er dieses Haus betrete.

»Halten Sie einfach nur die Leute fern.« Ich stieg aus seinem Wagen.

»Machen Sie sich darum keine Sorgen.«

Ich ließ meinen Blick über die anderen kleinen Häuser und Wohnwagen schweifen. Auf einigen der Grundstücke befanden sich Familiengräber im sandigen Boden. Wo immer das Gelände ein wenig höher lag, waren Tote begraben. Die Grabsteine waren von Wind und Wetter glatt wie Kreide geschliffen, kippten zur Seite oder lagen bereits flach. Als ich die Stufen zu Lila Pruitts Haus hinaufging, bemerkte ich in einer Ecke ihres Gartens weitere Grabsteine im Schatten von Wacholderbüschen.

Die Fliegentür hatte Rostflecken, und die Türfeder protestierte laut, als ich die geschlossene Veranda betrat. Drinnen stand eine mit geblümtem Kunststoff gepolsterte Hollywoodschaukel und daneben ein kleiner Plastiktisch. Ich stellte mir vor, wie sie dort gesessen, Eistee getrunken und dabei zugesehen hatte, wie Touristen für einen Vierteldollar ihre Rezepte kauften. Ob sie wohl ein Auge darauf gehabt hatte, daß sie auch wirklich bezahlten? Die Fliegentür war nicht abgeschlossen, und Hoyt war so umsichtig gewesen, ein handgemaltes Schild mit der Warnung *Betreten verboten! Ansteckungsgefahr!* daran zu befestigen. Ich betrat den schummrigen Hausflur, wo ein Porträt des zu seinem Vater betenden Jesus an der Wand hing, und der faulige Geruch verwesenden menschlichen Fleisches stieg mir in die Nase.

Im Wohnzimmer wies einiges darauf hin, daß hier schon länger jemand krank gewesen war. Verdreckte Kissen und Decken lagen unordentlich auf dem Sofa, und auf dem Couchtisch entdeckte ich Papiertaschentücher, ein Thermometer, Aspirinfläschchen, Rheumasalbe sowie schmutzige Tassen und Teller. Sie hatte Fieber gehabt. Sie hatte Schmerzen gehabt und war in dieses Zimmer gegangen, um es sich gemütlich zu machen und fernzusehen.

Irgendwann war sie nicht mehr in der Lage gewesen, das Bett zu verlassen. Ich fand sie im oberen Stockwerk in einem Raum mit Rosentapeten und einem Schaukelstuhl neben dem Fenster, von dem aus man einen Blick auf die Straße hatte. Der Ankleidespiegel war mit einem Laken verhängt, als hätte sie den Anblick ihres Spiegelbildes nicht mehr ertragen können. Hoyt, ganz Arzt der alten Schule, hatte taktvollerweise eine Bettdecke über die Leiche gezogen, ansonsten aber nichts angerührt. Er wußte genau, daß er an einem Tatort nichts verändern durfte, besonders wenn ich noch nicht dortgewesen war. Ich stand in der Mitte des Raums und ließ die Umgebung auf mich wirken. Es war, als würde der Gestank den Raum verengen und die Luft verdunkeln.

Ich ließ meinen Blick über das billige Kamm-Bürste-Set auf dem Frisiertisch schweifen, über die rosa Plüschpantoffeln unter einem Stuhl voller Kleidungsstücke, die wegzuräumen oder zu waschen sie nicht mehr die Energie gehabt hatte. Auf dem Nachttisch lagen eine Bibel mit einem rissigen schwarzen Ledereinband und eine Aromatherapie-Gesichtsprobe von Vita, mit der sie, wie ich mir ausmalte, vergeblich versucht hatte, ihre vom verzehrenden Fieber erhitzte Haut zu kühlen. Auf dem Fußboden türmten sich Dutzende von Bestellkatalogen, in denen Eselsohren ihre Wünsche markierten.

Auch der Spiegel über dem Waschbecken im Badezimmer war hinter einem Handtuch versteckt, und auf dem Linoleumboden lagen weitere, zum Teil blutverkrustete Handtücher. Das Toilettenpapier war ihr ausgegangen, und die Schachtel Natron auf dem Badewannenrand verriet, daß sie ihre Schmerzen mit einem Hausrezept zu lindern versucht hatte. Im Medizinschränkchen fand ich keine verschreibungspflichtigen Medikamente, nur alte Zahnseide, Hämorrhoidensalbe, Jergens-Lotion und Heilsalbe. Auf dem Waschbecken lagen in einer Plastikbox ihre dritten Zähne.

Pruitt war alt und einsam gewesen, hatte sehr wenig Geld gehabt und diese Insel wahrscheinlich nur selten in ihrem Leben verlassen. Ich hielt es für unwahrscheinlich, daß sie versucht hatte, Nachbarn um Hilfe zu bitten, denn sie besaß kein Telefon. Außerdem hatte sie bestimmt gefürchtet, daß diese bei ihrem Anblick vor Entsetzen die Flucht ergreifen würden. Selbst ich war nicht recht auf das vorbereitet, was ich vorfand, als ich vorsichtig die Decke beiseite zog.

Ihr Körper war von grauen Pusteln, hart wie Perlen, übersät. Der zahnlose Mund war eingefallen und die rot gefärbten Haare zerzaust. Ich zog die Decke weiter zurück und knöpfte ihren Bademantel auf. Dabei stellte ich fest, daß der Ausschlag auf den Extremitäten und dem Gesicht großflächiger auftrat als auf ihrem Rumpf, genau wie Hoyt es gesagt hatte. Aufgrund des Juckreizes hatte sie sich Arme und Beine aufgekratzt, und die blutenden Wunden hatten sich infiziert und waren verkrustet und geschwollen.

»Gott im Himmel«, murmelte ich schmerzerfüllt.

Ich konnte mir vorstellen, wie sie vor Fieber geglüht hatte, von Juckreiz und Schmerzen geplagt, und daß ihr vor ihrem eigenen Spiegelbild angst und bange gewesen war.

»Wie furchtbar«, sagte ich, und plötzlich mußte ich an meine Mutter denken.

Ich stach eine Pustel auf und machte einen Abstrich auf einen Objektträger, dann ging ich hinunter in die Küche und baute mein Mikroskop auf dem Tisch auf. Ich wußte bereits, was ich finden würde. Dies waren keine Windpocken. Es war auch keine Gürtelrose. Alles deutete auf eine verheerende, entstellende Krankheit namens *Variola major* hin, besser bekannt unter der Bezeichnung Pocken. Ich schaltete mein Mikroskop ein, legte den Objektträger darunter, stellte auf 400fache Vergrößerung, justierte die Schärfe, und schon wurden, dicht geballt im Zentrum, die zytoplasmatischen Guarnieri-Körperchen sichtbar. Wieder schoß ich Polaroids von etwas, was einfach nicht wahr sein konnte.

Ich schob den Stuhl zurück und begann, auf und ab zu gehen. An der Wand tickte laut eine Uhr.

»Wo haben Sie sich angesteckt?« sagte ich zu ihr. »Wo bloß?«

Ich ging wieder nach draußen, wo Crockett auf der Straße parkte. Von seinem Wagen hielt ich jedoch gebührenden Abstand.

»Wir haben ein echtes Problem«, erklärte ich ihm. »Und ich weiß nicht recht, was ich tun soll.«

Die erste Schwierigkeit bestand darin, ein Telefon zu finden, an dem niemand mithören konnte. Ich kam zu dem Schluß, daß das unmöglich war. Ich konnte nicht einfach von einem der Läden im Ort aus telefonieren, geschweige denn bei einem Nachbarn oder aus dem Wohnwagen des Polizeichefs. Da blieb nur mein Handy, über das ich ein solches Telefonat normalerweise nie geführt hätte. Aber ich hatte keine andere Wahl. Um Viertel nach drei ging beim U. S. Army Medical Research Institute of Infectious Diseases, dem medizinischen Forschungsinstitut für Infektionskrankheiten der U. S. Army, kurz: USAMRIID, im Fort Detrick in Frederick, Maryland, eine Frau ans Telefon.

»Ich muß mit Colonel Fujitsubo sprechen«, sagte ich.

»Tut mir leid, aber er ist in einer Besprechung.«

»Es ist sehr wichtig.«

»Da müssen Sie morgen wieder anrufen, Ma'am.«

»Dann geben Sie mir wenigstens seinen Assistenten, seine Sekretärin ...«

»Falls Sie es noch nicht mitbekommen haben: Alle halbwegs entbehrlichen Staatsangestellten sind in Zwangsurlaub geschickt worden ...«

»Himmel noch mal!« rief ich entnervt. »Ich sitze hier mit einem infektiösen Leichnam auf einer Insel fest. Möglicherweise stehen wir kurz vor dem Ausbruch einer Seuche. Und Sie sagen mir, ich soll warten, bis Ihr gottverdammter Urlaub zu Ende ist!«

»Wie bitte?«

Im Hintergrund hörte ich pausenloses Telefonklingeln.

»Ich telefoniere von einem Mobiltelefon aus. Die Batterie kann jeden Moment leer sein. Unterbrechen Sie um Himmels willen diese Besprechung! Stellen Sie mich zu ihm durch! Sofort!«

Fujitsubo hielt sich im Russell Building am Capitol Hill auf, und dorthin wurde mein Anruf durchgestellt. Ich wußte, daß er sich im Büro irgendeines Senators befand, aber das war mir gleichgültig. Ich erläuterte ihm rasch die Lage und versuchte dabei, meiner Panik Herr zu werden.

»Das kann nicht sein«, sagte er. »Sind Sie sicher, daß es keine Windpocken sind? Oder Masern ...«

»Vollkommen sicher. Und egal, was es ist, John, das Virus muß isoliert werden. Ich kann diese Leiche nicht einfach zu mir in die Gerichtsmedizin schicken. Sie müssen das übernehmen.«

Das USAMRIID ist das bedeutendste medizinische Forschungslabor des U. S. Biological Defense Research Program, des staatlichen Programms zur Erforschung biologischer Kampfstoffe, dessen Ziel es ist, die Bevölkerung vor einer möglichen Bedrohung durch B-Waffen zu schützen. Worauf es in diesem Fall ankam, war jedoch, daß das USAMRIID über das größte Labor der Sicherheitsstufe 4 im ganzen Land verfügte.

»Das kann ich nur tun, wenn ein terroristischer Akt vorliegt«, sagt Fujitsubo. »Für Seuchentote ist das CDC zuständig. Ich glaube, Sie sollten sich eher an die wenden.«

»Das werde ich auch mit Sicherheit irgendwann tun«, sagte ich. »Obwohl bei denen bestimmt auch die meisten Mitarbeiter im Zwangsurlaub sind. Jedenfalls bin ich dort vorhin nicht durchgekommen. Aber die sitzen in Atlanta und Sie in Maryland. Das ist nicht weit von hier, und ich muß diese Leiche hier wegschaffen, so schnell es geht.«

Er schwieg.

»Niemand hofft mehr als ich, daß ich mich irre«, fuhr ich fort, und der kalte Schweiß brach mir aus, »aber wenn ich recht habe und wir nicht die entsprechenden Vorsichtsmaßnahmen ergreifen ...«

»Schon klar, schon klar«, sagte er schnell. »Verdammt noch mal. Im Moment arbeiten wir nur mit einer Notbesetzung. Okay, geben Sie uns ein paar Stunden. Ich rufe die CDC an. Wir werden ein Team hinschicken. Wann sind Sie zuletzt gegen Pocken geimpft worden?«

»Da war ich zu jung, als daß ich mich jetzt noch daran erinnern könnte.«

»Sie kommen dann mit der Leiche hierher.«

»Natürlich, dies ist ja mein Fall.«

Aber ich wußte, was er meinte. Sie mußten mich unter Quarantäne stellen.

»Erst mal sollten wir sie von der Insel schaffen, alles andere klären wir später«, fügte ich hinzu.

»Wo finden wir Sie?«

»Ihr Haus liegt in der Stadtmitte, in der Nähe der Schule.«

»Auch das noch. Läßt sich ungefähr sagen, wie viele Menschen dem Virus ausgesetzt waren?«

»Nein. Passen Sie auf: Hier in der Nähe gibt es eine kleine Bucht. Orientieren Sie sich daran. Und an der Methodistenkirche. Sie hat einen hohen Turm. Laut Landkarte gibt es hier noch eine Kirche, aber die hat keinen Turm. Die haben hier zwar einen kleinen Flugplatz, aber je dichter Sie beim Haus landen, desto besser. Dann können wir sie raustragen, ohne daß alle Leute es sehen.«

»Gut. Eine Panik können wir weiß Gott nicht gebrauchen.« Er hielt inne, und seine Stimme wurde ein wenig versöhnlicher.

»Geht es Ihnen gut?«

»Das will ich doch hoffen.« Ich spürte, wie mir Tränen in die Augen traten und meine Hände zitterten.

»Und jetzt beruhigen Sie sich. Versuchen Sie, sich zu entspannen und sich keine Sorgen mehr zu machen. Wir werden uns um Sie kümmern«, sagte er, und dann war die Leitung tot. Bei all den Verbrechen und den Morden, die ich während meiner Laufbahn erlebt hatte, hatte ich immer damit rechnen müssen, daß es am Ende eine Krankheit sein würde, die mich still und leise dahinraffte. Ich wußte nie, welchen Erregern ich mich aussetzte, wenn ich einen Leichnam öffnete, wenn ich Blut abnahm und die ihn umgebende Luft einatmete. Ich war zwar stets vorsichtig, daß ich mich nicht schnitt oder mit einer Kanüle stach, aber Hepatitis und HIV waren nicht die einzigen Gefahren. Ständig wurden neue Viren entdeckt, und ich fragte mich oft, ob sie eines Tages den seit Menschengedenken andauernden Krieg gegen uns gewinnen und die Herrschaft über die Menschen übernehmen würden.

Ich saß eine Weile in der Küche und lauschte dem Ticken der Uhr, während sich draußen der Tag dem Ende zuneigte.

Ich fühlte mich mitten in einer ausgewachsenen Panikattacke, als Crocketts eigenartige Stimme mich plötzlich von draußen rief.

»Ma'am? Ma'am?«

Als ich zur Veranda ging und aus der Tür schaute, sah ich auf der obersten Stufe eine kleine, braune Papiertüte und einen Trinkbecher mit Deckel und Strohhalm stehen. Ich nahm beides mit hinein, während Crockett wieder in seinen Wagen stieg. Er war kurz weggefahren, um mir etwas zu essen zu holen, was zwar nicht sehr klug war, aber nett. Ich winkte ihm zu, als sei er mein Schutzengel, und fühlte mich schon ein wenig besser. Ich setzte mich auf die Schaukel und schlürfte gesüßten Eistee aus dem Lokal Fisherman's Corner. Das Sandwich bestand aus gebratener Flunder auf Weißbrot, als Beilage gab es gebratene Jakobsmuscheln. Ich konnte mich nicht erinnern, jemals etwas so Frisches und Leckeres gegessen zu haben.

Ich schaukelte, schlürfte Tee und beobachtete durch die rostige Fliegentür die Straße, während die schimmernde rote Sonne am Kirchturm hinabglitt und Gänse in der Formation eines schwarzen Vs am Himmel entlangflogen. Als in den Fenstern der Wohnhäuser die Lichter angingen, stellte Crockett seine Scheinwerfer an. Zwei Mädchen auf Fahrrädern radelten im Eiltempo vorüber, die Gesichter mir zugewandt. Ich war sicher, daß sie Bescheid wußten. Vermutlich wußte die ganze Insel Bescheid. Es hatte sich herumgesprochen, daß die Leiche, die ein Stockwerk über mir im Bett lag, Ärzte und die Küstenwache auf den Plan gerufen hatte.

Ich ging wieder nach drinnen, zog frische Handschuhe an, befestigte meine Maske über Mund und Nase und kehrte in die Küche zurück, um den Abfall zu durchsuchen. Der Plastikmülleimer war mit einer Papiertüte ausgeschlagen und unter der Spüle verstaut. Ich setzte mich auf den Boden und untersuchte ein Teil nach dem anderen. Ich hoffte, Hinweise darauf zu finden, zu welchem Zeitpunkt Pruitt erkrankt war. Ihren Müll hatte sie jedenfalls schon eine ganze Weile nicht mehr entsorgt. Die leeren Dosen und Verpackungen von Tiefkühlgerichten waren trocken und verkrustet, die rohen Rüben- und Karottenschalen schrumplig und hart wie billiges Kunstleder.

Ich ging durch jeden Raum ihres Hauses, durchwühlte jeden Papierkorb, den ich finden konnte. Der im Wohnzimmer hatte den traurigsten Inhalt. Mehrere Zettel mit handgeschriebenen Rezepten für »Flunder auf einfache Art«, »Krabbenfrikadellen« und »Lilas Muscheleintopf« lagen darin. Sie hatte sich verschrieben und einzelne Wörter durchgestrichen, weshalb sie die Zettel wohl weggeworfen hatte. Auf dem Boden des Eimers lag ein kleines Papppröhrchen, die Verpackung einer Warenprobe, die sie mit der Post bekommen hatte.

Ich holte eine Taschenlampe aus meiner Tasche, ging vor die Tür und stellte mich auf die Treppe. Ich wartete, bis Crockett aus seinem Wagen stieg.

»Es wird hier bald einen ziemlichen Trubel geben«, sagte ich. Er starrte mich an, als fürchtete er, ich könnte verrückt geworden sein. Hinter erleuchteten Fenstern sah man die Gesichter von neugierigen Menschen. Ich stieg die Stufen hinunter bis zu dem Zaun, der das Grundstück begrenzte, ging um ihn herum auf die Vorderseite und begann, mit der Taschenlampe die Holzkästen auszuleuchten, aus denen Pruitt ihre Rezepte verkauft hatte. Crockett wich zurück. »Ich versuche herauszufinden, seit wann sie krank gewesen ist«, sagte ich zu ihm.

Die Fächer waren voll von Rezepten, und in der hölzernen Geldkassette lagen nur drei Vierteldollar-Stücke.

»Wann hat die letzte Fähre mit Touristen hier festgemacht?«

Ich leuchtete in ein weiteres Fach und fand etwa ein halbes Dutzend Rezepte für »Lilas Weichschalenkrebse auf einfache Art«.

»Vor 'ner Woche. Hier ist seit Wochen nichts los«, sagte er.

»Kaufen die Nachbarn ihre Rezepte?« fragte ich.

Er runzelte die Stirn, als sei das eine sonderbare Frage. »Die haben sie doch schon.«

Jetzt waren die Leute auf ihre Veranden herausgekommen und schlüpften leise in den dunklen Schatten ihrer Gärten, um zuzuschauen, wie diese absonderliche Frau im OP-Kittel, Haarschutz und Handschuhen mit einer Taschenlampe in die Rezeptkästen ihrer Nachbarin leuchtete und dabei mit dem hiesigen Polizeichef sprach.

»Es wird hier bald einen ziemlichen Trubel geben«, wiederholte ich. »Ein Ärzteteam der Army muß jeden Moment hier eintreffen, und ich würde Sie bitten, dafür zu sorgen, daß die Menschen hier Ruhe bewahren und in ihren Häusern bleiben. Und jetzt holen Sie bitte die Männer von der Küstenwache und sagen ihnen, daß Sie ihre Hilfe benötigen, ja?«

Davy Crockett gab Gas, daß die Reifen durchdrehten.

9

Kurz vor neun Uhr abends landeten sie unter lautem Getöse in der mondhellen Nacht. Der Army-Blackhawk donnerte über die Methodistenkirche hinweg. Der furchtbare Sturm, den die Rotorblätter erzeugten, peitschte die Bäume, und ein gleißend heller Scheinwerfer tastete den Boden nach einem Landeplatz ab. Ich betrachtete, wie der Helikopter sich wie ein Vogel auf dem Grundstück nebenan niederließ, während Hunderte von staunenden Inselbewohnern auf die Straße stürzten.

Ich stand auf der Veranda und beobachtete durch die Fliegentür, wie das Medical Evacuation Team aus dem Hubschrauber stieg. Kinder versteckten sich hinter ihren Eltern und starrten die Ankommenden stumm an. Die fünf Wissenschaftler von USAMRIID und CDC wirkten in ihren aufgeblähten, orangefarbenen Plastikanzügen mit den Helmen und den batteriebetriebenen Gebläsen wie Außerirdische. Sie trugen eine in eine Plastikblase gehüllte Trage die Straße hinunter.

»Gott sei Dank, daß Sie da sind«, sagte ich, als sie vor mir standen.

Ihre Schritte erzeugten auf dem Holzfußboden der Veranda ein quietschendes Plastikgeräusch. Sie machten sich gar nicht erst die Mühe, sich vorzustellen. Die einzige Frau des Teams reichte mir einen zusammengelegten, orangefarbenen Anzug.

»Dafür ist es ja wohl ein bißchen spät«, sagte ich.

»Schaden kann es nicht.« Unsere Blicke trafen sich. Sie sah nicht viel älter aus als Lucy. »Beeilen Sie sich.«

Der Anzug hatte die Beschaffenheit eines Duschvorhangs. Ich setzte mich auf die Schaukel und zog ihn mir über Schuhe und Kleidung. Der Helm war transparent und hatte einen Latz, den ich mir fest um die Brust band. Ich schaltete das Gebläse hinten an meiner Taille ein.

»Sie ist oben«, sagte ich durch das Rauschen der Luft in meinen Ohren hindurch.

Ich ging voran, und sie kamen mit der Trage hinterher. Als sie sahen, was da auf dem Bett lag, brachten sie einen Moment lang keinen Ton heraus.

Dann sagte einer der Wissenschaftler: »Du lieber Himmel! So was hab' ich ja noch nie gesehen.«

Alle begannen durcheinanderzureden.

»Wickelt sie in die Laken ein.«

»Ab in den Leichensack damit und versiegeln.«

»Die Bettwäsche und alles andere auf dem Bett muß sterilisiert werden.«

»Scheiße. Was machen wir bloß? Das ganze Haus abbrennen?«

Ich ging ins Badezimmer und sammelte Handtücher vom Boden auf, während sie ihren ins Laken gewickelten Körper hochhoben. Die Leiche erwies sich als äußerst unhandlich und rutschte immer wieder weg, als die Wissenschaftler verzweifelt versuchten, sie vom Bett auf die Trage zu verfrachten, die eigentlich für Lebende gedacht war. Sie schlossen die Plastiklaschen, und der Anblick dieses in einen Leichensack verpackten Leichnams auf der Bahre, die aussah wie ein Sauerstoffzelt, bereitete selbst mir Übelkeit. Sie hoben die Bahre an beiden Enden an, und wir gingen die Treppe wieder hinunter und hinaus auf die Straße.

»Was passiert, wenn wir weg sind?« fragte ich.

»Drei von uns bleiben hier«, antwortete einer von ihnen. »Morgen kommt noch ein Hubschrauber.«

Ein weiterer Wissenschaftler im Schutzanzug hielt uns auf. Er hatte einen Kanister dabei, der große Ähnlichkeit mit der Ausrüstung eines Kammerjägers hatte. Er dekontaminierte uns und die Trage mit Desinfektionsspray. Um uns herum versammelten sich immer mehr Neugierige. Neben Crocketts Pick-up standen die Leute von der Küstenwache. Crockett und Martinez unterhielten sich, ich trat ebenfalls hinzu. Es war nicht zu übersehen, daß der Anblick meiner Schutzkleidung sie abschreckte, denn sie wichen unverhohlen vor mir zurück.

»Das Haus muß versiegelt werden«, sagte ich zu Crockett. »So lange, bis wir mit Sicherheit wissen, womit wir es hier zu tun haben, darf niemand es betreten oder sich in seiner Nähe aufhalten.«

Er hatte die Hände in den Jackentaschen und blinzelte nervös.

»Ich möchte, daß man mich sofort benachrichtigt, wenn hier noch jemand krank wird«, sagte ich zu ihm.

»Um diese Jahreszeit werden immer Leute krank«, erwiderte er. »Man steckt sich irgendwo an. 'ne Erkältung oder so.«

»Wenn sie Fieber bekommen, Rückenschmerzen oder Ausschlag«, erklärte ich, »rufen Sie sofort mich oder mein Büro an. Diese Leute sind hier, um Ihnen zu helfen.« Ich deutete auf das Team.

Sein Gesichtsausdruck ließ keinen Zweifel daran, daß er am liebsten niemanden hier auf seiner Insel haben wollte.

»Bitte versuchen Sie das zu verstehen«, sagte ich. »Es ist wirklich sehr wichtig.«

Er nickte. Ein kleiner Junge tauchte hinter ihm aus der Dunkelheit auf und nahm seine Hand. Er war höchstens sieben, hatte struppiges blondes Haar und starrte mich mit weit aufgerissenen blassen Augen an, als sei ich die furchtbarste Erscheinung, die er je gesehen hatte.

»Daddy, Raumfahrer.« Der Junge zeigte auf mich.

»Geh nach Haus, Darryl«, sagte Crockett zu seinem Sohn. »Na, mach schon.«

Ich ging auf den Hubschrauber zu. Die aufgewirbelte Luft kühlte mein Gesicht, aber ansonsten fühlte ich mich elend, denn der Schutzanzug war alles andere als atmungsaktiv. Das Hämmern des Rotors und das Heulen des Windes in den Ohren, der an den kümmerlichen Kiefern und Gräsern zerrte, suchte ich mir meinen Weg über das Gelände neben der Kirche.

Der Blackhawk war offen und innen beleuchtet. Die Helfer zurrten die Trage genauso fest, wie sie es bei einem lebenden Patienten getan hätten. Ich kletterte an Bord, setzte mich auf einen Sitz an der Wand und schnallte mich an, während einer der Wissenschaftler die Tür zuzog. Der Helikopter bebte und dröhnte, als wir abhoben. Es war unmöglich, sich ohne Kopfhörer zu verständigen, doch die konnten wir kaum benutzen, ohne vorher die Helme abzusetzen.

Warum wir das nicht taten, war mir zunächst unverständlich. Obwohl alle Anzüge dekontaminiert worden waren, wollte keiner ihn ausziehen. Und da wurde es mir plötzlich klar. Ich konnte mich bei Lila Pruitt angesteckt haben, und davor schon bei der zerstückelten Leiche. Niemand wollte die gleiche Luft atmen wie ich, ohne daß sie durch einen HEPA-Mikrofilter gereinigt wurde. Also blickten wir stumm um uns herum und warfen einander und unserer Patientin kurze Blicke zu. Ich schloß die Augen, und wir flogen nach Maryland.

Ich dachte an Wesley, Lucy und Marino. Sie hatten keine Ahnung, was los war, und würden sich große Sorgen machen. Voller Angst fragte ich mich, wann ich sie das nächste Mal sehen und in welcher Verfassung ich dann vielleicht sein würde. Ich hatte weiche Knie, und meine Füße glühten. Es ging mir nicht gut. Angst vor den ersten verhängnisvollen Symptomen übermannte mich: Schüttelfrost, Kopfschmerzen und Fieberdurst. Ich war als Kind gegen Pocken geimpft worden. Das war Lila Pruitt auch. Und die Frau, deren Rumpf immer noch in meinem Kühlraum lag, ebenfalls. Ich hatte die Narben gesehen, die verblichenen, gedehnten Flächen, etwa so groß wie ein Vierteldollar-Stück, wo ihnen der Erreger eingeritzt worden war.

Es war kurz vor elf, als wir irgendwo in tiefster Finsternis landeten. Ich wußte nach kurzem Schlaf nicht sofort, wo ich war. Ich öffnete die Augen, und um mich herum war es abrupt und laut. Die Tür glitt wieder auf. Weiße und blaue Lichter blinkten auf dem Hubschrauberlandeplatz, der gegenüber von einem großen, klotzigen Gebäude lag. Für die Uhrzeit waren noch erstaunlich viele Fenster erleuchtet, als ob Menschen extra aufgeblieben wären, um auf unsere Ankunft zu warten. Die Wissenschaftler schnallten die Trage los und luden sie hastig auf ein Auto, während die einzige Frau unter ihnen eine behandschuhte Hand auf meinen Arm legte und mich eskortierte.

Wo sie mit der Trage hingingen, konnte ich nicht sehen. Ich wurde über die Straße zu einer Rampe an der Nordseite des Gebäudes gebracht und von dort ein kleines Stück einen Flur entlang. Dann führte man mich in eine Dusche und spritzte mich mit Desinfektionsmittel ab. Ich zog mich aus und wurde ein zweites Mal, diesmal mit heißem Seifenwasser, abgeduscht. An der Wand befanden sich Regale mit OP-Anzügen und Einwegstiefeln. Ich trocknete mir die Haare mit einem Handtuch und legte meine Kleidung zusammen mit allem, was ich bei mir trug, gemäß Anweisung mitten auf den Fußboden.

Eine Krankenschwester wartete auf dem Flur und führte mich energischen Schrittes am OP-Raum und dann an langen Reihen von Autoklaven vorbei, die mich an stählerne Tauchglocken erinnerten. Überall lag der faulige Geruch abgekochter Labortiere in der Luft. Man brachte mich auf der Station 200 unter. In meinem Zimmer befand sich direkt vor der Tür eine rote Linie, die isolierte Patienten nicht überqueren durften. Ich betrachtete das schmale Krankenhausbett mit der feuchten Heizdecke, den Ventilator, den Kühlschrank und den Fernseher, der in einer Ecke aufgehängt war. Spiralförmig gelbe Luftschläuche waren an Rohrleitungen angeschlossen. In der stählernen Durchreiche wurden die Tabletts mit den Mahlzeiten bei der Rückgabe mit UV-Licht bestrahlt.

Einsam und deprimiert setzte ich mich aufs Bett. Ich wollte nicht darüber nachdenken, wie sehr ich möglicherweise in Schwierigkeiten war. Minuten vergingen. Draußen fiel eine Tür laut ins Schloß, kurz darauf wurde meine weit aufgerissen.

»Willkommen im Bau«, begrüßte mich Colonel Fujitsubo beim Eintreten.

Er trug einen Racal-Helm und einen Schutzanzug aus dickem blauen Vinyl, den er an einen der spiralförmigen Luftschläuche anschloß.

»John«, sagte ich. »Ich kann nicht hierbleiben.«

»Kay, seien Sie vernünftig.«

Sein markantes Gesicht wirkte hinter dem Plastikvisier ernst und geradezu furchterregend, und ich fühlte mich verwundbar und allein.

»Ich muß ein paar Leuten mitteilen, wo ich bin«, sagte ich.

Er kam an mein Bett und riß ein Papierpäckchen auf. In der behandschuhten Hand hatte er ein kleines Fläschchen und eine Pipette.

»Machen Sie mal Ihre Schulter frei. Es ist Zeit für eine Nachimpfung. Und der Vollständigkeit halber verabreichen wir Ihnen gleich noch ein wenig Immunglobulin.«

»Mein Glückstag«, sagte ich.

Er rieb meine rechte Schulter mit einem Alkoholtupfer ab. Ich stand ganz still, als er meine Haut zweimal einritzte und Serum hineinträufelte.

»Das ist hoffentlich gar nicht nötig«, fügte er hinzu.

»Niemand hofft das mehr als ich.«

»Der Vorteil ist, daß dadurch Ihr immunologisches Gedächtnis aktiviert werden müßte. Die Zahl der Antikörper wird höher sein als je zuvor. Eine Impfung innerhalb von vierundzwanzig bis achtundvierzig Stunden reicht normalerweise.«

Ich antwortete nicht. Er wußte ebensogut wie ich, daß es möglicherweise schon zu spät war.

»Die Leiche wird morgen um neun Uhr obduziert. Und Sie behalten wir zur Sicherheit noch ein paar Tage hier«, sagte er, während er die Verpackungen in den Mülleimer warf. »Haben Sie denn irgendwelche Symptome?«

»Kopfschmerzen und schlechte Laune«, sagte ich.

Er sah mir in die Augen und lächelte. Fujitsubo war ein brillanter Arzt, der eine bemerkenswerte Karriere im Army's Armed Force Institute of Pathology, kurz AFIP, hinter sich hatte, als er die Leitung des USAMRIID übernahm. Er war geschieden und ein paar Jahre älter als ich. Er griff sich eine zusammengelegte Decke vom Fuß des Bettes, faltete sie auseinander und drapierte sie mir um die Schultern. Dann zog er einen Stuhl heran und setzte sich rittlings darauf, die Arme auf der Rückenlehne.

»John, ich war dem Virus bereits vor zwei Wochen ausgesetzt«, sagte ich.

»Im Zusammenhang mit diesem Mordfall?«

»Ja. Ich müßte es mittlerweile haben.«

»Was auch immer *es* ist. Den letzten Pockenfall gab es im Oktober 1977 in Somalia, Kay. Seitdem ist die Krankheit weltweit ausgerottet.«

»Aber ich habe das Virus doch im Elektronenmikroskop gesehen. Vielleicht ist es auf unnatürlichem Wege übertragen worden.«

»Absichtlich, meinen Sie?«

»Ich weiß es nicht.« Ich konnte kaum noch die Augen offenhalten. »Aber finden Sie es nicht merkwürdig, daß die Person, die möglicherweise als erste infiziert wurde, auch noch ermordet worden ist?«

»Ich finde das *alles* merkwürdig.« Er stand auf. »Aber wir können nicht viel mehr tun, als den Leichnam und Sie zu isolieren.«

»Natürlich können Sie. Es gibt nichts, was Sie nicht tun könnten.« Seine Kompetenzstreitigkeiten mit anderen Behörden interessierten mich nicht.

»Im Moment ist das eine zivile Angelegenheit, keine militärische. Wissen Sie, wir können dem CDC so etwas nicht einfach vor der Nase wegschnappen. Schlimmstenfalls haben wir es hier mit dem Ausbruch irgendeiner Seuche zu tun. Und damit werden die am besten fertig.«

»Tangier sollte unter Quarantäne gestellt werden.«

»Darüber reden wir nach der Obduktion.«

»Die *ich* gern durchführen würde«, fügte ich hinzu.

»Mal abwarten, wie Sie sich morgen fühlen«, sagte er, als eine Krankenschwester in der Tür erschien.

Auf dem Weg nach draußen sprach er kurz mit ihr, dann kam sie herein, auch sie in einem blauen Schutzanzug. Sie war jung und erklärte furchtbar gutgelaunt, daß sie eigentlich im

Walter Reed Hospital arbeitete, hier jedoch aushalf, wenn Patienten in die Isolierstation eingeliefert wurden, was zum Glück nicht oft vorkam.

»Beim letzten Mal waren es zwei Laboranten, die mit halb aufgetautem Feldmausblut in Berührung gekommen waren. Das Blut war mit dem Hantavirus verseucht«, sagte sie. »Diese hämorrhagischen Krankheiten sind wirklich gefährlich. Die beiden waren bestimmt zwei Wochen hier. Dr. Fujitsubo hat gesagt, Sie möchten ein Telefon haben.« Sie legte einen dünnen Morgenmantel aufs Bett. »Darum kümmere ich mich später. Hier haben Sie ein paar Advil und Wasser.« Sie stellte beides auf den Nachttisch. »Haben Sie Hunger?«

»Könnte ich vielleicht etwas Käse und ein paar Cracker bekommen?« Mein Magen war so überreizt, daß mir beinahe schlecht war.

»Wie fühlen Sie sich, abgesehen von den Kopfschmerzen?«

»Gut, danke.«

»Nun ja, hoffen wir, daß es dabei bleibt. Gehen Sie doch einfach noch mal auf die Toilette, machen Sie sich frisch und legen Sie sich ins Bett. Da ist der Fernseher.« Sie deutete mit dem Finger auf das Gerät. Sie redete mit mir, als ginge ich noch in die zweite Klasse.

»Was ist mit meinen Sachen?«

»Keine Sorge, die werden sterilisiert.« Sie lächelte mich an.

Mir wollte einfach nicht warm werden, und so duschte ich noch einmal. Nichts konnte diesen grauenhaften Tag fortwaschen. Ich sah immer noch den eingefallenen, weitaufgerissenen Mund, halboffene, blinde Augen und einen Arm vor mir, der steif aus einem übelriechenden Totenbett hing. Als ich aus dem Badezimmer kam, hatte man mir einen Teller mit Käse und Crackern hingestellt, und der Fernseher lief. Ein Telefon suchte ich jedoch vergebens.

»Verdammter Mist«, murmelte ich und schlüpfte wieder unter die Decke.

Am nächsten Morgen erschien mein Frühstück in der Durchreiche. Mit dem Tablett auf dem Schoß sah ich mir die »Today«-Show an, wozu ich normalerweise nie Zeit hatte. Martha Stewart hob Eischnee unter irgend etwas, während ich in einem weichgekochten Ei herumstocherte, das nicht richtig warm war. Ich konnte nichts essen, und ich wußte nicht, ob mein Rücken schmerzte, weil ich müde war oder aus irgendeinem anderen Grund, mit dem ich mich lieber nicht näher befassen wollte.

»Wie geht's uns denn heute morgen?« Die Schwester erschien, HEPA-gefilterte Luft atmend.

»Wird Ihnen nicht zu heiß darin?« Ich deutete mit meiner Gabel auf ihren Schutzanzug.

»Wenn ich den lange anbehalten würde, wohl schon.« Sie hatte einen Digitalthermometer dabei. »Also dann. Es dauert nur eine Minute.«

Sie steckte mir das Thermometer in den Mund, während ich zum Fernseher hochsah. Gerade wurde ein Arzt zur diesjährigen Grippeimpfung befragt, und ich schloß die Augen, bis es piepte.

»Sechsunddreißig Komma sechs. Das ist eigentlich ein bißchen niedrig. Siebenunddreißig ist normal.«

Sie wickelte mir eine Blutdruckmanschette um den Oberarm.

»Und jetzt den Blutdruck.« Energisch betätigte sie den Blasebalg. »Einhundertacht zu siebzig. Sie sind ja so gut wie tot!«

»Danke«, murmelte ich. »Ich brauche ein Telefon. Niemand weiß, wo ich bin.«

»Was Sie brauchen, ist ganz viel Ruhe.« Jetzt holte sie das Stethoskop hervor und schob es vorn unter mein OP-Hemd. »Tief einatmen.« Wo sie es auch hinsetzte, fühlte es sich kalt an. Sie lauschte mit ernstem Gesicht. »Noch mal.« Dann wandte sie sich meinem Rücken zu, und wir fuhren mit der Übung fort.

»Könnten Sie mir bitte Colonel Fujitsubo vorbeischicken?«

»Ich gebe ihm auf jeden Fall Bescheid. Jetzt decken Sie sich zu.« Sie zog die Decke bis zu meinem Kinn hoch. »Ich werde Ihnen noch etwas Wasser holen. Wie geht es Ihren Kopfschmerzen?«

»Gut«, log ich. »Sie müssen unbedingt sagen, daß er vorbeikommen möchte.«

»Ich bin sicher, das tut er, sobald er kann. Allerdings ist er sehr beschäftigt.«

Ihre herablassende Art ging mir zunehmend auf die Nerven.

»Hören Sie«, sagte ich in forderndem Ton, »ich habe schon mehrfach um ein Telefon gebeten. Ich komme mir hier langsam vor wie in einem Gefängnis.«

»Sie wissen ja, wie man diese Station nennt«, flötete sie. »Und es ist nicht üblich, daß Patienten ein Telefon ...«

»Es ist mir egal, was hier üblich ist.« Ich sah sie scharf an, und da änderte sich ihr Benehmen.

»Beruhigen Sie sich doch«, sagte sie mit erhobener Stimme. Ihre Augen funkelten hinter dem durchsichtigen Plastik.

»Ist sie nicht eine schreckliche Patientin? Aber das sind Ärzte ja immer«, sagte Colonel Fujitsubo, der plötzlich zur Tür hereinkam.

Die Schwester sah ihn verblüfft an. Dann taxierte sie mich mit bösem Blick, als könne sie es einfach nicht glauben.

»Das Telefon kommt gleich«, fuhr er fort und legte einen frischen, orangefarbenen Anzug auf das Fußende des Bettes. »Beth, hat man Sie schon mit Dr. Scarpetta bekannt gemacht? Sie ist Chief Medical Examiner von Virginia und beratende Gerichtsmedizinerin beim FBI.«

Zu mir gewandt fügte er hinzu. »Ziehen Sie das an. Ich hole Sie in zwei Minuten ab.«

Mit gerunzelter Stirn nahm die Schwester mir das Tablett ab. Sie räusperte sich verlegen.

»Sie haben Ihre Eier ja gar nicht aufgegessen«, sagte sie.

Sie stellte das Tablett in die Durchreiche. Ich war bereits damit beschäftigt, in meinen Anzug zu steigen.

»Normalerweise lassen sie einen nicht aus dem Zimmer, wenn man erst mal hier ist.« Sie schloß die Durchreiche.

»Das hier ist nicht normal.« Ich befestigte den Helm und schaltete das Gebläse ein. »Die Leiche, die heute morgen obduziert wird, ist mein Fall.«

Sie gehörte offensichtlich zu der Sorte Schwestern, die Anweisungen lieber von Männern entgegennahmen. Oder vielleicht hatte sie ursprünglich selbst Ärztin werden wollen und sich dann aber einreden lassen, daß Mädchen, wenn sie groß sind, Krankenschwestern werden und Ärzte heiraten. Ich konnte nur spekulieren. Aber ich mußte daran danken, wie während meines Medizinstudiums an der Johns Hopkins University eines Tages die Oberschwester im Krankenhaus meinen Arm packte und mich haßerfüllt anzischte, ihr Sohn habe keinen Studienplatz bekommen, weil ich ihn ihm weggeschnappt hätte.

Fujitsubo kam wieder herein, reichte mir lächelnd ein Telefon und stöpselte es ein.

»Sie haben Zeit für einen Anruf.« Er hielt den Zeigefinger hoch. »Dann müssen wir los.«

Ich rief Marino an.

Die Isolierstation der Sicherheitsstufe 4 lag hinter einem normalen Labor, doch zwischen den beiden Bereichen bestanden himmelweite Unterschiede. Stufe 4 stand für den totalen Krieg zwischen Wissenschaft und Ebola, dem Hatavirus und unbekannten Krankheiten, für die es keine Heilung gab. Die Luft zirkulierte nur in eine Richtung, und es herrschte Unterdruck im Raum, damit keine hochinfektiösen Mikroorganismen in andere Teile des Gebäudes eindringen konnten. Bevor sie in unsere Körper oder in die Atmosphäre gelangte, passierte die Luft HEPA-Filter, und alles Bewegliche wurde in Autoklaven mit kochendem Wasserdampf sterilisiert.

Obduktionen waren hier zwar nicht an der Tagesordnung, aber wenn sie durchgeführt wurden, dann geschah das hinter zwei massiven Edelstahltüren mit U-Boot-Dichtungen in einem durch eine Luftschleuse gesicherten Raum, der den Spitznamen »das Boot« trug. Um dort hineinzukommen, mußten wir den Weg durch ein Labyrinth von Umkleideräumen und Duschen nehmen, an denen verschiedenfarbige Lichter anzeigten, welcher gerade durch welches Geschlecht belegt war. Grün stand für Männer, daher schaltete ich meine Lampe auf Rot, entkleidete mich bis auf die Haut und zog dann frische Turnschuhe und einen OP-Anzug an.

Die Stahltüren öffneten und schlossen sich automatisch, als ich durch eine weitere Luftschleuse zum Umkleideraum des inneren oder »kritischen« Bereichs ging. Hier hingen die dicken blauen Vinylanzüge mit den angeschnittenen Füßen und den spitzen Helmen an der Wand. Ich setzte mich und zog einen davon an. Ich schloß den Reißverschluß und sicherte die Laschen mit einer Art Tupperware-Diagonalverschluß. Dann quälte ich meine Füße in Gummistiefel und streifte mir mehrere Paar dicke Handschuhe über die Hände, wobei ich die äußeren mit Klebeband an den Ärmelmanschetten des Anzugs befestigte. Schon wurde mir heiß. Die Türen schlossen sich hinter mir, andere aus noch dickerem Stahl öffneten sich schwerfällig, und schließlich stand ich in dem beklemmendsten Autopsiesaal, den ich je gesehen hatte.

Ich griff mir einen gelben Schlauch und schloß ihn an die Schnellkupplung an meiner Hüfte an. Das Rauschen erinnerte mich an ein aufblasbares Planschbecken, aus dem die Luft herausgelassen wurde. Fujitsubo und ein anderer Arzt beschrifteten Röhrchen und spritzten den Leichnam mit einem Schlauch ab. Jetzt, da die Tote nackt war, wirkte ihre Krankheit noch abstoßender. Die meiste Zeit arbeiteten wir schweigend, die Gegensprechanlage war nicht installiert. Die einzige Art, sich zu verständigen, bestand darin, die Luftschläuche lange genug zusammenzukneifen, daß man hörte, was der andere sagte.

Das taten wir hin und wieder, während wir die Leiche sezierten und ihre Organe wogen, und ich führte Protokoll über alle relevanten Befunde. In ihrer Aorta fanden sich Fettschichten und -ablagerungen, typische degenerative Veränderungen. Ihr Herz war vergrößert, die verschleimten Lungen wiesen erste Anzeichen einer Lungenentzündung auf. Sie hatte Geschwüre im Mund und Läsionen im Magendarmtrakt. Doch es war ihr Gehirn, das die tragischste Geschichte ihres Todes erzählte. Sie litt unter Hirnrindenschwund, einer Erweiterung der Gehirnfurchen und dem Verlust von Hirngewebe – eindeutige Anzeichen für Alzheimer.

Ich mochte mir kaum ausmalen, wie verwirrt sie gewesen sein mußte, als sie krank wurde. Möglicherweise wußte sie nicht mehr, wo sie war oder gar wer sie war, und vielleicht hatte sie in ihrem umnebelten Geisteszustand geglaubt, irgendeine alptraumhafte Kreatur spränge sie aus ihren Spiegeln an. Die Lymphknoten waren geschwollen, Milz und Leber durch Fokalnekrose getrübt und vergrößert – alle Symptome für Pocken.

Es sah aus, als sei sie eines natürlichen Todes gestorben, dessen Ursache wir noch nicht zweifelsfrei nachweisen konnten. Nach zwei Stunden waren wir fertig. Ich kehrte auf dem gleichen Weg zurück, auf dem ich gekommen war, angefangen mit dem Umkleideraum des kritischen Bereiches, wo ich noch im Anzug eine fünfminütige Desinfektionsdusche nahm. Ich stand auf einer Gummimatte und schrubbte jeden Zentimeter an mir mit einer harten Bürste ab, während die Chemikalien aus stählernen Düsen auf mich einprasselten. Tropfend betrat ich wieder den äußeren Raum, wo ich den Anzug zum Trocknen aufhängte, noch einmal duschte und mir die Haare wusch. Dann zog ich einen sterilen, orangefarbenen Anzug an und kehrte in den Bau zurück.

Als ich hereinkam, stand die Schwester in meinem Zimmer.

»Janet ist hier. Sie schreibt Ihnen gerade eine Nachricht«, sagte sie.

»Janet?« Damit hatte ich überhaupt nicht gerechnet. »Ist Lucy bei ihr?«

»Sie steckt den Zettel dann in die Durchreiche. Ich weiß nur, daß eine junge Frau namens Janet hier ist. Sie ist allein.«

»Wo ist sie? Ich muß sie sehen!«

»Sie wissen doch, daß das im Moment nicht möglich ist.« Sie kontrollierte nochmals meinen Blutdruck.

»Sogar Gefängnisse haben einen Besucherraum«, fuhr ich sie an. »Gibt es hier nicht irgendeinen Bereich, wo ich wenigstens durch eine Glasscheibe mit ihr sprechen kann? Oder kann sie nicht wie Sie einen Anzug anziehen und hier hereinkommen?«

Natürlich bedurfte es für all das mal wieder der Genehmigung des Colonels, der entschied, es sei die einfachste Lösung, wenn ich mich mit einer HEPA-Filtermaske vorm Gesicht in die Besucherkabine setzte. Diese befand sich in der Forschungsabteilung, in der mit neuen Impfstoffen experimentiert wurde. Die Schwester führte mich durch einen Aufenthaltsraum der Sicherheitsstufe 3, in dem freiwillige Probanden Tischtennis und Billard spielten oder Zeitschriften lasen und fernsahen.

Dann öffnete sie die Holztür zur Kabine B, und auf der anderen Seite der Glasscheibe in einem nicht kontaminierten Teil des Gebäudes saß Janet. Gleichzeitig nahmen wir beide den Hörer der Gegensprechanlage ab.

»Ich kann das alles gar nicht glauben«, war das erste, was sie sagte. »Geht es Ihnen gut?«

Die Schwester stand immer noch hinter mir in der Kabine, die etwa so groß war wie eine Telefonzelle. Ich drehte mich um und bat sie zu gehen. Sie rührte sich nicht von der Stelle. »Hören Sie«, sagte ich – mir platzte langsam der Kragen –, »das ist ein Privatgespräch.«

Ihre Augen funkelten zornig, doch sie ging und schloß hinter sich die Tür.

»Ich weiß nicht, wie es mir geht«, sagte ich in den Hörer. »Aber ich fühle mich nicht allzu schlecht.«

»Wie lange dauert denn so was?« Angst stand in ihren Augen.

»Im Schnitt zehn Tage, höchstens vierzehn.«

»Na, das ist doch gut, oder?«

»Ich weiß nicht.« Ich war deprimiert. »Kommt drauf an, womit wir es hier zu tun haben. Aber wenn ich in ein paar Tagen noch gesund bin, lassen sie mich wohl gehen, nehme ich an.«

Janet sah in ihrem dunkelblauen Kostüm sehr erwachsen und hübsch aus. Die Pistole unter ihrer Jacke fiel kaum auf. Ich wußte, daß sie nicht allein gekommen wäre, wenn nicht irgend etwas im argen lag.

»Wo ist Lucy?« fragte ich.

»Na ja, wir sind beide mit der Squad 19 hier in Maryland, in der Nähe von Baltimore.«

»Geht es ihr gut?«

»Ja«, sagte Janet. »Wir versuchen immer noch auf AOL- beziehungsweise UNIX-Ebene die Mails zurückzuverfolgen, die Sie bekommen haben.«

»Und?«

Sie zögerte. »Ich glaube, der schnellste Weg, ihn zu schnappen, ist online.«

Ich runzelte verblüfft die Stirn. »Ich glaube, ich verstehe nicht ganz ...«

»Ist dieses Ding eigentlich unbequem?« Sie starrte auf meine Maske.

»Ja.«

Schlimmer fand ich, wie ich damit aussah. Dieser scheußliche Filter bedeckte mein halbes Gesicht wie ein Maulkorb und stieß beim Reden ständig an den Hörer.

»Online könnt ihr ihn doch nur schnappen, wenn er mir weitere Nachrichten schickt?«

Sie öffnete eine Aktenmappe. »Soll ich sie Ihnen vorlesen?« Ich nickte, und mir schnürte sich der Magen zusammen.

»*Mikroskopisch kleine Würmer, sich vervielfältigende Fermente und Miasma*«, las sie vor.

»Wie bitte?« sagte ich.

»Das ist alles. Heute morgen per E-Mail abgeschickt. Die nächste kam heute nachmittag. *Sie leben, aber alle anderen werden sterben.* Und dann, etwa eine Stunde später: *Menschen, die anderen etwas wegnehmen und sie ausbeuten, sind Makroparasiten. Sie töten ihre Wirte.* Alles in Kleinbuchstaben und mit Leerzeichen anstelle von Kommas.« Sie sah mich durch die Glasscheibe hindurch an.

»Klassische Medizinphilosophie«, sagte ich. »Geht zurück auf Hippokrates und andere Heilkundige der westlichen Welt und ihre Theorien über die Ursachen von Krankheiten. Die Atmosphäre. Sich reproduzierende giftige Partikel, die bei der Zersetzung organischer Materie entstehen. Mikroskopisch kleine Würmer und so weiter. Und dann gibt es ein Werk des Historikers McNeill über die Interaktion zwischen Mikro- und Makroparasiten und wie deren Studium zum besseren Verständnis der Evolution der Gesellschaft beitragen kann.«

»Dann hat *deadoc* eine medizinische Ausbildung«, sagte Janet.

»Außerdem klingt das Ganze wie eine Anspielung auf diese seltsame Krankheit.«

»Davon konnte er nichts wissen«, sagte ich, doch gleichzeitig keimte in mir eine neue, schreckliche Befürchtung auf. »Wie sollte er?«

»Es stand etwas darüber in der Zeitung«, sagte sie.

Wut packte mich. »Wer hat denn diesmal nicht dichtgehalten? Sagen Sie bloß nicht, Ring weiß Bescheid.«

»In der Zeitung stand nur, daß Sie einen ungewöhnlichen Todesfall auf Tangier Island untersuchen und daß der Leichnam per Hubschrauber vom Militär abtransportiert wurde, da noch nicht feststeht, um was für eine Krankheit es sich handelt.«

»Verdammt.«

»Der Punkt ist, daß *deadoc,* wenn er an Zeitungen aus Virginia herankommt, davon erfahren haben könnte, bevor er die E-Mails abgeschickt hat.«

»Hoffentlich hat es sich tatsächlich so abgespielt«, sagte ich.

»Wie denn sonst?«

»Ich weiß nicht, ich weiß nicht.« Ich war erschöpft, und mein Magen rebellierte.

»Dr. Scarpetta.« Sie beugte sich dichter zur Glasscheibe. »Er will mit Ihnen kommunizieren. Deshalb schickt er Ihnen immer wieder Mails.«

Wieder überliefen mich kalte Schauer.

»Wir stellen uns das folgendermaßen vor.« Janet steckte die Ausdrucke wieder in die Mappe. »Ich könnte einen privaten Chat-Raum für Sie beide einrichten. Wenn Sie lange genug online bleiben, können wir seine Spur von Vermittlungsstelle zu Vermittlungsstelle zurückverfolgen, bis wir eine Stadt haben und dann einen Anschluß.«

»Ich glaube kaum, daß er da mitspielt«, sagte ich. »Dafür ist er zu schlau.«

»Benton Wesley hält es für möglich.«

Ich schwieg.

»Er glaubt, *deadoc* ist so auf Sie fixiert, daß er sich vielleicht wirklich in den Chat-Room locken läßt. Und zwar nicht nur, weil er wissen möchte, was Sie denken. Er will Ihnen mitteilen, was er denkt. Das ist zumindest Wesleys Theorie. Ich habe einen Laptop hier und alles, was Sie sonst brauchen.«

»Nein.« Ich schüttelte den Kopf. »Ich will da nicht noch tiefer hineingezogen werden, Janet.«

»Sie haben in den nächsten Tagen doch gar nichts anderes zu tun.«

Es ärgerte mich immer, wenn mir jemand vorwarf, ich hätte nicht genug zu tun. »Ich will mit diesem Ungeheuer nicht kommunizieren. Das ist viel zu riskant. Vielleicht sage ich etwas Falsches, und dann sterben noch mehr Leute.«

Janet sah mir eindringlich in die Augen. »Die sterben sowieso. Und vielleicht trifft es genau in diesem Moment andere, von denen wir noch gar nichts wissen.«

Ich dachte an Lila Pruitt, die allein in ihrem Haus hin und her gewandert war, den Verstand durch die Krankheit getrübt. Ich sah direkt vor mir, wie sie in den Spiegel schaute und einen Schrei des Entsetzens ausstieß.

»Alles, was Sie tun müssen, ist, ihn langsam, aber sicher zum Reden zu bringen«, fuhr Janet fort. »Sie müssen natürlich die Ahnungslose spielen und sich zuerst sträuben, sonst schöpft er Verdacht. Bauen Sie den Kontakt ein paar Tage lang auf, und wir versuchen währenddessen herauszufinden, wo er sitzt. Loggen Sie sich bei AOL ein. Gehen Sie in die Chat-Räume und suchen Sie einen mit dem Titel ›M. E.‹. Alles klar? Und da halten Sie sich einfach eine Weile auf.«

»Und dann?« wollte ich wissen.

»Wir hoffen, daß er in dem Glauben, Sie hielten in diesem Raum Ihre Konferenzen mit anderen Ärzten und Wissenschaftlern ab, dort nach Ihnen Ausschau halten wird. Er wird der Versuchung nicht widerstehen können. Das ist Wesleys Theorie, und ich bin derselben Ansicht.«

»Weiß er, daß ich hier bin?«

Die Frage war etwas mißverständlich, aber sie wußte, wen ich meinte.

»Ja«, sagte sie. »Marino hat mich gebeten, ihn anzurufen.«

»Was hat er gesagt?« fragte ich in den Hörer.

»Er wollte wissen, ob es Ihnen gut geht.« Ich merkte, wie sie mir auswich. »Er hat mit diesem alten Fall in Georgia zu tun. Zwei Leute sind in einem Schnapsladen erstochen worden, und die Mafia ist darin verwickelt. In einer Kleinstadt in der Nähe von St. Simons Island.«

»Ach, dann ist er also unterwegs.«

»Ich glaube, ja.«

»Wo werden Sie in den nächsten Tagen sein?«

»Mit der Squad 19 in Baltimore. Am Hafen.«

»Und Lucy?« fragte ich diesmal so, daß sie mir nicht noch einmal ausweichen konnte. »Wollen Sie mir nicht sagen, was wirklich los ist, Janet?«

Ich atmete die gefilterte Luft und sah durch die Glasscheibe hindurch diese Frau an, von der ich wußte, daß sie mich niemals belügen würde.

»Ist alles in Ordnung?« bohrte ich nach.

»Dr. Scarpetta, ich bin aus zwei Gründen allein hier«, sagte sie schließlich. »Erstens hatten Lucy und ich einen Riesenstreit darüber, ob Sie wirklich mit diesem Typen online kommunizieren sollten. Deshalb fanden es alle Beteiligten besser, wenn ich mit Ihnen darüber sprechen würde und nicht sie.«

»Das verstehe ich«, sagte ich. »Und ich bin genau der gleichen Ansicht.«

»Der zweite Grund ist um einiges unerfreulicher«, fuhr sie fort. »Es geht um Carrie Grethen.«

Ich war wie vom Donner gerührt. Bei der bloßen Erwähnung ihres Namens packte mich bereits der Zorn. Als Lucy vor Jahren CAIN entwickelte, hatte sie mit Carrie zusammengearbeitet. Dann war bei der ERF eingebrochen worden, und Carrie hatte es so gedreht, daß meine Nichte die Schuld dafür bekam. Außerdem war Carrie die Komplizin eines Psychopathen bei dessen grauenhaften, sadistischen Morden gewesen.

»Die sitzt doch noch im Gefängnis«, sagte ich.

»Stimmt. Aber ihr Prozeß ist fürs Frühjahr angesetzt«, erwiderte Janet.

»Das weiß ich wohl.« Ich begriff nicht, worauf sie hinauswollte.

»Sie sind die Hauptbelastungszeugin. Ohne Sie hat der Staatsanwalt kaum etwas in der Hand. Zumindest nicht, wenn es sich um ein Schwurgerichtsverfahren handelt.«

»Janet, ich versteh' überhaupt nichts mehr«, sagte ich, und meine Kopfschmerzen kehrten mit voller Wucht zurück.

Sie holte tief Luft. »Ich bin sicher, Sie wissen, daß sich Lucy und Carrie einmal nahe standen.« Sie zögerte. »Sehr nahe.«

»Natürlich«, sagte ich ungeduldig. »Lucy war noch ein Teenager, und Carrie hat sie verführt. Ja, ja, ich weiß alles darüber.«

»Percy Ring ebenfalls.«

Ich sah sie erschrocken an.

»Offenbar hat Ring gestern den für den Fall zuständigen Staatsanwalt aufgesucht, Rob Schurmer, und ihm hinter vorgehaltener Hand erzählt, daß er ein schweres Problem hat, weil die Nichte der Hauptbelastungszeugin eine Affäre mit der Angeklagten hatte.«

»Mein Gott.« Ich konnte es kaum fassen. »Dieses verdammte Schwein.«

Als Juristin wußte ich, was das bedeutete. Lucy würde in den Zeugenstand treten und über ihre Affäre mit einer anderen Frau aussagen müssen. Der einzige Weg, das zu verhindern, bestand darin, mich aus der Zeugenliste streichen zu lassen. Aber dann könnte niemand mehr Carrie etwas anhaben.

»Lucys Privatleben hat doch mit Carries Verbrechen gar nichts zu tun«, sagte ich. Ich war so wütend auf Ring, daß ich mich einer Gewalttat fähig fühlte.

Janet nahm den Hörer ans andere Ohr und versuchte, gelassen zu wirken. Doch ich sah ihr an, daß sie Angst hatte.

»Sie wissen ja, wie es da draußen zugeht«, sagte sie. »Das ist eben ein Tabu. Es wird zwar viel geredet, aber in Wirklichkeit wird es nicht geduldet. Und dabei sind Lucy und ich schon vorsichtig. Die Leute haben vielleicht ihre Vermutungen, aber sie wissen es nicht mit Sicherheit. Schließlich laufen wir nicht in Leder und Ketten herum.«

»Wohl kaum.«

»Ich glaube, das würde ihr das Genick brechen«, stellte sie trocken fest. »Das ganze Medienspektakel! Und dann die starken Männer beim HRT, wenn sie sich nach der Geschichte das erste Mal wieder dort blicken läßt. Gar nicht auszudenken! Ring tut das nur, um sie fertigzumachen, und Sie vielleicht gleich mit. Und möglicherweise mich. Meiner Karriere wird das auch nicht gerade förderlich sein.«

Sie brauchte nicht weiterzusprechen. Ich verstand.

»Weiß jemand, wie Schurmer reagiert hat, als Ring es ihm gesagt hat?«

»Er ist ausgeflippt, hat Marino angerufen und gesagt, er wisse nicht, was er tun solle. Wenn die Verteidigung das herausfände, sei er geliefert. Dann hat Marino mich angerufen.«

»Zu mir hat Marino nichts gesagt.«

»Er wollte Sie nicht zusätzlich beunruhigen«, sagte sie. »Und er hielt es auch nicht für seine Aufgabe.«

»Verstehe«, sagte ich. »Weiß Lucy Bescheid?«

»Ich habe es ihr gesagt.«

»Und?«

»Sie hat ein Loch in die Schlafzimmerwand getreten«, antwortete Janet. »Dann meinte sie, wenn es sein müßte, würde sie eben in den Zeugenstand treten.«

Janet preßte ihre Handfläche gegen das Glas, spreizte die Finger und wartete, daß ich das gleiche tat. Das war die einzige Form der Berührung, die uns möglich war. Meine Augen füllten sich mit Tränen.

Ich räusperte mich und sagte: »Ich fühle mich, als hätte ich ein Verbrechen begangen.«

10

Die Schwester brachte den Computer wortlos in mein Zimmer. Einen Moment lang starrte ich den Laptop an, als könnte er mir gefährlich werden. Dann setzte ich mich im Bett auf. Mir war eiskalt, und trotzdem hörte ich nicht auf zu schwitzen. Ich wußte nicht, ob mein Zustand durch eine Mikrobe verursacht wurde oder ob Janets Neuigkeiten zu einer Art Nervenzusammenbruch geführt hatten. Lucy hatte schon als Kind FBI-Agentin werden wollen, und sie war bereits eine der besten, die das FBI je gehabt hatte. Es war einfach unfair. Sie hatte sich nichts zuschulden kommen lassen, außer daß sie im zarten Alter von neunzehn Jahren den Fehler begangen hatte, auf eine äußerst bösartige Person hereinzufallen. Ich wollte endlich dieses Zimmer verlassen und zu ihr fahren. Ich wollte nach Hause. Gerade als ich vorhatte, nach der Schwester zu klingeln, kam eine herein. Sie war neu.

»Meinen Sie, ich könnte einen neuen OP-Anzug bekommen?« fragte ich sie.

»Ich kann Ihnen einen Kittel bringen.«

»Einen Anzug, bitte.«

»Na ja, das ist eigentlich nicht üblich.« Sie runzelte die Stirn.

»Ich weiß.«

Ich stöpselte den Computer in die Telefonbuchse und schaltete ihn mit einem Tastendruck ein.

»Wenn die Haushaltssperre nicht bald aufgehoben wird, gibt es bald keine sterilen Kittel mehr.« Die Schwester in dem blauen Schutzanzug plapperte in einem fort, während sie die Bettdecke über meinen Beinen zurechtzog. »Der Präsident hat heute morgen in den Nachrichten gesagt, daß es bald kein Essen auf Rädern mehr geben wird. Die Umweltschutzbehörde kümmert sich nicht mehr um die Giftmülldeponien, vielleicht machen sogar die Bundesgerichte dicht, und an Führungen durchs Weiße Haus ist erst recht nicht mehr zu denken. Sind Sie bereit fürs Mittagessen?«

»Danke«, sagte ich, während sie mit ihrer Litanei schlechter Neuigkeiten fortfuhr.

»Ganz zu schweigen von der staatlichen Gesundheitsfürsorge, der Luftverschmutzung, der winterlichen Grippewelle und den Trinkwasservorräten, die auf parasitäre Sporen untersucht werden müssen. Sie können von Glück sagen, daß Sie *jetzt* hier sind. Nächste Woche haben wir vielleicht gar nicht mehr geöffnet.«

Ich hatte keine Lust, auch nur einen Gedanken an den Haushaltsstreit zu verschwenden. Auch jetzt ging bereits ein Großteil meiner Zeit für Budgetkämpfe verloren: Ich feilschte mit Ministerialdirektoren und nahm vor der General Assembly die Gesetzgeber unter Beschuß. Ich fürchtete, daß die Krise von der Bundesebene auf die Einzelstaaten übergreifen könnte. Dann würde mein neues Dienstgebäude nie fertig, und meine ohnehin dürftigen Mittel würden gnadenlos gekürzt. Die Toten hatten keine Lobby. Für meine Patienten existierte keine Partei, und sie gingen nicht zur Wahl.

»Sie können sich was aussuchen«, sagte sie.

»Entschuldigung.« Ich schenkte ihr wieder meine Aufmerksamkeit.

»Huhn oder Schinken.«

»Huhn.« Ich hatte nicht den geringsten Hunger. »Und heißen Tee.«

Sie stöpselte ihren Luftschlauch aus und überließ mich der Stille. Ich stellte den Laptop aufs Tablett und loggte mich bei America Online ein. Zuerst sah ich in meine Mailbox. Es waren jede Menge Nachrichten darin, aber keine von *deadoc*, die die Squad 19 nicht bereits geöffnet hatte. Ich navigierte mich mit Hilfe der Menüs zu den Chat-Räumen, rief die Liste der Mitgliedsräume auf und schaute nach, wie viele Leute sich in dem Chat-Raum mit dem Namen »M. E.« befanden.

Niemand war da, also begab ich mich als einzige hinein, lehnte mich in meine Kissen zurück und starrte auf den leeren Bildschirm mit der Symbolleiste am oberen Rand. Es gab niemanden, mit dem ich mich unterhalten konnte, und mir wurde bewußt, wie albern das auf *deadoc* wirken mußte, falls er irgendwie zuschaute. War es nicht zu offensichtlich, wenn ich mich allein in dem Raum aufhielt? Würde das nicht den Eindruck machen, als wartete ich auf jemanden? Kaum hatte ich das gedacht, erschien ein Satz auf meinem Bildschirm, und ich begann zu antworten.

QUINCY: Hi. Worüber wollen wir heute reden?
SCARPETTA: Die Haushaltssperre. In welcher Weise sind Sie davon betroffen?
QUINCY: Meine Dienststelle befindet sich in Washington. Ein Alptraum.
SCARPETTA: Sind Sie Gerichtsmediziner?
QUINCY: Ja. Wir sind uns schon bei Konferenzen begegnet. Wie haben ein paar gemeinsame Bekannte. Heute ist hier ja nicht viel los, aber warten wir's ab: Es kann nur noch besser werden.

Da wußte ich, daß Quincy einer der Undercover-Agenten von der Squad 19 war. Wir setzten unsere Unterhaltung fort, bis das Mittagessen kam, und nahmen sie danach für fast eine Stunde wieder auf. Quincy und ich plauderten über unsere Probleme, fragten nach Lösungen und taten alles Erdenkliche, um unsere Sitzung wie einen normalen Austausch zwischen Gerichtsmedizinern und Kollegen wirken zu lassen. Doch *deadoc* biß nicht an.

Ich hielt ein Schläfchen und wachte kurz nach vier wieder auf. Einen Moment lang konnte ich mich nicht besinnen, wo ich war. Ich lang ganz still, und dann fiel es mir mit niederschmetternder Wucht wieder ein. Ich setzte mich auf. Ich war völlig verspannt vom Gewicht des Computers, der immer noch auf mir lag. Ich loggte mich erneut bei AOL ein und begab mich wieder in den Chat-Raum. Dieses Mal gesellte sich jemand zu mir, der sich MEDEX nannte, und wir redeten über das Datenbankprogramm, das ich auf meiner Dienststelle zur Erfassung von Falldaten und zum Abrufen von Statistiken benutzte.

Genau um fünf Minuten nach fünf ertönte in meinem Computer ein leicht verstimmter Hinweiston, und plötzlich nahm das Telegramm-Fenster fast den gesamten Bildschirm ein. Während ich fassungslos darauf starrte, erschien eine Mitteilung von *deadoc*, die, wie ich wußte, niemand sonst im Chat-Raum sehen konnte.

DEADOC: sie halten sich wohl für sehr schlau
SCARPETTA: Wer sind Sie?
DEADOC: sie wissen wer ich bin ich bin was sie tun
SCARPETTA: Was tue ich denn?
DEADOC: tod doktor tod sie sind ich
SCARPETTA: Ich bin nicht Sie.
DEADOC: sie halten sich wohl für sehr schlau

Er verstummte abrupt, und als ich auf den »Wer ist online«-Knopf klickte, stellte ich fest, daß er sich ausgeloggt hatte. Mit rasendem Herzklopfen schickte ich eine weitere Nachricht an MEDEX, in der ich ihm mitteilte, ich sei von einem Gast aufgehalten worden. Ich bekam keine Antwort, denn ich befand mich wieder allein im Chat-Raum.

»Verdammt«, stieß ich halblaut aus.

Erst um zehn Uhr abends versuchte ich es erneut, aber es kam niemand außer Quincy, der mir sagen wollte, daß wir uns am nächsten Morgen noch einmal versuchen sollten zu treffen. All die anderen Ärzte, schrieb er, seien bereits nach Haus gegangen. Die Schwester, die ich schon vom Mittagessen kannte, sah noch einmal nach mir. Sie war ausgesprochen nett. Sie tat mir leid, weil sie so lange Dienst hatte und sich jedesmal, bevor sie in mein Zimmer kam, in den blauen Schutzanzug quälen mußte.

»Wo bleibt die neue Schicht?« fragte ich, während sie meine Temperatur maß.

»Die neue Schicht bin ich. Wir tun halt, was wir können.«

Sie verwies einmal mehr auf die Haushaltssperre, und ich nickte.

»Es sind kaum noch Laboranten hier«, fuhr sie fort. »Kann sein, daß Sie morgen aufwachen und die einzige im ganzen Gebäude sind.«

»Jetzt krieg' ich bestimmt Alpträume«, sagte ich, während sie mir die Blutdruckmanschette um den Arm wickelte.

»Nun ja, immerhin fühlen Sie sich doch ganz gut, und das ist schließlich das Wichtigste. Seit ich hier arbeite, bilde ich mir ständig ein, daß ich mir irgend etwas weggeholt habe. Das kleinste Wehwehchen oder der kleinste Schnupfen, und schon denke ich: O Gott. Was für eine Ärztin sind Sie denn?« Ich sagte es ihr.

»Ich wollte Kinderärztin werden. Dann habe ich geheiratet.«

»Wenn es keine solchen guten Krankenschwestern wie Sie gäbe, wären wir aufgeschmissen«, sagte ich lächelnd.

»Das scheint den meisten Ärzten aber nicht klar zu sein. Die behandeln uns ganz schön von oben herab.«

»Manche ganz sicher«, stimmte ich ihr zu.

Ich versuchte zu schlafen, doch ich wälzte mich die ganze Nacht von einer Seite auf die andere. Das Licht der Parkplatzbeleuchtung vor meinem Fenster drang durch die Jalousien, und welche Stellung ich auch einnahm, es gelang mir nicht, mich zu entspannen. Ich bekam kaum Luft, und mein Herzschlag wollte sich einfach nicht normalisieren. Um fünf Uhr morgens setzte ich mich schließlich auf und knipste das Licht an. Binnen weniger Minuten stand die Schwester wieder in meinem Zimmer.

»Alles in Ordnung?« Sie sah erschöpft aus.

»Ich kann nicht schlafen.«

»Soll ich Ihnen etwas geben?«

Ich schüttelte den Kopf und schaltete den Computer an. Ich loggte mich bei AOL ein und begab mich wieder in den Chat-Raum. Er war leer. Ich klickte auf den »Wer ist online«-Knopf, um nachzusehen, ob *deadoc* anwesend war und falls ja, wo er sich aufhielt. Nichts deutete darauf hin, daß er online war, und ich begann, die Liste der verschiedenen Chat-Räume durchzusehen, die den Abonnenten und ihren Angehörigen zur Verfügung standen.

Es gab wirklich für jeden etwas: Räume für Flirts, Singles, Schwule, Lesben, Indianer, Schwarze – und für Schmutz. Menschen mit einer Vorliebe für Sadomasochismus, Gruppensex, Bondage, Sodomie oder Inzest durften hier miteinander Kontakt aufnehmen und pornographische Werke austauschen. Das FBI konnte nichts dagegen tun. Es war völlig legal.

Niedergeschlagen saß ich da, in meine Kissen gestützt, und döste ein, ohne es zu wollen. Als ich eine Stunde später wieder die Augen öffnete, befand ich mich in einem Chat-Raum mit dem Titel ARTLOVE. Eine Nachricht für mich harrte geduldig auf meinem Bildschirm. *Deadoc* hatte mich gefunden.

DEADOC: ein bild ersetzt tausend worte

Ich schaute hastig nach, ob er immer noch online war, und fand ihn. Still und reglos hockte er im Cyberspace und wartete auf mich. Ich tippte meine Antwort ein.

SCARPETTA: Was haben Sie anzubieten?

Er antwortete nicht sofort. Drei oder vier Minuten saß ich da und starrte auf den Bildschirm. Dann war er wieder da.

DEADOC: mit verrätern mache ich keine geschäfte ich verschenke was ich habe was passiert ihrer meinung nach mit solchen menschen
SCARPETTA: Sagen Sie es mir!

Schweigen. Ich sah zu, wie er den Raum verließ und eine Minute später zurückkam. Er verwischte seine Spur. Er wußte genau, was wir vorhatten.

DEADOC: das wissen sie doch
SCARPETTA: Nein.
DEADOC: dann erfahren sie es noch
SCARPETTA: Ich habe die Fotos gesehen, die Sie mir geschickt haben. Ich konnte daraus nicht viel ersehen. Was wollten Sie mir damit mitteilen?

Aber er antwortete nicht. Ich kam mir langsam und schwer von Begriff vor. Ich hatte ihn vor mir und konnte ihn doch nicht festhalten. Ich war nicht in der Lage, ihn in ein längeres Gespräch zu verwickeln. Ich war frustriert und entmutigt, als wieder ein Telegramm auf meinem Bildschirm erschien, diesmal von der Squad 19.

QUINCY: A. K. A., Scarpetta. Ich muß noch diesen einen Fall mit Ihnen durchgehen. Die Selbstopferung.

Damit war für mich klar, daß Quincy Lucy war. A. K. A. stand für Aunt Kay Always. Das war ihr Codename für mich. Sie wachte über mich, wie ich all die Jahre über sie gewacht hatte, und sie signalisierte mir, daß sie bei mir war. Ich antwortete ihr.

SCARPETTA: Ja, richtig. Das wird nicht leicht für Sie. Wie werden Sie verfahren?
QUINCY: Warten Sie ab, was ich vor Gericht aussage. Später mehr.

Ich lächelte, als ich mich ausloggte und in die Kissen zurücklehnte. Jetzt fühlte ich mich nicht mehr ganz so hilflos und allein.

»Guten Morgen.« Die erste Schwester war wieder da.

»Gleichfalls.« Meine Stimmung sank.

»Dann wollen wir mal Fieber und Blutdruck messen. Wie geht's uns denn heute?«

»Gut geht's uns.«

»Möchten Sie Eier oder Cornflakes?«

»Obst«, sagte ich.

»Das stand nicht zur Auswahl. Aber eine Banane können wir wohl noch irgendwo auftreiben.«

Schon hatte ich das Thermometer im Mund und die Manschette um den Arm. Sie redete in einem fort.

»Draußen ist es kalt, als würde es bald schneien«, sagte sie. »Null Grad. Ist das nicht unglaublich? Meine Windschutzscheibe war sogar vereist. Die Eicheln sind in diesem Jahr groß. Das deutet auf einen strengen Winter hin. Sie haben immer noch unter sechsunddreißig sechs. Was ist bloß los mit Ihnen?«

»Wieso hat man mir das Telefon weggenommen?« fragte ich.

»Ich werd' danach fragen.« Sie nahm mir die Manschette ab. »Ihr Blutdruck ist auch zu niedrig.«

»Fragen Sie bitte Colonel Fujitsubo, ob er heute morgen vorbeikommen kann.«

Sie trat einen Schritt zurück und musterte mich argwöhnisch.

»Wollen Sie sich etwa über mich beschweren?«

»Du liebe Güte, nein«, sagte ich. »Ich muß nur hier raus.«

»Tja, es tut mir ja sehr leid, aber darauf hab' ich keinen Einfluß. Manche Leute müssen sogar zwei Wochen hierbleiben.«

Ich dachte, ich würde gleich den Verstand verlieren.

Bis zum Mittagessen – gegrillte Hühnerbrust, Karotten und

Reis – ließ der Colonel sich nicht blicken. Ich aß kaum etwas, und meine Anspannung stieg. Der Fernseher flimmerte stumm im Hintergrund. Ich hatte den Ton abgestellt. Um zwei Uhr nachmittags kam die Schwester und verkündete, ich hätte wieder Besuch. Also setzte ich wie gehabt die HEPA-Filtermaske auf und folgte ihr den Flur hinunter in die Ambulanz.

Diesmal kam ich in Kabine A, und auf der anderen Seite wartete Wesley auf mich. Er lächelte, als unsere Blicke sich trafen, und wir nahmen beide unseren Hörer ab. Ich war so erleichtert und überrascht, ihn zu sehen, daß ich anfangs ins Stottern geriet.

»Ich hoffe, du bist gekommen, um mich zu retten«, sagte ich.

»Mit Ärzten leg' ich mich nicht an. Das hab' ich von dir gelernt.«

»Ich dachte, du wärst in Georgia.«

»War ich auch. Hab' mir den Schnapsladen angeschaut, in dem die beiden Leute erstochen wurden, und ein bißchen die Umgebung erkundet. Jetzt bin ich hier.«

»Und?«

»Und?« Er zog eine Augenbraue hoch. »Die Mafia.«

»Ich hatte nicht an Georgia gedacht.«

»Dann sag mir, was du denkst. Offenbar bin ich dabei, die Kunst des Gedankenlesens zu verlernen. Und du siehst heute besonders bezaubernd aus, möchte ich hinzufügen«, sagte er zu meiner Maske.

»Ich werde verrückt, wenn ich hier nicht bald rauskomme«, sagte ich. »Ich muß mich mit dem CDC in Verbindung setzen.«

»Lucy hat mir erzählt, daß du mit *deadoc* kommuniziert hast.«

Das schelmische Leuchten verschwand aus seinen Augen.

»Nicht besonders lange, und es ist auch nicht viel dabei herausgekommen«, sagte ich ärgerlich.

Es brachte mich zur Weißglut, daß ich mit diesem Killer

kommunizieren mußte, denn das war genau das, was er wollte. Eigentlich hatte ich es mir zum Prinzip gemacht, Menschen wie ihm nie auch nur einen Deut nachzugeben.

»Gib nicht auf«, sagte Wesley.

»Er äußert sich über medizinische Themen, zum Beispiel Krankheiten und Erreger«, sagte ich. »Findest du das in Anbetracht dessen, war wir im Moment erleben, nicht beunruhigend?«

»Zweifelsohne verfolgt er die Berichterstattung.« Er führte die gleichen Argumente an wie Janet.

»Aber was, wenn es mehr ist als das?« fragte ich. »Die Frau, die er zerstückelt hat, hatte offenbar die gleiche Krankheit wie die Frau von Tangier.«

»Das kannst du noch nicht beweisen.«

»Weißt du, ich habe nicht Karriere gemacht, indem ich wilde Vermutungen angestellt und vorschnelle Schlüsse gezogen habe.« Ich war außer mir. »Ich werde den Beweis erbringen, sobald ich kann, aber ich finde, bis dahin sollten wir uns vom gesunden Menschenverstand leiten lassen.«

»Ich glaube, ich verstehe nicht ganz, worauf du hinauswillst.«

Er sah mir unverwandt in die Augen.

»Ich meine, daß wir es vielleicht mit biologischen Kampfstoffen zu tun haben. Mit einem Unabomber, der eine Krankheit als Waffe benutzt.«

»Um Himmels willen! Das will ich doch nicht hoffen.«

»Aber der Gedanke ist dir doch auch schon gekommen. Erzähl mir nicht, du hältst es für Zufall, daß ein Zerstückelungsfall mit einer tödlichen Krankheit einhergeht.«

Ich schaute ihm prüfend ins Gesicht. Er hatte Kopfschmerzen. Das sah ich an einer Ader, die dann immer auf seiner Stirn hervortrat wie eine bläuliche Schnur.

»Und dir geht es auch ganz bestimmt gut?« fragte er.

»Ja. Um dich mache ich mir mehr Sorgen.«

»Was ist mit dieser Krankheit? Inwieweit bist du gefährdet?«

Er wurde langsam ungeduldig mit mir, wie immer, wenn er glaubte, ich sei in Gefahr.

»Ich habe eine Auffrischungsimpfung bekommen.«

»Ja, gegen Pocken«, sagte er. »Was ist, wenn es etwas anderes ist als Pocken?«

»Dann haben wir ein Riesenproblem. Janet war hier.«

»Ich weiß«, sagte er in seinen Hörer. »Tut mir leid. Das war wirklich kein guter Zeitpunkt ...«

»Nein, Benton«, unterbrach ich ihn, »jemand mußte es mir sagen. Für derartige Neuigkeiten ist nie der richtige Zeitpunkt. Wie geht es denn deiner Meinung nach jetzt weiter?« Damit wollte er jedoch nicht herausrücken.

»Dann glaubst du auch, daß diese Geschichte ihr das Genick brechen wird«, sagte ich verzweifelt.

»Daß sie sie rausschmeißen, kann ich mir nicht vorstellen. Normalerweise wird man in so einem Fall einfach nicht mehr befördert und an eine Außenstelle irgendwo am Ende der Welt strafversetzt. Das würde zur Folge haben, daß sie und Janet dreitausend Meilen voneinander getrennt sind. Eine von ihnen wird kündigen, oder auch gleich alle beide.«

»Und was soll daran besser sein, als gefeuert zu werden?« sagte ich voll Schmerz und Wut.

»Laß uns erst mal abwarten, Kay.« Er sah mich an. »Ich entlasse Ring aus der CASKU.«

»Tu es nicht für mich.«

»Schon geschehen«, sagte er.

Fujitsubo kam erst am nächsten Morgen zu mir. Er lächelte und öffnete die Jalousien, um das Sonnenlicht hereinzulassen. Es war so hell, daß es mir in den Augen weh tat.

»Guten Morgen. So weit, so gut«, sagte er. »Ich bin sehr froh, daß Sie uns offenbar doch nicht krank werden, Kay.«

»Dann kann ich ja gehen«, sagte ich, bereit, auf der Stelle aus dem Bett zu springen.

»Langsam.« Er schaute sich mein Krankenblatt an. »Ich weiß, wie schwer das für Sie ist, aber ich fühle mich nicht wohl dabei, Sie so schnell wieder gehen zu lassen. Halten Sie noch ein bißchen durch, dann können Sie übermorgen fort, wenn nichts dazwischenkommt.«

Als er ging, war mir zum Heulen zumute. Ich wußte nicht, wie ich auch nur eine weitere Stunde Quarantäne ertragen sollte. Niedergeschlagen saß ich unter meiner Bettdecke und schaute aus dem Fenster. Der Himmel war leuchtend blau, und unter dem bleichen Schatten eines morgendlichen Mondes hingen Wolkenfetzen. Die kahlen Bäume vor meinem Fenster wiegten sich in einem sanften Wind. Ich dachte an mein Haus in Richmond, an die Pflanzen, die eingetopft werden mußten, und die Arbeit, die sich auf meinem Schreibtisch stapelte. Ich sehnte mich danach, in der Kälte spazierenzugehen und Broccoli und Gerstensuppe nach meinem Hausrezept zu kochen. Ich sehnte mich nach Spaghetti mit Ricotta oder gefüllten Frittata, nach Musik und Wein.

Den halben Tag lang suhlte ich mich einfach nur in Selbstmitleid und tat nichts, außer auf den Fernsehbildschirm zu starren und zu dösen. Dann kam die Schwester der nächsten Schicht mit dem Telefon herein und sagte, da sei ein Anruf für mich. Ich wartete, bis er durchgestellt wurde, und langte dann nach dem Hörer, als sei dies der aufregendste Moment in meinem Leben.

»Ich bin's«, sagte Lucy.

»Gott sei Dank.« Ich war hocherfreut, ihre Stimme zu hören. »Schönen Gruß von Oma. Es geht das Gerücht, daß du den Preis als schwierigste Patientin gewinnst.«

»Stimmt. All die Arbeit in meinem Büro. Wenn ich die bloß hier hätte.«

»Du brauchst Ruhe«, sagte sie. »Für deine Abwehrkräfte.«

Besorgt dachte ich an Wingo.

»Wieso sitzt du nicht am Computer?« kam sie zur Sache.

Ich schwieg.

»Tante Kay, mit uns wird er nicht reden. Er redet nur mit dir.«

»Dann sollte sich einer von euch unter meinem Namen einloggen«, entgegnete ich.

»Auf keinen Fall. Wenn er uns auf die Schliche kommt, geht er uns endgültig durch die Lappen. Es ist ja schon unheimlich, wie clever dieser Typ ist.«

Ich sagte immer noch nichts, doch Lucy wartete nicht lange auf meine Antwort.

»Wie stellst du dir das vor?« sagte sie entrüstet. »Ich soll so tun, als wäre ich eine Gerichtsmedizinerin mit einem Abschluß in Jura, die bereits mindestens eines der Opfer dieses Täters obduziert hat? Das ist ja wohl kaum machbar.«

»Ich möchte mit ihm nicht in Verbindung stehen, Lucy«, sagte ich. »Menschen wie er geilen sich daran auf. Sie finden das toll. Sie wollen beachtet werden. Je mehr ich sein Spiel mitspiele, desto mehr bestärkt ihn das vielleicht. Hast du daran schon mal gedacht?«

»Ja. Aber sieh es doch mal so: Ob er nun einen Menschen oder zwanzig zerstückelt hat, er wird wieder etwas Schlimmes tun. Menschen wie er hören nicht so einfach wieder auf. Und wir haben nicht die geringste Ahnung, wo zum Teufel er steckt.«

»Ich denke gar nicht an mich«, fing ich an.

»Das wäre aber vollkommen legitim.«

»Ich hab' bloß Angst, daß ich etwas tue, was es noch schlimmer macht«, wiederholte ich.

Dieses Risiko bestand natürlich immer, wenn man bei Ermittlungen kreativ oder aggressiv vorging. Der Täter war niemals völlig berechenbar. Vielleicht war es einfach nur eine Intuition, eine Schwingung, die ich tief in meinem Innern spürte. Aber ich hatte das Gefühl, daß dieser Mörder anders war. Irgend etwas, von dem wir noch nichts ahnten, trieb ihn an. Ich fürchtete, daß er unsere Pläne genau durchschaute und sich köstlich dabei amüsierte.

»Jetzt erzähl mir von dir«, sagte ich. »Janet war hier.«

»Darüber möchte ich jetzt lieber nicht reden.« Kalte Wut schlich sich in ihre Stimme. »Ich hab' Besseres zu tun.«

»Ich stehe hinter dir, Lucy, was auch immer du vorhast.«

»Das weiß ich doch. Und alle anderen können sich darauf verlassen, daß Carrie im Knast verfaulen wird, bis sie in die Hölle kommt, egal, was ich dafür tun muß.«

Die Schwester stand wieder in meinem Zimmer, um mir das Telefon wegzunehmen.

»Ich begreife es einfach nicht«, beschwerte ich mich, als ich auflegte. »Ich habe eine Telefonkarte, falls es das ist, was Ihnen Sorgen macht.«

Sie lächelte. »Anweisung vom Colonel. Er will, daß Sie sich ausruhen, und er weiß, daß Sie das nicht tun werden, wenn Sie die Möglichkeit haben, den ganzen Tag zu telefonieren.«

»Aber ich ruhe mich doch aus«, sagte ich, doch sie war schon wieder fort.

Ich fragte mich, warum er mir erlaubte, den Laptop zu behalten, und hatte den Verdacht, daß Lucy oder sonst jemand ihn dazu bewegt hatte. Als ich mich bei AOL einloggte, fühlte ich mich, als hätte sich alle Welt gegen mich verschworen. Ich hatte den M.-E.-Chat-Raum kaum betreten, als *deadoc* auftauchte – diesmal nicht mit einem für andere unsichtbaren Telegramm, sondern als Teilnehmer, den jeder andere, der hereinkam, hören und sehen konnte.

DEADOC: wo waren sie
SCARPETTA: Wer sind Sie?
DEADOC: das habe ich ihnen schon gesagt
SCARPETTA: Sie sind nicht ich.

DEADOC: er gab ihnen macht über die unreinen geister daß sie die austrieben und heilten alle krankheiten und alle gebrechen pathophysiologische symptome viren wie h i v unser darwinscher kampf gegen sie sie sind bösartig oder sind wir es
SCARPETTA: Erklären Sie, was Sie meinen.
DEADOC: es sind zwölf

Er hatte nicht die Absicht, mir etwas zu erklären, zumindest nicht jetzt. Ich erhielt die Meldung, daß er den Raum verlassen hatte. Ich blieb noch ein bißchen, für den Fall, daß er zurückkam, und fragte mich unterdessen, was er mit *zwölf* meinte. Mit einem Druck auf den Knopf an meinem Kopfende rief ich die Schwester, wegen der ich langsam ein schlechtes Gewissen bekam. Ich wußte nicht, ob sie draußen wartete, oder ob sie jedesmal, wenn sie kam und ging, ihren blauen Anzug an- und auszog. Aber mit Sicherheit war nichts davon angenehm zu ertragen, schon gar nicht meine Stimmung.

»Sagen Sie mal«, sagte ich, als sie bei mir ankam, »ob es hier wohl irgendwo eine Bibel gibt?«

Sie zögerte, als sei ihr diese Frage noch nie gestellt worden.

»Oje, da hab' ich keine Ahnung.«

»Könnten Sie mal nachsehen?«

»Geht es Ihnen gut?« Sie sah mich mißtrauisch an.

»Bestens.«

»Es gibt hier eine Bibliothek. Vielleicht steht da irgendwo eine herum. Tut mir leid. Ich bin nicht sehr religiös.« Weiter vor sich hin plappernd ging sie hinaus.

Etwa eine halbe Stunde später kehrte sie mit einer in schwarzes Leder gebundenen Bibel zurück, einer Cambrigde-Red-Letter-Ausgabe, die sie, wie sie sagte, aus jemandes Büro ausgeliehen hatte. Ich schlug sie auf und fand vorn einen Namen in Schönschrift und ein Datum, aus dem hervorging, daß die Bibel ihrem Besitzer vor fast zehn Jahren zu einem besonderen Anlaß geschenkt worden war. Während ich zu blättern begann, wurde mir bewußt, daß ich seit Monaten nicht mehr zur Messe gegangen war. Ich beneidete Menschen, deren Glaube so stark war, daß sie eine Bibel an ihrem Arbeitsplatz hatten.

»Und Sie sind sicher, daß Sie sich gut fühlen?« fragte die Schwester, die sich immer noch in der Nähe der Tür herumdrückte.

»Sie haben mir noch gar nicht gesagt, wie Sie heißen«, sagte ich.

»Sally«.

»Sie haben mir sehr geholfen, und dafür bin ich Ihnen wirklich dankbar. Ich weiß, daß es kein Vergnügen ist, an Thanksgiving zu arbeiten.«

Darüber schien sie sich sehr zu freuen, und nun faßte sie den Mut zu sagen: »Ich will meine Nase ja nicht in Dinge stecken, die mich nichts angehen, aber ich bekomme nun mal mit, was die Leute so reden. Diese Insel in Virginia, von der die Tote stammte – stimmt es, daß die Leute da nur von der Krabbenfischerei leben?«

»So ziemlich.«

»Blue Crabs.«

»Und Weichschalenkrebse«, ergänzte ich.

»Ist schon mal jemand auf die Idee gekommen, sich deswegen Sorgen zu machen?«

Ich wußte, worauf sie hinauswollte. Ich machte mir sehr wohl Gedanken. Schließlich hatte ich einen ganz persönlichen Grund, mir Sorgen um Wesley und mich zu machen.

»Diese Dinge werden ins ganze Land verkauft, oder?« fuhr sie fort.

Ich nickte.

»Was ist, wenn die Krankheit, die die Frau hatte, durch Wasser oder Lebensmittel übertragen wird?« Ihre Augen leuchteten hinter ihrem Visier. »Ich habe ihre Leiche zwar nicht gesehen, aber was ich darüber gehört habe, ist wirklich unheimlich.«

»Ich weiß«, sagte ich. »Ich hoffe, wir finden bald eine Antwort darauf.«

»Übrigens, zum Mittagessen gibt es Truthahn. Erwarten Sie nicht zuviel.«

Sie stöpselte ihren Luftschlauch aus und hörte auf zu reden. Dann öffnete sie die Tür, winkte mir kurz zu und ging hinaus. Ich wandte mich wieder der Konkordanz zu und mußte eine Weile unter verschiedenen Stichwörtern suchen, bis ich die Passage fand, die *deadoc* zitiert hatte. Es war Matthäus 10, Vers eins, und vollständig hieß es dort: *Und er rief seine zwölf Jünger zu sich und gab ihnen Macht über die unreinen Geister, daß sie die austrieben und heilten alle Krankheiten und alle Gebrechen.*

Im nächsten Vers wurden die Namen der Jünger aufgezählt, und dann sandte Jesus sie aus, verlorene Schafe zu finden und ihnen zu predigen, daß das Himmelreich nahe sei. Er trug den Jüngern auf, Kranke zu heilen, Aussätzige zu reinigen, Tote aufzuwecken und böse Geister auszutreiben. Während ich das las, rätselte ich, ob dieser Killer, der sich *deadoc* nannte, wirklich eine Botschaft hatte, an die er glaubte, ob *zwölf* sich auf die Jünger bezog oder ob er einfach nur sein Spielchen mit mir spielte.

Ich ging im Zimmer auf und ab und schaute dabei aus dem Fenster. Es begann bereits zu dunkeln. Es wurde jetzt früh Abend, und ich hatte es mir zur Gewohnheit gemacht, zu beobachten, wie die Leute zu ihren Autos gingen. Ihr Atem gefror in der Luft, und der Parkplatz war wegen der Haushaltssperre fast leer. Zwei Frauen hielten vor der geöffneten Tür eines Hondas ein Schwätzchen. Sie zuckten mit den Schultern und gestikulierten so angestrengt, als bemühten sie sich, die großen Probleme des Lebens zu lösen. Ich stand hinter den Jalousien und sah ihnen zu, bis sie wegfuhren.

Ich versuchte, früh einzuschlafen, um allem zu entfliehen.

Doch wieder wachte ich ständig auf und versuchte alle paar

Stunden von neuem, in frisch geordnetem Bettzeug und einer anderen Position Schlaf zu finden. Bilder liefen ohne jeden logischen Zusammenhang vor meinem geistigen Auge ab wie alte, ungeschnittene Filme, die auf die Innenseite meiner Lider projiziert wurden. Ich sah zwei Frauen an einem Briefkasten, die sich unterhielten. Eine hatte einen Leberfleck an der Wange, der sich in einen großflächigen Ausschlag verwandelte. Sie schirmte ihre Augen mit der Hand ab. Dann krümmten sich Palmen in einem stürmischen Wind, und ein Hurrikan zog vom Meer heran. Abgerissene Palmwedel flogen umher. Ein entkleideter Rumpf, ein blutiger Tisch, auf dem abgehackte Hände und Füße aufgereiht lagen.

Ich setzte mich schwitzend auf und wartete darauf, daß meine Muskeln aufhörten zu zucken. Es war, als hätte es in meinem Innern einen Kurzschluß gegeben, als stünde ich kurz vor einem Herzinfarkt oder einem Schlaganfall. Ich atmete tief durch und versuchte, an gar nichts zu denken. Ich saß ganz still. Als der Spuk vorbei war, klingelte ich nach der Schwester.

Mein Gesichtsausdruck ließ keine Widerrede zu, als ich um das Telefon bat. Sie brachte es mir sofort, und kaum daß sie weg war, rief ich Marino an.

»Bist du immer noch im Knast?« sagte er in den Hörer.

»Ich glaube, das Opfer war sein Versuchskaninchen«, verkündete ich.

»Wie bitte? Sag' das noch mal.«

»*Deadoc.* Die Frau, die er erschossen und zerstückelt hat, hat ihm vielleicht als Versuchskaninchen gedient. Jemand, den er kannte und an den er leicht herankam.«

»Ehrlich gesagt, Doc, habe ich nicht die geringste Ahnung, wovon du redest.« Sein Tonfall verriet, daß er sich Sorgen um meinen Geisteszustand machte.

»Das erklärt auch, warum er sie nicht ansehen konnte. Die ganze Vorgehensweise macht auf einmal Sinn.«

»Jetzt versteh' ich wirklich gar nichts mehr.«

»Wenn du jemanden mittels eines Virus ermorden wolltest«, erklärte ich, »müßtest du dir doch erst einmal überlegen, wie das funktionieren soll. Wie soll die Krankheit zum Beispiel übertragen werden? Durch ein Nahrungsmittel, ein Getränk, Staub? Pocken werden durch die Luft übertragen. Sie verbreiten sich durch Tröpfchen oder durch Flüssigkeit aus den Wunden, können also von einem Menschen oder seiner Kleidung übertragen werden.«

»Erst mal ist doch die Frage: Wo hat der Täter das Virus überhaupt her?« sagte er. »Das ist ja nicht gerade etwas, das man bei einem Versandhaus bestellt.«

»Ich weiß es nicht. Meines Wissens gibt es nur zwei Orte auf der Welt, wo Pockenviren archiviert werden: die CDC und ein Labor in Moskau.«

»Also handelt es sich hier vielleicht um ein Komplott der Russen«, sagte er sarkastisch.

»Nehmen wir mal folgendes an«, sagte ich. »Der Killer hat einen Haß auf die Welt oder irgend jemanden. Vielleicht lebt er sogar in dem Wahn, er sei dazu berufen, eine der schlimmsten Krankheiten aller Zeiten zurückzubringen. Dann muß er sich eine Methode überlegen, Menschen willkürlich zu infizieren, und er muß sich darauf verlassen können, daß es funktioniert.«

»Also braucht er ein Versuchskaninchen«, sagt Marino.

»Ja. Und angenommen, er hat eine Nachbarin, eine Verwandte, einen alten Menschen, der nicht gesund ist. Vielleicht sorgt er sogar für sie. Was gibt es für eine bessere Art, das Virus zu testen, als an jener Person? Und wenn es funktioniert, bringt er sie um und inszeniert ihren Tod so, daß es aussieht, als sei sie an etwas anderem gestorben. Schließlich kann er sie auf keinen Fall an Pocken sterben lassen. Nicht wenn eine Verbindung zwischen ihm und ihr besteht. Sonst könnten wir herausfinden, wer er ist. Also schießt er ihr in den Kopf und zerstückelt sie, damit wir glauben, es handele sich wieder um einen dieser Serienmorde.«

»Und wie schlägst du jetzt den Bogen zu der Frau auf Tangier?«

»Sie war dem Virus ausgesetzt«, sagte ich einfach.

»Wie? Wurde es ihr etwa ins Haus geliefert? Hat sie es mit der Post bekommen? Wurde es durch die Luft übertragen? Hat man es ihr im Schlaf eingeritzt?«

»Ich weiß nicht, wie.«

»Glaubst du, *deadoc* wohnt auf Tangier?« fragte Marino dann.

»Nein«, sagte ich. »Ich glaube, er hat sich die Insel ausgesucht, weil sie der am besten geeignete Ort ist, um eine Seuche ausbrechen zu lassen: klein und abgeschlossen. Außerdem ist sie leicht unter Quarantäne zu stellen, was bedeutet, daß der Killer nicht vorhat, mit einem Schlag die ganze Bevölkerung auszulöschen. Er geht Schritt für Schritt vor, zerlegt uns quasi in kleine Häppchen.«

»Ja. Genau wie die alte Frau, falls du recht hast.«

»Irgend etwas hat er vor«, sagte ich. »Mit der Sache auf Tangier wollte er erst mal Aufmerksamkeit erregen.«

»Nichts für ungut, Doc, aber ich hoffe, daß das alles Mist ist, was du da sagst.«

»Ich fahre morgen früh nach Atlanta. Frag' doch mal bei Vander nach, ob bei dem Daumenabdruck etwas herausgekommen ist.«

»Bislang nicht. Sieht aus, als gäbe es von dem Opfer keine aktenkundigen Fingerabdrücke. Wenn sich irgend etwas ergibt, piepe ich dich an.«

»Verdammt«, murmelte ich. Meinen Pieper hatte die Schwester auch mitgenommen.

Der Rest des Tages verging unendlich langsam, und erst nach dem Abendessen kam Fujitsubo, um mich zu verabschieden. Obwohl meine Entlassung die Schlußfolgerung zuließ, daß ich offenbar weder infiziert noch ansteckend war, trug er einen blauen Schutzanzug, den er an einen Luftschlauch anschloß. »Eigentlich sollte ich Sie noch länger hierbehalten«, sagte er zur Begrüßung. Wieder bekam ich panische Angst. »Die Inkubationszeit beträgt im Schnitt zwölf bis dreizehn Tage. Aber es kann auch mal drei Wochen dauern. Ich will damit sagen, daß Sie immer noch krank werden können.«

»Das ist mir klar«, antwortete ich und griff nach meinem Wasser.

»Ob die Impfung wirkt oder nicht, hängt davon ab, in welchem Krankheitsstadium Sie sich befanden, als ich Sie geimpft habe.«

Ich nickte. »Und ich hätte es nicht so eilig, hier rauszukommen, wenn Sie diesen Fall einfach übernehmen würden, anstatt mich zum CDC zu schicken.«

»Kay, das kann ich nicht.« Seine Stimme klang dumpf durch den Plastikhelm. »Sie können schließlich auch keinen Fall an sich reißen, der außerhalb Ihrer Kompetenzen liegt. Ich habe mit denen gesprochen. Sie machen sich allergrößte Sorgen wegen der Seuchengefahr und werden mit den Tests beginnen, sobald Sie mit den Proben dort ankommen.«

»Ich befürchte, daß es sich um einen terroristischen Akt handelt.« Ich wollte nicht klein beigeben.

»Bis es dafür Beweise gibt – und ich hoffe, die wird es nicht geben –, können wir hier nichts mehr für Sie tun.« Es tat ihm offenbar ehrlich leid. »Fahren Sie nach Atlanta und hören Sie sich an, was die dazu sagen. Dort wird auch nur mit einer Notbesetzung gearbeitet. Der Zeitpunkt könnte kaum ungünstiger sein.«

»Oder günstiger für den Täter«, sagte ich. »Wenn Sie ein Verbrecher wären, der vorhat, mit einem Virus reihenweise Menschen umzubringen, könnten Sie sich dafür einen geeigneteren Zeitpunkt vorstellen als den, wenn sich die wichtigsten Bundesgesundheitsbehörden im Ausnahmezustand befinden? Die Haushaltssperre haben wir schließlich schon seit geraumer Zeit, und nichts deutet darauf hin, daß sie demnächst beendet wird.«

Er schwieg.

»John«, fuhr ich fort, »Sie waren bei der Obduktion dabei. Haben Sie jemals so eine Krankheit gesehen?«

»Nur im Lehrbuch«, entgegnete er erbittert.

»Wie kommt es, daß plötzlich und ganz von allein die Pocken wieder auftauchen?«

»Wenn es denn Pocken sind.«

»Was auch immer es ist, es ist hochansteckend, und es ist tödlich«, versuchte ich ihm ins Gewissen zu reden.

Aber er konnte nichts mehr tun, und den Rest der Nacht wanderte ich bei AOL von Raum zu Raum. Stündlich sah ich nach E-Mails. *Deadoc* ließ bis sechs Uhr morgens nichts von sich hören, doch dann tauchte er im M.-E.-Raum auf. Mir blieb das Herz stehen, als sein Name auf dem Bildschirm erschien. Wie jedesmal, wenn er mit mir kommunizierte, stieg mein Adrenalinspiegel rapide an. Ich hatte ihn an der Angel. Jetzt lag es an mir. Wenn es mir gelang, ihn dazu zu bringen, einen Fehler zu machen, konnte ich ihn zu Fall bringen.

DEADOC: sonntag war ich in der kirche ich wette sie nicht
SCARPETTA: Was war das Thema der Bibelauslegung?
DEADOC: predigt
SCARPETTA: Katholisch sind Sie also nicht.
DEADOC: hüte dich vor den menschen
SCARPETTA: Matthäus 10. Sagen Sie mir, was Sie damit meinen.
DEADOC: er soll sich entschuldigen
SCARPETTA: Wer ist er? Und was hat er getan?
DEADOC: ihr werdet zwar den kelch trinken den ich trinke

Bevor ich antworten konnte, war er fort, und ich begann in der Bibel zu blättern. Der Vers, den er diesmal zitiert hatte, stammte aus dem Markus-Evangelium. Wieder war es ein

Ausspruch von Jesus, was für mich darauf hindeutete, daß *deadoc* zumindest kein Jude war. Nach seiner Äußerung über den Gottesdienst zu urteilen war er auch nicht katholisch. Ich war keine Theologin, aber das Trinken aus dem Kelch schien sich auf die Kreuzigung zu beziehen. Demnach war *deadoc* also gekreuzigt worden, und mir würde das gleiche Schicksal widerfahren?

Es waren meine letzten paar Stunden hier, und Sally, die Schwester stellte sich wegen des Telefons nicht mehr so an. Ich piepte Lucy an, die mich postwendend zurückrief.

»Ich habe gerade wieder mit ihm gesprochen«, sagte ich. »Seid Ihr dran?«

»Ja, sind wir. Aber wir haben ihn noch nicht«, sagte meine Nichte. »Es gibt so viele Fernverbindungen, und wir müssen bei allen Telefongesellschaften Fangschaltungen einrichten. Der letzte Anruf kam aus Dallas.«

»Das kann nicht wahr sein«, sagte ich bestürzt.

»Da kommt das Gespräch nicht her, das ist nur eine Vermittlungsstelle, über die er weitergeleitet wurde. Weiter sind wir nicht gekommen, weil er die Verbindung getrennt hat. Du mußt dranbleiben. Das klingt ja, als sei dieser Typ so ein religiöser Spinner.«

11

Als die Sonne an jenem Morgen hoch in die Wolken aufstieg, nahm ich mir ein Taxi. Ich war in Eile und hatte nichts bei mir außer den Sachen, die ich am Leib trug – sie waren zuvor im Autoklav sterilisiert oder mit Gas behandelt worden – und einem großen, weißen Karton mit der Aufschrift VERDERBLICH EILT! ACHTUNG: NICHT KIPPEN und anderen Warnhinweisen, den ich bewachte wie ein Luchs.

Das Paket erinnerte an eine russische Matrjoschka: In dem Karton befanden sich Schachteln, in denen wiederum kleinere Schachteln mit sterilen Verpackungen für Gewebeproben darin steckten. Diese enthielten Röhrchen mit Proben von Lila Pruitts Leber, Milz und Rückenmarkflüssigkeit, geschützt durch Faserplatten, Blasenfolie und Wellpappe. Alles war in Trockeneis verpackt und mit INFEKTIÖSE-SUBSTANZ- und GEFAHR-Aufklebern versehen, als Warnung für jeden, der die äußere Verpackung entfernte. Selbstverständlich konnte ich mein Gepäck nicht aus den Augen lassen. Nicht nur, daß es erwiesenermaßen lebensbedrohend war, es konnte auch als Beweismaterial dienen, falls sich herausstellen sollte, daß der Fall Pruitt ein Mordfall war. Auf dem Baltimore-Washington-International-Flughafen suchte ich mir einen Münzfernsprecher und rief Rose an.

»Meine Arzttasche und mein Mikroskop sind noch beim USAMRIID.« Ich hatte keine Zeit zu verlieren. »Sehen Sie zu, ob Sie beides über Nacht zum CDC schaffen können. Ich befinde mich gerade auf dem BWI-Flughafen und fliege gleich dorthin weiter.«

»Ich habe schon versucht, Sie anzupiepen«, sagte sie.

»Meinen Pieper hätte ich auch gern zurück.« Ich versuchte mich zu erinnern, was sonst noch fehlte. »Und das Handy«, fügte ich hinzu.

»Hier ist ein Bericht für Sie angekommen, der Sie interessieren wird. Die Tierhaare, die sich an dem Rumpf befanden, stammen von Kaninchen und Affen.«

»Bizarr«, war das einzige, was mir dazu einfiel.

»Da wäre leider noch etwas. Presse und Fernsehen haben versucht, Sie wegen des Falls Carrie Grethen zu erreichen. Offenbar ist da etwas an die Medien durchgesickert.«

»Verdammter Mist!« rief ich aus. Daran konnte nur Ring schuld sein.

»Was soll ich tun?« fragte sie.

»Rufen Sie doch Benton an. Ich weiß nicht, was ich dazu sagen soll. Das wächst mir alles ein bißchen über den Kopf.«

»So hören Sie sich auch an.«

Ich sah auf meine Uhr. »Rose, ich muß jetzt zu meinem Flugzeug. Da hab' ich noch einiges vor mir. Bei der Gepäckdurchleuchtung haben sie mich nicht durchgelassen, und ich weiß, was passiert, wenn ich versuche, mit diesem Ding an Bord zu gehen.«

Es kam genau so, wie ich es erwartet hatte. Als ich die Kabine betrat, warf die Stewardeß nur einen kurzen Blick auf mein Gepäck und lächelte.

»Geben Sie her.« Sie streckte die Hände aus. »Ich bringe das für Sie in den Gepäckraum.«

»Das muß bei mir bleiben«, sagte ich.

»Aber es paßt weder in ein Gepäckfach noch unter Ihren Sitz, Ma'am.« Ihr Lächeln verkrampfte sich, und die Schlange hinter mir wurde immer länger.

»Können wir das woanders diskutieren, ohne hier den Verkehr aufzuhalten?« fragte ich und bewegte mich auf die Küche zu.

Sie wich nicht von meiner Seite. »Ma'am, dieser Flug ist überbucht. Wir haben einfach keinen Platz.«

»Hier«, sagte ich und zeigte ihr die Papiere.

Sie überflog die rotgeränderte Deklaration für Gefahrengut und blieb in der Mitte einer Spalte hängen, wo stand, daß ich »infektiöse Substanzen« transportierte, die »eine Gefahr für die Allgemeinheit« darstellten. Nervös schaute sie sich in der Küche um und drängte mich dann näher zu den Toiletten.

»Die Vorschriften besagen, daß nur eine entsprechend qualifizierte Person mit derart gefährlichen Gütern umgehen darf«, erklärte ich sachlich. »Und deshalb muß das Paket bei mir bleiben.«

»Was ist es?« flüsterte sie mit großen Augen.

»Autopsieproben.«

»Ach du lieber Himmel!«

Sie griff nach ihrem Sitzplan. Dann wurde ich zu einer leeren Reihe am hinteren Ende der erste Klasse eskortiert.

»Legen Sie es einfach auf den Sitz neben sich. Da wird doch nichts durchtropfen, oder?« fragte sie.

»Darauf passe ich schon auf – in meinem eigenen Interesse«, versprach ich.

»Hier müßten eigentlich noch jede Menge Plätze frei sein, es sei denn, es wechseln noch Leute aus der zweiten Klasse in die erste. Aber keine Angst – ich sorge dafür, daß sie einen großen Bogen um Sie machen.« Sie gestikulierte mit den Armen, als säße sie am Steuer eines Autos.

Niemand kam mir oder meinem Karton zu nahe. Auf dem gesamten Flug nach Atlanta konnte ich in Ruhe meinen Kaffee trinken. Ohne Pieper und Telefon fühlte ich mich irgendwie nackt, doch ich genoß es, allein zu sein. Auf dem Flughafen von Atlanta angekommen, mußte ich auf den Förderbändern und Rolltreppen wohl mehrere Meilen zurücklegen, bis ich endlich draußen war und ein Taxi fand.

Wir nahmen die 85. North bis zur Druid Hills Road und kamen bald an Pfandleihhäusern und Autovermietungen vorbei, dann an weitläufigen, mit Giftsumach und Kudzu bewachsenen Brachen und an Ladenzeilen. Das CDC lag mitten zwischen den Parkhäusern und -plätzen der Emory University gegenüber der American Cancer Society. Sie befanden sich in einem sechsgeschossigen, braunen Backsteingebäude mit Schmuckstreifen aus grauen Glasursteinen. Ich meldete mich an einem Empfangsschalter an, der mit Wachleuten besetzt und mit einer Kameraüberwachungsanlage ausgestattet war.

»Das hier muß ins Labor der Sicherheitsstufe 4. Ich bin dort mit Dr. Bret Martin im Atrium verabredet«, erklärte ich.

»Ich werde Sie begleiten, Ma'am«, sagte einer der Wachleute. »Gut«, erwiderte ich, während er zum Telefon griff. »Hier verlaufe ich mich sowieso immer.«

Ich folgte ihm zum hinteren Teil des Gebäudes, einem neuen Trakt, der schwer bewacht wurde. Überall war man von Kameras und kugelsicherem Glas umgeben, und die Korridore bestanden aus Gitterstegen. Wir kamen an Bakterien- und Influenza-Labors und an dem Bereich aus rotem Backstein und Beton vorbei, in dem mit Tollwut- und Aidsviren gearbeitet wurde. »Beeindruckend«, sagte ich. Ich war mehrere Jahre nicht mehr hiergewesen.

»Ja, allerdings. Es gibt hier alle Sicherheitsvorkehrungen, die man sich nur wünschen kann. Kameras und Bewegungsmelder an allen Ein- und Ausgängen. Der gesamte Abfall wird gekocht und verbrannt, und die HEPA-Filter töten alles ab, was von draußen reinkommt. Außer den Wissenschaftlern.« Er lachte und öffnete mit einer Magnetkarte eine Tür. »Und, was für Krankheiten schleppen Sie uns ins Haus?«

»Das herauszufinden bin ich hier«, sagte ich. Inzwischen waren wir im Atrium angekommen.

Der Trakt der Sicherheitsstufe 4 war eigentlich nichts weiter als eine riesige steile Werkbank mit dicken Stahlbetonwänden, eine Art Haus im Haus. Die Rolläden vor den Fenstern waren verschlossen. Die Labors lagen hinter dicken Glaswänden. Drinnen waren einige Wissenschaftler in blauen Schutzanzügen beschäftigt, denen ihre Forschungsarbeiten so sehr am Herzen lagen, daß sie trotz der Zwangsbeurlaubung hergekommen waren.

»Also, diese Leute im Weißen Haus«, sagte der Wachmann kopfschüttelnd. »Was denken die sich eigentlich? Glauben die etwa, daß solche Seuchen wie Ebola warten, bis sie einen vernünftigen Haushaltsplan ausgetüftelt haben?« Immer noch schüttelte er den Kopf.

Er führte mich an unbeleuchteten Isolierzimmern und menschenleeren Labors vorbei, an leeren Kaninchenkäfigen in einem Korridor und Räumen für größere Primaten. Ein Affe sah mich durch Gitter und Glasscheiben hindurch an. Seine

Augen waren so menschlich, daß mir ganz anders wurde. Ich dachte an das, was Rose gesagt hatte. Beim Berühren des Opfers hatte *Deadoc* Affen- und Kaninchenhaare auf dessen Haut hinterlassen. Es konnte also sein, daß er an einem Ort wie diesem arbeitete.

»Die bewerfen einen mit Abfall«, sagte der Wachmann, während wir weitergingen. »Genauso wie die Tierschützer, die sich für sie engagieren. Das paßt irgendwie, finden Sie nicht?«

Meine Anspannung wuchs.

»Wo gehen wir hin?« fragte ich.

»Dr. Martin hat mir Anweisungen gegeben, wo ich Sie hinbringen soll, Ma'am«, sagte er. Wir befanden uns jetzt auf einer anderen Gitterstegebene und näherten uns einem weiteren Teil des Gebäudes.

Hinter einer Tür stießen wir auf verriegelte Revco-Tiefgefriergeräte, die so groß waren wie große Kopiergeräte und aussahen wie Computer. Sie wirkten fehl am Platze in diesem Korridor, in dem ein dicklicher Mann in einem Laborkittel auf mich wartete. Er hatte feines, blondes Babyhaar und schwitzte.

»Ich bin Bret Martin«, sagte er und reichte mir die Hand. »Danke.« Mit einem Nicken bedeutete er dem Wachmann, er könne jetzt gehen.

Ich übergab Martin meinen Karton.

»Hier lagern wir unsere Stämme von Pockenviren«, sagte er, deutete mit einer Kopfbewegung auf die Gefriergeräte und stellte meinen Karton auf eines davon. »In diesen Dingern halten wir sie bei siebzig Grad unter Null unter Verschluß. Tja, so ist das nun mal.« Er zuckte mit den Schultern. »Die Geräte stehen deshalb hier draußen im Flur, weil wir in der Hochsicherheitsisolierstation nirgendwo anders Platz dafür haben. Und jetzt bringen Sie mir auch noch das hier. Obwohl ich nicht glauben kann, daß es sich dabei um die gleiche Krankheit handelt.«

»All das sind Pocken?« fragte ich, während ich mich staunend umschaute.

»Fast alles. Ihre Tage sind allerdings gezählt, denn wir haben zum erstenmal in der Geschichte dieses Planeten die bewußte Entscheidung getroffen, eine Spezies auszurotten.«

»Kriegt die Menschheit doch noch ihre Rache«, sagte ich. »Immerhin hat besagte Spezies Millionen von Menschenleben ausgelöscht.«

»Sie finden also, wir sollten all diese Virenstämme nehmen und sie einfach vernichten.«

Ich brauchte ihm nur ins Gesicht zu sehen, um zu wissen, was er dachte. Mit solchen Reaktionen wurde ich öfter konfrontiert. Das Leben war natürlich viel komplizierter, als ich es darstellte, und nur Menschen wie er verstanden die Dinge wirklich.

»Ich sage ja gar nicht, daß wir irgendwas vernichten sollten«, erwiderte ich. »Keineswegs. Das hier ist vermutlich der beste Beweis dafür, daß das ein Fehler wäre.« Ich blickte auf den Karton, den ich ihm gerade gegeben hatte. »Wenn wir die Pockenviren sterilisieren, muß das noch lange nicht heißen, daß keine mehr existieren. Ich schätze, das ist das gleiche wie bei allen anderen Waffen.«

»Ganz meine Meinung. Ich würde wirklich gern wissen, wo die Russen derzeit ihren Variola-Virenstamm versteckt halten und ob sie schon etwas davon in den Nahen Osten oder an Nordkorea verkauft haben.«

»Machen Sie hiermit einen PCR-Test?« fragte ich.

»Ja.«

»Jetzt sofort?«

»So schnell es geht.«

»Bitte«, sagte ich. »Das ist ein Notfall.«

»Deshalb bin ich ja hier«, sagte er. »Die Regierung betrachtet mich nämlich als entbehrlich. Eigentlich sollte ich zu Hause sein.«

»Ich habe ein paar Fotos, die das USAMRIID freundlicherweise entwickelt hat, während ich im Bau war«, sagte ich mit einer Spur Ironie.

»Die will ich sehen.«

Wir nahmen den Aufzug zurück nach oben und stiegen im vierten Stock aus. Martin führte mich in einen Konferenzraum, in dem die Kollegen sich trafen, um Strategien gegen furchtbare Seuchen zu entwickeln, die sie nicht immer identifizieren konnten. Gewöhnlich versammelten sich hier Bakteriologen, Epidemiologen und Leute, die für Quarantänemaßnahmen, Pressemitteilungen, spezielle Krankheitserreger und PCR-Tests zuständig waren. Doch jetzt herrschte Stille im Raum. Niemand war da außer uns.

»Derzeit«, sagte er, »müssen Sie sich mit mir begnügen.«

Ich holte einen dicken Umschlag aus meiner Handtasche, und er begann die Fotos durchzusehen. Einen Moment lang starrte er wie hypnotisiert auf die Farbabzüge von dem Rumpf und Lila Pruitt.

»Grundgütiger«, sagte er. »Ich glaube, wir sollten uns sofort um die möglichen Übertragungswege kümmern. Wir müssen jeden finden, der mit den Opfern Kontakt gehabt hat. Und zwar schnell.«

»Auf Tangier mag das gehen«, sagte ich. »Vielleicht.«

»Das sind jedenfalls weder Windpocken noch Masern. Niemals«, sagte er. »Es handelt sich definitiv um ein pockenverwandtes Virus.«

Mit weit aufgerissenen Augen betrachtete er das Foto von den abgetrennten Händen und Füßen.

»Oh, Mann.« Auf seiner Brille funkelten Lichtreflexe. »Was um Himmels willen ist das?«

»Er nennt sich *deadoc«*, sagte ich. »Er hat mir die Fotos als Grafikdateien über AOL geschickt. Anonym natürlich. Das FBI versucht ihm auf die Spur zu kommen.

»Und das hier ist das Opfer, das er zerstückelt hat?«

Ich nickte.

»Sie weist ähnliche Symptome auf wie die Tote von Tangier.« Er begutachtete die Pusteln auf dem Rumpf.

»Sieht ganz so aus.«

»Wissen Sie, die Affenpocken machen mir schon seit Jahren Sorgen«, sagte er. »Überall in Westafrika, wo Fälle von Affenpocken oder Weißen Pocken aufgetreten sind, führen wir Reihenuntersuchungen durch – von Zaire bis Sierra Leone. Bisher ist zwar kein Variola-Virus aufgetaucht, doch ich befürchte, daß eines schönen Tages irgendein Pockenvirus aus dem Tierreich herausfinden wird, wie es auf den Menschen überspringen kann.«

Wieder dachte ich an mein Telefongespräch mit Rose über das Mordopfer und die Tierhaare.

»Es reicht schon, wenn so ein Mikroorganismus in die Luft gerät und einen geeigneten Wirt findet.«

Er wandte sich wieder Lila Pruitt zu, ihrem entstellten, geschundenen Körper auf dem völlig verdreckten Bett.

»Nun, offenbar war sie dem Virus lange genug ausgesetzt für dieses verheerende Resultat«, sagte er. Er war so in die Bilder vertieft, daß es fast schien, als rede er mit sich selbst.

»Dr. Martin«, sagte ich. »Erkranken Affen an Affenpocken, oder sind sie nur die Überträger?«

»Sie erkranken selbst daran und stecken andere Tiere an, mit denen sie Kontakt haben, wie zum Beispiel in den Regenwäldern Afrikas. Es gibt auf der Erde neun bekannte virulente Pockenviren, und nur zwei davon können auf den Menschen übertragen werden: das Variola- oder Pockenvirus, das Gott sei Dank nicht mehr vorkommt, und das Molluscum-contagiosum-Virus.«

»Bei der Spurensicherung sind an dem Rumpf Affenhaare gefunden worden.«

Er drehte sich zu mir um und runzelte die Stirn. »Wie bitte?«

»Und auch Kaninchenhaare. Ich frage mich eben, ob da draußen jemand auf eigene Faust Laborexperimente macht.«

Er stand vom Tisch auf.

»Wir fangen gleich hiermit an. Wo sind Sie zu erreichen?«

»In Richmond.« Ich reichte ihm meine Karte, während wir den Konferenzraum verließen. »Könnte mir vielleicht jemand ein Taxi rufen?«

»Natürlich. Bitten Sie einen der Wachleute am Empfang. Ich fürchte, vom Büropersonal ist niemand da.«

Da er den Karton in den Händen hatte, betätigte er den Aufzugsknopf mit dem Ellbogen. »Es ist ein Alptraum. In Orlando grassieren Salmonellen aus unpasteurisiertem Orangensaft. Auf einem Kreuzfahrtschiff gibt es Erkrankungen, die möglicherweise durch E.-coli-Bakterien vom Stamm O 157 H 7 verursacht wurden und vermutlich mal wieder auf unzureichend gegartes Hackfleisch zurückzuführen sind. In Rhode Island sind Fälle von Botulismus aufgetreten, und in einem Altersheim geht irgendeine Atemwegserkrankung um. Und da will der Kongreß uns keine Gelder bewilligen.«

»Davon kann ich auch ein Lied singen«, sagte ich.

Wir hielten in jedem Stockwerk und warteten, bis andere Leute zugestiegen waren. Martin redete ohne Punkt und Komma.

»Stellen Sie sich das mal vor«, fuhr er fort. »In einer Feriensiedlung in Iowa besteht Verdacht auf Shigella, weil die Privatbrunnen durch starke Regenfälle übergelaufen sind. Aber wenn man versucht, die Umweltbehörde zu mobilisieren ...«

»So was nennt man *Mission Impossible*«, sagte jemand sarkastisch, als die Türen sich wieder öffneten.

»Vielleicht existiert die Behörde ja gar nicht mehr«, schimpfte Martin. »Bei uns gehen vierzehntausend Anrufe pro Jahr ein, und wir haben nur zwei Telefonisten. Im Moment haben wir sogar gar keinen. Ans Telefon geht jeder, der gerade vorbeikommt. Ich eingeschlossen.«

»Bitte schieben Sie die Sache nicht auf die lange Bank«, sagte ich, als wir den Empfang erreichten.

»Keine Sorge.« Jetzt hatte er Blut geleckt. »Ich habe drei meiner Jungs herbeordert, die gleich extra von zu Hause herkommen.«

Eine halbe Stunde lang wartete ich am Empfang und telefonierte. Dann kam endlich mein Taxi. Schweigend ließ ich mich durch die Stadt kutschieren und starrte dabei aus dem Fenster auf Plätze aus poliertem Granit und Marmor, auf Sportanlagen, die mich an die Olympiade erinnerten, und auf Gebäude aus silbrigem Metall und Glas. Atlanta war eine Stadt, in der alles immer höher hinauswollte, und die verschwenderischen Fontänen wirkten wie Symbole der Großzügigkeit und Kühnheit. Ich fühlte mich leicht benommen und fröstelte. Dafür, daß ich den Großteil der Woche im Bett verbracht hatte, war ich ungewöhnlich müde. Als ich auf dem Delta-Flugsteig ankam, tat mir bereits der Rücken weh. Mir wollte einfach nicht warm werden, ich konnte nicht mehr klar denken, und ich wußte, daß ich Fieber hatte.

Bei meiner Ankunft in Richmond war ich richtig krank. Als Marino mich am Flughafen abholte, bekam er sofort einen panischen Gesichtsausdruck.

»Oje, Doc«, sagte er. »Du siehst ja furchtbar aus.«

»So fühle ich mich auch.«

»Hast du Gepäck?«

»Nein. Hast du Neuigkeiten?«

»Ja«, sagte er. »Ein kleines Bonbon, über das du dich ganz schön ärgern wirst. Ring hat gestern abend Keith Pleasants verhaftet.«

»Mit welcher Begründung?« rief ich aus und bekam einen Hustenanfall.

»Fluchtversuch. Ring behauptet, er sei ihm nach der Arbeit von der Deponie aus gefolgt und habe versucht, ihn wegen

Geschwindigkeitsüberschreitung anzuhalten. Pleasants ist angeblich weitergefahren. Deshalb sitzt er jetzt im Knast. Die Kaution wurde auf fünf Riesen festgesetzt. Kaum zu glauben, was? So schnell kommt der da nicht wieder raus.«

»Reine Schikane.« Ich putzte mir die Nase. »Ring hat es auf ihn abgesehen. Und auf Lucy. Und auf mich.«

»Jetzt mal im Ernst: Vielleicht hättest du besser in Maryland bleiben sollen. Du gehörst ins Bett«, sagte er, als wir die Rolltreppe betraten. »Nichts für ungut, aber ich werde mich doch bei dir nicht anstecken, oder?«

Marino hatte eine Todesangst vor allem, das er nicht sehen konnte, egal, ob es eine Strahlung oder ein Virus war.

»Ich weiß nicht, was ich habe«, sagte ich. »Vielleicht die Grippe.«

»Als ich das letzte Mal die Grippe hatte, lag ich zwei Wochen flach.« Er verlangsamte seinen Schritt und fiel hinter mir zurück. »Wer weiß, vielleicht hast du dir auch was ganz anderes weggeholt.«

»Dann komm' mir nicht zu nahe, faß' mich nicht an und küß' mich nicht«, sagte ich knapp.

»Keine Sorge.«

So ging es immer weiter, während wir in den kalten Nachmittag hinaustraten.

»Hör' mal, ich werd' mit dem Taxi nach Haus fahren«, sagte ich. Ich war so wütend auf ihn, daß ich den Tränen nahe war.

»Das solltest du aber nicht.« Marino sah ängstlich aus.

Ich streckte meine Hand in die Luft, schluckte hart und wandte mein Gesicht ab, als ein Blue-Bird-Taxi ausscherte und auf mich zusteuerte.

»So eine Grippe kann schließlich niemand brauchen, weder du noch Rose«, sagte ich wutentbrannt. »Weißt du, ich hab' fast kein Geld mehr. Es ist nicht zum Aushalten. Sieh dir mein Kostüm an. Glaubst du etwa, ein Autoklav bügelt die Sachen und parfümiert sie? Meine Strumpfhose ist hinüber. Ich stehe hier ohne Mantel und Handschuhe, und wie kalt mag es wohl sein?« Ich riß die Tür zum Fond des Taxis auf. »Null Grad?«

Marino starrte mich an, während ich einstieg. Er reichte mir einen Zwanzig-Dollar-Schein und gab dabei acht, daß seine Finger meine nicht streiften.

»Soll ich etwas für dich einkaufen?« rief er mir nach.

Meine Kehle schnürte sich zusammen, und meine Augen wurden feucht. Ich wühlte Taschentücher aus meiner Handtasche, putzte mir die Nase und weinte still vor mich hin.

»Ich will Sie ja nicht stören, Lady«, sagte mein Fahrer, ein beleibter alter Mann, »aber wohin fahren wir?«

»Windsor Farms. Ich sag' Ihnen dann, wo es langgeht«, preßte ich hervor.

»So ein Streit geht einem immer ziemlich an die Nieren, nicht wahr?« Er schüttelte den Kopf. »Ich weiß noch, wie meine Frau und ich uns auf einem dieser Freiluftfeste gestritten haben, wo man soviel Fisch essen darf, wie man kann. Sie nimmt den Wagen, und ich muß zu Fuß nach Haus gehen. Fünf Meilen – durch eine ganz üble Gegend.«

Er nickte mehrere Male und beäugte mich im Rückspiegel. Offenbar glaubte er, Marino und ich hätten einen Ehekrach gehabt.

»Sie sind also mit einem Cop verheiratet?« sagte er dann. »Ich hab' gesehen, wie er angekommen ist. In dieser Stadt gibt es nicht einen zivilen Polizeiwagen, den dieser alte Junge hier nicht sofort erkennt.« Er klopfte sich an die Brust.

Mir platzte der Kopf, und mein Gesicht brannte. Ich lehnte mich im Sitz zurück und schloß die Augen, während er fortfuhr, darüber zu schwadronieren, wie das Leben in Philadelphia früher war und daß er hoffe, dieser Winter werde nicht soviel Schnee bringen. Ich fiel in einen fiebrigen Schlaf. Als ich aufwachte, wußte ich nicht, wo ich war.

»Ma'am. Ma'am. Wir sind da«, sagte mein Chauffeur mit lauter Stimme, um mich zu wecken. »Wohin jetzt?«

Er war gerade in die Canterbury Road eingebogen und hielt an einem Stopschild.

»Hier entlang und dann rechts nach Dover«, antwortete ich.

Ich dirigierte ihn an hinter Mauern versteckten Villen im Georgian- und im Tudorstil vorbei zu mir nach Haus. Ihm fielen fast die Augen aus dem Kopf auf dieser Fahrt durch das wohlhabendste Viertel der Stadt. Er hielt vor meiner Haustür und glotzte fassungslos auf die Natursteinmauern und das bewaldete Grundstück, das mein Haus umgab. Als ich ausstieg, musterte er mich neugierig.

»Keine Sorge«, sagte er, als ich ihm den Zwanziger reichte und sagte, er könne den Rest behalten. »Mir ist schon alles mögliche untergekommen, aber ich bin verschwiegen wie ein Grab.« Er legte den Finger auf die Lippen und zwinkerte mir zu.

Ich war also die Frau eines reichen Mannes, die eine stürmische Affäre mit einem Detective hatte.

»Das ist ein guter Wahlspruch«, sagte ich hustend.

Mit einem Warnton hieß mich die Alarmanlage willkommen. Noch nie im Leben war ich so erleichtert gewesen, wieder zu Hause zu sein. So schnell ich konnte, zog ich meine sterilisierten Sachen aus und nahm als erstes eine heiße Dusche. Ich inhalierte den Dampf und versuchte, das Rasseln aus meinen Lungen zu vertreiben. Als ich mich gerade in einen dicken Frotteebademantel wickelte, klingelte das Telefon. Es war genau vier Uhr nachmittags.

»Dr. Scarpetta?« Fielding war dran.

»Ich bin gerade nach Haus gekommen«, sagte ich.

»Sie hören sich aber gar nicht gut an.«

»Mir geht's auch nicht besonders.«

»Tja, was ich Ihnen zu sagen habe, wird Sie auch nicht gerade aufbauen«, sagte er. »Es gibt möglicherweise zwei weitere Fälle auf Tangier.«

»O nein«, sagte ich.

»Mutter und Tochter. Vierzig Fieber und Ausschlag. Das CDC hat ein Team mit Isolierbetten hingeschickt.«

»Wie geht's Wingo?« fragte ich.

Verdutzt hielt er inne. »Gut. Warum?«

»Er hat bei der Obduktion des Rumpfes assistiert«, erinnerte ich ihn.

»Ach ja. Also, der ist ganz der alte.«

Erleichtert setzte ich mich und schloß die Augen.

»Was passiert mit den Proben, die Sie nach Atlanta gebracht haben?« fragte Fielding.

»Sie machen Tests, hoffe ich, mit den paar Leuten, die sie derzeit auftreiben können.«

»Also wissen wir immer noch nicht, was es ist.«

»Jack, alles deutet auf Pocken hin«, erklärte ich. »Im Augenblick sieht es zumindest so aus.«

»Ich habe noch nie einen Pockenkranken gesehen. Sie?«

»Das war das erste Mal. Nur Lepra ist noch schlimmer. An einer Krankheit zu sterben ist schon übel genug, aber dabei auch noch so entstellt zu werden ist grausam.« Ich mußte wieder husten und hatte großen Durst. »Wir sehen uns morgen früh, und dann überlegen wir, was zu tun ist.«

»Mir klingt das nicht so, als sollten Sie aus dem Haus gehen.«

»Sie haben völlig recht. Aber mir bleibt nichts anderes übrig.«

Ich legte auf und versuchte, Bret Martin beim CDC anzurufen, aber der Anrufbeantworter war angeschaltet, und er rief mich nicht zurück. Auch für Fujitsubo hinterließ ich eine Nachricht. Da auch er meinen Anruf nicht erwiderte, nahm ich an, daß er wie die meisten seiner Kollegen zu Hause war. Der Kampf um den Staatshaushalt tobte weiter.

»Mist«, fluchte ich, während ich einen Kessel Wasser auf den Herd stellte und in einem Schrank nach Tee suchte. »Mist, Mist, Mist.«

Es war kurz vor fünf, als ich Wesley anrief. Zumindest in Quantico wurde noch gearbeitet.

»Gott sei Dank, daß überhaupt noch irgendwo jemand ans Telefon geht«, platzte ich heraus, als seine Sekretärin abnahm.

»Die sind einfach noch nicht dahintergekommen, wie entbehrlich ich bin«, sagte sie.

»Ist er da?« fragte ich.

Wesley kam ans Telefon und klang so energiegeladen und gutgelaunt, daß es kaum auszuhalten war.

»Du hast kein Recht, so guter Dinge zu sein«, sagte ich.

»Du hast die Grippe.«

»Ich weiß nicht, was ich habe.«

»Aber es ist doch eine Grippe, oder?« Er war besorgt, und seine Stimmung sank.

»Ich weiß es nicht. Das wäre reine Spekulation.«

»Ich will ja nicht den Teufel an die Wand malen …«

»Dann tu's auch nicht«, schnitt ich ihm das Wort ab.

»Kay«, sagte er mit fester Stimme. »Du mußt den Tatsachen ins Auge sehen. Was, wenn es keine Grippe ist?«

Ich schwieg. Diesen Gedanken konnte ich einfach nicht ertragen.

»Bitte«, sagte er. »Tu das nicht einfach so ab, wie du es praktisch mit allem machst, was dich persönlich betrifft.«

»Jetzt reicht's mir aber bald«, fuhr ich ihn an. »Erst komme ich auf diesem gottverdammten Flughafen an, und Marino will mich nicht in seinem Wagen haben, dann nehme ich ein Taxi, und der Fahrer denkt, wir hätten eine Affäre, von der mein reicher Mann nichts weiß, und die ganze Zeit habe ich Fieber und fühle mich grauenhaft und will bloß nach Hause.«

»Der Taxifahrer glaubt, ihr hättet eine Affäre?«

»Ach, vergiß es.«

»Woher willst du denn wissen, daß du die Grippe hast? Daß es nicht irgendwas anderes ist?«

»Ich habe keinen Ausschlag. Ist es das, was du hören willst?«

Es folgte ein langes Schweigen. Dann sagte er: »Und was ist, wenn du noch Ausschlag bekommst?«

»Dann werde ich vermutlich sterben, Benton.« Ich hustete wieder. »Du wirst mich wahrscheinlich nie wieder anfassen. Und wenn die Krankheit ihren Lauf nimmt, würde ich nicht wollen, daß du mich je wiedersiehst. Triebtäter, Serienmörder, Leute, die man im Notfall einfach abknallen kann – damit läßt sich umgehen. Die unsichtbaren Feinde der Gesellschaft sind es, die ich immer gefürchtet habe. Sie können dich erwischen, obwohl die Sonne scheint und du mitten unter Menschen bist. Du brauchst nur ein Glas Limonade zu trinken, und schon hast du den Erreger mit runtergeschluckt. Ich bin gegen Hepatitis B geimpft. Aber das ist eins von unzähligen todbringenden Viren. Was ist mit Tuberkulose und HIV, Hanta und Ebola? Was ist mit diesem hier? Mein Gott.« Ich holte tief Luft. »Mit einem Rumpf hat es angefangen, und wo stehen wir jetzt?«

»Ich habe von den beiden neuen Fällen gehört«, sagte er. Seine Stimme war jetzt leise und sanft. »Ich kann in zwei Stunden bei dir sein. Möchtest du mich sehen?«

»Im Moment möchte ich niemanden sehen.«

»Ist mir egal. Ich bin schon unterwegs.«

»Benton«, sagte ich, »bitte nicht.«

Aber er ließ sich nicht davon abbringen. Als er mit seinem kehlig schnurrenden BMW in meine Einfahrt einbog, war es fast Mitternacht. Ich empfing ihn an der Tür, ohne ihn zu berühren.

»Komm, wir setzen uns vor den Kamin«, sagte er.

Er war so nett, mir noch eine Tasse koffeinfreien Tee zu machen. Ich saß auf der Couch, er auf einem Sessel, und im Kamin züngelten Gasflammen um einen künstlichen Baumstamm. Das Licht hatte ich heruntergedimmt.

»Ich glaube, daß du mit deiner Theorie recht hast«, sagte er, während er sich an einem Cognac festhielt.

»Vielleicht wissen wir morgen mehr.« Schwitzend und gleichzeitig bibbernd starrte ich ins Feuer.

»Das ist mir im Moment alles herzlich egal.« Er sah mich grimmig an.

»Das darf es aber nicht.« Ich wischte mir mit dem Ärmel den Schweiß von der Stirn.

»Doch.«

Ich schwieg, während er mich mit unverwandtem Blick ansah.

»Du bist es, um die ich mir Sorgen mache«, sagte er.

Ich reagierte immer noch nicht.

»Kay.« Er packte mich am Arm.

»Faß mich nicht an, Benton.« Ich schloß die Augen. »Bitte nicht. Ich will nicht, daß du auch noch krank wirst.«

»Siehst du, daß du krank bist, ist doch eigentlich ganz praktisch. Jetzt hast du einen Grund, dich nicht von mir anfassen zu lassen. Und du kannst dich als die edelmütige Ärztin aufspielen, die sich mehr Sorgen um mein Wohlergehen macht als um ihr eigenes.«

Fest entschlossen, nicht zu weinen, hielt ich den Mund.

»Wirklich praktisch. Und prima, daß du gerade jetzt krank wirst. So darf niemand dir zu nahe kommen. Marino bringt dich nicht einmal nach Haus. Und ich darf dich nicht berühren. Lucy kommt dich nicht besuchen, und Janet muß durch eine Glasscheibe mit dir sprechen.«

»Worauf willst du hinaus?« Ich sah ihn an.

»Deine Krankheit ist psychosomatisch.«

»Ach, das hast du wohl an der Uni gelernt. Vielleicht während deines Psychologiestudiums oder so.«

»Mach dich nicht über mich lustig.«

»Das würde ich doch nie tun.«

Ich wandte mein Gesicht zum Feuer, die Augen fest geschlossen. Ich spürte, wie verletzt er war.

»Kay. Stirb mir bloß nicht.«

Ich sagte nichts.

»Wehe, du wagst es.« Seine Stimme bebte. »Wehe!«

»So leicht kommst du mir nicht davon«, sagte ich und erhob mich. »Laß uns ins Bett gehen.«

Er schlief in dem Zimmer, in dem Lucy sonst wohnte, und ich lag den Großteil der Nacht wach, hustete und versuchte erfolglos, zur Ruhe zu kommen. Am nächsten Morgen war er um halb sieben schon auf, und als ich in die Küche kam, lief der Kaffee gerade durch. Sonnenstrahlen fielen durch die Bäume vor den Fenstern, und an den fest zusammengerollten Rhododendronblättern konnte ich sehen, daß es bitterkalt war.

»Ich mache Frühstück«, verkündete Wesley. »Was darf's sein?«

»Ich glaube nicht, daß ich etwas runterkriege.« Ich fühlte mich schwach, und wenn ich hustete, hatte ich das Gefühl, als würden meine Lungen bersten.

»Dir scheint es ja schlechter zu gehen.« Besorgnis flackerte in seinen Augen auf. »Du solltest einen Arzt aufsuchen.«

»Ich bin selbst Ärztin, und für einen Arztbesuch ist es noch zu früh.«

Ich nahm Aspirin, Schleimlöser und tausend Milligramm Vitamin C. Ich aß einen Bagel und begann mich gerade beinahe wie ein Mensch zu fühlen, als Rose anrief und alles wieder zunichte machte.

»Dr. Scarpetta? Die Mutter von Tangier ist heute früh gestorben.«

»O Gott, nein.« Ich saß am Küchentisch und fuhr mir mit den Fingern durchs Haar. »Was ist mit der Tochter?«

»Ihr Zustand ist ernst. Zumindest war er das noch vor ein paar Stunden.«

»Und der Leichnam?«

Wesley stand hinter mir und massierte mir die schmerzenden Schultern und den Nacken.

»Bislang hat ihn noch niemand abtransportiert. Keiner weiß, was zu tun ist. Das gerichtsmedizinische Institut von Baltimore hat schon versucht, Sie zu erreichen. Und das CDC.«

»Wer vom CDC?« fragte ich.

»Ein Dr. Martin.«

»Den muß ich als erstes sprechen, Rose. Sie rufen inzwischen in Baltimore an und sagen denen, daß sie sich die Leiche unter keinen Umständen in ihr Leichenschauhaus schicken lassen dürfen, bis sie von mir gehört haben. Wie lautet Dr. Martins Nummer?«

Sie gab sie mir, und ich rief ihn sofort an. Er nahm schon beim ersten Klingeln ab und klang ganz aufgeregt.

»Wir haben einen PCR-Test mit den Proben gemacht, die Sie mitgebracht haben. Drei Primer haben wir gefunden, zwei davon entsprechen dem Pockenvirus, einer jedoch nicht.«

»Sind es denn nun Pocken oder nicht?«

»Die Genomanalyse hat ergeben, daß die Genomsequenz keinem einzigen Pockenvirus in keinem Referenzlabor der Welt entspricht. Dr. Scarpetta, ich glaube, das Virus, das Sie da entdeckt haben, ist eine Mutation.«

»Das heißt, daß die Pockenimpfung nicht wirkt«, sagte ich. Mein Herz wurde schwer wie Stein.

»Das können wir nur anhand von Tierversuchen testen. Es dauert mindestens eine Woche, bis wir Bescheid wissen und über einen neuen Impfstoff nachdenken können. Der Einfachheit halber bezeichnen wir es als Pocken, aber in Wirklichkeit wissen wir nicht, was es ist. Ich möchte Sie auch daran erinnern, daß wir seit 1986 an einem Aidsimpfstoff arbeiten und immer noch keinen Schritt weitergekommen sind.«

»Tangier muß sofort unter Quarantäne gestellt werden. Wir

müssen dieses Virus unbedingt isolieren«, rief ich in panischer Angst.

»Das ist uns schon klar, keine Sorge. Wir stellen gerade ein Team auf, und auch die Küstenwache wird mobilisiert.«

Ich legte auf und sagte völlig außer mir zu Wesley: »Ich muß auf diese Insel. Dort grassiert eine Krankheit, von der noch nie jemand etwas gehört hat. Sie hat bereits mindestens zwei Menschen getötet. Vielleicht sogar drei. Oder vier.«

Während ich weiterredete, folgte er mir über den Flur.

»Es ist eine unbekannte Pockenart. Wir müssen herausfinden, wie sie übertragen wird. Kannte Lila Pruitt die Frau, die gerade gestorben ist? Hatte sie sonst irgendwelchen Kontakt mit ihr oder der Tochter? Wohnten sie in der Nähe? Was ist mit der Trinkwasserversorgung? Ich weiß noch, daß ich dort einen Wasserturm gesehen habe. Einen blauen.«

Ich zog mich an. Wesley stand in der Tür, das Gesicht fast grau und versteinert. »Du willst wieder dorthin«, sagte er.

»Zuerst muß ich in die Stadt.« Ich sah ihn an.

»Ich fahr' dich«, sagte er.

12

Wesley setzte mich ab und sagte, er werde für eine Weile zur FBI-Außenstelle von Richmond fahren und später nach mir sehen. Energischen Schrittes ging ich den Korridor hinunter und wünschte den Angehörigen meines Personals, die ich traf, guten Morgen. Rose telefonierte gerade, als ich eintrat. Der Blick durch die Tür, die unsere Büros verband, auf meinen Schreibtisch war niederschmetternd. Hunderte von Autopsieberichten und Totenscheinen warteten darauf, von mir abgezeichnet zu werden, und mein Eingangskorb quoll über vor Briefen und Telefonnotizen.

»Was ist denn hier los?« fragte ich, als sie auflegte. »Man könnte meinen, ich wäre ein Jahr lang weggewesen.«

»So kommt es mir auch vor.«

Sie rieb sich die Hände mit Lotion ein, und ich bemerkte die kleine Dose Vita-Aromatherapie-Spray am Rand meines Schreibtisches. Die geöffnete Versandpackung lag gleich daneben. Auf Roses Schreibtisch, neben ihrer Flasche Vaseline Intensiv Care, stand eine gleiche Dose. Mein Blick wanderte zwischen beiden hin und her, von meinem Vita-Spray zu ihrem, und mein Unterbewußtsein hatte das, was ich sah, verarbeitet, noch bevor mein Verstand soweit war. Alles um mich herum schien kopfzustehen, und ich suchte am Türrahmen Halt. Roses Stuhl rollte ruckartig zurück, als sie aufsprang und um ihren Schreibtisch herum auf mich zustürzte.

»Dr. Scarpetta!«

»Wo haben Sie das her?« frage ich und starrte auf das Spray.

»Das ist bloß eine Probe.« Sie wirkte bestürzt. »Es waren ein paar solcher Sprays in der Post.«

»Haben Sie es schon benutzt?«

Jetzt verrieten ihre Augen echte Besorgnis. »Na ja, es ist gerade erst angekommen. Ich habe es noch nicht ausprobiert.«

»Fassen Sie das ja nicht an!« sagte ich scharf. »Wer hat sonst noch eins gekriegt?«

»Du meine Güte, das weiß ich wirklich nicht. Wieso? Was ist denn los?« Ihre Stimme wurde lauter.

Ich holte mir Handschuhe aus meinem Büro, nahm das Gesichtsspray von ihrem Schreibtisch und tütete es dreifach ein.

»Alle in den Konferenzraum, sofort!«

Ich lief den Gang hinunter zum Empfang und sagte auch dort Bescheid. Wenige Minuten später war mein gesamtes Personal versammelt, einschließlich einiger Ärzte in OP-Anzügen. Ein paar Leute waren noch ganz außer Atem, und alle starrten mich beunruhigt und erschöpft an.

Ich hielt die transparente Beweistüte mit der Vita-Spray-probe hoch.

»Wer von Ihnen hat so eins bekommen?« fragte ich und sah von einem zum anderen.

Vier Leute hoben die Hand.

»Wer hat es benutzt?« fragte ich dann. »Das ist ganz wichtig.«

Cleta, eine Bürokraft vom Empfang, machte ein erschrockenes Gesicht. »Warum? Was ist denn los?«

»Haben Sie es sich ins Gesicht gesprüht?« fragte ich sie.

»Nur auf meine Pflanzen«, erwiderte sie.

»Die Pflanzen werden eingetütet und verbrannt«, sagte ich. »Wo ist Wingo?«

»Am MCV.«

»Ich weiß es zwar nicht mit absoluter Sicherheit«, sagte ich in die Runde, »und ich bete darum, daß ich falschliege. Aber möglicherweise ist dieser Artikel verseucht. Bitte geraten Sie nicht in Panik. Trotzdem darf unter keinen Umständen jemand das Spray anfassen. Weiß jemand, auf welche Weise genau es geliefert wurde?«

Cleta ergriff das Wort. »Ich war heute morgen vor allen anderen hier. Wie üblich waren die Polizeiberichte durch den Briefschlitz geschoben worden, und diese Proben befanden sich auch dabei. Sie steckten in kleinen Versandröhrchen. Es waren elf Stück. Ich habe sie nämlich gezählt, um zu sehen, ob sie für alle reichen.«

»Und es war nicht der Briefträger, der sie gebracht hat, jemand hat sie einfach durch den Schlitz in der Eingangstür geschoben?«

»Wer sie gebracht hat, weiß ich nicht. Aber sie sahen aus, als seien sie mit der Post gekommen.«

»Bitte bringen Sie mir alle Verpackungsröhrchen, die Sie noch haben«, sagte ich.

Alle gaben an, das Spray nicht benutzt zu haben. Die Röhrchen wurden eingesammelt und in mein Büro gebracht. Ich zog Baumwollhandschuhe an, setzte eine Brille auf und untersuchte das, welches für mich bestimmt war. Es handelte sich eindeutig um eine Warenprobe, die als Postwurfsendung frankiert war. Daß so eine Sendung an jemanden persönlich adressiert war, fand ich höchst ungewöhnlich. Als ich in das Röhrchen hineinschaute, fand ich einen Gutschein für das Spray. Im Gegenlicht konnte man erkennen, daß die Ränder kaum merklich unegal waren, als sei der Gutschein nicht mit einer Maschine, sondern mit einer Schere ausgeschnitten worden.

»Rose?« rief ich.

Sie kam in mein Büro.

»An wen war das Röhrchen adressiert, das Sie bekommen haben?« fragte ich sie.

»An alle Haushalte, glaube ich.« Sie wirkte gestreßt.

»Dann ist meins das einzige, auf dem ein Name steht.«

»Ich glaube schon. Das ist ja furchtbar.«

»Allerdings.« Ich nahm das Röhrchen in die Hand. »Sehen Sie sich das an. Die Buchstaben haben alle die gleiche Größe, und der Poststempel befindet sich auf demselben Aufkleber wie die Adresse. So was ist mir noch nicht untergekommen.«

»Als ob es aus einem Computer stammt«, sagte sie mit wachsender Bestürzung.

»Ich gehe rüber ins DNS-Labor.« Ich stand auf. »Rufen Sie bitte gleich beim USAMRIID an und sagen Sie Colonel Fujitsubo, wir müssen eine Videokonferenz abhalten – zwischen ihm, uns, dem CDC und Quantico. Und zwar sofort.«

»Wo soll die stattfinden?« fragte sie, als ich aus der Tür eilte.

»Nicht hier. Fragen Sie Benton.«

Draußen rannte ich die Straße hinunter, vorbei an meinem Parkplatz, und überquerte die Fourteenth Street. Dann betrat ich das Seaboard Building, in das vor ein paar Jahren das

DNS- und andere forensische Labors umgezogen waren. Vom Portier aus rief ich die Abteilungsleiterin Dr. Douglas Wheat an, die einen männlichen Vornamen bekommen hatte, obwohl sie eine Frau war.

»Ich brauche ein abgeschlossenes Lüftungssystem mit einer Luftabzugshaube«, erklärte ich.

»Kommen Sie mit.«

Ein langer, stets auf Hochglanz gewienerter Gang führte zu einer Reihe von Labors hinter Glaswänden. Drinnen waren Wissenschaftler mit Pipetten, Reagenzien und radioaktiven Sonden damit beschäftigt, Gencode-Sequenzen dazu zu bringen, ihre Identität zu enthüllen. Wheat, die mit beinahe ebensoviel Papierkram zu kämpfen hatte wie ich, saß an ihrem Schreibtisch und tippte etwas in ihren Computer. Sie war eine kräftige, attraktive Frau, vierzig Jahre alt und von freundlichem Wesen.

»Was haben Sie denn diesmal für ein Problem?« Sie lächelte mich an und beäugte dann meine Tüte. »Ich wage es kaum zu fragen.«

»Könnte ein verseuchtes Produkt sein«, sagte ich. »Ich muß etwas davon auf einen Objektträger sprühen, aber es darf auf gar keinen Fall in die Luft geraten, und weder ich noch sonst irgend jemand darf etwas davon abbekommen.«

»Was ist es denn?« Sie wurde ernst und stand auf.

»Möglicherweise ein Virus.«

»So eins wie auf Tangier?«

»Ich fürchte, ja.«

»Meinen Sie nicht, daß es klüger wäre, das ans CDC zu schicken und dort ...«

»Douglas, natürlich wäre das klüger«, erklärte ich geduldig und hustete wieder. »Aber wir haben keine Zeit. Ich muß es sofort wissen. Wir haben keine Ahnung, wie viele von diesen Proben möglicherweise bereits in den Händen der Verbraucher sind.«

In ihrem DNS-Labor gab es einige Luftabzugshauben mit geschlossenem Luftkreislauf, umgeben von gläsernen Schutzwänden, denn hier wurde Blut getestet. Sie führte mich an einen Arbeitsplatz im hinteren Teil des Raums. Wir setzten Masken auf und zogen Handschuhe an, und sie gab mir einen Laborkittel. Sie schaltete ein Gebläse ein, das die Luft in die Abzugshaube sog und dann durch HEPA-Filter schickte.

»Fertig?« fragte ich und nahm das Gesichtsspray aus der Tüte. »Wir müssen uns ranhalten.«

Ich hielt einen sauberen Objektträger und die kleine Dose unter die Abzugshaube und sprühte.

»Und jetzt tauchen wir die Spraydose in eine zehnprozentige Bleichmittellösung«, sagte ich, als ich fertig war. »Dann tüten wir sie dreifach ein und schicken sie und die anderen zehn nach Atlanta.«

»Wird gemacht«, sagte Wheat und verließ den Raum.

Der Objektträger war im Nu trocken. Ich betropfte ihn mit Nicolaou-Färbung und legte ein Deckgläschen obendrauf. Als Wheat mit der Bleichmittellösung zurückkam, war ich bereits dabei, mir das Präparat unterm Mikroskop anzuschauen. Sie tauchte das Vita-Spray mehrfach in die Lösung, während sich meine schlimmsten Befürchtungen zu einer furchtbaren, dunklen Wolke zusammenbrauten. Das Herz pochte mir bis zum Hals. Durch das Okular sah ich die Guarnieri-Körper, die ich inzwischen fürchten gelernt hatte.

Wheat wußte meinen Gesichtsausdruck sofort zu deuten, als ich zu ihr aufblickte.

»Nichts Gutes«, sagte sie.

»Nichts Gutes.« Ich schaltete das Mikroskop aus und ließ meine Maske und die Handschuhe in den infektiösen Müll fallen.

Die Vita-Sprays aus meinem Büro wurden nach Atlanta geflogen, und die Medien sendeten eine erste Warnung an alle

Haushalte, die möglicherweise solch eine Probe erhalten hatten. Der Hersteller hatte eine sofortige Rückrufaktion gestartet, und die internationalen Fluggesellschaften entfernten die Sprays aus den Reisenecessaires, die auf Überseeflügen an Passagiere der Busineß- und der ersten Klasse verteilt wurden. Die Vorstellung, wie weit diese Krankheit verbreitet werden konnte, falls *deadoc* Hunderte, gar Tausende der Gesichtssprays vergiftet haben sollte, war ungeheuerlich. Möglicherweise drohte eine weltweite Epidemie.

Die Konferenz fand um ein Uhr mittags in der FBI-Außenstelle in einer Seitenstraße der Staples Mill Road statt. Ein scharfer Wind zerrte an Staats- und Bundesflagge, die an ihren hohen Masten befestigt waren, riß braune Blätter von den Bäumen und ließ den Nachmittag kälter erscheinen, als er war. Das Backsteingebäude war neu und besaß einen abhörsicheren Konferenzraum. Er war mit einer Audiovisionsanlage ausgestattet, die es uns ermöglichte, Menschen, die sich ganz woanders befanden, zu sehen, während wir mit ihnen redeten. Eine junge Agentin saß am Kopfende des Tisches an einem Schaltpult. Wesley und ich zogen jeder einen Stuhl unter dem Tisch hervor und holten die Mikrofone zu uns heran. An den Wänden über uns waren Videomonitore installiert. »Wen erwarten wir noch?« fragte Wesley, als der verantwortliche Special Agent, der S. A. C., mit einem dicken Stapel von Papieren hereinkam.

»Miles«, sagte der S. A. C. Er war der Leiter der Gesundheitsbehörde, mein direkter Vorgesetzter. »Und die Küstenwache.« Er warf einen Blick auf seine Unterlagen. »Ein Revierleiter aus Crisfield, Maryland. Wird mit einem Hubschrauber abgeholt. Wenn sie einen von den großen Vögeln nehmen, dauert das bestimmt nicht länger als eine halbe Stunde.«

Kaum hatte er das gesagt, hörten wir in der Ferne das leise Knattern eines Rotors. Wenige Minuten später donnerte der

Jayhawk über uns hinweg und landete auf dem Hubschrauberlandeplatz hinter dem Gebäude. Ich konnte mich nicht erinnern, daß schon jemals ein Seenotrettungshubschrauber der Küstenwache in unserer Stadt gelandet wäre oder sie im Tiefflug überquert hätte. Sämtliche Passanten waren von dem Anblick zutiefst beeindruckt. Chief Martinez trat ein und schlüpfte aus seinem Mantel. Als ich seinen dunkelblauen Armeepullover, seine Uniformhosen und die aufgerollten Landkarten unter seinem Arm sah, kam mir die Situation noch ernster vor.

Nachdem die Agentin am Schaltpult die Regler justiert hatte, kam mit großen Schritten Commissioner Miles herein und nahm neben mir Platz. Er war ein älterer Mann mit vollem, grauem Haar, das noch widerspenstiger war als die meisten Leute, die unter ihm arbeiteten. Heute stand es büschelweise in allen Himmelsrichtungen ab. Mit ernster und düsterer Miene setzte er eine dicke, schwarze Brille auf.

»Sie sehen ein wenig angeschlagen aus«, sagte er, während er sich Notizen machte.

»Das übliche. Die Grippe geht um«, sagte ich.

»Wenn ich das gewußt hätte, hätte ich mich nicht neben Sie gesetzt.« Das meinte er durchaus ernst.

»Ich bin nicht mehr ansteckend«, sagte ich, aber er hörte gar nicht zu.

Überall im Raum leuchteten die Monitore auf, und auf einem davon erkannte ich das Gesicht Colonel Fujitsubos. Dann erschien Bret Martin auf einem Bildschirm und sah uns unverwandt an.

Die Agentin am Schaltpult sagte: »Kamera an. Mikro an. Würde bitte mal jemand zählen?«

»Fünf-vier-drei-zwei-eins«, sagte der S. A. C. in sein Mikro.

»Wie ist es mit der Lautstärke?«

»Hier ist es gut«, sagte Fujitsubo aus Frederick, Maryland.

»Bestens«, sagte Martin aus Atlanta.

»Dann kann's ja losgehen.« Die Agentin am Schaltpult ließ ihren Blick einmal um den Tisch wandern.

»Erst einmal möchte ich Sie alle zur aktuellen Situation informieren«, begann ich. »Offenbar grassiert ein pockenähnliches Virus, allerdings bislang nur auf Tangier Island, wie es scheint – achtzehn Meilen vor der Küste Virginias. Bisher wurden zwei Todesfälle gemeldet, und eine weitere Person ist erkrankt. Außerdem war ein kürzlich aufgefundenes Mordopfer vermutlich mit diesem Virus infiziert. Es besteht der dringende Verdacht, daß das Virus durch die Manipulation von Warenproben eines Vita-Aromatherapie-Gesichtssprays verbreitet wird.«

»Das steht noch nicht fest«, kam es von Miles.

»Die Proben müßten jeden Moment hier sein«, sagte Martin aus Atlanta. »Wir werden sofort mit den Tests anfangen, dann haben wir hoffentlich bis morgen abend eine Antwort. In der Zwischenzeit werden die Sprays so lange aus dem Verkehr gezogen, bis wir genau wissen, womit wir es hier zu tun haben.«

»Sie können doch einen PCR-Test machen, um zu sehen, ob es sich um das gleiche Virus handelt«, sagte Miles zu den Monitoren.

Martin nickte. »Ja, das können wir.«

Miles blickte von einem zum anderen. »Und was heißt das für uns? Daß es da draußen irgendeinen Verrückten gibt, der als Mordwerkzeug eine Krankheit benutzt? Woher wollen wir denn wissen, ob diese verdammten kleinen Sprühdosen nicht schon über das ganze Land verteilt sind?«

»Ich glaube, der Killer läßt sich Zeit«, setzte Wesley zu einer Taktik an, die er am besten beherrschte. »Angefangen hat er mit nur einem Opfer. Als das die beabsichtigte Wirkung erzielt hatte, nahm er sich eine winzige Insel vor. Und jetzt, wo auch das zum erwünschten Ziel geführt hat, torpediert er eine Dienststelle der Gesundheitsbehörde mitten in der Stadt.«

Er sah mich an. »Er wird immer weiter gehen, wenn wir ihn nicht aufhalten oder einen Impfstoff entwickeln. Außerdem gibt es noch einen weiteren Grund, weshalb ich annehme, daß die ganze Angelegenheit im Moment noch lokal begrenzt ist: Offenbar hat der Täter die Gesichtssprays persönlich verteilt. Die Frankierung der Verpackungen ist gefälscht. Es sollte lediglich so aussehen, als wären sie mit der Post versandt worden.«

»Na, das nenne ich eine Produktfälschung mit allem Drum und Dran«, sagte Colonel Fujitsubo zu ihm.

»Für mich ist das Terrorismus.«

»Mit welchem Ziel?«

»Das wissen wir noch nicht«, erklärte Wesley.

»Wir haben hier jedoch ein sehr viel größeres Problem als im Falle des Tylenol-Killers oder des Unabombers«, sagte ich. »Die beiden bringen nur jeweils die Person um, die eine Tylenol-Kapsel schluckt oder ein Bombenpaket öffnet. Ein Virus hingegen verbreitet sich weit über das Primäropfer hinaus.«

»Dr. Martin, was können Sie uns über dieses spezielle Virus sagen?« fragte Miles.

»Uns stehen vier traditionelle Testmethoden zum Nachweis von Pocken zur Verfügung.« Unbeweglich starrte er uns vom Bildschirm herunter an. »Unterm Elektronenmikroskop zum Beispiel war das Variola-Virus klar zu erkennen.«

»Pocken?« brüllte Miles fast. »Sind Sie sicher, daß ...?«

»Moment«, unterbrach ihn Martin. »Lassen Sie mich ausreden. Außerdem haben wir mit Hilfe von Agar-Gel Antigene gefunden. Die Kultur, die wir mit der Chorioallantoismembran eines Hühnerembryos angesetzt haben, und die anderen Gewebekulturen werden noch zwei bis drei Tage brauchen. Die Ergebnisse liegen noch nicht vor. Wir haben jedoch mittels eines PCR-Tests nachgewiesen, daß es sich um eine Pockenvirenart handelt. Wir wissen nur noch nicht, um welche. Eine höchst merkwürdige Angelegenheit. Bisher ist dieses Virus jedenfalls noch nicht bekannt. Es sind weder Affenpocken noch Weiße Pocken und auch nicht die klassischen Variola major oder Variola minor. Allerdings scheint es damit verwandt zu sein.«

»Dr. Scarpetta«, sagte Fujitsubo. »Können Sie mir etwas über die Inhaltsstoffe dieses Gesichtssprays sagen?«

»Destilliertes Wasser und ein Duftstoff. Die Zusammensetzung war nirgends aufgeführt, aber das sind normalerweise die Hauptbestandteile solcher Sprays«, sagte ich.

Er schrieb mit. »Steril?« Vom Monitor aus schaute er uns an.

»Das will ich doch hoffen, schließlich steht in der Gebrauchsanweisung, man solle sich das Gesicht und die Kontaktlinsen damit einsprühen«, erwiderte ich.

»Dann stellt sich die Frage«, fuhr Fujitsubo via Satellit fort, »wie lange diese verseuchten Sprays lagerfähig sind. Variola-Viren haben in einer feuchten Umgebung keine sonderlich lange Lebenszeit.«

»Stimmt«, sagte Martin und rückte an seinem Kopfhörer. »Getrocknet halten sie sich sehr gut, und bei Raumtemperatur können sie mehrere Monate bis zu einem Jahr überleben. Sie sind lichtempfindlich, aber das spielt in den Sprühdosen ja keine Rolle. Und sie sind empfindlich gegen Hitze, was leider heißt, daß diese Jahreszeit ideal für sie ist.«

»Dann kann es also sein«, sagte ich, »daß, je nachdem, was die Leute damit anstellen, wenn sie so eine Probe erhalten, eine Menge Blindgänger dabei sind.«

»Möglich wär's«, erwiderte Martin hoffnungsvoll.

Wesley sagte: »Offensichtlich kennt sich unser Täter mit Infektionskrankheiten bestens aus.«

»Allerdings«, sagte Fujitsubo. »Das Virus muß herangezüchtet und vermehrt werden. Wenn es sich hier tatsächlich um einen terroristischen Anschlag handelt, dann ist der Täter mit den elementaren Labortechniken außerordentlich gut vertraut. Er wußte, wie er mit einer solchen Substanz umzugehen hat, ohne sich selbst dabei zu gefährden. Gehen wir eigentlich davon aus, daß es sich nur um eine Person handelt?«

»Meiner Theorie zufolge schon, aber die Antwort lautet: Wir wissen es nicht«, sagte Wesley.

»Er nennt sich *deadoc*«, sagte ich.

»Also Doktor Tod?« Fujitsubo runzelte die Stirn. »Will er damit sagen, daß er Arzt ist?«

Auch das ließ sich nur schwer beantworten, doch die entscheidende Frage war die, die uns am schwersten über die Lippen ging.

»Dr. Martin«, sagte ich, während Martinez sich schweigend in seinem Stuhl zurücklehnte und zuhörte. »Ihr Institut und ein Labor in Rußland sind, soweit wir wissen, die beiden einzigen Einrichtungen, in denen Pockenvirenisolate gelagert sind. Haben Sie irgendeine Vorstellung, wie sich jemand Zugriff darauf verschafft haben könnte?«

»Richtig«, sagte Wesley. »So unangenehm der Gedanke auch sein mag – wir müssen ihre Personalliste überprüfen. Ist in letzter Zeit jemand gefeuert worden? Hat in den letzten Monaten und Jahren jemand von sich aus gekündigt?«

»Unser Varila-Virenbestand wird so peinlich genau kontrolliert und inventarisiert wie Plutonium«, antwortete Martin mit Nachdruck. »Ich habe das bereits persönlich überprüft und kann Ihnen versichern, daß nichts angerührt wurde. Es fehlt nichts. Und für jemanden, der nicht entsprechend autorisiert ist und die Alarmcodes nicht kennt, ist es unmöglich, die Verriegelung der Gefriergeräte zu öffnen.«

Einen Moment lang waren alle still.

Dann sagte Wesley: »Ich glaube, es wäre gut, wenn wir eine Liste der Leute hätten, die in den letzten fünf Jahren eine entsprechende Berechtigung hatten. Vorläufig würde ich den Täter aufgrund meiner Erfahrung als männlichen Weißen einschätzen, möglicherweise Anfang Vierzig. Er lebt höchstwahrscheinlich allein, anderenfalls ist ein Teil seiner Wohnung off limits und dient ihm als Labor.«

»Das heißt, wir sprechen hier vermutlich von einem ehemaligen Laboranten«, sagte der S. A. C.

»Oder von jemand Vergleichbarem«, erwiderte Wesley. »Jemand, der eine Schul- und Berufsausbildung hat. Er ist introvertiert. Dafür gibt es mehrere Anzeichen, nicht zuletzt die Tatsache, daß er gern in Kleinbuchstaben schreibt. Seine Weigerung, sich der Zeichensetzung zu bedienen, ist ein Indiz dafür, daß er glaubt, er sei anders als andere Menschen und unterliege nicht den gleichen Regeln wie sie. Er ist nicht sehr gesprächig und wird von seinen Kollegen möglicherweise für unnahbar und schüchtern gehalten. Er hat viel Zeit, und vor allem fühlt er sich vom Staat schlecht behandelt. Er glaubt, die Spitze des Staates, die Regierung, habe sich bei ihm zu entschuldigen, und das ist meiner Ansicht nach der Schlüssel zum Motiv unseres Täters.«

»Dann ist es also Rache«, sagte ich. »Ganz schlicht und einfach.«

»Ganz einfach ist es nie. Schön wär's«, entgegnete Wesley. »Aber ich glaube tatsächlich, daß Rache der Schlüssel ist. Daher ist es sehr wichtig, daß alle Regierungsbehörden, die mit Infektionskrankheiten befaßt sind, uns die Akten aller Mitarbeiter herausgeben, die in den letzten Monaten und Jahren abgemahnt, gekündigt oder zwangsbeurlaubt wurden.«

Fujitsubo räusperte sich. »Dann lassen Sie uns jetzt über die Logistik sprechen.«

Nun war die Küstenwache an der Reihe. Martinez stand auf und befestigte große Landkarten an Flipcharts, während die Kameras so ausgerichtet wurden, daß unsere viele Meilen entfernten Gäste etwas sehen konnten.

»Kriegen Sie das rein?« fragte Martinez die Agentin am Schaltpult.

»Ja«, sagte sie. »Wie sieht es bei Ihnen aus?« Sie blickte zu den Monitoren empor.

»Prima.«

»Ich weiß nicht recht. Können Sie vielleicht noch etwas näher heranzoomen?«

Sie bewegte die Kamera dichter heran, und Martinez holte einen Laserpointer hervor. Er richtete den leuchtendroten Punkt auf den Grenzabschnitt zwischen Maryland und Virginia, der durch die Chesapeake Bay und im Norden von Tangier mitten durch Smith Island verlief.

»Nördlich von Tangier in Richtung Fishing Bay und Island Nanticoke River gibt es eine Reihe von Inseln: Smith Island, South Marsh Island, Bloodsworth Island.« Der rote Punkt hüpfte von einer zu anderen. »Dann kommt das Festland. Und hier unten liegt Crisfield, nur fünfzehn Seemeilen von Tangier entfernt.« Er sah uns an. »In Crisfield bringen viele Fischer ihren Krabbenfang ein. Und zahlreiche Einwohner von Tangier haben Verwandte in Crisfield. Das macht mir große Sorgen.«

»Ich fürchte, daß die Leute auf Tangier sich nicht sehr kooperativ zeigen werden«, sagte Miles. »Wenn wir die Insel unter Quarantäne stellen, werden sie von ihrer einzigen Einkommensquelle abgeschnitten.«

»Ja, Sir«, sagte Martinez und schaute auf seine Uhr. »Wir haben bereits damit angefangen. Aus der gesamten Gegend, sogar aus Elizabeth City kommen Boote und Küstenwachschiffe, um zu helfen, die Insel einzukreisen.«

»Also kann da momentan niemand weg«, sagte Fujitsubo, dessen Gesicht immer noch majestätisch auf dem Monitor über uns schwebte.

»Richtig.«

»Gut.«

»Was ist, wenn die Leute dort Widerstand leisten?« sprach ich die nächstliegende Frage aus. »Was würden Sie mit denen machen? Sie können sie schließlich nicht verhaften und damit eine Ansteckung riskieren.«

Martinez zögerte. Er blickte zu Fujitsubo empor. »Commander, möchten Sie diese Frage vielleicht beantworten, Sir?« fragte er.

»Das haben wir bereits in aller Ausführlichkeit diskutiert«, erklärte Fujitsubo. »Ich habe mit dem Verkehrsminister gesprochen, mit Vice Admiral Perry und natürlich mit dem Verteidigungsminister. Kurz und gut, diese Angelegenheit wird auf dem schnellsten Weg dem Präsidenten vorgelegt, und wir warten nur noch auf die Ermächtigung.«

»Ermächtigung wozu?« Das war Miles.

»Von der Schußwaffe Gebrauch zu machen, wenn alle anderen Mittel versagen«, sagte Martinez an uns alle gewandt.

»Mein Gott«, stieß Wesley hervor.

Fassungslos hörte ich zu und starrte zu den Männern hinauf, die sich zu Herren über Leben und Tod machten.

»Wir haben keine andere Wahl«, sagte Fujitsubo ruhig. »Wenn die Leute in Panik geraten und anfangen, von der Insel zu flüchten, anstatt den Warnungen der Küstenwache Folge zu leisten, dann werden sie – so viel steht fest – die Pocken aufs Festland bringen. Und bedenken Sie, daß unter der Bevölkerung schon seit dreißig Jahren keine Impfkampagnen mehr durchgeführt worden sind. Die letzten Impfungen haben vor so langer Zeit stattgefunden, daß sie heute nicht mehr wirksam sind. Und dieses neue Virus ist eine Mutation, gegen die unser gegenwärtiger Impfstoff möglicherweise nicht schützt. Mit anderen Worten: Es kann nur böse enden.«

Ich wußte nicht, ob mir so speiübel war, weil ich kränkelte oder aufgrund dessen, was ich gerade gehört hatte. Ich dachte an jenes verwitterte Fischerdorf mit seinen schiefen Grabsteinen und den rauhen, stillen Menschen, die einfach nur in Ruhe gelassen werden wollten. Befehle zu befolgen war nicht ihre Art, denn sie gehorchten höheren Mächten – Gott und den Stürmen.

»Es muß doch einen anderen Weg geben«, sagte ich.

Aber es gab keinen.

»Pocken sind bekanntermaßen eine hochansteckende Infektionskrankheit. Der Seuchenherd muß unbedingt isoliert werden«, erklärte Fujitsubo, was ohnehin allen klar war. »Stubenfliegen, die um die Patienten herumschwirren, Krabben, die fürs Festland bestimmt sind – all das kann eine Gefahr bedeuten. Woher sollen wir um Himmels willen wissen, ob diese Krankheit nicht wie die Tanapocken auch durch Mückenstiche übertragen wird? Da wir das Virus bisher nicht endgültig identifizieren konnten, sind die Übertragungsrisiken unklar.« Martin sah mich an. »Wir haben bereits Spezialteams dort draußen, Krankenschwestern, Ärzte, Isolierbetten, damit diese Menschen nicht ins Krankenhaus müssen, sondern zu Hause bleiben können.«

»Was ist mit den Leichen und der Kontamination?« fragte ich ihn.

»Laut Gesetz handelt es sich hier um einen nationalen Notstand der Stufe eins.«

»Das ist mir klar«, sagte ich ungeduldig. Bürokratie brachte uns jetzt nicht weiter. »Kommen Sie zur Sache.«

»Alles außer den Patienten wird verbrannt. Die Leichen werden eingeäschert. Das Haus der Pruitt wird abgefackelt.«

Fujitsubo versuchte uns zu beruhigen. »Ein USAMRIID-Team ist unterwegs. Wir werden mit den Bewohnern reden und versuchen, ihnen die Lage begreiflich zu machen.«

Ich dachte an Davy Crockett und seinen Sohn, daran, wie die Menschen dort in Panik geraten würden, wenn Wissenschaftler in Raumanzügen ihre Insel okkupierten und anfingen, ihre Häuser in Brand zu stecken.

»Steht denn fest, daß der Pockenimpfstoff nicht wirkt?« fragte Wesley.

»Nein, noch nicht«, antwortete Martin. »Die Tierversuche werden noch Tage oder Wochen dauern. Aber selbst wenn die Impfung im Tierversuch Schutz bietet, heißt das nicht, daß das gleiche für den Menschen gilt.«

»Da die DNS des Virus verändert worden ist«, gab Fujitsubo zu bedenken, »habe ich nicht viel Hoffnung, daß der Impfstoff dagegen wirkt.«

»Ich bin zwar kein Arzt«, sagte Martinez, »aber ich frage mich, ob Sie nicht trotzdem jeden impfen könnten, in der Hoffnung, daß es vielleicht doch wirkt.«

»Zu riskant«, sagte Martin. »Wenn es keine Pocken sind, warum sollte man Menschen absichtlich damit infizieren und dabei die Möglichkeit in Kauf nehmen, daß die Krankheit bei einigen ausbricht? Und wenn wir den neuen Impfstoff entwickelt haben, wollen wir doch nicht ein paar Wochen später wieder losgehen und die Leute noch einmal impfen, diesmal mit einem anderen Pockenvirus.«

»Das heißt«, sagte Fujitsubo, »wir können die Leute von Tangier nicht als Versuchsobjekte mißbrauchen. Wenn wir sie auf der Insel festhalten und dann so bald wie möglich einen Impfstoff zu ihnen hinausschaffen, müßten wir in der Lage sein, die Krankheit in Schach zu halten. Das Gute an Pocken ist, daß es sich dabei um kein besonders intelligentes Virus handelt. Es tötet seinen Wirt so schnell, daß die Viren bald aufgeben, wenn es gelingt, sie lokal zu begrenzen.«

»Alles klar. Eine ganze Insel wird ausgelöscht, und wir sitzen da und sehen zu«, sagte Miles wütend zu mir. »Es ist nicht zu fassen. Verdammter Mist.« Er schlug mit der Faust auf den Tisch. »Und das in unserem Staat!«

Er erhob sich. »Meine Herren. Ich würde gern wissen, was wir tun sollen, wenn auch in anderen Teilen des Landes Menschen erkranken. Schließlich hat der Gouverneur mich dafür eingesetzt, für die Gesundheit der Bürger von Virginia zu sorgen.« Sein Gesicht war puterrot, und er schwitzte. »Sollen wir etwa wie die Yankees anfangen, all unsere Städte niederzubrennen?«

»Wenn die Sache sich ausbreiten sollte«, sagte Fujitsubo, »müssen wir die Patienten natürlich in unsere Krankenhäuser stecken und spezielle Krankenstationen einrichten, genau wie wir es in früheren Zeiten getan haben. Das CDC und meine Leute sind bereits dabei, die Mediziner und das Pflegepersonal vor Ort zu alarmieren. Wir werden eng mit ihnen zusammenarbeiten.«

»Das Krankenhauspersonal ist bekanntlich den meisten Risiken ausgesetzt«, fügte Martin hinzu. »Es wäre wirklich schön, wenn der Kongreß endlich diese verdammte Haushaltssperre aufheben würde, damit mir nicht noch länger die Hände gebunden sind.«

»Sie können mir glauben, daß der Präsident und der Kongreß sich dessen bewußt sind.«

»Senator Nagle hat mir versichert, daß es morgen früh vorbei ist.«

»Das sind doch alles leere Versprechungen.«

Die frische Impfnarbe an meinem Arm war geschwollen und juckte und erinnerte mich ständig daran, daß ich vermutlich für nichts und wieder nichts geimpft worden war. Auf dem Weg zum Parkplatz klagte ich Wesley mein Leid.

»Erst diese Impfung, und jetzt bin ich auch noch krank. Das heißt, wahrscheinlich ist jetzt zu allem Überfluß auch noch mein Immunsystem geschwächt.«

»Woher willst du eigentlich wissen, daß du es nicht hast?« fragte er behutsam.

»Ich weiß es nicht.«

»Du könntest womöglich andere anstecken.«

»Nein, kann ich nicht. Das erste Symptom ist Ausschlag, und daraufhin untersuche ich mich täglich. Beim geringsten Anzeichen würde ich mich wieder in Quarantäne begeben. Dann würde ich weder dir noch sonst jemandem auch nur einen Schritt zu nahe kommen, Benton«, sagte ich. Unsinnigerweise heizte seine Unterstellung, ich riskierte möglicherweise, jemanden anzustecken, und sei es auch nur mit einer stinknormalen Erkältung, meine Wut noch weiter an.

Während er die Türen entriegelte, warf er mir einen Blick zu, und ich wußte, daß er beunruhigter war, als er es sich anmerken ließ. »Was soll ich denn tun, Kay?«

»Bring mich nach Haus, damit ich meinen Wagen holen kann«, sagte ich.

Das Tageslicht schwand rasch, während ich viele Meilen an dichten Kiefernwäldern entlangfuhr. Die Felder waren fahlbraun, Baumwollbüschel klammerten sich immer noch an tote Stengel, und der Himmel war feucht und kalt. Als ich von der Konferenz nach Hause gekommen war, hatte ich eine Nachricht von Rose vorgefunden. Um zwei Uhr nachmittags hatte Keith Pleasants vom Gefängnis aus angerufen und dringend um meinen Besuch gebeten, und Wingo war mit Grippe nach Hause gegangen.

Im Laufe der Jahre war ich schon viele Male im alten Gerichtsgebäude von Sussex County gewesen und hatte die urige Ausstrahlung und den mangelnden Komfort des noch aus der Zeit vor dem Bürgerkrieg stammenden Gebäudes richtig liebgewonnen. Der rote Backsteinbau mit den weißen Schmuckstreifen und Säulen war 1825 vom Baumeister Thomas Jeffersons erbaut worden und hatte den Bürgerkrieg überlebt. Allerdings war es den Yankees gelungen, zuvor alle Akten zu vernichten. Ich dachte an kalte Wintertage, die ich zusammen mit Detectives draußen auf dem Rasen verbracht hatte, während ich darauf wartete, in den Zeugenstand gerufen zu werden. Sogar an die Namen der Opfer, deren Fälle ich vor dieses Gericht gebracht hatte, erinnerte ich mich noch.

Mittlerweile fanden solche Verhandlungen in dem geräumigen, neuen Gebäude nebenan statt, und als ich auf dem Weg zum Parkplatz daran vorbeifuhr, wurde ich traurig. Neubauten wie dieser waren ein Mahnmal für die steigende Kriminalitätsrate, und ich sehnte mich nach alten Zeiten zurück, als ich gerade nach Virginia gezogen war und die alte Backsteinarchitektur und der längst vergangene und dennoch nicht enden wollende Krieg mich mit Ehrfurcht erfüllten. Damals hatte ich noch geraucht. Wahrscheinlich verklärte ich die Vergangenheit, wie die meisten Menschen es tun. Aber das Rauchen fehlte mir, und ich vermißte es, bei miesem Wetter vor diesem so gut wie gar nicht beheizten Gerichtsgebäude zu warten. Veränderungen führten immer dazu, daß ich mich alt fühlte.

Das Sheriff's Department bestand aus dem gleichen weiß eingefaßten roten Backstein. Der Parkplatz und das Gefängnis waren von einem Zaun umgeben, der oben mit Nato-Draht besetzt war. Dahinter polierten zwei Gefängnisinsassen in orangefarbenen Overalls einen zivilen Polizeiwagen, den sie gerade gewaschen und gewachst hatten. Sie beäugten mich verstohlen, als ich davor parkte, und einer versetzte dem anderen einen Klaps mit dem Autoleder.

»Yo. Alles klar?« murmelte einer von ihnen in meine Richtung, als ich vorbeiging.

»Guten Tag.« Ich sah den beiden ins Gesicht.

Sie wandten sich ab. An jemandem, der sich nicht von ihnen einschüchtern ließ, verloren sie schnell wieder das Interesse, und ich zog die Eingangstür auf. Das Innere des Reviers war so bescheiden, daß es schon fast deprimierend wirkte, und wie alle öffentlichen Einrichtungen platzte es nahezu aus allen Nähten. Drinnen standen Cola- und Snack-Automaten, die Wände waren mit Fahndungsplakaten tapeziert. Auch das Foto eines Polizisten, der während eines Einsatzes brutal ermordet worden war, hatte man hier aufgehängt. Ich blieb am Tisch des Diensthabenden stehen, wo eine junge Frau in Papieren wühlte und an ihrem Stift kaute.

»Entschuldigen Sie«, sagte ich. »Ich möchte zu Keith Pleasants.«

»Stehen Sie auf seiner Besucherliste?« Ihre Kontaktlinsen ließen sie blinzeln, und sie trug eine rosa Zahnklammer.

»Das will ich doch hoffen, schließlich hat er mich gebeten zu kommen.«

Sie blätterte in einem Loseblatthefter und hielt inne, als sie auf der richtigen Seite angelangt war.

»Wie heißen Sie?«

Ich sagte ihr meinen Namen, und ihr Finger glitt die Seite hinunter.

»Hier.« Sie stand auf. »Kommen Sie mit.«

Sie ging um ihren Schreibtisch herum und schloß eine Tür mit einem vergitterten Fenster auf. Jetzt standen wir in einem engen Raum, in dem Fingerabdrücke und Lichtbilder entwickelt wurden, mit einem zerbeulten Metallschreibtisch, an dem ein untersetzter Deputy saß. Dahinter befand sich eine weitere schwere, vergitterte Tür, durch die hindurch ich Lärm hören konnte.

»Ihre Tasche müssen Sie hierlassen«, erklärte der Deputy.

»Können Sie mal herkommen?« sagte er in sein Funkgerät.

»Verstanden. Schon unterwegs«, antwortete eine Frau.

Ich legte meine Handtasche auf den Schreibtisch und vergrub meine Hände in den Manteltaschen. Man würde mich durchsuchen – ein unangenehmer Gedanke.

»Wir haben hier ein kleines Zimmer, in dem die sich mit ihren Anwälten treffen«, sagte der Deputy und streckte seinen Daumen in die Luft, als wollte er trampen. »Aber bei diesen Ungeheuern sind immer welche dabei, die jedes Wort mithören. Falls Sie das stört, müssen Sie nach oben gehen. Da gibt es noch einen Raum.«

»Ich glaube, oben wäre besser«, sagte ich, als ein weiblicher Deputy, stämmig und mit kurzen, angegrauten Haaren, mit einem Metalldetektor um die Ecke kam.

»Arme ausstrecken«, sagte sie zu mir. »Haben Sie Gegenstände aus Metall in den Taschen?«

»Nein«, sagte ich, doch der Detektor jaulte wie eine mechanische Katze.

Sie bewegte das Gerät erst auf der einen Seite auf und ab, dann auf der anderen. Es schlug immer wieder an.

»Ziehen Sie mal Ihren Mantel aus.«

Ich legte ihn auf den Schreibtisch, und sie versuchte es noch einmal. Der Warnton wollte nicht verstummen. Stirnrunzelnd probierte sie weiter.

»Tragen Sie Schmuck?« fragte sie.

Ich schüttelte den Kopf, und plötzlich fiel mir ein, daß ich einen Bügel-BH trug, dessen Existenz kundzutun ich nicht die Absicht hatte. Sie legte den Detektor weg und begann, mich abzuklopfen, während der Deputy an seinem Schreibtisch saß und mit hängendem Unterkiefer glotzte, als liefe vor seinen Augen ein Schmuddelfilm ab.

»Okay«, sagte sie, zufrieden, daß ich mich als ungefährlich erwiesen hatte. »Folgen Sie mir.«

Um nach oben zu gelangen, mußten wir den Frauentrakt des Gefängnisses durchqueren. Schlüssel klirrten, als sie eine schwere Metalltür aufschloß, die laut hinter uns ins Schloß fiel. Die Insassinnen waren jung und sahen in ihrem Anstaltsdrillich sehr männlich aus. Die mit einer weißen Toilette, einem Bett und einem Waschbecken ausgestatteten Zellen waren kaum groß genug für ein Tier. Frauen lehnten an den Stäben ihrer Käfige oder spielten Solitaire. Sie hatten ihre Sachen an die Gitter gehängt, und die Mülltonnen, die danebenstanden, waren vollgestopft mit den Resten der Abendmahlzeit. Bei dem Geruch verdorbenen Essens drehte sich mir der Magen um.

»He, Mama!«

»Was haben wir denn da?«

»'ne *feine* Dame. Mjamm-mjamm.«

»Hubba-hubba-hubba!«

Hände wurden durch Gitter gestreckt und versuchten mich im Vorbeigehen zu berühren. Jemand machte schmatzende Kußgeräusche, und andere Frauen stießen rauhe, schmerzerfüllte Laute hervor, die wohl ein Lachen sein sollten.

»Laß sie uns hier. Nur 'ne Viertelstunde. Ooohhh, komm zu Mama!«

»Ich brauch' Zigaretten.«

»Halt die Klappe, Wanda. Du brauchst ständig irgendwas.«

»Seid mal alle schön still«, sagte die Beamtin in einem gelangweilten Singsang, während sie eine weitere Tür aufschloß. Ich folgte ihr nach oben und merkte, daß ich zitterte. Der Raum, in den sie mich brachte, war unaufgeräumt und voll mit Gebrauchsgegenständen, die früher irgendeine Funktion gehabt hatten. Korkplatten standen an der Wand, ein Handkarren parkte in einer Ecke, und überall waren Flugblätter und Rundbriefe verstreut. Ich setzte mich auf einen Klappstuhl, in den mit Kugelschreiber Namen und ordinäre Sprüche eingeritzt worden waren. »Machen Sie es sich bequem, er kommt gleich«, sagte sie und ließ mich allein.

Mir fiel ein, daß sich meine Hustenbonbons und Papiertaschentücher in meiner Handtasche und meinem Mantel befanden. Beides hatte ich unten gelassen. Ich schloß die Augen und zog die Nase hoch, bis ich schwere Schritte hörte. Als der männliche Deputy Keith Pleasants hereineskortierte, hätte ich ihn beinahe nicht wiedererkannt. Er wirkte blaß und abgespannt, sein weiter Overall schlackerte an seinem dünnen Körper. Die Hände waren mit Handschellen vor seinem Bauch gefesselt, was ziemlich unbequem aussah. Seine Augen füllten sich mit Tränen, als er mich sah, und mit bebenden Lippen versuchte er zu lächeln.

»Setzen Sie sich hin und bleiben Sie da sitzen«, befahl der Deputy. »Und wehe, es gibt hier ein Problem. Kapiert? Sonst steh' ich hier gleich wieder auf der Matte, und Sie können Ihren Besuch verabschieden.«

Pleasants strauchelte fast und griff nach einem Stuhl.

»Sind Handschellen wirklich nötig?« fragte ich den Deputy. »Er ist doch nur wegen eines Verkehrsdelikts hier.«

»Ma'am, außerhalb des Sicherheitsbereichs sind Handschellen Vorschrift. Ich bin in zwanzig Minuten wieder da«, sagte er und ging.

»So was ist mir wirklich noch nie passiert. Stört es Sie, wenn ich rauche?« Pleasants setzte sich und lachte dabei mit einer Nervosität, die an Hysterie grenzte.

»Nur zu.«

Seine Hände zitterten dermaßen, daß ich ihm Feuer geben mußte.

»Sieht nicht so aus, als hätten die hier einen Aschenbecher. Vielleicht darf man hier oben gar nicht rauchen.« Besorgt wanderte sein Blick hin und her. »Die haben mich mit einem Drogendealer in eine Zelle gesteckt. Der ist über und über tätowiert. Er hat es auf mich abgesehen. Hackt ständig auf mir rum und beschimpft mich als Schwuchtel.« Er inhalierte eine große Menge Rauch und schloß kurz die Augen.

»Ich wollte überhaupt nicht fliehen.« Er sah mich an.

Ich entdeckte einen Styropor-Kaffeebecher auf dem Fußboden und bot ihm ihn als Aschenbecher an.

»Danke«, sagte er.

»Keith, erzählen Sie mir, was passiert ist.«

»Ich fuhr gerade ganz normal von der Deponie nach Hause, und plötzlich ist so ein ziviler Polizeiwagen mit Sirene und Blaulicht hinter mir. Ich bin gleich rechts rangefahren. Es war dieses Bullenarschloch, das mich die ganze Zeit schon verrückt macht.«

»Ring.« In meinem Kopf pochte es vor Zorn.

Pleasants nickte. »Er sagte, er sei mir seit über einer Meile gefolgt, und ich hätte nicht auf seine Lichtsignale reagiert. Das ist eine ausgemachte Lüge, das können Sie mir glauben.«

Seine Augen blitzten. »Er hat es doch schon geschafft, daß

ich total schreckhaft geworden bin. Da wäre es mir doch nie im Leben entgangen, daß er hinter mir herfährt.«

»Hat er sonst noch irgend etwas gesagt, als er Sie angehalten hat?« fragte ich.

»Ja, Ma'am, hat er. Er meinte, es würde noch viel schlimmer für mich kommen. Das hat er wörtlich so gesagt,.«

»Warum wollten Sie mich sprechen?« Ich glaubte die Antwort zwar zu kennen, aber ich wollte sie von ihm hören.

»Ich sitze total in der Klemme, Dr. Scarpetta.« Wieder kamen ihm die Tränen. »Meine betagte Mama hat außer mir niemanden, der sich um sie kümmert. Und da gibt es Leute, die mich für einen Mörder halten! Ich hab' nie im Leben auch nur einer Fliege etwas angetan! Die Leute bei der Arbeit gehen mir schon aus dem Weg.«

»Ist Ihre Mutter bettlägerig?« fragte ich.

»Nein, Ma'am. Aber sie ist fast siebzig und hat ein Emphysem. Von diesen Dingern hier.« Er sog wieder an seiner Zigarette. »Sie kann nicht mehr Auto fahren.«

»Wer kümmert sich jetzt um sie?«

Er schüttelte den Kopf und wischte sich die Tränen aus den Augen. Er hatte die Beine übereinandergeschlagen, und ein Fuß zuckte, als würde er gleich abheben.

»Sie hat niemanden, der ihr Essen bringt?« fragte ich.

»Nur mich«, schluchzte er.

Wieder blickte ich mich suchend um. Diesmal brauchte ich etwas zum Schreiben, und ich fand einen violetten Buntstift und ein braunes Papierhandtuch.

»Geben Sie mir Adresse und Telefonnummer«, sagte ich. »Ich verspreche, daß jemand nach ihr sehen wird.«

Ungeheuer erleichtert gab er mir die Adresse, und ich kritzelte sie nieder.

»Ich habe Sie angerufen, weil ich nicht wußte, an wen ich mich sonst wenden sollte«, ergriff er wieder das Wort. »Kann nicht irgend jemand was tun, damit ich hier rauskomme?«

»Soweit ich weiß, ist Ihre Kaution auf fünftausend Dollar festgesetzt.«

»Das ist es ja grade! Das ist zehnmal soviel, wie es in so einem Fall üblich ist, sagt der Typ in meiner Zelle. Ich hab' kein Geld und weiß auch nicht, wo ich welches herbekommen soll. Das heißt, daß ich bis zur Verhandlung hierbleiben muß, und das können Wochen sein. Monate.« Wieder stiegen ihm die Tränen in die Augen. Er hatte eine Todesangst.

»Keith, benutzen Sie das Internet?« fragte ich.

»Das was?«

»Computer.«

»Auf der Deponie schon. Wissen Sie noch, ich hab' Ihnen doch von unserem Satellitensystem erzählt.«

»Dann benutzen Sie also das Internet.«

Er schien nicht zu wissen, was das war.

»E-Mail«, versuchte ich es noch mal.

»Wir arbeiten mit dem GPS.« Er wirkte verstört. »Können Sie sich noch an den Lkw erinnern, der die Leiche abgeladen hat? Ich bin mir inzwischen ziemlich sicher, daß er Cole gehört. Und der Müllcontainer könnte von einer Baustelle stammen. Die entsorgen nämlich den Müll von ein paar Baustellen an der South Side von Richmond. So was wär' doch ein guter Ort, um eine Leiche loszuwerden. Man braucht bloß nach Feierabend mit dem Wagen da vorzufahren, das kriegt keiner mit.«

»Haben Sie das Investigator Ring erzählt?« fragte ich.

Haß verdunkelte sein Gesicht. »Dem erzähl' ich nichts mehr. Der hat alles bloß getan, um mich reinzulegen.«

»Wie kommen Sie darauf, daß er Sie reinlegen will?«

»Irgend jemand muß er ja wegen dieser Sache verhaften. Er will der große Held sein.« Plötzlich begann er herumzudrucksen. »Er hat gesagt, alle anderen hätten sowieso keine Ahnung.« Er zögerte. »Auch Sie nicht.«

»Was hat er sonst noch gesagt?« Ich merkte, wie mein Ärger sich in kalte, grenzenlose Wut verwandelte.

»Wissen Sie, als ich ihn durchs Haus geführt habe, da hat er die ganze Zeit geredet. Er hört sich wirklich gerne reden.«

Er nahm seine Zigarettenkippe und stellte sie unbeholfen mit dem Ende nach oben auf den Tisch, damit sie ausging, ohne das Styropor anzusengen. Ich half ihm, sich noch eine anzuzünden.

»Er hat mir von Ihrer Nichte erzählt«, fuhr Pleasants fort. »Und daß sie ziemlich attraktiv ist, aber ebensowenig beim FBI zu suchen hat wie Sie auf dem Posten des Chief Medical Examiners. Weil. Na ja.«

»Weiter«, sagte ich mit beherrschter Stimme.

»Weil sie nicht auf Männer steht. Er glaubt wohl, daß Sie das auch nicht tun.«

»Das ist ja interessant.«

»Er hat sich darüber lustig gemacht. Er meinte, er weiß aus eigener Erfahrung, daß keiner von Ihnen mit Männern ausgeht, denn er würde Sie beide ziemlich gut kennen. Und ich sollte gut aufpassen, wie es Perversen ergeht. Denn das gleiche würde mir passieren.«

»Moment mal«, unterbrach ich ihn. »Hat Ring Ihnen etwa gedroht, weil Sie schwul sind oder er Sie dafür hält?«

»Meine Mama weiß nichts davon.« Er ließ den Kopf hängen. »Aber ein paar andere Leute schon. Ich war in solchen Bars. Ich kenne übrigens Wingo.«

Nicht intim, hoffte ich.

»Ich mache mir Sorgen um Mama.« Wieder brach er in Tränen aus. »Daß ich hier im Knast sitze, regt sie bloß auf, und das ist nicht gut für sie.«

»Ich sag' Ihnen was. Ich werde auf dem Heimweg selbst nach ihr sehen«, sagte ich und hustete mal wieder.

Eine Träne rollte über seine Wange, und er wischte sie flüchtig mit seinen gefesselten Händen weg.

»Und ich werde noch etwas tun«, sagte ich, als erneut Schritte auf der Treppe erklangen. »Ich werde sehen, was ich für Sie tun kann. Ich glaube nicht, daß Sie jemanden umgebracht haben, Keith. Ich werde Ihre Kaution bezahlen und dafür sorgen, daß Sie einen Anwalt bekommen.«

Ungläubig öffnete er den Mund, dann traten geräuschvoll die Deputies herein.

»Wirklich?« fragte Pleasants und stand auf. Er geriet beinahe ins Taumeln und sah mich mit weit aufgerissenen Augen an.

»Wenn Sie schwören, daß Sie die Wahrheit sagen.«

»O ja, Ma'am!«

»Ja, ja«, sagte einer der Beamten, »genau wie all die anderen.«

»Vor morgen wird das aber nichts«, sagte ich zu Pleasants. »Ich fürchte, der Friedensrichter ist heute schon nach Haus gegangen.«

»Los jetzt. Nach unten.« Ein Deputy packte seinen Arm.

Das letzte, was Pleasants zu mir sagte, war: »Mama mag Schokoladenmilch mit Hershey's-Sirup. Was anderes kann sie sowieso kaum noch bei sich behalten.«

Dann war er fort, und ich wurde wieder nach unten und durch den Frauentrakt des Gefängnisses geführt. Die Insassinnen waren diesmal eher einsilbig, als fänden sie mich nicht mehr so amüsant wie vorhin. Mir kam der Gedanke, daß ihnen vielleicht jemand gesagt hatte, wer ich war, als sie mir den Rücken zukehrten und jemand ausspuckte.

13

Sheriff Rob Roy war in Sussex County eine Legende. Jedes Jahr wurde er ohne Gegenkandidaten wiedergewählt. Er war oft bei mir im Leichenschauhaus gewesen, und ich hielt ihn für einen der besten Polizisten, die ich kannte. Um halb sieben fand ich ihn im Virginia Diner am Stammtisch der Einheimischen sitzend.

Der Tisch stand in einem langen Raum mit rotkarierten Tischdecken und weißen Stühlen. Roy aß gerade ein Sandwich mit gebratenem Schinken und trank schwarzen Kaffee. Stimmengewirr drang aus seinem Funkgerät, das aufrecht auf dem Tisch stand.

»Nein, das kann ich nicht machen. Was soll das auch nützen? Deswegen hören die doch nicht auf, Crack zu verkaufen«, sagte er gerade zu einem hageren, wettergegerbten Mann mit einer John-Deere-Mütze.

»Dann lassen Sie sie doch.«

»Sie lassen?« Roy griff nach seinem Kaffee. Er war so drahtig und kahlköpfig wie immer. »Das ist nicht Ihr Ernst.«

»Und ob das mein Ernst ist.«

»Darf ich unterbrechen?« sagte ich und zog einen Stuhl hervor.

Roys Unterkiefer klappte herunter, und einen Moment lang konnte er nicht glauben, wen er da vor sich hatte. »Also, das gibt's ja nicht.« Er stand auf und schüttelte mir die Hand.

»Was um alles in der Welt machen Sie denn hier draußen?«

»Ich suche nach Ihnen.«

»Entschuldigen Sie mich bitte.« Der andere Mann tippte sich an die Mütze, stand auf und ging.

»Sagen Sie bloß, Sie sind dienstlich hier«, sagte der Sheriff.

»Aus welchem Grund denn sonst?«

Meine Stimmung ernüchterte ihn. »Irgendwas, wovon ich nichts weiß?«

»O doch, Sie wissen davon«, sagte ich.

»Na, was ist? Was wollen Sie essen? Ich empfehle das Sandwich mit gebratenem Huhn«, sagte er, als eine Kellnerin erschien.

»Heißen Tee.« Ich fragte mich, ob ich je wieder etwas essen würde.

»Sie sehen nicht so aus, als würde es Ihnen besonders gut gehen.«

»Mir geht es beschissen.«

»Im Moment werden alle krank.«

»Wenn's das nur wäre«, sagte ich.

»Was kann ich tun?« Er beugte sich zu mir herüber und widmete mir seine ganze Aufmerksamkeit.

»Ich werde die Kaution für Keith Pleasants hinterlegen«, sagte ich. »Leider geht das erst morgen. Aber ich möchte, daß Sie wissen, daß Pleasants unschuldig ist, Rob. Investigator Ring versucht ihm etwas anzuhängen, weil er sich auf einer Art Hexenjagd befindet und sich unbedingt einen Namen machen will.«

Roy machte ein verdutztes Gesicht. »Seit wann verteidigen Sie Häftlinge?«

»Das tue ich nur, wenn sie unschuldig sind«, sagte ich. »Und dieser Mann ist ebensowenig ein Serienmörder wie Sie oder ich. Er hat nicht versucht, vor der Polizei zu flüchten, und vermutlich ist er noch nicht einmal zu schnell gefahren. Ring schikaniert ihn nur, und er lügt. Schauen Sie sich doch an, wie hoch die Kaution festgesetzt wurde – für ein Verkehrsdelikt!«

Er hörte schweigend zu.

»Pleasants hat eine kranke, alte Mutter, um die sich sonst niemand kümmert. Er ist drauf und dran, seinen Job zu verlieren. Ich weiß, daß Rings Onkel der Innenminister ist und dazu ein ehemaliger Sheriff«, sagte ich. »Und ich weiß, was das bedeutet, Rob. Ich brauche Ihre Hilfe. Irgend jemand muß diesen Mann stoppen.«

Rob schob seinen Teller weg, denn sein Funkgerät rief nach ihm. »Ist das Ihr Ernst?«

»Ja.«

»Einundfünfzig hier«, sagte er ins Funkgerät und rückte seinen Gürtel mit dem Revolver daran zurecht.

»Gibt es schon irgendwas Neues über den Raubüberfall?« kam eine Stimme zurück.

»Wir warten noch drauf.«

Er beendete die Verbindung und sagte zu mir: »Sie haben also keinerlei Zweifel daran, daß dieser Junge nichts angestellt hat.«

Ich nickte wieder. »Nicht den geringsten. Der Mörder, der diese Frau zerstückelt hat, kommuniziert übers Internet mit mir. Pleasants weiß noch nicht mal, was das ist. Die Angelegenheit ist sehr viel komplizierter, als ich Ihnen jetzt erläutern kann. Aber eins dürfen Sie mir glauben – der Junge hat nichts mit der Sache zu tun.«

»Und was Ring angeht, sind Sie sich ganz sicher, ja? Ich meine, wenn ich etwas unternehmen soll, muß ich mich schon darauf verlassen können.« Er sah mir eindringlich in die Augen.

»Wie oft soll ich es denn noch sagen?«

Er feuerte seine Serviette auf den Tisch. »Also, jetzt platzt mir aber der Kragen.« Er schubste seinen Stuhl zurück. »Wenn ich eins nicht abkann, dann ist es das, daß ein Unschuldiger in meinem Gefängnis sitzt und irgend so ein Cop da draußen ein schlechtes Licht auf uns wirft.«

»Kennen Sie Kitchen, den Mann, dem die Deponie gehört?« fragte ich.

»Na klar. Wir sind im selben Jagdverein.« Er zückte seine Brieftasche.

»Jemand sollte mit ihm reden, damit Keith seinen Job nicht verliert. Wir müssen die Sache irgendwie wieder ins Lot bringen«, sagte ich.

»Genau das werde ich tun, glauben Sie mir!«

Er legte Geld auf den Tisch und ging forschen Schrittes zur Tür. Ich blieb so lange sitzen, bis ich meinen Tee ausgetrunken hatte, und schaute mir derweil die Vitrinen mit geringelten Zuckerstangen, Barbecue-Sauce und allen erdenklichen Erdnußsorten an. Als ich an der 460. einen Lebensmittelladen fand und anhielt, um Milch, Hershey's-Sirup, frisches Gemüse und Suppe einzukaufen, hatte ich Kopfschmerzen, und meine Haut glühte.

Ich stürmte die Gänge auf und ab, und ehe ich mich's versah, war mein Einkaufwagen bis obenhin voll mit allen möglichen Artikeln von Toilettenpapier bis Aufschnitt. Als nächstes holte ich eine Landkarte und die Adresse hervor, die Pleasants mir gegeben hatte. Seine Mutter wohnte nicht allzuweit von der Hauptverkehrsstraße entfernt, und als ich ankam, schlief sie schon.

»Oje«, sagte ich von der Veranda aus. »Ich wollte Sie nicht aufwecken.«

»Wer ist da?« Sie blinzelte kurzsichtig in die Nacht hinaus und entriegelte die Tür.

»Dr. Kay Scarpetta. Sie brauchen wirklich nicht ...«

»Was für ein Doktor sind Sie?«

Mrs. Pleasants war eine verschrumpelte, gebeugte alte Frau, das Gesicht runzlig wie Kreppapier. Lange, graue Haare hingen ihr ums Gesicht wie Spinnweben im Altweibersommer, und ich mußte wieder an die Müllhalde denken und an die alte Frau, die *deadoc* umgebracht hatte.

»Sie können hereinkommen.« Sie stieß die Tür auf und schaute mich ängstlich an. »Geht es Keith gut? Es ist ihm doch nichts zugestoßen, oder?«

»Ich war vorhin bei ihm. Es geht ihm gut«, beruhigte ich sie. »Ich habe für Sie eingekauft.« Ich hatte immer noch die Taschen in der Hand.

»Dieser Junge.« Sie schüttelte den Kopf und winkte mich in ihre kleine Behausung, in der es sauber und ordentlich war. »Was soll ich denn bloß machen? Wissen Sie, er ist alles, was ich auf dieser Welt habe. Als er geboren wurde, habe ich gesagt: ›Keith, du bist alles, was mir geblieben ist.‹«

Sie war unruhig und verängstigt, aber sie versuchte es sich nicht anmerken zu lassen.

»Wissen Sie, wo er ist?« fragte ich sanft.

Wir traten in die Küche, in der ein alter, bulliger Kühlschrank und ein Gasherd standen. Sie gab mir keine Antwort und begann statt dessen, die Lebensmittel wegzuräumen. Unbeholfen hantierte sie mit den Dosen und ließ Sellerie und Karotten auf den Boden fallen.

»Kommen Sie, ich helfe Ihnen«, bot ich an.

»Er hat doch gar nichts angestellt.« Sie begann zu weinen. »Das weiß ich ganz genau. Und dieser Polizist läßt ihn einfach nicht in Ruhe. Ständig kommt er her und hämmert an die Tür.«

Sie stand mitten in der Küche und wischte sich mit beiden Händen die Tränen ab.

»Keith sagt, Sie mögen Schokoladenmilch. Ich werde Ihnen eine machen. Das tut Ihnen bestimmt gut.«

Ich nahm ein Glas und einen Löffel vom Geschirrständer.

»Morgen ist er wieder zu Hause«, sagte ich. »Und von Investigator Ring werden Sie nie wieder etwas zu hören bekommen.«

Sie starrte mich an, als wäre ich ein guter Geist.

»Ich wollte nur sichergehen, daß Sie alles haben, was Sie brauchen, bis Ihr Sohn wiederkommt«, sagte ich und reichte ihr das Glas Schokoladenmilch in mitteldunkler Konzentration.

»Ich überlege schon die ganze Zeit, wer Sie sind«, sagte sie schließlich. »Mmmh. Es gibt doch nichts Besseres als Schokoladenmilch.« Bedächtig nippte sie an ihrem Glas und lächelte. Ich erklärte kurz, woher ich Keith kannte und was ich beruflich machte, aber sie begriff nicht. Sie glaubte, ich sei in ihn verschossen und verdiene meinen Lebensunterhalt, indem ich Approbationen für Ärzte ausstellte. Auf dem Heimweg drehte ich laut Musik auf, um mich auf der Fahrt durch die Dunkelheit wachzuhalten. Über weite Strecken waren die Sterne das einzige Licht. Ich griff nach dem Telefon.

Wingos Mutter nahm ab und sagte mir, er liege krank im Bett.

Sie holte ihn trotzdem an den Apparat.

»Wingo, ich mache mir Sorgen um Sie«, sagte ich mit Nachdruck.

»Ich fühle mich schrecklich.« Das war ihm anzuhören. »Na ja, gegen die Grippe kann man halt nichts machen.«

»Ihr Immunsystem ist geschwächt. Als ich das letztemal mit Dr. Riley sprach, ließ Ihr CD4-Zellstatus sehr zu wünschen übrig.« Ich wollte, daß er den Tatsachen ins Auge sah. »Beschreiben Sie mir Ihre Symptome.«

»Ich habe mörderische Kopfschmerzen, und auch mein Hals und mein Rücken tun höllisch weh. Als ich das letztemal Fieber gemessen habe, hatte ich vierzig Grad. Und ich habe die ganze Zeit schrecklichen Durst.«

Seine Worte ließen bei mir die Alarmglocken klingeln, denn all diese Symptome traten auch im Frühstadium von Pocken auf. Aber falls er sich bei dem Rumpf angesteckt hatte, wunderte es mich, daß er nicht eher krank geworden war, besonders in Anbetracht seiner labilen Konstitution.

»Sie haben doch nicht eins von diesen Sprays angefaßt, die wir ins Büro geschickt bekommen haben?« fragte ich.

»Was für Sprays?«

»Die Vita-Gesichtssprays.«

Er hatte keinen Schimmer, wovon ich sprach, doch dann fiel mir ein, daß er momentan so gut wie gar nicht im Büro gewesen war. Ich erklärte ihm, was geschehen war.

»Oh, mein Gott«, sagte er plötzlich, und eine furchtbare Angst erfaßte uns beide. »So eins ist mit der Post gekommen. Mom hat es auf den Küchentresen gestellt.«

»Wann?« fragte ich erschrocken.

»Ich weiß nicht. Vor ein paar Tagen. Wann war das bloß? Keine Ahnung. So was Tolles hatten wir noch nie gesehen – etwas Wohlriechendes, mit dem man sich das Gesicht kühlen kann.«

Dann waren es also insgesamt zwölf Spraydosen, die *deadoc* an mein Personal geschickt hatte. *Zwölf* hatte auch seine Botschaft an mich gelautet. Zwölf Personen hatten bei mir in der Zentrale eine Vollzeitstelle, wenn ich mich selbst mitzählte. Wie konnte es angehen, daß ein namenloser Täter irgendwo in weiter Ferne so genau über die Größe meiner Belegschaft Bescheid wußte, von einigen sogar Namen und Adressen kannte?

Die nächste Frage wagte ich kaum zu stellen, denn ich glaubte die Antwort bereits zu wissen. »Wingo, haben Sie es in irgendeiner Weise angefaßt?«

»Ich habe es ausprobiert. Ich war bloß neugierig.« Seine Stimme zitterte heftig, und Hustenanfälle raubten ihm die Luft. »Ich hab' es nur einmal in die Hand genommen, als ich es da stehen sah. Aus reiner Neugier. Es duftete nach Rosen.«

»Hat noch jemand bei Ihnen zu Hause es ausprobiert?«

»Das weiß ich nicht.«

»Ich möchte, daß Sie dafür sorgen, daß niemand den Behälter berührt. Haben Sie verstanden?«

»Ja.« Er begann zu schluchzen.

»Ich werde ein paar Leute zu Ihnen schicken, die es abholen und sich um Sie und Ihre Eltern kümmern, in Ordnung?«

Er weinte zu sehr, um antworten zu können.

Als ich nach Hause kam, war es wenige Minuten nach Mitternacht, und ich fühlte mich so krank und erschöpft, daß ich nicht wußte, was ich zuerst tun sollte. Ich rief Marino und Wesley an und dann Fujitsubo. Ich informierte sie über den Stand der Dinge und bat Fujitsubo, unverzüglich ein Spezialteam zu Wingo und seinen Eltern zu schicken. Auch sie warteten mit schlechten Nachrichten auf. Das erkrankte Mädchen auf Tangier war gestorben, und jetzt war die Krankheit bei einem Fischer ausgebrochen. Ich war deprimiert und fühlte mich furchtbar elend. Als ich nach E-Mails sah, lauerte *deadoc* schon wieder hinterhältig in meiner Box. Diesmal war ich froh darüber. Die Mail war abgeschickt worden, als Keith Pleasants im Gefängnis saß.

spieglein spieglein an der wand wo waren sie

»Du Miststück!« brüllte ich ihn an.

Dieser Tag war zuviel für mich, ich konnte einfach nicht mehr. Mir tat alles weh, ich fühlte mich benommen – eigentlich Grund genug, diesen Chat-Raum zu meiden, wo ich auf ihn wartete, als handele es sich um den Showdown am O. K. Corral. Ich hätte die Sache lieber aufschieben sollen. Aber ich meldete mich an und tigerte im Geiste unruhig auf und ab, während ich auf das Erscheinen dieses Ungeheuers wartete. Und dann war er da.

DEADOC: plag und mühe
SCARPETTA: Was wollen Sie?
DEADOC: wir sind aber wütend heute
SCARPETTA: Ja, allerdings.
DEADOC: was kümmern sie ungebildete fischer und ihre ungebildeten familien und diese unfähigen leute die für sie arbeiten
SCARPETTA: Hören Sie auf damit. Was verlangen Sie dafür, daß Sie dem ein Ende machen?
DEADOC: zu spät geschehen ist geschehen schon vor langer zeit geschehen
SCARPETTA: Was hat man Ihnen denn getan?

Doch er antwortete nicht. Seltsamerweise verließ er den Raum nicht, aber er reagierte auch auf keine weiteren Fragen. Ich dachte an die Leute von der Squad 19 und betete darum, daß sie zugehört hatten und ihn von Vermittlungsstelle zu Vermittlungsstelle verfolgten, bis sie ihn in seinem Bau aufspürten. Eine halbe Stunde verging. Schließlich loggte ich mich aus, und mein Telefon klingelte.

»Du bist ein Genie!« Lucy war so aufgeregt, daß ihre Stimme mir in den Ohren schrillte. »Wie zum Teufel hast du es geschafft, ihn so lange bei der Stange zu halten?«

»Wovon sprichst du?« fragte ich verblüfft.

»Elf Minuten schon. Das ist Spitze!«

»Ich hab' doch nur ungefähr zwei Minuten mit ihm geredet.«

Ich versuchte, meine Stirn mit dem Handrücken zu kühlen. »Ich weiß nicht, was du meinst.«

Doch das war ihr egal. »Wir haben ihn, den Schweinehund!«

Sie war außer sich vor Freude. »Ein Campingplatz in Maryland. Ein Agententeam aus Salisbury ist bereits unterwegs. Janet und ich müssen gleich zum Flieger.«

Bevor ich am nächsten Morgen aufstand, hatte die World Health Organization eine weitere Warnung vor dem Vita-Aromagesichtsspray veröffentlicht. Die WHO versicherte der Bevölkerung, daß das Virus bald ausgerottet sein würde, daß wir rund um die Uhr an einem Impfstoff arbeiteten und unsere Bemühungen bald von Erfolg gekrönt sein würden. Dennoch brach Panik aus.

Das Virus, von der Presse Killerpocken benannt, zierte die Titelseiten von *Newsweek* und *Time*, der Senat bildete einen Sonderausschuß, und das Weiße Haus erwog, den Ausnahmezustand zu verhängen. Vita wurde zwar von New York aus vertrieben, aber der Hersteller saß in Frankreich. Natürlich lag da die Befürchtung nahe, daß *deadoc* seine Drohung wahr machen würde. Bisher waren zwar noch keine Krankheitsfälle aus Frankreich gemeldet worden, doch die Tatsache, daß eine große Produktionsstätte zur Schließung gezwungen wurde und sich beide Staaten gegenseitig den Schwarzen Peter zuschoben, was die Herkunft der verseuchten Proben anging, stellte eine starke Belastung der wirtschaftlichen und diplomatischen Beziehungen dar.

Die Fischer von Tangier versuchten, auf ihren Fischkuttern zu fliehen. Die Küstenwache forderte von überallher Unterstützung an, sogar aus Florida. Ich bekam nicht alles mit, aber soweit ich hörte, schaffte es die Polizei, die Inselbewohner im Tangier Sound einzuschließen. Die Boote beider Seiten gingen vor Anker und bewegten sich nicht mehr vom Fleck, während der Wintersturm heulte.

Inzwischen hatte das CDC ein Quarantäneteam von Ärzten und Schwestern zu Wingo geschickt, und die Sache sprach sich langsam herum. Die Zeitungen waren voll von reißerischen Schlagzeilen, und die Menschen verließen fluchtartig die Stadt, die sich nur schwer oder gar nicht unter Quarantäne stellen lassen würde. Am Freitagmorgen saß ich im Bademantel am Küchentisch, trank heißen Tee und fühlte mich so elend und krank wie nie zuvor in meinem Leben.

Mein Fieber war bis auf neununddreißig Grad angestiegen. Die einzige Wirkung, die Robitussin DM erzielte, war, daß ich mich übergeben mußte. Die Muskeln in meinem Nacken und Rücken schmerzten, als hätte ich gegen eine mit Knüppeln ausgerüstete Mannschaft Football gespielt. Trotzdem konnte ich nicht ins Bett gehen. Es gab viel zuviel zu tun. Ich rief bei einem privaten Kreditgeber an, der gewerblich Kautionen stellte. Dort sagte man mir, die einzige Möglichkeit, Keath Pleasants aus dem Gefängnis zu bekommen, bestehe darin, daß ich in die Stadt fuhr und persönlich bezahlte. Also ging ich zu meinem Wagen hinaus und fuhr los. Zehn Minuten später mußte ich umkehren, weil ich mein Scheckbuch auf dem Tisch liegengelassen hatte.

»Bitte, lieber Gott, hilf mir«, stieß ich hervor und gab Gas.

Mit quietschenden Reifen raste ich zurück nach Hause und sauste kurz darauf wieder Richtung Stadt um die Ecken von Windsor Farms. Ich fragte mich, was nachts in Maryland passiert sein mochte, und sorgte mich um Lucy, für die alles ein Abenteuer war. Schießereien und Verfolgungsjagden zu Fuß,

Hubschrauber oder Flugzeuge fliegen – das war es, was sie wollte. Ich hatte Angst, ihre Unbeschwertheit würde ihr eines Tages zum Verhängnis werden. Schließlich wußte ich zuviel über das Leben und darüber, wie es endete. Ich fragte mich, ob sie *deadoc* geschnappt hatten, glaubte allerdings, daß man mich in dem Fall benachrichtigt hätte.

Ich hatte noch nie die Dienste eines privaten Kreditgebers in Anspruch genommen. Dieser, Vince Peeler, hatte sein Büro in einer Schusterwerkstatt in der Broad Street, zwischen lauter leerstehenden Läden mit nichts in den Schaufenstern als Graffiti und Staub. Er war ein kleiner, schmächtiger Mann mit Pomade in den schwarzen Haaren und einer Lederschürze um den Bauch. Er saß an einer professionellen Singer-Nähmaschine und steppte eine neue Sohle auf einen Schuh. Als ich die Tür schloß, sah er mich mit dem durchdringenden Blick eines Mannes an, der ein Näschen für Schwierigkeiten aller Art hatte.

»Sie sind Dr. Scarpetta?« fragte er, ohne mit dem Nähen aufzuhören.

»Ja.«

Ich holte mein Scheckbuch und einen Stift heraus. Dieser Mann, der ein Geschäft daraus machte, Gewalttätern die Rückkehr auf die Straße zu ermöglichen, war mir alles andere als sympathisch.

»Das macht dann fünfhundertdreißig Dollar«, sagte er. »Wenn Sie mit Kreditkarte bezahlen wollen, müssen Sie noch drei Prozent draufschlagen.«

Er stand auf und trat an seinen zerkratzten Ladentisch, auf dem stapelweise Schuhe und Schuhcremedosen lagen. Ich spürte, wie er mich von oben bis unten musterte.

»Komisch, ich hatte Sie mir viel älter vorgestellt«, meinte er. »Wissen Sie, wenn man in der Zeitung über bekannte Leute liest, dann kriegt man manchmal einen ganz falschen Eindruck.«

»Er wird heute noch freigelassen.« Das war ein Befehl. Ich trennte den Scheck heraus und reichte ihn dem Mann.

»Ja, natürlich.« Sein Blick irrte unruhig hin und her, und er schaute auf seine Uhr.

»Wann?«

»Wann?« wiederholte er.

»Ja«, sagte ich. »Wie schnell wird er freigelassen?«

»*So* schnell«, sagte er und schnippte dabei mit den Fingern.

»Gut«, sagte ich und putzte mir die Nase. »Ich werde ein Auge drauf haben, daß es wirklich *so* schnell geht.« Auch ich schnippte mit den Fingern.

»Und wenn nicht? Ich sage Ihnen was: Ich bin selbst Juristin, und ich habe heute überaus schlechte Laune. Wenn es nicht so klappt, wie ich mir das vorstelle, mach' ich Ihnen die Hölle heiß! Ist das klar?«

Er lächelte mich an und schluckte.

»Was für eine Art von Juristin?« fragte er.

»Eine, die Sie besser nicht kennenlernen sollten«, sagte ich und ging zur Tür hinaus.

Etwa eine Viertelstunde später war ich im Büro, und als ich mich hinter meinen Schreibtisch setzte, klingelte gleichzeitig das Telefon, und mein Pieper vibrierte. Bevor ich reagieren konnte, stand Rose in der Tür. Sie sah ungewöhnlich gestreßt aus.

»Alle suchen Sie«, sagte sie.

»Das tun sie doch immer.« Als ich die Nummer auf dem Display meines Piepers sah, runzelte ich die Stirn. »Wer zum Teufel ist das denn?«

»Marino ist auf dem Weg hierher«, fuhr sie fort. »Sie schicken Ihnen einen Helikopter. Zum Hubschrauberlandeplatz des MCV. Die Leute vom USAMRIID sind bereits hierher unterwegs. Sie haben der Gerichtsmedizin von Baltimore mitgeteilt, daß ein Spezialteam den Fall übernehmen und den Leichnam gleich in Frederick obduzieren muß.«

Ich sah sie an, und mein Blut gefror. »Leichnam?«

»Offenbar gibt es da einen Campingplatz, zu dem das FBI einen Anruf zurückverfolgt hat.«

»Das weiß ich«, sagte ich ungeduldig. »In Maryland.«

»Sie glauben, daß sie den Wohnwagen des Mörders gefunden haben. Ich bin nicht über alle Einzelheiten informiert. Aber darin befindet sich eine Art Labor. Und eine Leiche.«

Ich war fassungslos. »Wessen Leiche?«

»Die des Mörders, glauben sie. Möglicherweise Selbstmord. Erschossen.« Sie sah mich über ihre Brille hinweg an und schüttelte den Kopf. »Sie sollten zu Hause im Bett liegen, mit einer Tasse von meiner Hühnersuppe.«

Marino holte mich vor meinem Büro ab, während der Wind durch die Innenstadt fegte und die Staatsflaggen auf den Dächern der Gebäude hin und her peitschten. Er fuhr los, noch bevor ich die Tür richtig geschlossen hatte. Es war nicht zu übersehen, daß er wütend war. Er sagte kein Wort.

»Danke«, sagte ich und wickelte einen Hustenbonbon aus.

»Du bist immer noch krank.« Er bog in die Franklin Street ein.

»Allerdings. Danke der Nachfrage.«

»Ich weiß nicht, warum ich das mitmache«, sagte er. Er trug keine Uniform. »Mich in die Nähe irgendeines gottverdammten Labors zu begeben, in dem jemand Viren hergestellt hat, ist das letzte, wozu ich Lust habe.

»Du bekommst einen speziellen Schutzanzug«, entgegnete ich.

»Den sollte ich vermutlich jetzt schon tragen, wo du doch neben mir sitzt.«

»Ich habe die Grippe und bin nicht mehr ansteckend. Vertrau' mir. Mit so etwas kenne ich mich aus. Und sei nicht so stinkig, denn ich habe nicht vor, mir das gefallen zu lassen.«

»Wollen wir hoffen, daß es wirklich die Grippe ist.«

»Wenn ich etwas Schlimmeres hätte, würde es mir schlechter gehen, und das Fieber wäre höher. Außerdem hätte ich Ausschlag.«

»Ja, aber wenn du bereits krank bist, ist es dann nicht um so wahrscheinlicher, daß es noch schlimmer wird? Ich kapier' einfach nicht, warum du dorthin willst. Ich wäre nämlich verdammt froh, wenn ich hierbleiben könnte. Es gefällt mir gar nicht, daß ich da hineingezogen werde.«

»Dann setz' mich ab und sieh zu, daß du Land gewinnst«, sagte ich. »Jammer' mir ja nicht die Ohren voll. Ausgerechnet jetzt, wo die ganze Welt zum Teufel geht.«

»Wie geht es Wingo?« fragte er in versöhnlicherem Ton.

»Offen gesagt habe ich wahnsinnige Angst um ihn«, erwiderte ich.

Wir fuhren über MCV-Gelände und bogen hinter einem Zaun auf einen Hubschrauberlandeplatz ein, auf dem sonst Rettungshubschrauber mit Patienten und Organtransplantaten landeten. Das USAMRIID-Team war noch nicht da, doch schon kurz darauf hörten wir das laute Knattern des Blackhawk. Die Leute auf der Straße blieben stehen und gafften. Ein paar Autofahrer fuhren sogar rechts ran, um zuzusehen, wie die majestätische Maschine lärmend den Himmel verdunkelte und Gras und Schmutz aufschleudernd landete.

Die Tür glitt auf, und Marino und ich kletterten an Bord. Drinnen saßen bereits die Wissenschaftler vom USAMRIID. Überall lagen Rettungsausrüstungen, und auch eine Isolationstrage war dabei, in sich zusammengefallen wie ein Akkordeon. Man reichte mir einen mit einem Mikrofon ausgestatteten Helm. Ich setzte ihn auf und befestigte meinen Sicherheitsgurt. Dann half ich Marino, der leicht verkrampft auf einem für seine Statur viel zu kleinen Klappsitz hockte.

»Ich hoffe inständig, daß die Presse hiervon keinen Wind bekommt«, sagte jemand, als die schwere Tür sich schloß.

Ich stöpselte mein Mikrofonkabel in eine Buchse. »Das ist vermutlich schon geschehen.«

Deadoc liebte Aufmerksamkeit. Ich konnte nicht glauben, daß er sich heimlich, still und leise aus dieser Welt verabschieden würde, bevor der Präsident sich bei ihm entschuldigt hatte. Nein, irgend etwas hatte er noch für uns auf Lager, und was das sein mochte, wollte ich mir lieber nicht ausmalen. Der Flug zum Janes Island State Park dauerte zwar nur knapp eine Stunde, doch dann gab es Komplikationen, weil der Campingplatz dicht mit Kiefern bewaldet war. Wir konnten nirgends landen.

Die Piloten setzten uns am Küstenwachtposten in Crisfield ab, an einer Bucht namens Somer's Cove, wo vertäute Segelboote und Yachten auf dem dunkelblau gekräuselten Wasser des Little Annemessex River auf und ab hüpften. Wir gingen nur kurz in den gepflegten Backsteinbau, um wasserfeste Schutzanzüge und Schwimmwesten überzuziehen, während Chief Martinez uns über den Stand der Dinge informierte.

»Wir haben hier gleich eine ganze Reihe von Problemen«, sagte er, während er unruhig im Konferenzraum, in dem wir uns alle versammelt hatten, auf und ab schritt. »Erstens leben hier viele Leute, die mit den Bewohnern von Tangier verwandt sind. Wir mußten an den Straßen, die aus der Stadt führen, bewaffnete Posten aufstellen, denn das CDC wollte verhindern, daß irgend jemand Crisfield verläßt.«

»Hier ist doch noch niemand erkrankt?« fragte Marino, während er verzweifelt versuchte, die Hosenbeine über seine Stiefel zu bekommen.

»Nein, aber ich habe Angst, daß es ganz zu Anfang ein paar Leuten gelungen sein könnte, von Tangier abzuhauen und hierherzukommen. Ich will damit nur sagen, saß Sie hier mit keinem allzu freundlichem Empfang rechnen können.«

»Wer ist auf dem Campingplatz?« fragte jemand.

»Im Moment die FBI-Agenten, die die Leiche gefunden haben.«

»Was ist mit den anderen Wohnwagen?« fragte Marino.

»Soweit ich informiert bin, hat es sich folgendermaßen abgespielt«, sagte Martinez: »Als die Agenten herkamen, fanden sie etwa ein halbes Dutzend Wohnwagen vor, von denen nur einer einen Telefonanschluß hat, der auf Platz Nummer sechzehn. Sie klopfen an die Tür. Keine Reaktion. Also schauen sie in ein Fenster und sehen die Leiche auf dem Fußboden.«

»Die Agenten sind nicht reingegangen?« sagte ich.

»Nein. Da sie wußten, daß der Wohnwagen vermutlich dem Täter gehört, hatten sie Angst, er könnte kontaminiert sein. Aber ich fürchte, einer der Ranger war drin.«

»Wieso denn das?« fragte ich.

»Tja, aus Neugier wahrscheinlich. Offenbar ist einer der Agenten zu dem Landeplatz gegangen, auf dem auch Sie gelandet sind, um zwei weitere Agenten abzuholen. Wie auch immer. Irgendwann war der Wohnwagen einen Moment lang unbeobachtet, und der Ranger ging rein. Keine Sekunde später kam er wieder rausgeschossen wie ein geölter Blitz. Er sagte, da sei so eine Art Stephen-King-Monster drin. Ich weiß auch nicht.« Er zuckte mit den Schultern und verdrehte die Augen.

Ich sah das USAMRIID-Team an.

»Wir nehmen den Ranger mit ins Institut«, sagte ein junger Mann, dessen Abzeichen ihn als Captain auswiesen. »Übrigens, mein Name ist Clark, und das hier sind meine Leute«, sagte er zu mir. »Dort wird man sich um ihn kümmern. Er wird unter Quarantäne gestellt und ständig überwacht.«

»Platz sechzehn«, sagte Marino. »Wissen wir etwas darüber, wer den gemietet hat?«

»So weit sind wir noch nicht«, sagte Martinez. »Sind alle fertig angezogen?« Er sah jeden von uns kurz an, und dann war es Zeit zu gehen.

Die Küstenwache verfrachtete uns auf zwei Boston Whaler, denn wir mußten Gewässer durchqueren, die zu flach für ein Küstenwachschiff oder ein Patrouillenboot waren. Martinez lenkte unser Boot im Stehen und war so ruhig, als sei es für ihn etwas völlig Alltägliches, mit vierzig Meilen pro Stunde über kabbeliges Wasser zu rasen. Ich saß am Bootsrand und hielt mich krampfhaft am Dollbord fest, denn ich war überzeugt, ich würde jeden Moment über Bord gehen. Die Fahrt kam mir vor wie ein Ritt beim Rodeo. Der Wind blies mir so heftig in Mund und Nase, daß ich kaum atmen konnte.

Marino saß mir gegenüber auf der anderen Seite des Bootes und sah aus, als müßte er sich gleich übergeben. Ich bewegte die Lippen als Zeichen der Aufmunterung, aber er starrte mich bloß ausdruckslos an und hielt sich mit aller Kraft fest. Schließlich gelangten wir in eine kleine Bucht namens Flat Cat und verlangsamten unser Tempo. Durch ein Dickicht aus Rohrkolben und Spartinagras, vorbei an Schildern mit der Aufschrift »Motor drosseln«, näherten wir uns dem Park. Zunächst konnte ich außer Kiefern nichts erkennen, doch dann erblickte ich Wege und Sanitäranlagen, eine kleine Ranger-Station und einen einzigen Wohnwagen, der durch die Bäume lugte. Elegant manövrierte Martinez das Boot an den Pier, ein anderer Mann von der Küstenwache vertäute es an einem Pfahl, und das Motorengeräusch erstarb.

»Ich muß kotzen«, sagte Marino mir ins Ohr, als wir ungelenk von Bord kletterten.

»Nein, mußt du nicht.« Ich packte ihn am Arm.

»Ich geh' nicht in diesen Wohnwagen.«

Ich drehte mich um und sah in sein bleiches Gesicht.

»Du hast recht«, sagte ich. »Das ist meine Aufgabe, aber zuerst müssen wir den Ranger ausfindig machen.«

Noch bevor das zweite Boot angelegt hatte, stakste Marino steifbeinig davon, und ich sah durch die Bäume zu dem Wohnwagen hinüber, der *deadoc* gehörte. Er war ziemlich alt und stand, versteckt im Schatten von Weihrauchkiefern, so weit wie möglich von der Ranger-Station entfernt. Das Fahrzeug, das ihn gezogen hatte, war nirgends zu sehen. Als wir alle an Land waren, verteilte das USAMRIID-Team die altbekannten orangefarbenen Anzüge, Atemgeräte und Ersatzbatterien mit einer Kapazität von vier Stunden.

»Also, wir gehen folgendermaßen vor.« Das war Clark, der Leiter des USAMRIID-Teams. »Wir ziehen die Schutzanzüge an und holen den Leichnam da raus.«

»Ich würde gern zuerst reingehen«, sagte ich. »Allein.«

»Gut.« Er nickte. »Dann sehen wir, ob sich da drin irgend etwas Gefährliches befindet, was hoffentlich nicht der Fall ist. Anschließend holen wir den Leichnam raus, und dann wird der Wohnwagen abgeschleppt.«

»Das ist ein Beweisstück«, sagte ich und sah ihn an. »Wir können ihn nicht einfach so abschleppen.«

Sein Gesichtsausdruck verriet, was er dachte. Der Mörder war möglicherweise tot, der Fall abgeschlossen. Der Wohnwagen stellte einen Infektionsherd dar und mußte verbrannt werden.

»Nein«, sagte ich zu ihm. »So schnell können wir diesen Fall nicht abschließen.«

Er schwieg, schnaubte frustriert und starrte auf den Wohnwagen.

»Erst mal gehe ich da rein«, sagte ich. »Dann sage ich Ihnen, was zu tun ist.«

»Na gut.« Er erhob wieder die Stimme. »Also los, Jungs. Und vorerst betritt keiner den Wagen außer der Leichenbeschauerin.«

Sie folgten uns mit der Isoliertrage, diesem grauenerregenden Schneewittchensarg, der nicht für diese Welt gedacht war, durch den Wald. Kiefernnadeln knackten unter meinen Füßen, knusprig wie Weizenbrot, und die Luft war scharf und rein. Der Wohnwagen war ein Dutchman, etwa fünfeinhalb Meter lang, mit einem orangegestreiften Vorzelt.

»Ein altes Modell. Acht Jahre, möchte ich wetten«, sagte Marino, der sich mit so etwas auskannte.

»Was braucht man, um so ein Ding von der Stelle zu bewegen?« fragte ich, während wir in unsere Schutzanzüge stiegen.

»Einen Pick-up«, sagte er. »Vielleicht einen Van. Viel PS muß er nicht haben. Sollen wir diese Dinger etwa über alles andere anziehen, was wir anhaben?«

»Ja«, sagte ich und zog meinen Reißverschluß zu. »Ich wüßte gern, was mit dem Fahrzeug passiert ist, das den Wohnwagen hergeschleppt hat.«

»Gute Frage«, erwiderte er, während er schnaufend mit seinem Anzug kämpfte. »Und wo ist das Nummernschild?«

Ich hatte gerade mein Gebläse eingeschaltet, als ein junger Mann in grüner Uniform und mit einem grauen Hut auf dem Kopf zwischen den Bäumen auftauchte. Mit glasigem Blick schaute er uns in unseren orangefarbenen, helmbewehrten Schutzanzügen an. Ich spürte, daß er Angst hatte. Ohne näher zu kommen, stellt er sich als der Park-Ranger der Nachtschicht vor.

Marino sprach ihn als erster an: »Haben Sie die Person, die hier gewohnt hat, jemals zu Gesicht gekriegt?«

»Nein«, sagte der Ranger.

»Und die Jungs von den anderen Schichten?«

»Niemand kann sich erinnern, jemanden gesehen zu haben. Nachts brannte manchmal Licht. Wie Sie sehen, steht er ziemlich weit von der Ranger-Station entfernt. Von hier aus kann man zur Dusche oder sonstwohin gehen, ohne daß einen jemand sieht.«

»Sind keine anderen Camper hier?« übertönte ich das Rauschen der Luft in meinem Helm.

»Nicht mehr. Als ich die Leiche fand, waren, glaube ich, noch drei andere Leute da, aber ich hab' sie weggeschickt, damit sie sich hier nicht irgendeine Krankheit holen.«

»Haben Sie sie vorher verhört?« fragte Marino. Ich merkte ihm an, daß er sich über diesen jungen Ranger ärgerte, der gerade all unsere Zeugen weggejagt hatte.

»Keiner wußte irgendwas, außer einem, der meinte, er sei ihm mal begegnet.« Er deutete mit einer Kopfbewegung auf den Wohnwagen. »Vorgestern abend. Im Waschraum. Kräftiger, schmuddeliger Typ mit dunklen Haaren und Bart.«

»War er duschen?« fragte ich.

»Nein, Ma'am.« Er zögerte. »Wasser lassen.«

»Hat denn der Wohnwagen keine Toilette?«

»Keine Ahnung.« Wieder zögerte er. »Um die Wahrheit zu sagen, ich hab' mich da nicht lange drin aufgehalten. Kaum, daß ich das gesehen hatte – was immer das war –, bin ich sofort wieder raus.«

»Und Sie wissen auch nicht, womit der Wohnwagen hergeschleppt wurde?« fragte Marino dann.

Der Ranger fühlte sich sichtlich unwohl. »Zu dieser Jahreszeit ist es hier normalerweise ruhig. Und es ist dunkel. Deshalb ist mir nicht aufgefallen, womit er hergebracht wurde. Ich erinnere mich noch nicht mal daran, daß überhaupt ein entsprechendes Fahrzeug hier war.«

»Aber Sie haben eine Autonummer.« Unfreundlich starrte Marino ihn durch sein Visier hindurch an.

»Na klar.« Erleichtert zog der Ranger ein Stück Papier aus der Tasche. »Hier hab' ich seinen Namen.« Er faltete es auseinander. »Ken L. Perley, Norfolk, Virginia.«

Er reichte den Zettel Marino, der in sarkastischem Ton sagte: »Na prima. Das ist der Name, den das Arschloch von der Kreditkarte hat. Dann ist die Autonummer, die Sie haben, bestimmt auch korrekt. Wie hat er bezahlt?«

»Per Scheck.«

»Hat er den persönlich abgegeben?« fragte Marino.

»Nein. Er hat brieflich reserviert. Niemand hat je irgendwas anderes gesehen als den Zettel, den Sie da in der Hand haben. Wie ich schon sagte, wir haben ihn nie zu Gesicht gekriegt.«

»Was ist mit dem Umschlag, in dem das hier gekommen

ist?« fragte Marino. »Haben Sie den aufbewahrt, so daß wir uns den Poststempel ansehen können?«

Der Ranger schüttelte den Kopf. Er warf den Wissenschaftlern in ihren Schutzanzügen, die aufmerksam zuhörten, einen nervösen Blick zu. Dann sah er zu dem Wohnwagen hinüber und befeuchtete seine Lippen.

»Darf ich wohl fragen, was da drin ist? Und was passiert jetzt mit mir, wo ich doch da reingegangen bin?« Seine Stimme zitterte, und er sah aus, als würde er gleich anfangen zu weinen.

»Der Wohnwagen könnte mit einem Virus kontaminiert sein«, sagte ich zu ihm. »Aber das wissen wir noch nicht genau. Die Leute hier werden sich um Sie kümmern.«

»Sie haben gesagt, sie würden mich irgendwo einsperren, mich in Einzelhaft stecken.« Jetzt übermannte ihn die Angst, sein Blick wurde wild, seine Stimme laut. »Ich will jetzt wissen, was da drin ist und womit ich mich vielleicht angesteckt habe!«

»Da, wo Sie jetzt hinkommen, war ich letzte Woche auch«, beruhigte ich ihn. »Das ist ein hübscher Raum mit netten Krankenschwestern. Sie müssen nur ein paar Tage zur Beobachtung dableiben. Das ist alles.«

»Betrachten Sie es als Urlaub. Es ist wirklich keine große Sache. Bloß weil die Leute hier diese Anzüge anhaben, brauchen Sie nicht gleich hysterisch zu werden«, sagte Marino. Der hatte es nötig.

Er redete noch weiter auf den Mann ein und tat dabei ganz so, als sei er *der* Experte für Infektionskrankheiten. Ich ließ die beiden stehen und ging allein auf den Wohnwagen zu. Einen Moment lang baute ich mich dicht davor auf und schaute mich um. Zu meiner Linken standen meilenweit Bäume, und dann kam der Fluß, auf dem unsere Boote lagen. Zu meiner Rechten konnte ich durch noch mehr Bäume die Geräusche des Highway hören. Der Wohnwagen stand auf einem weichen Kiefernnadelteppich, und als erstes fiel mir die abgeschabte Stelle an der weißlackierten Deichsel auf.

Ich trat näher heran, hockte mich hin und rieb mit behandschuhten Fingern über die tiefen Furchen und Kratzer im Aluminium. An dieser Stelle hätte eigentlich die Fahrgestellnummer stehen müssen. In der Nähe des Dachs bemerkte ich eine versengte Stelle im Vinyl und schloß daraus, daß jemand die zweite Nummer mit einem Propangasbrenner weggebrannt hatte. Ich ging zur anderen Seite hinüber.

Die Tür war nicht verriegelt. Sie war mit irgendeinem Werkzeug aufgebrochen worden und schloß deshalb nicht richtig. Meine Nerven vibrierten. Wie immer, wenn die Beweismittel eine ganz andere Geschichte erzählten als die Zeugen, wurde mein Kopf klar, und ich war voll konzentriert. Ich stieg die Metallstufen hinauf, trat ein und blieb regungslos stehen, während ich meinen Blick über diesen Schauplatz schweifen ließ, der den meisten Leuten vielleicht nichts gesagt hätte, mir jedoch einen Alptraum bestätigte. Dies war *deadocs* Versuchslabor.

Die Heizung war so hoch aufgedreht, wie es nur ging. Ich stellte sie ab und schrak zusammen, als mir plötzlich eine armselige weiße Kreatur über die Füße hoppelte. Ich machte eine ruckartige Bewegung und hielt erschrocken die Luft an. Das Tier lief völlig verschreckt gegen eine Wand und blieb dann zitternd und keuchend sitzen. Dem bedauernswerten Versuchskaninchen war stellenweise das Fell abrasiert worden, und dann hatte man ihm das Virus eingeritzt. Seine Haut wies einen gräßlichen, dunklen Ausschlag auf. Ich entdeckte seinen Drahtkäfig, der offenbar vom Tisch gestoßen worden war. Die Tür stand weit offen.

»Komm her.« Ich hockte mich hin und streckte die Hand aus, während es mich mit rotgeränderten Augen beobachtete. Die langen Ohren zuckten.

Vorsichtig schob ich mich dichter heran, denn hinauslassen durfte ich es nicht. Es war ein lebender Seuchenherd.

»Komm her, du armes, kleines Ding«, sagte ich zu dem Tier, das dem Ranger als Monster erschienen war. »Ich tu dir nichts, das versprech' ich dir.«

Dann hielt ich es sanft in meinen Händen. Sein Herz raste, und es zitterte heftig. Ich steckte es wieder in seinen Käfig und ging dann zum Heck des Wohnwagens. Der Türrahmen, durch den ich trat, war niedrig, und der Leichnam dahinter füllte praktisch das ganze Schlafzimmer aus. Der Mann lag mit dem Gesicht nach unten auf einem goldenen Flokatiteppich voller dunkler Blutflecken. Sein Haar war lockig und dunkel, und als ich ihn umdrehte, stellte ich fest, daß sich die Leichenstarre bereits wieder gelöst hatte. Mit seinem warmen, hüftlangen Marinejackett und den schmutzigen Hosen erinnerte er mich an einen Holzfäller. Seine Hände waren riesig, die Fingernägel schmutzig, und er trug einen ungepflegten Vollbart.

Ich entblößte seinen Oberkörper, um mir das Muster der Totenflecke anzusehen, dort, wo das Blut nach Eintreten des Todes der Schwerkraft gehorcht hatte. Gesicht und Brust waren rötlich violett verfärbt. Da, wo sein Körper auf dem Boden aufgelegen hatte, waren blasse Stellen zu sehen. Ich sah keine Anzeichen dafür, daß seine Leiche bewegt worden war. Ihm war aus kurzer Distanz einmal in die Brust geschossen worden, möglicherweise mit der doppelläufigen Remington-Schrotflinte, die neben seiner linken Hand lag.

Die Schrotkugeln steckten eng beisammen und hatten ein großes Loch mit bogenförmigen Rändern mitten in seine Brust gerissen. Weiße Plastikpartikel aus der Schrotpatrone klebten an seiner Kleidung und Haut, was ebenfalls darauf hindeutete, daß es sich um keinen aufgesetzten Schuß handelte. Ich vermaß das Gewehr und seine Arme. Es war mir ein Rätsel, wie er an den Abzug hätte kommen sollen. Auch sah ich nichts, was darauf hindeutete, daß er sich irgendeine Art von Hilfskonstruktion gebaut hätte. Ich durchsuchte seine Taschen und fand weder Brieftasche noch Ausweise, sondern lediglich ein Klappmesser. Die Klinge war zerkratzt und verbogen.

Ich hatte vorerst genug gesehen und ging hinaus. Die Leute vom USAMRIID wirkten so unruhig, als wollten sie noch irgendwohin und hätten Angst, ihren Flug zu verpassen. Gebannt sahen sie auf mich, als ich die Stufen hinunterkam. Marino verlor sich ein Stück weiter hinten zwischen den Bäumen, die orangefarbenen Arme über der Brust verschränkt. Der Ranger stand neben ihm.

»Der Tatort ist komplett verseucht«, verkündete ich. »Es handelt sich um eine unidentifizierte männliche Leiche weißer Hautfarbe. Ich brauche jemanden, der mir hilft, den Leichnam herauszuholen. Er muß isoliert werden.« Ich schaute den Captain an.

»Wir nehmen ihn mit ins Institut«, sagte er.

Ich nickte. »Sie können die Obduktion vornehmen und eventuell noch jemanden von der Gerichtsmedizin in Baltimore als Zeugen hinzuziehen. Der Wohnwagen stellt ein weiteres Problem dar. Er muß irgendwohin geschafft werden, wo man ihn gefahrlos auseinandernehmen kann. Die Beweismittel müssen gesammelt und dekontaminiert werden. Damit bin ich offen gesagt überfordert. Falls auch Sie keinen Isolationsraum haben, in den ein Objekt dieser Größe hineinpaßt, bringen wir ihn wohl am besten nach Utah.«

»Nach Dugway?« fragte er zweifelnd.

»Ja«, sagte ich. »Vielleicht kann uns Colonel Fujitsubo dabei behilflich sein.«

Der Dugway Proving Ground war das größte Übungs- und Versuchsgelände für chemische und biologische Waffen. Im Gegensatz zum USAMRIID, das im Herzen des urbanen Amerika lag, stand Dugway das riesige Wüstengebiet des Great Salt Lake zur Verfügung. Dort konnten ungestört Laser, intelligente Bomben, Nebelwerfer und Gefechtsfeldbeleuchtung getestet werden. Das Entscheidende war jedoch, daß es hier die einzige Testkammer in den Vereinigten Staaten gab, die groß genug war, ein Fahrzeug von der Größe eines Kampfpanzers aufzunehmen.

Der Captain dachte einen Moment lang nach. Sein Blick wanderte zwischen mir und dem Wohnwagen hin und her, während er sich zu einer Entscheidung durchrang und einen Plan austüftelte.

»Frank, du schnappst dir ein Telefon und sorgst dafür, daß die Sache so schnell wie möglich ins Rollen kommt«, sagte er zu einem der Wissenschaftler. »Den Transport können wir nur mit Hilfe der Air Force durchführen. Die sollen sich beeilen, ich will nicht, daß dieses Ding hier die ganze Nacht stehenbleibt. Und dann brauchen wir einen Tieflader und einen Pick-up.«

»So was wird sich doch auch hier auftreiben lassen. Schließlich müssen die ja all ihre Meeresfrüchte irgendwie transportieren«, sagte Marino. »Ich kümmere mich drum.«

»Gut«, fuhr der Captain fort. »Ich brauche drei Leichensäcke und die Isoliertrage.« Dann sagte er zu mir: »Ich wette, Sie brauchen Hilfe.«

»Allerdings«, sagte ich, und wir gingen beide zum Wohnwagen.

Ich zog die verbogene Aluminiumtür auf, und er folgte mir nach drinnen. Ohne uns vorn länger aufzuhalten, gingen wir gleich nach hinten durch. Der Ausdruck in Clarks Augen verriet, daß er so etwas noch nie gesehen hatte, aber dank seines Helms und des Atemgeräts blieb ihm wenigstens der Gestank verwesenden menschlichen Fleisches erspart. Wir knieten jeder an einem Ende des Leichnams nieder. Er war schwer, und es war furchtbar eng.

»Ist es hier drinnen so heiß, oder liegt das an mir?« fragte er laut, während wir uns mit den gummiartigen Gliedmaßen des Toten abmühten.

»Jemand hat die Heizung bis zum Anschlag aufgedreht.«

Ich war bereits außer Atem. »Um die Verseuchung und die Verwesung zu beschleunigen. Eine beliebte Methode, um die Beweislage zu verfälschen. Okay, wir machen jetzt den Sack zu. Es wird eng werden, aber ich glaube wir schaffen es.«

Wir stopften ihn in den zweiten Leichensack. Unsere Hände und Anzüge waren blutverschmiert und glitschig. Wir brauchten fast eine halbe Stunde, um den Leichnam auf die Isoliertrage zu bekommen, und als wir ihn hinaustrugen, zitterten meine Muskeln. Mein Herz klopfte wie wild, und ich triefte vor Schweiß. Draußen wurden wir gründlich mit Chemikalien abgespritzt, ebenso wie die Isoliertrage, die per Lkw nach Crisfield transportiert wurde. Dann nahm sich das Team den Wohnwagen vor.

Außer den Reifen mußten alle Bestandteile des Gefährts in dickes, blaugetöntes Vinyl mit einer HEPA-Filterschicht eingewickelt werden. Mir fiel ein Stein vom Herzen, als ich meinen Anzug ablegen und mich in die warme, gutbeleuchtete Ranger-Station zurückziehen konnte, um mir Hände und Gesicht zu waschen. Ich war völlig erledigt und hätte alles darum gegeben, ins Bett kriechen, ein Schlafmittel nehmen und schlafen zu können.

»Was für 'ne Schweinerei«, sagte Marino, als er einen Schwall kalter Luft hereinbrachte.

»Bitte mach die Tür zu«, sagte ich bibbernd.

»Was ist dir denn über die Leber gelaufen?« Er setzte sich auf die andere Seite des Raums.

»Das Leben.«

»Nicht zu fassen, daß du hier draußen herumhängst, obwohl du krank bist. Ich glaube, du hast nicht alle Tassen im Schrank.«

»Vielen Dank für die tröstlichen Worte«, sagte ich.

»Na ja, für mich ist das auch nicht gerade Urlaub. Soll hier draußen in der Wildnis Leute verhören und bin noch nicht mal motorisiert.« Er sah ziemlich fertig aus.

»Was wirst du tun?«

»Ich werd' schon was finden. Ich hab' gehört, Lucy und Janet sind in der Gegend und haben ein Auto.«

»Wo?« Ich wollte schon aufspringen.

»Nur die Ruhe. Sie suchen Leute, die sie verhören können, genau wie ich. O Mann, ich brauche 'ne Zigarette. Hab' schon fast den ganzen Tag nicht geraucht.«

»Aber nicht hier.« Ich deutete auf ein Schild.

»Die Leute sterben an Pocken, und du stellst dich an wegen einer Zigarette.«

Ich holte mein Motrin-Fläschchen heraus und schluckte drei Tabletten ohne Wasser.

»Was werden denn all diese Astronauten jetzt tun?« fragte er.

»Ein paar werden hier in der Gegend bleiben und alle Leute aufspüren, die sich entweder auf Tangier oder auf dem Campingplatz angesteckt haben könnten. Sie arbeiten schichtweise und wechseln sich mit anderen Angehörigen des Teams ab. Ich schätze, du mußt mit ihnen in Verbindung bleiben, für den Fall, daß sie auf jemanden treffen, der der Ansteckungsgefahr ausgesetzt war.«

»Was? Soll ich etwa die ganze Woche in einem orangefarbenen Schutzanzug rumlaufen?« Er gähnte und ließ seine Nackenwirbel knacken. »O Mann, diese Anzüge sind wirklich das letzte. Höllisch heiß darin, bloß unterm Helm geht's einigermaßen.« Insgeheim war er jedoch stolz, daß er den Helm getragen hatte.

»Nein, du wirst keinen Plastikanzug tragen«, sagte ich.

»Und was ist, wenn sich herausstellt, daß jemand, den ich verhöre, möglicherweise infiziert ist?«

»Küß ihn einfach nicht.«

»Ich finde das nicht komisch.« Er starrte mich an.

»Das ist es keineswegs.«

»Was ist mit dem Toten? Werden sie ihn einäschern, obwohl wir noch gar nicht wissen, wer er ist?«

»Er wird morgen früh seziert«, sagte ich. »Ich denke, sie werden seinen Leichnam so lange lagern, wie sie können.«

»Die ganze Sache ist einfach verrückt.« Marino rieb sich mit beiden Händen das Gesicht. »Und du hast da drin einen Computer gesehen?«

»Ja, einen Laptop. Aber keinen Drucker oder Scanner. Ich habe den Verdacht, daß dies bloß sein Schlupfwinkel ist. Den Drucker und den Scanner hat er zu Hause.«

»Wie ist es mit einem Telefon?«

Ich überlegte kurz. »Kann mich nicht erinnern, eins gesehen zu haben.«

»Also, die Telefonleitung führt vom Wohnwagen zum Versorgungskasten. Wir werden sehen, was wir darüber in Erfahrung bringen können, zum Beispiel, auf wessen Namen der Anschluß eingetragen ist. Außerdem werde ich Wesley informieren.«

»Wenn der Telefonanschluß nur für AOL benutzt wurde«, sagte Lucy, die in diesem Moment eintrat und die Tür hinter sich schloß, »dann wird es keinen Vertrag mit einer Telefongesellschaft geben. Der Anschluß läuft dann nur über AOL, womit wir wieder bei Perley landen, dem Typen, dessen Kreditkartennummer geknackt wurde.«

Sie trug Jeans und eine Lederjacke und sah hellwach, aber ein bißchen zerzaust aus. Sie setzte sich neben mich, untersuchte das Weiße in meinen Augen und tastete die Drüsen an meinem Hals ab.

»Streck die Zunge raus«, sagte sie ernst.

»Laß das!« Ich stieß sie weg und mußte gleichzeitig husten und lachen.

»Wie fühlst du dich?«

»Besser. Wo ist Janet?« erwiderte ich.

»Redet irgendwo da draußen mit Leuten. Was für ein Computer steht da drin?«

»Ich hab mir nicht die Zeit genommen, ihn mir genauer anzusehen«, antwortete ich. »Mir sind keine Einzelheiten aufgefallen.«

»War er an?«

»Weiß ich nicht. Hab' nicht drauf geachtet.«

»Ich muß mich da einloggen.«

»Was hast du vor?« fragte ich und sah sie an.

»Ich glaube, ich sollte dich begleiten.«

»Werden die das erlauben?« fragte Marino.

»Wer zum Teufel sind *die?*«

»Die Kerle, für die du arbeitest.«

»Sie haben mich auf den Fall angesetzt. Sie erwarten von mir, daß ich ihn löse.«

Sie blickte fortwährend zu den Fenstern und zur Tür. Lucy war mit dem James-Bond-Virus infiziert und nicht mehr zu retten. Unter ihrer Jacke trug sie in einem Lederhalfter eine Neun-Millimeter-Sig-Sauer inklusive Ersatzmagazinen. Vermutlich hatte sie einen Schlagring in der Tasche. Ein Ruck ging durch ihren Körper, als die Tür sich öffnete und ein weiterer Ranger hereineilte, die Haare noch naß vom Duschen, der Blick nervös und aufgeregt.

»Kann ich Ihnen helfen?« fragte er uns.

»Ja«, sagte Marino und erhob sich. »Was für einen Wagen haben Sie?«

14

Der Tieflader war bereits da, als wir ankamen. Auf der Ladefläche stand der in Vinyl gehüllte Wohnwagen, der unter dem sternenklaren Himmel in einem unheimlichen, durchscheinenden Blau schimmerte. Er war immer noch an einen Pickup gekuppelt. Wir parkten gerade ganz in der Nähe auf einem Feldweg am Rande eines Ackers, als ein riesiges Flugzeug erschreckend tief über uns hinwegflog. Dem ohrenbetäubenden Lärm nach zu urteilen, war es keine Zivilmaschine.

»Was zum Teufel ...«, rief Marino aus und öffnete die Tür des Jeeps, der dem Ranger gehörte.

»Ich glaube, das ist die Maschine, die uns nach Utah bringen soll«, sagte Lucy, die neben mir auf dem Rücksitz saß. Der Ranger starrte fassungslos durch die Windschutzscheibe zum Himmel hinauf, als sei der Jüngste Tag gekommen.

»Ach, du großer Gott. Jetzt ist alles aus!«

Als erstes wurde ein schwerer Militärjeep abgeworfen, eingepackt in Wellpappe auf einer hölzernen Plattform. Es klang wie eine Explosion, als er auf dem festgetretenen, abgestorbenen Gras des Feldes landete und von den Fallschirmen, in den sich der Wind fing, noch ein Stück weitergeschleift wurde. Dann erschlaffte das grüne Nylon über dem allradgetriebenen Fahrzeug, und weitere Fallschirme erblühten am Himmel, an denen noch mehr Gegenstände herunterschwebten und zu Boden trudelten. Es folgten Fallschirmjäger, die sich ein paarmal hin und her schwangen, bevor sie geschickt auf den Füßen landeten und sich schnell aus ihren Geschirren befreiten. Sie rafften das aufgeblähte Nylon zusammen, während das Geräusch der C-17 sich langsam entfernte.

Das Combat Control Team der Air Force aus Charleston, South Carolina, war um genau dreizehn Minuten nach Mitternacht eingetroffen. Wir saßen im Jeep und beobachteten fasziniert, wie die Piloten den Acker wieder und wieder auf seine Belastbarkeit prüften, denn die Maschine, die gleich darauf landen würde, hatte ein solches Gewicht, daß nicht mal eine gewöhnliche Landebahn oder ein Rollfeld ihr standhalten würde. Es wurde gemessen und geschätzt, und das Team stellte sechzehn ferngesteuerte Landescheinwerfer auf, während eine Frau im Tarnanzug den Jeep auspackte, seinen lauten Dieselmotor anwarf und ihn von der Plattform an eine Stelle fuhr, wo er nicht störte.

»Ich muß hier in der Gegend irgendwas finden, wo ich übernachten kann«, sagte Marino, während er mit weitaufgerissenen Augen das Spektakel draußen beobachtete. »Wie zum Teufel wollen die so eine große Militärmaschine auf so einem kleinen Acker landen?«

»Diese Frage kann ich zumindest teilweise beantworten«, sagte Lucy, die nie eine technische Erklärung schuldig blieb. »Die C-17 wurde extra konstruiert, voll beladen auf besonders kurzen, provisorischen Pisten wie dieser zu landen. Oder auf einem ausgetrockneten See. In Korea haben sie sogar Autobahnen benutzt.«

»Na, dann mal los«, sagte Marino mit seinem üblichen Sarkasmus.

»Die einzige andere Maschine, die mit dermaßen wenig Platz auskommt, ist die C-130«, fuhr sie fort. »Aber die C-17 hat sogar einen Rückwärtsgang, ist das nicht cool?«

»Ausgeschlossen, daß eine Frachtmaschine das alles kann«, sagte Marino.

»Tja, dieses Baby schon«, erwiderte sie, als wollte sie es am liebsten adoptieren.

Marino begann sich unruhig umzuschauen. »Ich habe solchen Hunger, daß ich einen Reifen essen könnte, und für ein Bier würde ich auf ein Monatsgehalt verzichten. Ich werde jetzt dieses Fenster hier runterkurbeln und eine rauchen.«

Ich merkte, daß der Ranger es nicht gern hatte, wenn in seinem penibel gepflegten Jeep geraucht wurde, aber er war zu eingeschüchtert, um etwas zu sagen.

»Marino, laß uns nach draußen gehen«, sagte ich. »Frische Luft wird uns guttun.«

Wir kletterten aus dem Wagen. Er steckte sich eine Marlboro an und sog daran, als handele es sich um Muttermilch. Die Leute vom USAMRIID-Team, die für den Tieflader und seine schaurige Fracht verantwortlich waren, steckten immer noch in ihren Schutzanzügen und hielten sich von allen anderen fern. Sie hatten sich auf dem zerfurchten Feldweg versammelt und sahen den Air-Force-Leuten dabei zu, wie sie Quadratmeter für Quadratmeter dieser Fläche bearbeiteten, die in wärmeren Monaten als Bolzplatz hätte dienen können. Um kurz vor zwei Uhr morgens kam ein dunkler Plymouth herangerollt, und Lucy trabte zu ihm hinüber. Ich beobachtete, wie sie durch das offene Fahrerfenster hindurch mit Janet redete. Dann fuhr der Wagen fort.

»Da bin ich wieder«, sagte Lucy leise und berührte dabei meinen Arm.

»Alles in Ordnung?« fragte ich. Ich konnte mir denken, daß das Leben, das die beiden miteinander führten, hart sein mußte.

»Bislang alles unter Kontrolle«, antwortete sie.

»Nett von dir, Null-null-sieben, daß du hergekommen bist, um uns zu helfen«, sagte Marino zu Lucy. Er qualmte, als habe sein letztes Stündlein geschlagen.

»Respektlosigkeit gegenüber FBI-Agenten wird strafrechtlich verfolgt«, sagte sie. »Vor allem, wenn es sich um Minderheiten italienischer Herkunft handelt.«

»Ich will doch schwer hoffen, daß du eine Minderheit bist. Noch mehr Leute von deiner Sorte will ich da draußen nicht haben.« Er schnippte Asche von seiner Zigarette. In weiter Ferne hörten wir ein Flugzeug.

»Janet bleibt hier«, sagte Lucy zu ihm. »Das heißt, ihr beide werdet gemeinsam an diesem Fall arbeiten. Also merkt euch: Im Auto wird nicht geraucht, und wenn du dich an sie ranmachst, bist du ein toter Mann.«

»Schhhh!« machte ich zu den beiden.

Der Jet kehrte mit lautem Getöse aus nördlicher Richtung zurück. Wir standen schweigend da und starrten zum Himmel hinauf, und dann gingen plötzlich die Scheinwerfer an. Sie bildeten eine flammende, gepunktete Linie – Grün markierte die Einflugschneise, Weiß die Landebahn und die Warnfarbe

Rot schließlich deren nahendes Ende. Mir kam der Gedanke, wie unheimlich dieser Anblick auf jemanden wirken mußte, der unglücklicherweise genau in dem Moment vorbeifuhr, wenn das Flugzeug zur Landung ansetzte. Es sank immer tiefer, und ich konnte seinen dunklen Schatten und die blinkenden Lichter an den Tragflächen sehen. Der Lärm war kaum noch auszuhalten. Das Fahrwerk wurde ausgefahren, und aus dem Radschacht drang smaragdgrünes Licht hervor, als die C-17 direkt auf uns zusteuerte.

Ich war wie gelähmt. Es kam mir vor, als würde ich gleich Zeuge einer Bruchlandung, als würde diese monströse, stumpfgraue Maschine mit den aufgestellten Flügelspitzen und der gedrungenen Form sich gleich tief in die Erde bohren. Dröhnend wie ein Hurrikan schwebte sie direkt über unseren Köpfen. Wir steckten uns die Finger in die Ohren, als ihre riesigen Räder auf dem Boden aufsetzten. Gras und Schmutz flogen umher, große Erdbrocken wurden aus den Furchen gerissen, die die großen Räder unter der Last von 130 Tonnen Aluminium und Stahl in den Boden pflügten. Mit aufgestellten Landeklappen, die Triebwerke auf Umkehrschub, kam der Jet mit kreischenden Bremsen am Ende des Ackers, der kleiner war als ein Football-Feld, zum Stehen. Dann legten die Piloten den Rückwärtsgang ein und begannen mit lautem Getöse auf dem Gras zurückzusetzen. Die Maschine kam direkt auf uns zu, bis sie wieder eine Startbahn von ausreichender Länge vor sich hatte. Als das Heck den Rand des Feldweges erreichte, stoppte die C-17. Die Heckklappe öffnete sich wie das Maul eines Hais, und eine Metallrampe wurde herabgelassen. Der Frachtraum war jetzt vollständig geöffnet und beleuchtet. Überall schimmerte glänzendes Metall.

Eine Weile sahen wir dem Lademeister und der Crew beim Arbeiten zu. Sie trugen C-Waffen-Schutzbekleidung – dunkle Helme und Schutzbrillen sowie schwarze Handschuhe –, die ziemlich furchteinflößend aussah, vor allem nachts. Zügig fuhren sie den Pick-up vom Tieflader herunter und koppelten unten den Wohnwagen ab, der anschließend vom Jeep in die C-17 geschleppt wurde.

»Komm«, sagte Lucy und zog mich am Arm. »Wir wollen doch unseren Flug nicht verpassen.«

Wir gingen aufs Feld hinaus. Die Druckwellen und der Lärm, den die Maschine erzeugte, waren unglaublich. Wir stiegen die hydraulische Rampe hinauf. Drinnen stolperten wir über lauter in den ebenen Metallfußboden eingelassene Walzen und Ringe. An der Decke lagen meterweise Kabel und Isolierung frei. Das Flugzeug schien groß genug zu sein, um mehrere Helikopter, Rotkreuzbusse und Panzer zu transportieren, und es war mit mindestens fünfzig Klappsitzen ausgestattet. Die Besatzung bestand an diesem Abend jedoch lediglich aus dem Lademeister, den Fallschirmjägern und einem First Lieutenant namens Laurel, der offensichtlich den Auftrag hatte, sich um uns zu kümmern.

Laurel war eine attraktive junge Frau mit schwarzem Haar. Sie schüttelte uns allen die Hand und lächelte liebenswürdig, als sei sie unsere Gastgeberin.

»Die erste gute Nachricht ist, daß Sie nicht hier unten sitzen müssen«, sagte sie. »Wir sind oben bei den Piloten. Und die zweite: Bei mir gibt es Kaffee.«

»Das wäre himmlisch«, sagte ich. Metall klirrte, als die Crew Wohnwagen und Jeep mit Ketten und Netzen am Boden befestigte.

Auf der Treppe, die vom Frachtraum nach oben führte, stand der Name der Maschine. Passenderweise lautete er *Heavy Metal.* Das großräumige Cockpit besaß ein elektronisches Flugsteuerungssystem mit eingespiegelten Instrumenten wie bei Kampfflugzeugen. Auch die Steuerknüppel waren untypisch für eine Frachtmaschine. Die ganze Instrumentierung wirkte fürchterlich einschüchternd.

Ich kletterte hinter zwei Piloten in grünen Overalls, die zu beschäftigt waren, um uns Beachtung zu schenken, auf einen drehbaren Sitz.

»Hier haben Sie Headsets, damit Sie sich verständigen können, aber bitte nicht, wenn die Piloten gerade miteinander reden«, sagte Laurel zu uns. »Sie brauchen sie zwar nicht aufzusetzen, aber es ist ziemlich laut hier drinnen.«

Als ich meinen Sicherheitsgurt einrasten ließ, fielen mir die Sauerstoffmasken auf, die neben jedem Sitz hingen.

»Ich werde unten sitzen und von Zeit zu Zeit nach Ihnen sehen«, fuhr sie fort. »Bis Utah sind es etwa drei Stunden. Allzu schroff dürfte die Landung dort nicht werden. Die Rollbahn ist sogar fürs Space Shuttle lang genug. Zumindest behauptet das die Army. Aber Sie wissen ja, wie gern die prahlen.«

Sie ging wieder nach unten. Die Piloten redeten in einem Fachjargon und in Codes miteinander, mit denen ich rein gar nichts anfangen konnte. Staunend stellte ich fest, daß die Maschine bereits eine halbe Stunde, nachdem sie gelandet war, schon wieder bereit zum Abheben war.

»Wir rollen jetzt auf die Startbahn«, sagte ein Pilot. »Frachtraum?« Ich nahm an, daß er mit dem Lademeister unter uns sprach. »Ist alles gesichert?«

»Ja, Sir«, erklang die Stimme in meinem Kopfhörer.

»Sind wir mit der Checkliste durch?«

»Ja.«

»Okay. Auf geht's.«

Die Maschine schoß vorwärts und gewann bei der holprigen Fahrt über das Feld derartig schnell an Tempo, wie ich es noch nie bei einem Flugzeugstart erlebt hatte. Unsere Geschwindigkeit betrug mehr als hundert Meilen pro Stunde, und wir stiegen schließlich in einem so steilen Winkel empor, daß ich in die Lehne meines Sitzes gedrückt wurde. Plötzlich sah ich den sternenübersäten Himmel vor mir, und Maryland war nur noch ein blinkendes Lichternetz.

»Wir fliegen mit etwa zweihundert Knoten«, sagte ein Pilot.

»Command Post Aircraft 30601. Klappen rein. Ausführung!«

Ich schaute hinüber zu Lucy, die hinter dem Kopiloten saß und versuchte, alles mitzubekommen, was er machte. Sie spitzte die Ohren und merkte sich vermutlich jedes Wort. Laurel kehrte mit zwei Tassen Kaffee zurück, aber mich konnte nichts mehr wachhalten. In zehntausend Meter Höhe sank ich in den Schlaf, während der Jet mit sechshundert Meilen pro Stunde gen Westen flog. Ich kam erst wieder zu mir, als der Tower seine Instruktionen durchgab.

Wir verloren bereits an Höhe, als wir uns Salt Lake City näherten. Lucy wäre wahrscheinlich am liebsten in der Luft geblieben, so gebannt lauschte sie den Dialogen im Cockpit. Sie merkte, daß ich sie beobachtete, aber sie ließ sich nicht ablenken. Sie war wirklich einzigartig. Ihre Neugier auf alles, was man zusammenbauen, auseinandernehmen, programmieren – kurz: dazu bringen konnte, das zu tun, was sie wollte, war unersättlich. Menschen waren so ziemlich das einzige auf der Welt, was ihr ein Rätsel blieb.

Der Tower von Clover übergab uns an die Flugüberwachung von Dugway, und dann erhielten wir unsere Landeinstruktionen. Entgegen dem, was Laurel über die Landebahn gesagt hatte, kam es mir vor, als würden wir aus unseren Sitzen gerissen, als der Jet lauter und lauter über die Rollbahn mit den endlosen Reihen blinkender Lichter donnerte und die Luft gegen die aufgestellten Landeklappen drückte. Wir kamen so abrupt zum Stehen, daß es mit keinerlei physikalischen Gesetzen in Einklang zu stehen schien, und ich fragte mich, ob die Piloten das womöglich geübt hatten.

»Hossa«, sagte einer von ihnen fröhlich.

15

Dugway ist so groß wie Rhode Island. Zweitausend Menschen leben auf der Basis. Als wir jedoch um halb sechs Uhr morgens ankamen, war es stockfinster. Laurel übergab uns an einen Soldaten, der uns in einen Lkw setzte und in eine Unterkunft fuhr, wo wir uns ausruhen und frischmachen konnten. Zum Schlafen war keine Zeit. Die Maschine würde noch am selben Tag wieder abfliegen, und wir mußten an Bord sein.

Lucy und ich checkten ins Antelope Inn ein, gegenüber vom Community Club. Wir bekamen ein Zweibettzimmer im ersten Stock, ganz und gar in Blau eingerichtet, mit hellem Eichenholz und Teppichboden. Es bot einen Blick auf eine Rasenfläche und die Kasernen dahinter, in denen mit dem nahenden Morgengrauen bereits nach und nach die Lichter angingen.

»Weißt du, eigentlich hat es keinen Sinn zu duschen, schließlich müssen wir ohnehin wieder dieselben dreckigen Sachen anziehen«, sagte Lucy, während sie sich auf ihrem Bett ausstreckte.

»Du hast vollkommen recht«, stimmte ich ihr zu und zog mir die Schuhe aus. »Macht es dir was aus, wenn ich diese Lampe ausschalte?«

»Im Gegenteil.«

Das Zimmer war dunkel, und plötzlich war mir nach Herumalbern zumute. »Das ist ja wie bei einer Pyjama-Party.«

»Ja, aber einer ziemlich gruseligen.«

»Weißt du noch, wie du mich immer besucht hast, als du noch klein warst?« sagte ich. »Manchmal sind wir die halbe Nacht aufgeblieben. Nie wolltest du einschlafen, immer sollte ich dir noch eine Geschichte vorlesen. Du hast mir den letzten Nerv geraubt.«

»Soweit ich mich erinnere, war es genau andersrum. Ich

wollte schlafen, und du hast mich einfach nicht in Ruhe gelassen.«

»Stimmt ja gar nicht.«

»Weil du ganz vernarrt in mich warst.«

»Gar nicht wahr. Ich konnte es kaum ertragen, mit dir im selben Raum zu sein«, sagte ich. »Aber ich hatte eben Mitleid mit dir.«

Ein Kissen segelte durch die Dunkelheit und traf mich am Kopf. Ich warf es zurück. Lucy hechtete von ihrem Bett auf meins, aber dann wußte sie nicht recht, was sie dort sollte, denn sie war nicht mehr zehn, und ich war nicht Janet. Sie stand auf, ging wieder zu ihrem Bett zurück und schüttelte geräuschvoll die Kissen in ihrem Rücken auf.

»Du hörst dich an, als würde es dir schon viel besser gehen«, sagte sie.

»Besser schon, aber nicht viel. Ich werd's überleben.«

»Tante Kay, was wirst du wegen Benton unternehmen? Du scheinst nicht mal mehr an ihn zu denken.«

»O doch, das tue ich«, antwortete ich. »Aber in letzter Zeit sind mir die Dinge ein wenig über den Kopf gewachsen, um es vorsichtig auszudrücken.«

»Das sagt jeder, der eine Ausrede braucht. Mir machst du nichts vor. Ich hab' mir das mein Leben lang von meiner Mutter anhören müssen.«

»Von mir aber nicht«, sagte ich.

»Das meine ich ja. Wie soll das mit euch beiden weitergehen? Du könntest ihn heiraten.«

Schon bei dem Gedanken wurde mir ganz anders. »Ich glaube nicht, daß ich das kann, Lucy.«

»Warum nicht?«

»Vielleicht bin ich in meinen Gewohnheiten zu eingefahren. Ich kann mich nicht mehr umstellen. Das wäre einfach zuviel verlangt.«

»Du mußt dein Leben doch auch mal genießen.«

»Ich finde schon, daß ich das tue«, sagte ich. »Aber möglicherweise nicht auf die Art und Weise, wie man es von mir erwartet.«

»Du hast mir immer gute Ratschläge gegeben«, sagte sie. »Vielleicht bin ich jetzt mal dran. Und ich finde, daß du nicht heiraten solltest.«

»Und warum nicht?« Ich war eher neugierig als überrascht.

»Ich glaube nicht, daß du Mark jemals wirklich begraben hast. Und bevor das nicht geschehen ist, solltest du nicht heiraten. Das wäre dann nämlich sehr übereilt, verstehst du?«

Plötzlich wurde ich traurig, und ich war froh, daß sie mich in der Dunkelheit nicht sehen konnte. Zum erstenmal sprach ich mit ihr wie mit einer vertrauten Freundin.

»Ich kann ihn immer noch nicht vergessen, und vermutlich werde ich das auch nie«, sagte ich. »Ich schätze, er war meine erste große Liebe.«

»Das Gefühl kenne ich«, erwiderte meine Nichte. »Ich habe Angst, wenn etwas passiert, könnte es auch für mich niemand anders mehr geben. Und ich will nicht den Rest meines Lebens auf das verzichten müssen, was ich momentan habe. Jemanden, mit dem man über alles reden kann, jemanden, dem etwas an einem liegt und der einfach nett zu einem ist.«

Sie zögerte, und was sie als nächstes sagte, klang messerscharf. »Jemand der nicht eifersüchtig ist und einen ausnutzt.«

»Lucy«, sagte ich, »Ring wird sein Leben lang keine Polizeimarke mehr tragen, aber nur du kannst Carrie ihre Macht über dich nehmen.«

»Sie hat keine Macht über mich«, erwiderte sie aufgebracht.

»Natürlich hat sie das. Ich verstehe dich ja. Ich habe selbst eine Stinkwut auf sie.«

Lucy wurde für einen Moment still, und dann sagte sie mit leiserer Stimme: »Tante Kay, was werden sie mit mir machen?«

»Ich weiß es nicht, Lucy«, sagte ich. »Ich bin nicht allwissend. Aber ich verspreche dir, daß ich jeden Schritt des Wegs an deiner Seite sein werde.«

Nachdem wir auf so verschlungenen Umwegen auf Carrie gekommen waren, schlugen wir schließlich noch den Bogen zu Lucys Mutter, meiner Schwester. Ich zeichnete die Höhen und Tiefen meiner Jugend nach und erzählte Lucy offen und ehrlich von meiner Ehe mit ihrem Ex-Onkel Tony. Ich beschrieb ihr, was für ein Gefühl es für mich war, ein gewisses Alter erreicht zu haben und zu wissen, daß ich keine Kinder haben würde. Mittlerweile wurde der Himmel hell, und der Tag brach an. Der Fahrer des Stützpunktkommandanten, ein milchbärtiger junger Soldat, wartete um neun in der Lobby.

»Kurz nach Ihnen ist noch jemand hier angekommen«, sagte er. »Aus Washington, vom FBI.«

Diese Tatsache schien ihn schwer zu beeindrucken. Offenbar hatte er keine Ahnung, wer Lucy war. Doch sie verzog keine Miene, und ich fragte: »Was macht er denn beim FBI?«

»So 'ne Art Wissenschaftler oder so. 'ne ganz große Nummer«, sagte er und musterte Lucy verstohlen, die auch dann noch hinreißend aussah, wenn sie die ganze Nacht nicht geschlafen hatte.

Der Wissenschaftler war Nick Gallwey, der Leiter des FBI-Katastrophenschutzes und ein hochqualifizierter Kriminaltechniker. Ich war schon seit Jahren mit ihm bekannt. Als er die Lobby betrat, umarmten wir uns, und Lucy schüttelte ihm die Hand.

»Freut mich, Sie kennenzulernen, Special Agent Farinelli. Glauben Sie mir, ich habe schon viel von Ihnen gehört«, sagte er zu ihr. »Kay und ich machen also die Drecksarbeit, während Sie am Computer spielen.«

»Ja, Sir«, sagte sie liebenswürdig.

»Kann man hier irgendwo frühstücken?« fragte Gallwey den jungen Soldaten, der nun völlig verwirrt und plötzlich ganz schüchtern geworden war.

Unter einem unendlich weiten Himmel chauffierte er uns im Suburban des Stützpunktkommandanten durch die Wüste. Unbesiedelte Bergketten, die aus einem Western zu stammen schienen, umgaben uns in der Ferne. Die Pflanzen der Wüstenflora – Salbei, Zwergkiefern und Tannen – blieben hier durch den Regenmangel winzig klein. Die nächsten öffentlichen Verkehrswege waren von diesem *Home of the Mustangs*, wie die Basis mit ihren Munitionsbunkern, den Waffen aus dem Zweiten Weltkrieg und dem riesigen Luftsperrgebiet genannt wurde, vierzig Meilen entfernt. Längst ausgetrocknete Gewässer hatten Spuren von Salz hinterlassen, und wir bekamen sogar eine Antilope und einen Adler zu sehen.

Die Stark Road führte zu den etwa zehn Meilen vom Wohnbereich der Basis entfernten Testlabors. Auf dem Weg kamen wir am Ditto-Diner vorbei, wo wir kurz hielten, um Kaffee und Sandwiches zu uns zu nehmen. Dann ging es weiter zu den Testlabors, die in einer Gruppe großer, moderner Gebäude hinter einem mit Nato-Draht besetzten Zaun untergebracht waren.

Überall standen Warnschilder. Sie verkündeten, daß das Betreten für Unbefugte verboten sei, und drohten bei Zuwiderhandeln Schußwaffengebrauch an. An den Gebäuden wiesen bestimmte Codes darauf hin, was sich in ihrem Innern befand, und ich erkannte die Symbole für Senfgas und Nervengifte und die für Ebola, Anthrax und das Hantavirus. Die Mauern seien aus Beton, erzählte uns der junge Soldat, und über einen halben Meter dick. Den Kühlgeräten im Inneren des Gebäudes könne nicht einmal Sprengstoff etwas anhaben. Die Prozedur, die man hier über sich ergehen lassen mußte, kannte ich ja bereits mehr oder weniger. Die Wachen führten uns in den biochemischen Sicherheitsbereich. Dort gingen Lucy und ich in den Umkleideraum für Frauen und Gallwey in den für Männer. Wir entkleideten uns, zogen die vom Institut gestellten armeegrünen Sachen an und darüber Schutzanzüge im

Tarnmuster mit Helmen und Schutzbrillen, dicken schwarzen Gummihandschuhen und Stiefeln. Wie die blauen Anzüge beim CDC und dem USAMRIID wurden auch diese in der Testkammer, die hier vom Boden bis zur Decke aus Edelstahl bestand, an Luftschläuche angeschlossen. In diesem vollkommen geschlossenen, mit doppelten Kohlefiltern ausgestatteten System konnten kontaminierte Fahrzeuge, zum Beispiel Panzer, mit Chemikalien und Dämpfen bombardiert werden. Man versicherte uns, wir könnten hier so lange arbeiten, wie wir müßten, ohne andere zu gefährden.

Vielleicht war es sogar möglich, ein paar Beweisstücke zu dekontaminieren und aufzubewahren. Aber das war schwer zu sagen. Keiner von uns hatte je an so einem Fall gearbeitet. Als erstes öffneten wir die Tür des Wohnwagens, arretierten sie und arrangierten ein paar Scheinwerfer so, daß sie das Innere ausleuchteten. Es war ein komisches Gefühl, sich hier hin und her zu bewegen. Der Stahlfußboden wellte sich beim Gehen so geräuschvoll wie ein Sägeblatt. Über uns saß ein Wissenschaftler der Army hinter Glas in einem Kontrollraum und überwachte alles, was wir taten.

Wieder ging ich als erste hinein, denn ich wollte den Tatort gründlich inspizieren. Gallwey fing an, die Werkzeugspuren an der Tür zu fotografieren und sie nach Fingerabdrücken abzupinseln, während ich hineinkletterte und mich umschaute, als sähe ich alles zum erstenmal. Der kleine Wohnbereich, der normalerweise ein Sofa und einen Tisch enthalten hätte, war leergeräumt und in ein erstklassig ausgestattetes Labor verwandelt worden. Die Geräte waren nicht neu, aber auch nicht billig.

Das Kaninchen lebte noch. Ich fütterte es und stellte seinen Käfig auf eine sorgfältig aus Sperrholz gezimmerte und schwarz lackierte Arbeitsplatte. Darunter stand ein Kühlschrank, in dem ich Vero-Zellen und Fibroblastenzellen aus dem Lungengewebe menschlicher Embryos fand. Das sind

Gewebekulturen, die gewöhnlich zur Ernährung von Pockenviren verwendet werden, was etwa mit dem Düngen von Pflanzen zu vergleichen ist. Um diese Kulturen am Leben zu erhalten, besaß der irrsinnige Züchter in seinem mobilen Labor einen üppigen Vorrat an Eagle-Nährsubstrat, das zu zehn Prozent mit dem Serum aus Kälberföten angereichert war. Daraus und aus der Anwesenheit des Kaninchens schloß ich, daß *deadoc* mehr tat, als das Virus am Leben zu erhalten. Er war im Begriff gewesen, es heranzuzüchten, als die Katastrophe eintrat.

Er hatte das Virus in einer Flüssigstickstoff-Gefrierkartusche gelagert, die keinen Strom brauchte, sondern nur alle paar Monate aufgefüllt werden mußte. Sie sah aus wie eine Vierzig-Liter-Thermosflasche aus Edelstahl, und als ich den Deckel abschraubte, fand ich sieben Kryoröhrchen, die so alt waren, daß sie noch aus Glas bestanden. Die Codes darauf, die Auskunft über die Identität der Krankheit hätten geben sollen, waren mir völlig unbekannt. Doch ich entzifferte die Jahresangabe 1978 und als Ort Birmingham, England – winzige Kürzel in schwarzer Tinte, fein säuberlich in Kleinbuchstaben geschrieben. Ich steckte die Röhrchen mit ihrem entsetzlichen lebendigen Inhalt wieder in die Kälte zurück und stöberte weiter herum. Bald hatte ich zwanzig Dosen Vita-Gesichtsspray unterschiedlicher Größe und Tuberkulinspritzen gefunden, die der Killer zweifelsohne dazu benutzt hatte, die Krankheit in die Spraydosen zu injizieren.

Natürlich waren auch Pipetten und Gummiballons, Petrischalen und Kulturflaschen mit Schraubdeckeln vorhanden, in denen das Virus herangezüchtet wurde. Das Nährsubstrat darin war rosa. Wenn es blaßgelb wird, bedeutet das, daß der pH-Wert aufgrund von Abfallprodukten eine saure Reaktion anzeigt. Das wiederum wäre ein Indiz dafür gewesen, daß die mit Viren vollgestopften Zellen bereits seit geraumer Zeit nicht mehr in nährstoffreicher Gewebekultur baden konnten.

Ich hatte noch genug von meinem Medizinstudium und meiner Ausbildung zur Gerichtsmedizinerin in Erinnerung, um zu wissen, daß bei der Züchtung eines Virus die Zellen ernährt werden müssen. Diese Aufgabe erfüllte das rosafarbene Kulturmedium, das alle paar Tage, wenn Abfallprodukte an die Stelle der Nährstoffe getreten waren, mit einer Pipette abgesaugt werden mußte. Da das Medium immer noch rosa war, konnte man davon ausgehen, daß dies erst kürzlich geschehen war, zumindest innerhalb der letzten vier Tage. *Deadoc* war ein äußerst gewissenhafter Mensch. Er hatte den Tod mit Liebe und Fürsorge kultiviert. Dennoch lagen zwei zerbrochene Flaschen auf dem Boden, was vielleicht einem infizierten Kaninchen zuzuschreiben war, das aus seinem Käfig entwischt und umhergehoppelt war. Mir sah das Ganze nicht nach Selbstmord aus, sondern eher nach einer unvorhergesehenen Katastrophe, die *deadoc* in die Flucht geschlagen hatte.

Ohne Hast schaute ich mich weiter um. Ich inspizierte die Küche, in der eine einzelne Schüssel und eine Gabel nach dem Spülen fein säuberlich auf einem Geschirrhandtuch neben der Spüle zum Trocknen aufgestellt worden waren. In den ebenfalls aufgeräumten Schränken standen in Reih und Glied einfache Gewürze, Cornflakes-Packungen, Reispakete und Gemüsesuppen in Dosen. Im Kühlschrank fand ich Magermilch, Apfelsaft, Zwiebeln und Karotten, aber kein Fleisch. Ich schloß die Tür. Die Sache wurde immer rätselhafter. Wer war er? Was machte er Tag für Tag in seinem Wohnwagen, außer seine Virenbomben herzustellen? Sah er fern? Las er?

Ich begann in den Schubladen nach Kleidung zu suchen – ohne Erfolg. Wenn dieser Mann hier viel Zeit verbracht hatte, warum verwahrte er hier keine Sachen zum Wechseln? Warum keine Fotos und keine persönlichen Erinnerungen? Was war mit Büchern, Versandkatalogen, über die man Vergleichsproben, Gewebekulturen, Referenzmaterial für Infektionskrankheiten bestellen konnte? Und vor allem: Was war mit dem Fahrzeug geschehen, das den Wohnwagen gezogen hatte? Wer hatte es weggefahren und wann?

Im Schlafzimmer hielt ich mich länger auf. Der Teppich war schwarz vom Blut, das wir beim Abtransport des Leichnams auch in die anderen Räume verteilt hatten. Als ich innehielt, um meine Vierstundenbatterie zu wechseln, konnte ich nichts riechen oder hören außer der Luft, die in meinem Anzug zirkulierte. An diesem Raum wie am Wohnwagen selbst war nichts Besonderes. Als ich die blumenbedruckte Tagesdecke zurückzog, entdeckte ich, daß das Kissen und die Laken auf einer Seite zerknautscht waren, als habe jemand darauf geschlafen. Ich fand ein kurzes, graues Haar und sammelte es mit einer Pinzette ein. Die Haare des Toten waren, wie ich mich erinnerte, länger und schwarz gewesen.

An der Wand hing ein billiger Druck von einer Strandszene. Ich hängte ihn ab, um nachzuschauen, ob es einen Hinweis darauf gab, wo er gerahmt worden war. Dann nahm ich mir die Zweierbank unter einem Fenster auf der anderen Seite des Bettes vor. Sie war mit leuchtendgrünem Vinyl bezogen, und obendrauf stand ein Kaktus, der abgesehen von dem, was der Käfig, der Inkubator und die Gefrierkartusche enthielten, wohl das einzig Lebendige in dem Wohnwagen war. Ich prüfte die Erde mit dem Finger und stellte fest, daß sie nicht besonders trocken war. Dann stellte ich den Kaktus auf den Teppich und klappte die Bank auf.

Den Spinnweben und dem Staub nach zu urteilen, hatte schon seit vielen Jahren niemand mehr dort hineingesehen. Ich stieß auf ein Katzenspielzeug aus Gummi, eine verblichene blaue Mütze und eine abgekaute Maiskolbenpfeife. Es kam mir nicht so vor, als gehörte irgend etwas davon der Person, die jetzt hier wohnte, oder als habe sie all diese Dinge überhaupt bemerkt. Während ich noch überlegte, ob der Wohnwagen gebraucht gekauft oder weitervererbt worden war, ließ ich mich auf Hände und Füße nieder und kroch auf dem Boden umher, bis ich die leere Patronenhülse und den Pfropfen gefunden hatte. Beides tütete ich ein. Als ich in den Laborbereich zurückkehrte, setzte sich Lucy gerade an den Laptop.

»Der Bildschirmschoner verlangt ein Paßwort«, sagte sie in ihr sprachgesteuertes Mikrofon.

»Ich hatte gehofft, daß er es dir nicht allzu leicht machen würde«, sagte ich.

Sie startete den Computer bereits neu und blieb auf der DOS-Ebene. Wie ich sie kannte, würde sie das Paßwort innerhalb weniger Minuten geknackt haben. Das wäre schließlich nicht das erste Mal.

»Kay«, ertönte Gallweys Stimme in meinem Helm. »Ich hab' hier draußen etwas Schönes für Sie.«

Immer darauf achtend, daß der Luftschlauch nirgendwo hängenblieb, ging ich die Treppe hinunter. Er hockte an der Stirnseite des Wohnwagens, neben der Stelle an der Deichsel, wo die Fahrgestellnummer entfernt worden war. Nachdem er das Metall mit feinem Schleifpapier spiegelblank poliert hatte, bestrich er es nun mit einer Lösung aus Kupferchlorid und Salzsäure, um das verkratzte Metall aufzulösen und die tief eingestanzte Nummer darunter wieder sichtbar zu machen, die der Killer weggefeilt zu haben glaubte.

»Man glaubt gar nicht, wie schwer es ist, so etwas unkenntlich zu machen«, drang mir seine Stimme in die Ohren.

»Es sei denn, man ist ein professioneller Autodieb«, sagte ich.

»Na ja, wer auch immer das hier gemacht hat, hat keine besonders gute Arbeit geleistet.« Er fotografierte die Stelle. »Ich glaube, wir haben es.«

»Hoffen wir, daß der Wohnwagen registriert ist«, sagte ich.

»Wer weiß? Vielleicht haben wir ja Glück.«

»Wie sieht es mit Fingerabdrücken aus?«

Die Tür und das Aluminium darum herum waren mit schwarzem Pulver beschmiert.

»Einige, aber wer weiß, wem die gehören«, sagte er, stand auf und streckte seinen Rücken. »Jetzt nehme ich mir gleich das Innere vor.«

Unterdessen befaßte sich Lucy eingehend mit dem Computer und fand genau wie ich keinen Hinweis darauf, wer *deadoc* war. Sie entdeckte jedoch Dateien, die er von unseren Konversationen in den Chat-Räumen gespeichert hatte. Es lief mir kalt den Rücken herunter, als ich sie auf dem Bildschirm sah und mich fragte, wie oft er sie gelesen haben mochte. Interessant waren jedoch die detaillierten Laboraufzeichnungen, die die Züchtung der Viruszellen dokumentierten. Es sah ganz so aus, als habe er erst im Frühherbst mit der Arbeit begonnen, keine zwei Monate, bevor der Rumpf gefunden wurde.

Am Spätnachmittag hatten wir alles getan, was wir konnten, ohne zu irgendwelchen bemerkenswerten Ergebnissen gelangt zu sein. Wir gingen unter die Chemiedusche, während der Wohnwagen mit Formalingas eingenebelt wurde. Ich behielt meine armeegrünen Sachen an, denn in mein Kostüm wollte ich, nach allem, was es hinter sich hatte, lieber nicht mehr steigen.

»Nicht gerade dein Stil«, meinte Lucy, als wir den Umkleideraum verließen. »Vielleicht solltest du Perlen dazu tragen. Das motzt die Sachen vielleicht ein bißchen auf.«

»Manchmal klingst du wie Marino«, sagte ich.

Ehe ich es mich versah, war das Wochenende da, und dann war plötzlich auch das vorbei, und alles, was sich bis dahin getan hatte, war höchst unerfreulich. Ich hatte den Geburtstag meiner Mutter vergessen. Keine Minute hatte ich daran gedacht.

»Was? Hast du jetzt Alzheimer?« maulte sie mich am Telefon an. »Nie kommst du hier runter. Jetzt machst du dir nicht mal mehr die Mühe anzurufen. Ich werd' schließlich auch nicht jünger.«

Sie begann zu weinen und auch mir war danach zumute.

»Weihnachten«, sagte ich wie jedes Jahr. »Ich werde es irgendwie arrangieren. Ich bringe Lucy mit. Ich versprech's. So weit weg ist es schließlich gar nicht.«

Lustlos und hundemüde fuhr ich in die Stadt. Lucy hatte recht behalten. Der Killer hatte den Telefonanschluß auf dem Campingplatz nur benutzt, um sich bei AOL einzuwählen, und wieder landeten wir bei Perleys gestohlener Kreditkarte. *Deadoc* meldete sich nicht mehr. Wie besessen sah ich immer wieder nach Mails und ertappte mich manchmal dabei, daß ich in dem Chat-Raum wartete, obwohl ich nicht einmal wußte, ob das FBI ihn überhaupt noch überwachte.

Der eingefrorene Virenstamm, den ich in der Stickstoff-Gefrierkartusche im Wohnwagen gefunden hatte, konnte nach wie vor nicht identifiziert werden. Die Versuche, seine DNS zu analysieren, wurden fortgesetzt. Die Wissenschaftler beim CDC wußten zwar, inwiefern sich das Virus von den bisher bekannten unterschied, aber nicht, um was für einen Erreger es sich genau handelte. Die Primaten, die als Versuchstiere eingesetzt wurden, waren durch keine Impfung dagegen geschützt. Vier weitere Menschen, darunter zwei Fischer, die in Crisfield aufgetaucht waren, hatten die Krankheit nur in einer abgeschwächten Form bekommen. Das Fischerdorf stand weiterhin unter Quarantäne, und seine Wirtschaft lag danieder. Offenbar gab es dort jedoch keine weiteren Krankheitsfälle. In Richmond war nur Wingo krank. Sein geschmeidiger Körper und sein zartes Gesicht wurden von Pusteln entstellt. Er ließ mich nicht zu sich, egal, wie oft ich mich darum bemühte.

Ich war zutiefst niedergeschlagen, und es fiel mir schwer, mich um andere Fälle zu kümmern, wo doch dieser eine kein Ende nehmen wollte. Wir wußten, daß der tote Mann im Wohnwagen nicht *deadoc* sein konnte. Die Fingerabdrücke hatten ergeben, daß es sich um einen Landstreicher mit einem langen Vorstrafenregister handelte, das hauptsächlich aus

Diebstahl und Drogenverbrechen und zwei Fällen von Nötigung und versuchter Vergewaltigung bestand. Er war auf Bewährung auf freiem Fuß, als er mit seinem Taschenmesser die Wohnwagentür aufgebrochen hatte, und niemand zweifelte daran, daß er ermordet worden war.

Um viertel nach acht betrat ich mein Büro. Als Rose mich hörte, kam sie gleich aus ihrem Zimmer.

»Ich hoffe, Sie konnten sich ein bißchen ausruhen«, sagte sie. Sie machte sich solche Sorgen um mich, wie ich es noch nie bei ihr erlebt hatte.

»Konnte ich. Danke.« Ich lächelte. Ihre Besorgnis beschämte mich, und ich bekam ein schlechtes Gewissen, als hätte ich irgend etwas angestellt. »Gibt es etwas Neues?«

»Nicht, was Tangier betrifft. Versuchen Sie, nicht ständig daran zu denken, Dr. Scarpetta. Wir haben heute morgen fünf Fälle zu bearbeiten. Schauen Sie nur mal auf Ihren Schreibtisch. Falls Sie ihn überhaupt noch finden. Und ich hinke mindestens zwei Wochen mit der Korrespondenz hinterher, weil Sie nicht hier waren und diktiert haben.«

»Ich weiß, Rose, ich weiß«, sagte ich nicht unfreundlich. »Eins nach dem anderen. Versuchen Sie es noch einmal bei Phyllis. Und wenn es dort immer noch heißt, sie sei krankgemeldet, lassen Sie sich eine Nummer geben, unter der sie zu erreichen ist. Ich versuche seit Tagen, sie unter ihrer Privatnummer anzurufen, aber da geht keiner ran.«

»Soll ich sie durchstellen, wenn ich sie erwische?«

»Unbedingt«, sagte ich.

Eine Viertelstunde später, als ich gerade zur Dienstbesprechung gehen wollte, war es soweit. Rose hatte Phyllis Crowder in der Leitung.

»Wo um alles in der Welt haben Sie gesteckt? Und wie geht es Ihnen?« fragte ich.

»Diese verdammte Grippe«, sagte sie. »Passen Sie bloß auf, daß Sie die nicht kriegen.«

»Schon geschehen, und ich bin sie immer noch nicht los«, sagte ich. »Ich hab's bei Ihnen zu Hause in Richmond probiert.«

»Oh, ich bin bei meiner Mutter in Newport News. Wissen Sie, ich arbeite nur vier Tage die Woche, und die restlichen drei verbringe ich schon seit Jahren hier draußen.«

Das war mir neu. Aber wir hatten auch nie privat miteinander zu tun gehabt.

»Phyllis«, sagte ich, »Sie sind krank, und ich belästige Sie schrecklich ungern, aber ich brauche in einem Fall Ihre Hilfe. 1978 hat es in dem Labor im englischen Birmingham, wo Sie früher gearbeitet haben, einen Unfall gegeben. Ich habe schon alles versucht, Näheres darüber in Erfahrung zu bringen, aber bislang weiß ich nur, daß eine medizinische Fotografin, die direkt über dem Pockenlabor arbeitete ...«

»Ja, ja«, unterbrach sie mich. »Ich weiß alles darüber. Angeblich wurde die Fotografin über einen Belüftungsschacht infiziert und starb. Der Virologe beging Selbstmord. Der Fall wird immer wieder von Leuten angeführt, die für die Vernichtung aller tiefgefrorenen Virenstämme eintreten.«

»Haben Sie in dem Labor gearbeitet, als das passierte?«

»Nein, Gott sei Dank nicht. Das war ein paar Jahre nach meinem Weggang. Damals war ich bereits in den Staaten.«

Ich war enttäuscht, und sie bekam einen Hustenanfall und konnte kaum noch sprechen.

»Verzeihung.« Sie hustete. »In solchen Momenten haßt man das Alleinleben.«

»Gibt es niemanden, der nach Ihnen sieht?«

»Nein.«

»Haben Sie zu essen?«

»Ich komm' schon klar.«

»Wissen Sie was? Ich bringe Ihnen was vorbei«, sagte ich.

»Kommt gar nicht in Frage.«

»Ich helfe Ihnen, wenn Sie mir helfen«, fügte ich hinzu.

»Haben Sie irgendwelche Unterlagen über Birmingham? Darüber, woran dort zu Ihrer Zeit gearbeitet wurde? Können Sie das irgendwo nachschlagen?«

»Hab' ich bestimmt hier irgendwo im Haus vergraben«, sagte sie.

»Graben Sie sie aus, und ich bringe Eintopf mit.«

Fünf Minuten später war ich schon aus der Tür und lief zu meinem Wagen. Ich fuhr nach Hause, holte mehrere Portionen meines selbstgekochten Eintopfs aus dem Gefrierschrank und tankte den Wagen auf, bevor ich auf der 64. gen Osten fuhr. Per Autotelefon gab ich Marino Bescheid.

»Jetzt bist du aber wirklich übergeschnappt!« rief er aus. »Hundert Meilen Autofahrt, um jemandem Essen zu bringen? Du hättest doch was beim Pizzaservice bestellen können.«

»Darum geht es nicht. Ich hab' mir schon was dabei gedacht, das kannst du mir glauben.« Ich setzte meine Sonnenbrille auf. »Vielleicht kommt ja etwas dabei raus. Möglicherweise weiß sie etwas, das uns weiterhilft.«

»Na gut, halt' mich auf dem laufenden«, sagte er. »Du hast doch den Pieper an, oder?«

»Ja.«

Um diese Tageszeit waren nicht viele Autos unterwegs, und ich stellte den Tempomat auf neunundsechzig Meilen pro Stunde, um keinen Strafzettel zu bekommen. Nach einer knappen Stunde passierte ich Williamsburg, und etwa zwanzig Minuten später folgte ich der Wegbeschreibung, die Crowder mir zu ihrer Adresse in Newport News gegeben hatte. Das Viertel hieß Brandon Heights. Hier wohnten Menschen aus unterschiedlichen wirtschaftlichen Verhältnissen, doch je näher man dem James River kam, desto größer wurden die Häuser. Sie wohnte in einem bescheidenen zweistöckigen Gebäude mit einem gepflegten Garten, das erst kürzlich eierschalenfarben gestrichen worden war.

Ich parkte hinter einem Van, hängte mir meine Handtasche und den Aktenkoffer über die Schulter und holte den Eintopf aus dem Wagen. Phyllis Crowder kam an die Tür. Sie sah furchtbar aus. Ihr Gesicht war blaß, und in ihren Augen brannte das Fieber. Sie trug einen Flanell-Morgenmantel und Lederslipper, die aussahen, als hätten sie früher mal einem Mann gehört.

»Das ist wirklich unglaublich nett von Ihnen«, sagte sie, als sie die Tür öffnete. »Entweder das, oder Sie sind verrückt.«

»Kommt drauf an, wen Sie fragen.«

Ich trat ein und blieb stehen, um mir die gerahmten Fotos anzusehen, die den dunkel getäfelten Hausflur säumten. Die meisten zeigten Menschen beim Wandern oder Angeln und waren bereits vor langer Zeit aufgenommen worden. Wie gebannt blieb mein Blick an einem alten Mann hängen, der eine blaßblaue Mütze trug, eine Katze auf dem Arm hatte und mit einer Maiskolbenpfeife zwischen den Zähnen in die Kamera grinste.

»Mein Vater«, sagte Crowder. »Meine Eltern haben hier gewohnt, und davor die Eltern meiner Mutter. Das da sind sie.« Sie zeigte auf ein Foto. »Als das Geschäft meines Vaters in England den Bach runterging, kamen sie her und zogen bei ihnen ein.«

»Und was geschah mit Ihnen?« fragte ich.

»Ich blieb da. Ich ging schließlich noch zur Uni.«

Ich sah sie an. Für so alt, wie sie mir gegenüber immer tat, hielt ich sie nicht.

»Sie versuchen immer, mir weiszumachen, Sie wären im Vergleich zu mir ein Dinosaurier«, sagte ich. »Aber irgendwie glaube ich das nicht.«

»Vielleicht haben Sie sich einfach besser gehalten als ich.«

Ihre fieberdunklen Augen trafen meine.

»Lebt noch jemand von Ihrer Familie?« fragte ich und fuhr fort, mir die Fotos anzusehen.

»Meine Großeltern sind seit etwa zehn Jahren tot, mein Vater seit ungefähr fünf. Danach bin ich jedes Wochenende hergefahren, um mich um Mutter zu kümmern. Sie hat sich so lange ans Leben geklammert, wie es irgend ging.«

»Das ist Ihnen bei Ihrem anstrengenden Beruf bestimmt nicht leichtgefallen«, sagte ich, während ich ein frühes Foto von ihr betrachtete, auf dem sie in einem Boot saß und lachend eine Regenbogenforelle hochhielt.

»Möchten Sie nicht hereinkommen und sich setzen?« fragte sie. »Geben Sie her, ich bringe das in die Küche.«

»Nein, zeigen Sie mir, wo's langgeht, und schonen Sie Ihre Kräfte«, insistierte ich.

Sie führte mich durch ein Eßzimmer, das offenbar seit Jahren nicht mehr benutzt worden war. Der Kronleuchter fehlte, Kabel hingen über einem verstaubten Tisch von der Decke, und die Vorhänge waren durch Rolläden ersetzt worden. Auf dem Weg in die große, altmodische Küche stellten sich mir die Kopf- und Nackenhaare auf, und ich hatte Mühe, ruhig zu bleiben, als ich den Eintopf auf die Arbeitsplatte stellte.

»Tee?« fragte sie.

Inzwischen hustete sie kaum noch, und auch wenn sie krank war, war das nicht der eigentliche Grund, weshalb sie ihrem Arbeitsplatz fernblieb.

»Ich möchte nichts«, sagte ich.

Sie lächelte mich an, aber gleichzeitig durchbohrte mich ihr Blick, und als wir uns an den Frühstückstisch setzten, überlegte ich verzweifelt, was ich tun sollte. Es war undenkbar, daß mein Verdacht sich bewahrheiten könnte. Oder hätte ich schon früher darauf kommen müssen? Seit über fünfzehn Jahren hatten wir ein freundschaftliches Verhältnis. Wir hatten zusammen zahlreiche Fälle bearbeitet, Informationen ausgetauscht und weibliche Solidarität geübt. Früher hatten wir oft zusammen Kaffee getrunken und eine Zigarette geraucht. Ich hatte sie immer charmant und intelligent gefunden. Jedenfalls war mir nie eine dunkle Seite an ihr aufgefallen. Andererseits wußte ich, daß man sich ganz ähnliche Dinge über den Serienmörder, den Kinderschänder, den Vergewaltiger von nebenan erzählte.

»Also, lassen Sie uns über Birmingham sprechen«, sagte ich.

»Gut.« Sie hatte aufgehört zu lächeln.

»Der tiefgefrorene Virenstamm dieser Krankheit ist wieder aufgetaucht«, sagte ich. »Die Röhrchen tragen Aufkleber mit der Beschriftung *Birmingham 1978.* Ich möchte wissen, ob in dem Labor dort vielleicht Mutationen von Pockenviren erforscht wurden. Können Sie mir etwas darüber sagen ...«

»1978 war ich nicht mehr dort«, unterbrach sie mich.

»Ich glaube, das waren Sie doch, Phyllis.«

»Das spielt keine Rolle.« Sie stand auf, um Tee aufzusetzen. Ich sagte nichts und wartete, bis sie wieder saß.

»Ich bin krank, und Sie müßten es mittlerweile auch sein«, sagte sie, und ich wußte, daß sie nicht die Grippe meinte.

»Ich bin überrascht, daß Sie keinen Impfstoff für sich hergestellt haben, bevor Sie die Sache ins Rollen gebracht haben«, sagte ich. »Scheint mir ein bißchen leichtsinnig für jemanden, der sonst immer so penibel ist.«

»Das wäre nicht nötig gewesen, wenn dieser Scheißkerl nicht eingebrochen wäre und alles kaputtgemacht hätte«, fuhr sie mich an. »Dieses widerliche, dreckige Schwein.« Sie zitterte vor Wut.

»Das war also der Grund, weshalb Sie sich, als wir gerade über AOL miteinander kommunizierten, nicht ausgeloggt haben, sondern online blieben«, sagte ich. »Weil er in dem Moment anfing, Ihre Tür aufzubrechen. Dann haben Sie ihn erschossen und sind in Ihrem Van geflohen. Ich schätze, Sie sind an Ihren langen Wochenenden nur bis nach Janes Island hinausgefahren, um Ihre reizende Krankheit in neue Flaschen umzufüllen und die kleinen Lieblinge zu füttern.«

Während ich sprach, übermannte mich der Zorn. Das schien ihr nichts auszumachen. Offenbar genoß sie es sogar.

»Sind Menschen für Sie nach all diesen Jahren als Medizinerin nicht mehr wert als Objektträger und Petrischalen? Was haben Sie mit Ihren Gesichtern gemacht, Phyllis? Ich habe die Leute gesehen, denen Sie das angetan haben.« Ich beugte mich zu ihr hinüber. »Eine alte Frau, die allein in ihrem verdreckten Bett starb. Niemand hat ihre Durstschreie gehört. Und jetzt Wingo, der mich nicht zu sich lassen will. So ein netter, anständiger junger Mann, und er liegt im Sterben. Sie kennen ihn! Er war in Ihrem Labor! Was hat er Ihnen denn bloß getan?«

Meine Worte ließen sie kalt. Auch in ihren Augen blitzte Wut auf.

»Sie haben das Vita-Spray für Lila Pruitt in einen der Holzkästen gesteckt, in denen sie Rezepte für einen Vierteldollar anbot. Korrigieren Sie mich, wenn ich etwas Falsches sage.«

Mein Ton war schneidend. »Sie dachte, ihre Post wäre im falschen Briefkasten gelandet und dann von einem Nachbarn vorbeigebracht worden. Was für eine nette Kleinigkeit, und dann auch noch umsonst! Sie sprühte es sich ins Gesicht. Sie hatte es auf ihrem Nachttisch stehen und besprühte sich immer wieder damit, wenn es ihr schlecht ging.«

Meine Kollegin schwieg. Ihre Augen glänzten.

»Wahrscheinlich haben Sie Ihre kleinen Bomben alle auf einmal nach Tangier befördert«, sagte ich. »Und dann haben Sie mir die vorbeigebracht, die für mich bestimmt waren. Und für meine Leute. Was stand als nächstes auf dem Plan? Die ganze Welt?«

»Vielleicht«, war alles, was sie zu sagen hatte.

»Warum?«

»Ich bin diejenige, der man zuerst etwas angetan hat. Wie du mir, so ich dir.«

»Was ist Ihnen denn angetan worden, was auch nur im geringsten vergleichbar wäre?« Es kostete mich einige Anstrengung, meine Stimme im Zaum zu halten.

»Ich war in Birmingham, als es passierte. Der Unfall. Man gab teilweise mir die Schuld, und ich war gezwungen zu gehen. Das war absolut unfair, ein fürchterlicher Rückschlag. Schließlich war ich jung und auf mich allein gestellt. Ich hatte Angst. Meine Eltern waren in die Staaten gegangen, um hier in diesem Haus zu leben. Sie liebten das Leben in der freien Natur. Camping, Angeln. Die ganze Familie war so.«

Einen langen Augenblick starrte sie vor sich hin, als fühlte sie sich in jene Zeit zurückversetzt.

»Ich spielte dort keine große Rolle, aber ich hatte hart gearbeitet. Ich fand einen neuen Job in London, drei Gehaltsstufen unter meiner vorigen Stelle.« Sie fixierte mich. »Es war ungerecht. Der Virologe war es, der den Unfall verursacht hat. Aber weil ich an jenem Tag dort war und er sich praktischerweise umgebracht hatte, war es eine Leichtigkeit, mir das alles anzuhängen. Außerdem war ich fast noch ein Kind.«

»Also haben Sie den Virenstamm mitgehen lassen, als Sie dort aufhörten«, sagte ich.

Sie lächelte kalt.

»Und Sie haben ihn all diese Jahre aufbewahrt?«

»Das ist nicht schwer, wenn es überall dort, wo man arbeitet, ein Stickstoffgefriergerät gibt und man sich immer gern bereit zeigt, den Virenbestand zu überwachen«, sagte sie voller Stolz. »Ich habe ihn gerettet.«

»Warum?«

»Warum?« Ihre Stimme wurde lauter. »Ich war schließlich diejenige, die daran arbeitete, als der Unfall geschah. Er gehörte mir. Also hab' ich zugesehen, daß ich etwas davon und von meinen anderen Experimenten mitnahm, als ich ging. Warum hätte ich denen das dalassen sollen? Sie hätten damit ja doch nicht das gleiche anfangen können wie ich. Dazu waren sie nicht clever genug.«

»Aber das hier sind keine Pocken. Jedenfalls keine gewöhnlichen«, sagte ich.

»Tja, das macht es sogar noch schlimmer, nicht wahr?« Ihre Lippen bebten vor Erregung, als sie an jene Zeit zurückdachte. »Ich habe die DNS von Affenpocken mit dem Pocken-Genom verknüpft.«

Sie war mittlerweile völlig überreizt. Ihre Hände zitterten, als sie sich die Nase mit einer Serviette abwischte.

»Und dann werde ich zu Beginn des neuen akademischen Jahrs bei der Ernennung des Dekans übergangen«, fuhr sie fort, und ihre Augen blitzten zornig.

»Phyllis, das ist ungerecht ...«

»Halten Sie den Mund!« schrie sie. »Nach allem, was ich für diese verdammte Uni getan habe? Ich bin schon so lange dabei und habe allen die Windeln gewechselt, auch Ihnen. Und die geben den Posten einem Mann, bloß weil der den Doktortitel hat und ich *nur* den Ph. D.«, fauchte sie.

»Die Stelle hat ein Pathologe mit einem Harvard-Studium bekommen, und das ist vollkommen gerechtfertigt«, stellte ich ungerührt fest. »Außerdem spielt das gar keine Rolle. Für das, was Sie getan haben, gibt es keine Entschuldigung. Sie haben also all diese Jahre ein Virus vor der Vernichtung bewahrt, um so etwas damit anzurichten?«

Der Teekessel pfiff schrill. Ich stand auf und stellte die Herdplatte aus.

»Das ist nicht die einzige exotische Krankheit, die ich in meinem Archiv hatte. Ich habe so einiges gesammelt«, sagte sie. »Ich dachte eigentlich, ich würde sie eines Tages für ein bahnbrechendes Forschungsprojekt brauchen. Ich wollte das am meisten gefürchtete Virus der Welt studieren und dadurch etwas herausfinden über das menschliche Immunsystem, das uns vor anderen Seuchen wie Aids retten könnte. Ich dachte, ich würde vielleicht den Nobelpreis gewinnen.« Sie war seltsam ruhig geworden, als empfände sie eine gewisse Befriedigung. »Nein, ich würde sagen, daß ich in Birmingham schon vorhatte, eines Tages eine Epidemie auszulösen.«

»Tja, das ist Ihnen ja auch nicht gelungen«, entgegnete ich.

Sie sah mich an, und ihre Augen verengten sich zu kleinen Schlitzen.

»Außer den Leuten, die aller Wahrscheinlichkeit nach das Gesichtsspray benutzt haben, ist niemand erkrankt«, sagte ich. »Ich hatte mehrfach Kontakt mit Patienten, und ich bin gesund. Das Virus, das Sie geschaffen haben, ist eine Sackgasse. Es befällt nur die Ausgangsperson, ohne sich weiter fortzupflanzen. Es gibt keine Sekundärinfektion. Keine Epidemie. Was Sie geschaffen haben, war eine Panik, Krankheit und Tod für eine Handvoll unschuldiger Opfer. Und Sie haben auf einer Insel voller Menschen, die vermutlich noch nie etwas von einem Nobelpreis gehört haben, die Fischfangindustrie lahmgelegt.«

Ich lehnte mich in meinem Stuhl zurück und musterte sie, doch sie ließ sich offenbar nicht beeindrucken.

»Warum haben Sie mir die Fotos und die E-Mails geschickt?« wollte ich wissen. »Fotos, die in Ihrem Eßzimmer aufgenommen wurden, auf diesem Tisch. Wer war Ihr Versuchskaninchen? Ihre alte, kranke Mutter? Haben Sie sie mit dem Virus besprüht, um zu sehen, ob es wirkt? Und als es wirkte, haben Sie ihr in den Kopf geschossen. Sie haben sie mit einer Autopsiesäge zerstückelt, damit niemand diesen Todesfall mit den verseuchten Sprays in Zusammenhang bringen konnte, die Sie später verteilt haben.«

»Sie halten sich wohl für sehr schlau«, sagte sie, *deadoc.*

»Sie haben Ihre eigene Mutter ermordet und sie in eine Abdeckplane gewickelt, weil Sie es nicht ertragen konnten, Sie anzusehen, während Sie sie zersägten.«

Sie wandte den Blick ab, und mein Pieper vibrierte. Ich zog ihn heraus und las Marinos Nummer. Ohne den Blick von ihr zu lassen, holte ich mein Handy hervor.

»Ja«, sagte ich, als er abnahm.

»Der Wohnwagen war ein Volltreffer«, sagte er. »Wir haben den Hersteller herausgefunden und dort eine Adresse in Newport News erhalten. Ich dachte, das wird dich interessieren. Das FBI müßte jeden Augenblick dort eintreffen.«

»Ich wünschte, darauf wären die schon ein bißchen früher gekommen«, sagte ich. »Ich erwarte die Agenten dann an der Tür.«

»Was hast du gesagt?«

Ich unterbrach die Verbindung.

»Ich habe mit Ihnen kommuniziert, weil ich wußte, daß Sie mir Beachtung schenken würden.« Crowders Stimme überschlug sich. »Und damit Sie einmal im Leben so richtig auf die Schnauze fallen. Die berühmte Ärztin. Die berühmte Gerichtsmedizinerin.«

»Sie waren mir eine Kollegin und eine Freundin«, sagte ich.

»Und ich hasse Sie!« Ihr Gesicht wurde gerötet, und ihr Busen wogte vor Zorn. »Ich habe Sie immer gehaßt! Immer haben Sie besser dagestanden, immer war Ihr Name in aller Munde. Die große Frau Dr. Scarpetta. Die Legende. Aber – ha! Wer hat jetzt wohl gewonnen? Am Ende war ich doch schlauer als Sie, nicht wahr?«

Ich antwortete nicht.

»Ich hab' Sie ordentlich rumgescheucht, was?« Sie starrte mich an, griff nach einem Aspirinfläschchen und kippte Tabletten heraus. »Hab' Sie an die Schwelle des Todes gebracht und Sie im Cyberspace warten lassen. Auf *mich*!« triumphierte sie.

Etwas Metallenes klopfte laut an ihre Haustür. Ich schob meinen Stuhl zurück.

»Was werden die tun? Mich erschießen? Vielleicht sollten *Sie* das lieber tun. Ich wette, Sie haben eine Waffe in einer dieser Taschen.« Sie wurde langsam hysterisch. »Meine liegt im anderen Zimmer, und ich werde sie jetzt holen.«

Sie stand auf. Draußen klopfte es weiter, und eine Stimme befahl: »Aufmachen! FBI.«

Ich packte sie am Arm. »Niemand wird Sie erschießen, Phyllis.«

»Lassen Sie mich los!«

Ich zog sie zur Tür.

»Lassen Sie mich los!«

»Ihre Strafe wird es sein, auf die gleiche Weise zu sterben wie die anderen.« Ich zerrte sie hinter mir her.

Zwei FBI-Agenten traten mit gezogenen Pistolen ein, und einer davon war Janet. Sie legten Dr. Phyllis Crowder Handschellen an, nachdem sie auf dem Boden zusammengebrochen war. Ein Krankenwagen brachte sie ins Sentara Norfolk General Hospital, wo sie einundzwanzig Tage später starb, ans Bett gekettet und über und über mit sich explosionsartig vermehrenden Pusteln bedeckt. Sie war vierundvierzig Jahre, als sie starb.

Epilog

Ich konnte den Entschluß nicht sofort treffen. Lieber schob ich ihn bis Silvester auf, dem Tag, an dem es üblich ist, daß die Menschen sich Veränderungen vornehmen und gute Vorsätze fassen. Schnee fiel auf mein Schieferdach, und Wesley und ich saßen auf dem Fußboden vor dem Kamin und tranken Champagner.

»Benton«, sagte ich, »ich muß was erledigen.«

Er sah verwirrt aus, als ob ich jetzt gleich wegwollte, und sagte: »Die meisten Geschäfte haben geschlossen, Kay.«

»Nein. Ich muß nach London. Im Februar vielleicht.«

Er schwieg einen Moment, denn er wußte, was ich dabei im Sinn hatte. Dann stellte er sein Glas auf den Kamin und nahm meine Hand.

»Darauf warte ich schon die ganze Zeit«, sagte er. »Wie schwer es auch ist – du solltest es tun. Damit du endlich einen Schlußstrich ziehen kannst und deinen Seelenfrieden findest.«

»Ich weiß nicht, ob ich jemals meinen Seelenfrieden finden kann.«

Ich entzog ihm meine Hand und strich mir das Haar zurück. Auch für ihn war es nicht leicht. Natürlich nicht.

»Du mußt ihn vermissen«, sagte ich. »Du sprichst nie darüber, aber er war wie ein Bruder für dich. Ich weiß noch, wie oft wir etwas zu dritt unternommen haben. Kochen, Filme sehen, herumsitzen und über Fälle reden und darüber, welche Suppe die Regierung uns mal wieder eingebrockt hat – Zwangsbeurlaubungen, Steuern, Haushaltskürzungen.«

Er lächelte verhalten und starrte in die Flammen. »Und ich dachte die ganze Zeit daran, was für ein Glück der Scheißkerl mit dir hatte. Hab' mich immer gefragt, wie das wohl sein mochte. Tja, nun weiß ich es, und ich hatte recht. Er hatte verdammtes Glück. Abgesehen von dir ist er wahrscheinlich der einzige Mensch, mit dem ich jemals ernsthaft geredet habe. Irgendwie seltsam. Mark war einer der größten Egozentriker, die ich je kennengelernt habe, einer von diesen schönen Menschen, narzißtisch bis zum Abwinken. Er war fähig und intelligent. Ich glaube nicht, daß man jemals aufhört, jemanden wie ihn zu vermissen.«

Wesley hatte einen weißen Wollpullover und eine cremefarbene Baumwollhose an, und im Feuerschein sah es beinahe so aus, als leuchtete er von innen.

»Wenn du heute abend rausgehst, wirst du unsichtbar«, sagte ich.

Fragend runzelte er die Stirn.

»So wie du angezogen bist, bei dem Schnee. Wenn du in einen Graben fällst, wird dich bis zum Frühjahr niemand finden. In einer Nacht wie heute solltest du etwas Dunkles tragen. Du weißt schon, als Kontrast.«

»Kay. Wie wär's mit einem Kaffee.«

»Das ist genau wie mit den Leuten, die für den Winter ein Fahrzeug mit Allradantrieb wollen. Sie kaufen eines in Weiß. Wozu soll denn das gut sein, wenn man eine weiße Straße unter einem weißen Himmel entlangschlittert, und überall wirbelt weißes Zeug herum.«

»Was redest du da eigentlich?« Er sah mich an.

»Keine Ahnung.«

Ich hob die Champagnerflasche aus ihrem Kübel. Wasser tropfte herab, als ich unsere Gläser nachfüllte. Ich war ihm etwa zwei zu eins voraus. Im CD-Player steckten die Hits der

Siebziger, und gerade brachten Three Dog Night die in die Wände eingelassenen Boxen zum Vibrieren. Es war eines der seltenen Male, wo die Möglichkeit bestand, daß ich mich betrank. Ich konnte nicht aufhören, daran zu denken, nicht aufhören, es vor mir zu sehen. Ich hatte es nicht gewußt, bis ich in jenem Raum mit den aus der Decke hängenden Kabeln stand und sah, wo die blutverschmierten Hände und Füße gelegen hatten. Erst da hatte mich die Erkenntnis durchzuckt. Das konnte ich mir einfach nicht verzeihen.

»Benton«, sagte ich leise, »ich hätte wissen müssen, daß sie es war. Ich hätte es wissen müssen, bevor ich zu ihr gefahren bin und in ihr Haus gegangen bin und die Fotos und das Zimmer gesehen habe. Ich meine, irgendwo im Hinterkopf muß ich es gewußt haben, aber ich habe nicht darauf gehört.«

Er antwortete nicht, und ich faßte das als weitere Anklage auf.

»Ich hätte wissen müssen, daß sie es war«, murmelte ich wieder. »Dann wären die Menschen vielleicht nicht gestorben.«

»Das sagt sich hinterher immer leicht.« Sein Tonfall war sanft, aber fest. »Die Leute, die bei den Gacys, den Bundys, den Dahmers dieser Welt nebenan wohnen, sind immer die letzten, die es merken, Kay.«

»Und sie wissen nicht, was ich weiß, Benton.« Ich nippte an meinem Champagner. »Sie hat Wingo auf dem Gewissen.«

»Du hast dein Bestes getan«, gab er zu bedenken.

»Er fehlt mir«, seufzte ich traurig. »Ich war noch nicht mal an seinem Grab.«

»Warum gehen wir nicht zu Kaffee über?« fragte Wesley wieder.

»Darf ich mich nicht auch mal etwas gehen lassen?« Ich wollte zu gern der Realität entfliehen.

Er begann mir den Nacken zu massieren, und ich schloß die Augen.

»Muß ich denn immer vernünftig sein?« murmelte ich. »Hier präzise, dort exakt. *Anzeichen von* und *Indiz für.* Worte, kalt und scharf wie die Stahlklingen, die ich benutze. Und was werden sie mir vor Gericht nützen? Wenn es um Lucy geht? Um ihre Karriere, ihr Leben? Alles wegen Ring, diesem Scheißkerl. Ich, die Sachverständige. Die liebende Tante.«

Eine Träne rollte über meine Wange. »O Gott, Benton. Ich bin so müde.«

Er kam zu mir herüber, legte seine Arme um mich und zog mich in seinen Schoß, damit ich meinen Kopf anlehnen konnte.

»Ich komme mit dir«, sagte er leise in mein Haar.

Am 18. Februar, dem Jahrestag eines Bombenanschlags, der eine Mülltonne zerfetzt und einen U-Bahn-Eingang, eine Kneipe und ein Café zum Einsturz gebracht hatte, nahmen wir in London ein Taxi zur Victoria Station. Trümmer waren durch die Luft geflogen, und die Glassplitter, die vom Dach geregnet waren, hatten sich in Schrapnelle und Geschosse von entsetzlicher Durchschlagskraft verwandelt. Die IRA hatte es nicht auf Mark abgesehen. Sein Tod hatte nichts damit zu tun, daß er beim FBI war. Er war einfach zur falschen Zeit am falschen Ort gewesen, wie so viele Menschen, die zu Opfern werden.

Die Station war voll von Pendlern, die mich fast umrannten, als wir uns den Weg zur Bahnhofshalle bahnten, wo die Railtrack-Fahrkartenverkäufer hinter ihren Schaltern alle Hände voll zu tun hatten und an der Wand die Züge und Abfahrtszeiten angezeigt wurden. An Kiosken wurden Süßigkeiten und Blumen verkauft, und man konnte Paßfotos machen oder Geld wechseln. Mülltonnen gab es nur bei McDonald's und an ähnlichen Örtlichkeiten. Draußen sah ich keine einzige.

»Heutzutage ist das kein geeigneter Ort mehr, um eine Bombe zu verstecken.« Auch Wesley hatte es bemerkt.

»Aus Schaden wird man klug«, sagte ich, und innerlich begann ich zu zittern.

Ich sah mich schweigend um, während Tauben über mich hinwegflatterten und hinter Brotkrumen hertrippelten. Der Eingang zum Grosvenor Hotel lag neben der Victoria Tavern. Hier war es passiert. Niemand wußte genau, was Mark in dem Moment gemacht hatte, aber man nahm an, daß er an einem der kleinen, hohen Tische vor der Tavern gesessen hatte, als die Bombe hochging.

Wir wußten, daß er auf den Zug aus Brighton gewartet hatte, weil er mit jemandem verabredet war. Bis zu diesem Tag hatte ich nicht erfahren, mit wem, denn die Identität der Person durfte aus Sicherheitsgründen nicht enthüllt werden. Das hatte man mir zumindest gesagt. Es gab vieles, was ich nie begriffen hatte, wie zum Beispiel, ob es Zufall gewesen war, daß er sich gerade zu diesem Zeitpunkt dort aufhielt, und ob diese mysteriöse Person, mit der Mark verabredet war, auch ums Leben gekommen war. Ich ließ meinen Blick über das Dach aus Stahlträgern und Glas schweifen, über die alte Uhr an der Granitmauer und die Bogengänge. Außer bei den Menschen hatte der Bombenanschlag keine bleibenden Narben hinterlassen.

»Ziemlich seltsame Vorstellung, sich im Februar in Brighton aufzuhalten«, bemerkte ich mit zittriger Stimme. »Wieso kommt jemand zu dieser Jahreszeit ausgerechnet aus einem Ferienort am Meer?«

»Ich weiß es nicht«, sagte er und schaute sich um. »Es handelte sich um einen terroristischen Anschlag. Wie du weißt, war es das, woran Mark arbeitete. Deshalb ist in der Sache auch nicht viel herauszubekommen.«

»Richtig. Daran hat er gearbeitet, und daran ist er gestorben«, sagte ich. »Und niemand scheint es für möglich zu halten, daß da eine Verbindung besteht. Daß es vielleicht kein Zufall war.«

Er reagierte nicht. Ich schaute ihn an, und mein Herz wurde schwer und versank in der Finsternis eines bodenlosen Ozeans. Menschen, Tauben und die ständigen Ansagen aus der Lautsprecheranlage verschmolzen zu einem schwindelerregenden Getöse, und einen Moment lang wurde alles schwarz. Ich schwankte, und Wesley fing mich auf.

»Alles in Ordnung?«

»Ich will wissen, mit wem er verabredet war«, sagte ich.

»Komm mit, Kay«, sagte er sanft. »Laß uns irgendwo hingehen, wo du dich setzen kannst.«

»Ich will wissen, ob es beabsichtigt war, daß die Bombe zu einem bestimmten Zeitpunkt hochging, als ein bestimmter Zug eintraf«, beharrte ich. »Ich will wissen, ob das alles nur erfunden ist.«

»Erfunden?« fragte er.

Tränen standen mir in den Augen. »Woher weiß ich denn, ob das nicht irgendeine Tarnung ist, irgendein Trick, weil er noch am Leben ist und sich versteckt halten muß? In einem Zeugenschutzprogramm mit neuer Identität.«

»Er ist nicht mehr am Leben.« Wesley sah traurig aus, und er hielt meine Hand. »Laß uns gehen.«

Aber ich rührte mich nicht von der Stelle. »Ich muß die Wahrheit wissen. Ob es wirklich passiert ist. Mit wem war er verabredet, und wo ist diese Person jetzt?«

»Bitte laß das.«

Menschen schlängelten sich um uns herum, ohne uns zu beachten. Schritte ertönten wie das Donnern der Brandung, und Stahl klirrte, während Bauarbeiter neue Gleise verlegten.

»Ich glaube nicht, daß er mit jemandem verabredet war.« Meine Stimme zitterte, und ich wischte mir die Tränen aus den Augen. »Ich glaube, das ist eine einzige Lüge, die sich das FBI ausgedacht hat.«

Er seufzte und starrte vor sich hin. »Es ist keine Lüge, Kay.«

»Wer war es denn! Ich will es endlich wissen!« schrie ich.

Jetzt schauten Leute in unsere Richtung, und Wesley schob mich fort von dem Getümmel zum Gleis 8, wo um 11 : 46 Uhr ein Zug nach Denmark Hill und Peckham Rye abfuhr. Er führte mich eine blauweiß geflieste Rampe hinauf zu einem Raum voller Bänke und Schließfächer, wo Reisende ihr Gepäck aufbewahren und wieder abholen konnten. Ich schluchzte hemmungslos. Ich war verwirrt und wütend. Wir gingen in eine menschenleere Ecke, und er drückte mich sanft auf eine Bank.

»Sag's mir«, sagte ich. »Benton, bitte. Ich muß es wissen. Laß mich nicht den Rest meines Lebens verbringen, ohne die Wahrheit zu kennen«, stieß ich erstickt unter Tränen hervor. Er nahm meine Hände. »Du kannst damit abschließen – hier und jetzt. Mark ist tot. Ich schwöre es. Glaubst du wirklich, ich könnte diese Beziehung mit dir haben, wenn ich wüßte, daß er noch irgendwo am Leben ist?« sagte er voller Leidenschaft. »Großer Gott. Wie kannst du nur annehmen, daß ich zu so etwas in der Lage wäre?«

»Was ist mit dem Mann passiert, mit dem er verabredet war?«

Ich ließ nicht locker.

Er zögerte. »Tot, fürchte ich. Sie waren zusammen, als die Bombe hochging.«

»Was soll dann diese Geheimniskrämerei darum, wer es war?« rief ich aus. »Das macht doch keinen Sinn!«

Er zögerte wieder, diesmal länger. Für einen Moment erfüllte Mitleid seine Augen, und es sah aus, als würde er gleich anfangen zu weinen. »Kay, es war kein Mann. Mark war mit einer Frau zusammen.«

»Einer Agentin.« Ich verstand nicht.

»Nein.«

»Was soll das heißen?«

Es dauerte eine Weile, bis ich begriff. Zuerst wehrte ich mich dagegen, aber als er schwieg, wußte ich Bescheid.

»Ich wollte nicht, daß du das herausfindest«, sagte er. »Du solltest nicht wissen, daß er mit einer anderen Frau zusammen war, als er starb. Sie kamen gerade aus dem Grosvenor Hotel, als die Bombe hochging. Es hatte nichts mit ihm zu tun. Er war einfach nur dort.«

»Wer war sie?« Ich war erleichtert, und gleichzeitig war mir speiübel.

»Ihr Name war Julie McFee. Sie war eine einunddreißigjährige Anwältin aus London. Sie hatten sich durch einen Fall kennengelernt, mit dem er befaßt war. Oder vielleicht durch einen anderen Agenten. Ich weiß es nicht genau.«

Ich sah ihm in die Augen. »Wie lange wußtest du über sie Bescheid?«

»Schon eine ganze Weile. Mark wollte es dir sagen, und mir stand es nicht zu, das zu tun.« Er berührte meine Wange und wischte die Tränen fort. »Es tut mir leid. Du hast keine Ahnung, wie ich mich dabei fühle. Als ob du nicht genug gelitten hättest.«

»Auf gewisse Weise wird es dadurch leichter«, sagte ich.

Ein Teenager mit Piercings und einem Irokesenschnitt knallte eine Schließfachtür zu. Wir warteten, bis er mit seinem in schwarzes Leder gekleideten Mädchen davonschlenderte.

»In Wahrheit ist das typisch für meine Beziehung zu ihm.«

Ich fühlte mich ausgelaugt und konnte kaum noch klar denken, als ich aufstand. »Er mochte sich nicht binden, mochte kein Risiko eingehen. Das hätte er niemals getan, für niemanden. Er hat soviel versäumt, und das macht mich am traurigsten.«

Draußen war es feucht, und es wehte ein scharfer Wind. Die Taxischlange um den Bahnhof herum war endlos. Wir gingen Hand in Hand und kauften jeder eine Flasche Hooper's Hooch, denn in England darf man Limonade mit Alkoholgehalt auf der Straße trinken. Polizisten auf gescheckten Pferden trabten am Buckingham Palace vorbei, und im St. James's Park marschierte ein Trupp Gardesoldaten mit Bärenfellmützen auf, den die Touristen sofort eifrig fotografierten. Die Bäume schwankten, und das Getrommel wurde leiser, während wir zurück zum Athenaeum Hotel am Piccadilly gingen.

»Danke.« Ich legte meinen Arm um ihn. »Ich liebe dich, Benton«, sagte ich.